Kira Licht

A Spark Of Time – Ein Date mit Mr Darcy

AF640059

Weitere Titel der Autorin:

Gold & Schatten – Das erste Buch der Götter
Staub & Flammen – Das zweite Buch der Götter

Kaleidra – Wer das Dunkel ruft
Kaleidra – Wer die Seele berührt
Kaleidra – Wer die Liebe entfesselt

Ich bin dein Schicksal – Dusk & Dawn 1
Wir sind die Ewigkeit – Dusk & Dawn 2

A Spark of Time – Rendezvous auf der Titanic

KIRA LICHT

EIN DATE MIT MR DARCY

one

NACHHALTIG PRODUZIERT

Die Bastei Lübbe AG verfolgt eine nachhaltige Buchproduktion. Wir verwenden Papiere aus nachhaltiger Forstwirtschaft und verzichten darauf, Bücher einzeln in Folie zu verpacken. Wir stellen unsere Bücher in Deutschland und Europa (EU) her und arbeiten mit den Druckereien kontinuierlich an einer positiven Ökobilanz.

FSC www.fsc.org MIX Papier | Fördert gute Waldnutzung FSC® C014496

Originalausgabe

Dieses Werk wird vermittelt durch die Michael Meller Literary Agency GmbH, München

Copyright © 2024 by
Bastei Lübbe AG, Schanzenstraße 6–20, 51063 Köln

Vervielfältigungen dieses Werkes für das Text- und Data-Mining bleiben vorbehalten.

Textredaktion: Christiane Schwabbaur, München
Umschlaggestaltung: Massimo Peter-Bille
Umschlagmotiv: © Bachkova Natalia/shutterstock; krsmanovic/shutterstock; MariaArt/shutterstock; Steve Heap/shutterstock; Android Boss/shutterstock; Likanaris/shutterstock; Quang Ho/shutterstock; Helenaa/shutterstock; Xiao Chen studio/ shutterstock
Satz: 3w+p GmbH, Rimpar
Gesetzt aus der Adobe Caslon Pro
Druck und Einband: GGP Media GmbH, Pößneck

Printed in Germany
ISBN 978-3-8466-0221-8

6 5 4 3

Sie finden uns im Internet unter one-verlag.de
Bitte beachten Sie auch luebbe.de

Liebe Leser:innen,
dieses Buch enthält potenziell triggernde Inhalte. Dazu findet ihr genauere Angaben auf Seite 459.
ACHTUNG: Sie enthalten Spoiler für das gesamte Buch.
Wir wünschen uns für euch alle das bestmögliche Leseerlebnis.

Euer Team vom ONE-Verlag

»You must allow me to tell you
how ardently I admire
and love you.«
- Mr Darcy

Jane Austen, Pride and Prejudice

TEIL 1

Es endet mit Schmerz und Herzklopfen.

Kapitel 1
Lilly

»Wer bist du?«

Die Flamme des Feuerzeuges warf tanzende Schatten auf Rays Gesicht. Der Rest seines Körpers war in der allumfassenden Dunkelheit nur zu erahnen.

Schon wieder zog mein Herz sich vor Schmerz zusammen. Seine Züge waren mir so vertraut. Diese ernsten grauen Augen, der sanft geschwungene Mund, das energische Kinn. Und jetzt? Jetzt war er ein Fremder, der meine Welt in Stücke gerissen hatte. Er hatte mich belogen, betrogen und vorgeführt.

»Bitte, Lilly, lass mich alles erklären.« Seine Stimme war leise und Erschöpfung schwang darin mit.

Mein Blick glitt zu seiner linken Hand. Er hatte das Heiligste meiner Familie gestohlen. Nur Minuten später und er hätte sich mit unserem Zahnrad, dem Werkzeug, mit dem wir durch die Zeit reisten, auf und davon gemacht. Der Gedanke daran war so ungeheuerlich, dass ich scharf Luft holte.

Meine verletzten Gefühle? Mein blutendes Herz? Meine Seele? Nein.

Nichts war im Moment wichtiger als dieses winzige Stück Metall. »Gib mir das Zahnrad.«

Ich hatte die Worte kaum ausgesprochen, da beugte ich mich vor und schnappte es ihm aus der Hand.

Er leistete keine Gegenwehr, sah mich nur unverwandt an. Langsam ließ er die Hand sinken. »Lilly, bitte.«

Im nächsten Moment war ich auf die Füße gesprungen. Ich ließ das Zahnrad in meine Hosentasche gleiten, während ich rückwärts zum Lichtschalter ging. Zum Glück verbargen sich in unserer Kleiderkammer noch mehr Waffen. Als die Kronleuchter aufleuchteten, deutete ich mit der Klinge eines Wurfmessers in seine Richtung. »Aufstehen. Ganz langsam.« Die anderen drei schmalen Messer hielt ich so in der Hand, dass ich sie bei Bedarf werfen konnte.

Ray ließ das Feuerzeug verschwinden und kam geschmeidig auf die Füße.

Schon wieder durchlief mich eine Welle des Schmerzes. Ich sah ihn vor mir in einem seiner teuren Anzüge, umgeben von den Hunden der Titanic, die ich so liebgewonnen hatte. Mit einem Lächeln auf seinem Gesicht, das mich all die Misshandlungen durch die Gräfin hatte vergessen lassen. Das Bild war so real, dass ich keuchte.

Ich hatte gedacht, ich hätte ihn verloren. Und dieser Gedanke hatte dafür gesorgt, dass ich meinen Erfolg nicht hatte genießen können. Ich war das erste Mal allein gereist und hatte den Auftrag erfüllt. Ich hatte Dad und mich aus der finanziellen Not befreit. Aber Ray hatte ich nicht vergessen können. Und jetzt wusste ich überhaupt nicht mehr, was ich denken sollte. Wie konnte er hier sein?

Ray steckte das Feuerzeug weg und wollte auf mich zukommen. Doch schnell hob ich die schmale Klinge, bereit, sie zu werfen. »Bleib, wo du bist.«

Wenn er mir zu nah kam, würde er mich entwaffnen, so wie er es vorhin getan hatte. Diesen Vorteil würde ich ihm nicht noch mal verschaffen.

Ray atmete aus, und ein Seufzen schwang darin mit. »Ich würde dir niemals etwas tun.«

»Das hast du bereits!«, rief ich und hasste es, wie verletzt ich klang. »Und jetzt wolltest du mich auch noch bestehlen.« Immer noch zweifelte ich an meinem Verstand. Immer noch konnte ich nicht glauben, welches Bild mir meine Augen zeigten. Ray trug moderne Kleidung. Er sprach amerikanisches Englisch. Es wirkte, als wäre er in dieser Zeit … zu Hause. Aber das konnte nicht sein! Es gab keine anderen Zeitreisenden. Unsere Fähigkeit war einzigartig. Mit dieser Wahrheit war ich aufgewachsen. Diese Wahrheit war über Jahrzehnte in meiner Familie überliefert worden.

»Ich erzähle dir alles.« Ray hob beide Hände in einer beschwichtigenden Geste. »Alles. Das schwöre ich.«

»Dann los.« Nach außen hin klang ich kalt, doch innerlich zerbrach ich immer noch.

Ray … Warum? Wie war all das passiert?

Ray sah mich an, als würde jeder meiner Gedanken in Leuchtschrift auf meiner Stirn stehen. Seine Stimme war jetzt sanft. »Mein Name ist Damien Belmont. Ich entstamme einer Familie von Zeitreisenden, genau wie du. Hier.« Er zeigte mir seine Handfläche. »Die drei kleinen

Muttermale, die zu den Zargen meines Familienzahnrads passen.«

Damien. Sein echter Name war Damien, nicht Ray. Er war nicht der, der er war. Nicht Ray, nicht der Sohn des berühmten Ingenieurs Thomas Andrews. Ein Teil von mir hatte es bereits geahnt, doch die Worte aus seinem Mund zu hören, war trotzdem ein Schock und das, was daraus folgte, erst recht. Wir waren nicht allein. Es gab andere wie uns.

Mein inneres Zittern wurde stärker. Aber warum hatte er sich mir dann nicht direkt vorgestellt? Wir hätten bereits auf der Titanic zusammenarbeiten können. Wenn seine Familie Kunstdetektive waren so wie Dad und ich, hätten wir uns gegenseitig unterstützen können.

Er zögerte kurz, dann sprach er weiter. »Im Auftrag meines Vaters stehle ich die Zahnräder der anderen Zeitreise-Familien. Eigentlich sollte -«

Mein schockiertes Keuchen ließ ihn innehalten. Hatte ich richtig gehört? »Du stiehlst die Zahnräder?« Zahnräder im Plural? Das hieß, es gab noch mehr Familien, die … Der Gedanke schwebte durch meinen Kopf, flüchtig und kaum greifbar, bevor sich ein neuer Gedanke manifestierte. »Du …« Alles war nur eine Lüge gewesen, ein lächerliches Schauspiel. »Du solltest mich also schon auf der Titanic bestehlen?«, würgte ich hervor. Mir war schlecht vor Scham und Abscheu. Er hatte mich so vorgeführt. Und ich hatte mich so sehr von ihm verzaubern lassen, während er es die ganze Zeit darauf abgesehen hatte, die Lebensgrundlage meiner Familie zu stehlen.

»Richtig.« Damien senkte kurz den Blick. »Eigentlich sollte meine Schwester Ruby diesen Auftrag übernehmen«, sprach er weiter, und ich spürte, wie er sich um einen möglichst sachlichen Ton bemühte. »Aber dann bin ich eingesprungen.«

Moment mal. Sein Nachname war Belmont. Ein seltener Name. Und schon wieder hätte ich fast gekeucht. *Ruby Belmont. Ruby ist seine Schwester?* Ruby, die angehende Ballerina, hatte fünf Monate lang bei uns im Laden gearbeitet. Sie war zwar nicht die beste Aushilfe gewesen, aber ich hatte sie gemocht. Dad hatte ihr vertraut, sie sogar allein im Laden gelassen. Und genau wie Ray, nein, Damien, hatte sie uns bestehlen sollen. Und sie war uns so verdammt nah gekommen.

Meine Knie begannen so stark zu zittern, dass ich in der Luft um mich herum nach Halt tastete.

»Lilly.« Damien wollte zu mir eilen.

»Nein.« Ich machte ein paar unsichere Schritte zur Seite, das Messer in meiner rechten Hand immer noch auf ihn gerichtet.

Damien blieb wie angewurzelt stehen. Sein Blick wirkte verletzt.

»Jedes deiner Worte war eine Lüge«, wisperte ich. »Und jetzt siehst du mich so an?« Schon wieder lief ein Zittern durch meinen Körper. »Du siehst mich so an?« Tränen stiegen wieder in meine Augen. »Du?« Das letzte Wort war als Schrei aus meiner Lunge entkommen.

Damien schluckte hart. »Nicht jedes Wort war eine …«

»Halt den Mund!«, schrie ich ihn an. »Wage es nicht, mir noch mehr Märchen aufzutischen.«

Ich war immer noch fassungslos, wütend und verletzt. Trotzdem sah ich mich suchend um. »Wie bist du hier reingekommen?«

»Durch dein Zimmer.«

Schon wieder durchlief mich ein Zittern. Er war in meinem Zimmer gewesen. Hatte es vermutlich sogar durchsucht. Und er hatte den geheimen Zugang im Kamin entdeckt. Das hier wurde mit jedem seiner Worte schlimmer und schlimmer. Ich hatte genug. »Hast du ein Telefon bei dir?«

Er nickte. »Natürlich.«

»Gib es mir.«

Argwöhnisch sah er mich an.

»Ja, richtig«, sagte ich und lächelte ihn falsch an. »Ich werde jetzt die Polizei rufen. Du kannst mir viel erzählen. Aber in erster Linie bist du ein Einbrecher und ein Dieb.«

Damien runzelte die Brauen. »Du willst ihnen euer geheimes Archiv zeigen? Ich bin mir ziemlich sicher, dass es auf keinem Bauplan eingezeichnet ist. Sonst hätte mein Vater es längst entdeckt.«

Er hielt sich wohl für ganz besonders schlau. »Ich werde behaupten, du bist in mein Zimmer eingebrochen. Vermutlich bist du über die Feuertreppe gekommen. Es wird Spuren geben.«

Damien ließ die Schultern hängen. »Lilly, im Ernst. Was soll die Polizei hier?«

Es machte mich wütend, dass er so gefasst wirkte. »Sie wird dich mitnehmen und einsperren.«

»Aber …«

»Aber was?«, blaffte ich. »Du bist derjenige, der Zahnräder stiehlt. Deshalb wolltest du mir mein Zahnrad entwenden. Ich aber will nichts von dir.« Die Worte taten weh, als ich sie aussprach, und ich senkte kurz den Kopf, um seine Reaktion nicht sehen zu müssen. »Ich brauche weder deine Hilfe noch sonst etwas von dir. Mein Vater und ich müssen uns jetzt einen Plan überlegen, wie wir unser Zahnrad vor deiner Familie schützen können. Das ist das Einzige, was für mich zählt. Und wenn ich dich aus dem Verkehr ziehen kann, weil die Polizei dich für ein, zwei Tage festhält, dann werde ich das tun. Und jetzt gib mir das Handy.« Nochmals streckte ich auffordernd die Hand aus.

»Tu das nicht«, sagte er leise, reichte mir jedoch sein Telefon.

So gern ich direkt den Notruf gewählt hätte, ich konnte es nicht. Ich hatte geblufft, war so durcheinander, dass ich mich nicht entscheiden konnte, was richtig oder falsch, klug oder dumm war. Ich wünschte, ich könnte mich kurz mit meinem Vater besprechen. Aber ich würde ihm all das schonend beibringen müssen. Ich hatte Angst um seine Gesundheit, sein Herz und was diese schockierenden Neuigkeiten mit ihm machten. Ich war auf mich allein gestellt.

»Lilly …«

Damiens Stimme riss mich aus meinen fieberhaften Gedanken. Ich sah ihn an. Und wieder war er nicht Damien, sondern Ray. Der liebenswerte und tierliebe junge Mann, der mir das Herz gestohlen hatte. Damien Belmont hingegen kannte ich nicht. Oder besser gesagt, ich kannte ihn nur als denjenigen, der meine Familie ins Unglück stürzen wollte.

»Ich will nicht, dass es so endet.«

Er sprach so leise, dass er kaum zu verstehen war.

»Was du willst, ist mir egal.« Immer noch klang meine Stimme abweisend und gefühllos.

Er runzelte die Stirn. »Es war so nicht geplant«, stieß er

dann hervor. »Ich bin nur gereist, weil ich verzweifelt war. Weil ich gehofft habe, irgendeine Lösung zu finden, während ich auf der Titanic bin. Ich stehe nicht hinter den Plänen meines Vaters. Im Gegenteil, ich misstraue ihnen zutiefst. Ich habe in seinem Büro das Hologramm einer Taschenuhr gesehen, in der sich alle Zahnräder der Zeitreisenden befanden. Ich bin mir sicher, dass er diese Uhr real besitzt. Er schweigt sich darüber aus, und genau deshalb bin ich mir sicher, dass da noch viel mehr ist. Dass diese Uhr Kräfte besitzt, die wir noch gar nicht einschätzen können. Mein Vater führt selten Gutes im Schilde, ganz besonders wenn es um die Zeitreisenmagie geht. Ich muss ihn endgültig aufhalten.«

Das alles klang so ungeheuerlich, ich konnte ihm nicht glauben. Und es ließ meine Wut noch höher aufflammen, weil ich schon wieder befürchtete, dass er mir für seine Zwecke nur die halbe Wahrheit sagte.

»Und deshalb stiehlst du mein Zahnrad?«

»Er erpresst mich mit Ruby.« Jetzt klang seine Stimme vor Nervosität ganz rau. »Er hat veranlasst, dass sie an einer Medikamentenstudie teilnimmt. Sie ist in eine Klinik eingewiesen worden. Mein Vater ist sehr mächtig, er kann Menschen einfach verschwinden lassen. Ruby geht es schlecht, sie hat starke Nebenwirkungen, und ich mache mir große Sorgen um sie. Mein Vater lässt sie gehen, wenn ich die letzten zwei Zahnräder auftreibe.«

Sein Vater hatte was getan? Das war doch nicht möglich. Belog er mich schon wieder? Wollte er, dass ich über dem Mitleid für Ruby einknickte? Ich wollte etwas erwidern, da hob er die Hände. »Bitte, hör mir noch einen Moment lang zu. Ich habe einen Plan. Ich werde …«

»Nein«, unterbrach ich ihn. »Das mit Ruby ist furchtbar und tut mir sehr leid. Ich mag sie. Aber wir haben ein funktionierendes Rechtssystem, und ich bin mir sicher, dass dein Vater nicht über dem Gesetz steht. Er kann nicht einfach Leute irgendwo einweisen. Selbst ein Arzt braucht dafür eine zweite Meinung. So funktioniert das nicht.« Ich sah ihn unverwandt an. »Du erzählst mir irgendeine rührselige Geschichte, damit ich einknicke. Aber so dumm bin ich nicht. Du hast mich einmal vorgeführt. Das wird kein zweites Mal passieren. Und jetzt werde ich …«

Ich kam nicht dazu, weiterzusprechen. Im Bruchteil einer Sekunde erkannte ich, dass er eine Entscheidung getroffen hatte. Und schon im nächsten Moment war er halb an mir vorbeigestürmt.

Wütend schrie ich auf, schwang herum und warf eins der Messer. Nicht, um ihn ernsthaft zu verletzen, aber aufhalten wollte ich ihn auf jeden Fall. Ich zielte auf seine Waden.

Doch er schien zu wissen, was ich vorhatte. Das Messer wirbelte durch die Luft, aber er schlug einen Haken.

»Ray!« Ich rief seinen Namen, den Namen, mit dem ich ihn kennengelernt hatte, und nahm die Verfolgung auf.

Er war schon im Archiv und verschwand jetzt im Kamin. Er war unglaublich schnell. Auf der Treppe nach oben hörte ich ihn ein Stockwerk über mir.

Nochmals schrie ich wütend seinen Namen.

»Behalt das Telefon«, erklang es von oben. »Dann weiß ich wenigstens, wie ich dich erreichen kann.«

Ich brüllte auf vor Wut und hätte das Telefon fast nach ihm geworfen, tat es dann aber doch nicht.

Schon hatte er den obersten Stock erreicht.

Als ich aus dem Kamin in mein Zimmer trat, stand eines der Fenster offen, die zur Feuertreppe führten. Ich rannte bis zum Geländer und sah hinunter. Von Damien fehlte jede Spur.

Kapitel 2
Damien

Der blasse Sekretär im Vorzimmer meines Vaters sprang auf, als ich mit einem kurzen Gruß an ihm vorbeigehen wollte.

»Bitte, Damien, Sie können nicht einfach …«

»Tut mir leid, es ist dringend.« Es fiel mir immer schwer, den arroganten Schnösel zu spielen, aber ich war noch verdammt sauer und wollte diese Stimmung nutzen, mich meinem Vater zu stellen.

»Dad, ich habe es geschafft. Hier …« Mit diesen Worten platzte ich in sein Büro und hielt im nächsten Moment inne, weil der Stuhl hinter seinem Schreibtisch leer war. Irritiert blieb ich stehen.

Der Sekretär war mir dicht auf den Fersen. »Sir, es tut mir leid …«

Ich sah mich kurz zu ihm um. Er wirkte genauso überrascht wie ich. Die Treppe zu den privaten Räumen meines Vaters war heruntergefahren. Tagsüber verschwand sie normalerweise hinter einer Luke, die er mit einer Fernbedienung öffnen konnte. Was war also los? Zu dieser Tageszeit war er normalerweise in seinem Arbeitszimmer anzutreffen. Als Workaholic hielt er Mittagspausen für eine Erfindung der Menschen, die sich auf der Verliererseite befanden.

»Komm rauf, Champ«, erklang plötzlich die Stimme meines Vaters von oben. Ich ging in Richtung Treppe, während der Sekretär die Tür zum Büro schloss.

Die Anzahl der Male, die ich zusammen mit meinem Vater in seinen privaten Räumen gewesen war, konnte ich an einer Hand abzählen. Ich erinnerte mich kaum noch an die Einrichtung.

Ich sah mich suchend um, und der Anblick, der mich erwartete, hätte mich nicht mehr überraschen können, als wenn ich morgens mit einem dritten Auge auf der Stirn aufgewacht wäre. Mein Vater stand in seinem Badezimmer, einem riesigen Raum aus Chrom und schwarzem Marmor, lediglich bekleidet mit einem Badehandtuch um die Hüften und einer Tuchmaske auf dem Gesicht.

Ich blieb in gebührendem Abstand stehen und starrte ihn an.

»Da bist du ja.« Mein Vater klang verdächtig gut gelaunt.

Ich betete inständig, dass er nicht auf die Idee kommen würde, mich zu umarmen. Sicherheitshalber wich ich noch ein paar Schritte zurück. »Soll ich später noch mal wiederkommen?«

»Nein, nein. Berichte mir. Ich nehme an, du warst endlich erfolgreich?« Wieder sah er zu mir und grinste dann.

Mit der weißen Tuchmaske auf dem Gesicht sah er aus wie der Psycho, der er tatsächlich war.

»Ich war erfolgreich.«

Konnte er sich bitte etwas anziehen? Sein bereits ergrautes Brusthaar war kein schöner Anblick.

»Großartig.« Mein Vater ging an mir vorbei.

Ich folgte ihm in sein Ankleidezimmer. Dort machte er ein paar Kniebeugen vor dem gläsernen Schuhschrank, und ich rechnete jeden Moment damit, dass das Badehandtuch sich von seiner Hüfte löste. Ich sah zu Boden. Der Anblick würde sich in mein Gehirn brennen, was ich gern vermeiden würde.

Erst als er schnalzte, sah ich wieder auf. Mein Vater streckte die Hand in meine Richtung aus und schnippte auffordernd.

Ich gab ihm das Zahnrad der Familie deGray und wich dann einen ausreichenden Sicherheitsabstand zurück. Warum hatte er so gute Laune? Das war immer verdächtig.

Mein Vater betrachtete das Zahnrad und pfiff dann anerkennend durch die Zähne. »Gut gemacht, Champ. An diesem kleinen Ding habe ich mir die Zähne ausgebissen. Wie hast du es angestellt?«

Könntest du dir bitte vorher etwas anziehen? Sein Handtuch war beunruhigende zwei Zentimeter tiefer gerutscht.

»Champ?«

Ich blinzelte. »Lilly hatte es immer noch in dem Anhänger, in dem sie es auf der Titanic versteckt hat. Ich bin einfach nur in ihr Zimmer rein und dort lag er zufällig herum.«

Ganz bestimmt würde ich nicht das geheime Archiv der Familie deGray verraten.

Mein Vater zog anerkennend die Augenbrauen hoch. »Und dabei bist du nicht entdeckt worden?«

Ich schüttelte den Kopf. »Sie waren beide unten im Laden.«

Mein Vater kicherte. Es war ein hämisches, widerliches Geräusch, das mir eine Gänsehaut über den Körper jagte.

»Ach, was wäre ich gern Mäuschen, wenn sie sein Fehlen bemerken.« Er hielt inne. »Ob sie es schon suchen? Vielleicht könnte ich eine Drohne hinschicken ...«

»Das war gestern Nachmittag, Dad. Du weißt doch, dass ich die Nacht in New York verbracht habe und dann nach Hause geflogen bin. Außerdem habe ich das Geheimfach offen gelassen, sodass Lilly sein Fehlen sofort bemerkt.« Ich wollte um jeden Preis verhindern, dass mein Vater eine Drohne zu den deGrays schickte.

Doch er schien zufrieden. Noch mal kicherte er, legte das Zahnrad in ein Regalfach und zog sich dann das Handtuch von der Hüfte.

Ich schaffte es in letzter Sekunde, die Augen zu schließen. Schnell drehte ich mich von ihm weg.

»Warum so gute Laune?«, fragte ich mit ihm zugewandten Rücken.

Hinter mir hörte ich ihn eine Schranktür aufziehen. »Ich spiele gleich Golf mit Warren Smithers. Habe den Termin so früh wie möglich gemacht, damit er es von mir erfährt.« Er lachte heiser. »Dieser eingebildete Knilch hat sich ewig um ein KI-Start-up bemüht. Hat diesen drei kleinen Bill-Gates-Kopien Honig um den Bart geschmiert, sie zum Essen eingeladen und ihnen teure Spielzeuge gekauft. Wollte ihr Hauptinvestor werden. Aber dann kam ich ins Spiel und habe so viel geboten, dass sie mit fliegenden Fahnen zu mir übergelaufen sind. Und genau das werde ich ihm gleich erzählen. Was bin ich auf sein dummes Gesicht gespannt.«

»Verstehe.« Es kostete mich einiges, meine Stimme unbeteiligt klingen zu lassen. Die Schadenfreude meines Vaters fand ich einfach nur abstoßend und irgendwie auch kindisch. So als hätte er einem Spielkameraden im Sandkasten ein Förmchen weggenommen, das er jetzt triumphierend in die Höhe hielt, während der andere in Tränen ausbrach.

Anhand der raschelnden Geräusche folgerte ich, dass er endlich eine Hose anhatte. Ich drehte mich um und blinzelte vorsichtig. Ein Glück, er trug eine helle Chino. Obenrum war er immer noch nackt, aber das ignorierte ich, genauso wie die verstörende Tuchmaske.

Das Zahnrad lag nicht mehr im Regal.

Ich straffte die Schultern. »Ich möchte mit Ruby sprechen.«

»Ach, Champ.« Mein Vater schloss den Gürtel an seiner Hose. Irrte ich mich, oder schwang in seiner Stimme schon wieder ein Lachen mit? Dann ging er mit schnellen Schritten an mir vorbei. »Du erledigst jetzt noch eben den letzten Auftrag, und dann findet die große Familienzusammenführung statt, versprochen.«

Ein Cocktail verschiedenster Emotionen wallte in mir auf. Fassungslosigkeit, Wut und der dringende Wunsch, ihn quer durch dieses Zimmer zu werfen.

Sie ist deine Tochter, wollte ich ihn anbrüllen. *Warum sprichst du über sie, als würde sie dich nichts angehen?*

Innerlich zitterte ich, zerfloss vor Sorge um Ruby, fühlte mich wund und roh von dem Streit mit Lilly. Aber ich schaffte es, dass meine Stimme immer noch unbeteiligt, ja fast gelangweilt klang. »Ich will wissen, ob es ihr gut geht.«

Mein Vater war in seinem Badezimmer angekommen, ich war im Türrahmen stehen geblieben. »Es geht ihr gut.« Er sah mich nicht an, stattdessen zog er sich die Tuchmaske vom Gesicht. Mit einer Faszination des Grauens beobachtete ich, wie er die verbliebene Lotion vorsichtig in seine Haut einklopfte. Ich wusste, dass er eitel war. Aber das hier?

»Dein letzter Auftrag ist ein Kinderspiel. Wäre ich nicht so ausgebucht, würde ich es selbst kurz erledigen.«

Ich musste mich zwingen, nicht zu lachen. Mein Vater reiste schon lange nicht mehr. Und zwar nicht aus Zeitmangel, sondern aus Angst vor den Nebenwirkungen. Schwindel, Übelkeit, Herzrasen. Sie wurden schlimmer, je älter man wurde, und genau dafür hatte er schließlich uns, Ruby und mich, angeschafft.

Ich war stolz auf mich, denn meine Miene blieb unbewegt. »Wo geht es hin?«

»Ins Jahr 1809 ins Regency-England.« Er gluckste und drehte sich dann vor dem Spiegel, um sich im Profil zu betrachten. »Ein Kinderspiel, sage ich dir«, wiederholte er sich. Auch das war nie ein gutes Zeichen.

Ich nickte nur. Wenn sich die Spur eines Zahnrads im Laufe der Geschichte verlor, dann reiste man in die Zeit, in der man den letzten Beweis für seine Existenz fand. Doch das kam nicht oft vor, denn die meisten Zahnräder hatte ich in der Gegenwart gestohlen. Die Eigentümer wussten nichts mehr von ihren Kräften und bewahrten dieses Erbstück meist nur wenig gesichert auf. Ich war erst dreimal für ein Zahnrad in die Vergangenheit gereist, und ein Kinderspiel war die Suche dort nie gewesen. Warum also war mein Vater überzeugt, dass es so leicht werden würde?

Er war mit seinem Schönheitsprogramm fertig, denn er hatte von irgendwoher ein Unterhemd vom Haken genommen und zog es über. »Lass dir von Sebastian die Akte geben, und dann nimm dir zwei, drei Tage Zeit dafür. Flieg irgendwohin, wo es nett ist. Cabo, Hawaii, die Bahamas. Mach dir eine schöne Zeit, entspann dich … Und nebenbei bereitest du dich vor. Du wirst sehen, es wird alles ganz easy.«

Mir brannte eine Frage auf der Zunge. »Und dann?«

»Was und dann?« Wieder ging mein Vater an mir vorbei, und ich folgte ihm. Im Ankleidezimmer riss er eine weitere Schranktür auf und betrachtete seine große Auswahl an Polohemden. »Glaubst du, ich gebe dich zur Adoption frei, weil ich danach keine Verwendung mehr für dich habe?« Er lachte über seinen eigenen Witz.

»Ich meine die Taschenuhr«, erwiderte ich ungerührt. Ich spielte auf das Hologramm an, dass ich vor meiner Abreise auf die Titanic in seinem Büro gesehen hatte. Es war eine Taschenuhr gewesen, von der ich mir relativ sicher war, dass in ihrem Inneren die Zahnräder der Zeitreisenden verbaut gewesen waren. Warum weigerte mein Vater sich so hartnäckig, mir zu erzählen, was es damit auf sich hatte? Die Uhr hatte funktioniert, ihre Zeiger hatten sich gedreht. Besaß er diese Uhr im wahren Leben? Was wusste er über ihre Kräfte? Denn dass sie etwas Besonderes war, dessen war ich mir ganz sicher. Ihr Metall hatte auf den ersten Blick wie Gold ausgesehen, aber je öfter ich darüber nachdachte, desto mehr erinnerte ich mich an den seltsamen Schimmer auf ihrer Oberfläche. Was hatte das zu bedeuten? Hatte mein Vater ein neues Metall erfunden? Eine neue Legierung? Ich traute ihm so ziemlich alles zu. Diese Uhr musste eine ganz besondere Funktion haben. Und dass mein Erzeuger sich so darüber ausschwieg, machte mich nicht nur noch neugieriger, es bewies auch, dass es sich hierbei um etwas Großes handeln musste.

Mein Vater hatte in seiner Bewegung innegehalten, sein Blick war kühl. »Wir reden darüber, wenn wir alle Zahnräder haben. Das hatte ich dir doch gesagt.«

Er wollte das Thema beenden. Aber ich war gerade in der richtigen Stimmung, ihn ein wenig damit zu nerven. »Warum reden wir nicht jetzt darüber? Vielleicht motiviert mich das ja.«

Er lachte höhnisch, während er nach einem Polohemd griff. »Du tust mir einen Gefallen. Was brauchst du da als guter Sohn für eine Motivation?«

Ich verschränkte die Arme über der Brust. »Du erpresst mich mit Ruby, das ist meine Motivation.«

Die Art, wie er die Hände um eins der Regalbretter legte und seufzte, verriet mir, dass seine Laune kurz davor war zu kippen. Und das wollte ich nicht. Ich wollte ihn ein wenig mit der Taschenuhr ärgern, aber ich wollte nicht, dass er ausrastete. Es würde meine Pläne gefährden. Also lenkte ich ein. »Na gut, verschieben wir die Sache mit der Uhr, aber bitte lass mich kurz mit Ruby sprechen. Nur ein paar Minuten.«

Mein Vater seufzte, zog sich ein Polohemd über und wandte sich mir zu. »In Ordnung. Nach meinem Termin.« Er machte eine Geste mit der Hand, die mich verscheuchen sollte. »Und jetzt lass dir von Sebastian die Regency-Akte geben. Wir sehen uns später.«

Ich nickte, scheinbar geschlagen und doch zufrieden, und verließ die privaten Räume meines Vaters. Auf der Treppe hinab in sein Büro schlich sich ein Lächeln auf meine Züge. Natürlich würde ich nach meinem Telefonat mit Ruby von hier verschwinden. Aber ich würde mir keine Auszeit in irgendeinem teuren Luxusresort in der Karibik gönnen.

Ich ließ mir von dem Sekretär beim Hinausgehen die Akte geben und wollte gerade weiter über meine Pläne nachdenken, da gab mein Telefon, das dritte Modell innerhalb weniger Tage, den typischen WhatsApp-Gong von sich. Es war ein Wunder, dass ich bei dem rasanten Wechsel meiner Handynummern überhaupt noch von irgendjemandem kontaktiert wurde. Es war Brantley.

»Du bist also wieder im Lande. Ich warte noch auf eine Revanche. Wie war New York?«

Ich wusste, was er in Wahrheit wissen wollte. *Wie geht es Ruby?* Mein nerdiger Kumpel Brantley war seit der Highschool in meine ein Jahr ältere Schwester Ruby verknallt. Leider nur beruhte diese Zuneigung nicht auf Gegenseitigkeit.

Ich antwortete ihm knapp, dass die Zeit mit Ruby sehr schön gewesen war und ich heute Abend leider schon verabredet wäre.

»Egal«, kam es daraufhin von ihm zurück, doch ich hörte seine Enttäuschung. »Muss eh Bewerbungen schreiben. Meine Eltern zwingen mich zu einem Nebenjob, bis das College anfängt.«

»Wo bewirbst du dich für einen Job?«

Brantley klang genervt. »Ich bin ein Technik-Nerd und werde Informatik studieren. Also bei gefühlt allen Tech-Start-ups im Valley.«

Ich dachte kurz nach. »Soll ich meinen Vater fragen? Ich mache für dich was klar.«

Sofort änderte sich seine Laune. »Mann, das wäre großartig.« Er war so begeistert, dass seine Stimme sich überschlug. »Er ist ein Riesenplayer am Markt. Und ich kann mir die fünfzig Bewerbungen sparen, auf die sowieso niemand reagiert.«

»Dann mache ich das.«

»Ich danke dir. Du bist der Beste.«

Mittlerweile hatte ich das Haus durchquert und meine eigenen Räume erreicht. Auf dem Weg hatte ich noch schnell eine Mail an einen Mitarbeiter meines Vaters geschickt, der das Personal der meisten Start-ups verantwortete und meinen Vater in CC gesetzt. Ich war mir sicher, Brantley würde mit seiner Qualifikation innerhalb von zwei Tagen einen Job haben.

In meiner Abwesenheit war alles geputzt und aufgeräumt worden. Ich ließ den Blick über die Designermöbel und die viele Technik schweifen. Das alles hier gehörte mir, aber es war kein richtiges Zuhause. Unwillkürlich dachte ich an Thomas Andrews, den Ingenieur der Titanic, dessen Sohn ich gespielt hatte. Thomas war mir in diesen wenigen Tagen mehr ein Vater gewesen, als mein leiblicher Erzeuger es je sein würde. Und jetzt fehlte er mir. Ich blinzelte, um die Bitterkeit zu vertreiben, die in mir aufsteigen wollte. Er war ein guter Mann gewesen, und ich hätte ihm ein langes und glückliches Leben gewünscht.

Und wie von selbst wanderten meine Gedanken weiter zu Lilly. Mein schlechtes Gewissen war auf dem Schiff schon unglaublich groß gewesen. Aber da hatte ich es verdrängen können, hatte mich ablenken können mit der Vorfreude auf unsere Treffen. Jetzt war ich allein. Allein mit meinen Gedanken, der Schuld und dem Schmerz. Lilly fehlte mir, und ich hasste es, dass es jetzt so zwischen uns war. Ich sah sie vor mir. In der schlichten Uniform eines Dienstmädchens und am Abend des Balls in diesem wunderschönen Kleid, das all ihre Rundungen sanft umschmeichelt hatte. Ihr süßes Gesicht, ihre Haare mit dem ganz besonderen Farbton, ihre sanfte Stimme und der Blick, den sie mir immer nur zuwarf, wenn sie sich sicher gewesen war, dass ich es nicht bemerkte. Das Gefühl von Sehnsucht drohte mich zu überwältigen. Ich hatte noch niemals so intensiv für jemanden empfunden. Ruby liebte ich, und sie entfachte in mir einen wilden Beschützerinstinkt. Ich wollte, dass es ihr gut ging, ich wollte, dass sie gesund wurde und ein sorgenfreies, glückliches Leben hatte. Aber mit Lilly würde ich bis an den Rand der Welt reisen und darüber hinaus.

Ich warf mein Telefon und die Akte aufs Bett. Einen Moment lang betrachtete ich das Tablet, bemüht darum, mich nicht von den Erinnerungen und meinen Gefühlen überwältigen zu lassen. Neugierig, bei wem sich das Zahnrad befand, war ich schon, und ins Regency-England war ich nie gereist, doch jetzt hatte ich keinen Kopf dafür. Ich schob die gläserne Schiebetür auf und trat hinaus auf meinen Balkon, der in Richtung eines kargen, sandigen Landstrichs ging. Noch nicht erschlossenes Baugebiet, das mein

Vater um der Aussicht willen gekauft hatte. Was er an Sand und Kakteen fand, hatte ich nie verstanden.

Auf dem Balkon war es unglaublich heiß, und die Sonne blendete mich, dennoch blieb ich stehen und ließ meinen Blick bis zum Horizont schweifen.

Ich dachte an den Plan zurück, der in mir erwacht war, als mein Vater mich am Flughafen abgefangen hatte und in einen der Räume der Security hatte bringen lassen. Ich würde verhindern, dass er alle Zahnräder an sich brachte. Natürlich hatte ich ihm gerade nicht das echte Zahnrad der Familie deGray ausgehändigt. Das war immer noch in Lillys Obhut. Ich war ein ausgebildeter Dieb, ein Profi mit flinken Fingern, und hatte in der Kleiderkammer der deGrays einen Abdruck gemacht, bevor Lilly mich erwischt hatte. Dann ließ ich bei einem Juwelier meines Vertrauens in New York in einer Nachtschicht eine Kopie anfertigen, die ich soeben meinem Vater übergeben hatte.

Der Schwindel würde auffliegen, sobald er das letzte Zahnrad in seine Taschenuhr einsetzen würde. Und genau deshalb ging mein Plan noch weiter. Ich würde die zwei Tage Freizeit nutzen, um zurück nach New York zu reisen. Ich musste mich einfach mit Lilly aussöhnen und sie in meine Pläne einweihen. Ich hoffte und betete, dass sie mir vergeben und dann mit mir zusammenarbeiten würde.

Mir war klar, dass es nicht einfach werden würde. Lilly war wütend auf mich, und das zu Recht. Es stach schmerzhaft in meinem Bauch, als ich an ihre Worte dachte. Belogen, benutzt, vorgeführt. Sie hatte mit allem recht.

In einem schwachen Moment wünschte ich mich zurück auf die Titanic. Unsere Zeit bei den Hunden, die wir beide so sehr genossen hatten. Der kleine Ball, nur für uns zwei, den ich organisiert hatte, um ihr eine Freude zu machen. Ihr Lachen, ihr wunderschönes Lächeln, der Duft ihrer Haut. Die Erinnerungen brachen erneut so machtvoll über mich herein, dass ich meine Hände wie von selbst um die Balkonbrüstung krallte. Das Gefühl ihrer Haut auf meiner, der Geschmack ihrer Küsse, diese Leidenschaft, die doch nur das Sahnehäubchen so vieler anderer Gefühle war. Sympathie, Freundschaft, Vertrauen.

Ich ließ die Brüstung abrupt los. Vertrauen, das ich missbraucht hatte. Ich straffte die Schultern und wandte mich vom Horizont ab. Es lag nun an mir. Ich durfte Lilly nicht verlieren, ich konnte es mir gar nicht vorstellen. Ich würde alles dafür tun, dass sie mir verzieh.

Mein Blick fiel wieder auf das Tablet. Auf dem Flug nach New York zurück zu Lilly würde ich mir die Unterlagen gründlich durchlesen und genug auswendig lernen, um meinem Vater später erfolgreich vorzugaukeln, dass ich ins Regency-England reisen würde.

Ich lächelte grimmig. *Ja, Dad, ich werde in die Vergangenheit reisen. Aber nicht ins Regency, die Zeit, die du mir vorgegeben hast.*

Stattdessen wollte ich herausfinden, wann und wie meine Familie in den Besitz ihres Zahnrads gelangt war. In diese Zeit würde ich reisen und tun, was ich tun musste. Nervosität stieg in mir auf, als ich über die Tragweite meiner Entscheidung nachdachte. Ich würde in der Vergangenheit die Zukunft ändern, um die Menschheit vor meinem Vater zu schützen.

Kapitel 3
Lilly

Ich saß in dem kleinen Gewächshaus, das meine Mutter zu einem Atelier umgebaut hatte. Der Stuhl vor ihrem Zeichenpult knarrte leise, als ich mich bewegte. Die Sonne stand schon tief über der Skyline von New York.

Hier oben auf dem Dach hatte ich mich immer frei gefühlt, irgendwie leichter und in der Nähe von Moms Sachen geborgen. Doch der Sturm in meinem Inneren kam nicht zur Ruhe. Mit einem frustrierten Seufzen klappte ich das vor mir liegende Tagebuch zu. Nur, um es im nächsten Moment wieder aufzuschlagen. Es war ein hübsches Exemplar, gebunden in helles Leder, mit gleich zwei Lesebändchen und ausgestattet mit Papier, das seidenweich raschelte, wenn man durch die Seiten blätterte. Seiten, die immer noch leer waren. Meine Mutter und mein Vater hatten es mir zu meinem 14. Geburtstag geschenkt und sich darin verewigt.

Ich strich über die ausgeblichene Tinte, während ich den Schriftzug las, den ich auswendig kannte.

Für unsere kleine Wühlmaus. In Liebe, Mom und Dad.

Sie waren der Meinung gewesen, ich war alt genug für ein Tagebuch und sollte meine Erinnerungen festhalten. Außerdem glaubte Mom, dass es half, die Gedanken zu sortieren. Und jetzt, da ich in so einer schwierigen Situation steckte, war es mir wieder eingefallen. Doch ich brachte es einfach nicht über mich. Ich fand keinen Anfang. Ich wollte mich sortieren, ich wollte eine Ordnung in all dieses Gefühlschaos bringen, aber jedes Mal, wenn ich nach einem Stift griff, war ich wie gelähmt. Ich war gefangen in den Erinnerungen, die mich verfolgten. Die Flucht von der Titanic, mein drohendes Ertrinken, der Verlust von Ray, der sich dann als Damien vorgestellt und mein Herz entzweigerissen hatte – all das ließ mich nicht los. Viele Stunden waren vergangen, in denen ich mich immer wieder dazu zwingen musste, mir nichts anmerken zu lassen. Ich wollte meinem Vater alles erzählen, aber auch hier fand ich den Anfang nicht.

Und seit drei Stunden bekam ich Nachrichten von Damien. Er schrieb mir auf dem Handy, das er bei seiner Flucht aus unserem Haus hiergelassen hatte. Er bombardierte mich nicht, aber er schickte jede Stunde eine Nachricht. Natürlich hätte ich ihn blockieren können, aber das tat ich nicht. Ob ich es nicht wollte oder ob ich mich auch hier einfach nicht aufraffen konnte, das wusste ich nicht.

Ich war leer. Ich hatte keine Gefühle mehr. Ich hatte sie alle in den letzten Tagen aufgebraucht.

Und als hätte Damien gespürt, dass ich an ihn dachte, leuchtete der Bildschirm erneut auf.

Lilly, bitte. Ich bin in New York. Aber ich will nicht vor deinem Haus auftauchen wie ein verdammter Stalker. Bitte antworte mir, und lass uns ein Treffen ausmachen. Bitte lass mich alles erklären.

Ich las die Textnachricht auf dem Bildschirm, und als dieser wieder schwarz wurde, wandte ich mich dem Tagebuch zu. Noch mal strich ich mit dem Finger über die Schrift. *Ich will nicht, dass es so endet.* Dieser Satz hallte in meinem Kopf wider. Er hatte ehrlich geklungen. Aber was wusste ich schon? Damien hatte mich während der Zeit auf der Titanic nur vorgeführt. Der Gedanke, dass er mich nur geküsst hatte, um mein Zahnrad zu stehlen, tat weh. Er hatte zwar gesagt, dass das nicht stimmte, aber ich war zu verletzt, um alles objektiv zu analysieren.

Ich las die Nachricht erneut. Ich dachte an seine Stimme, und alles, was er schrieb, klang wie Ray. Für mich war er immer noch der Sohn des talentierten Schiffskonstrukteurs Thomas Andrews. Der junge Mann, der davon träumte, Tierarzt zu werden, und der mir sein Talent im Umgang mit Hunden live bewiesen hatte. Der Junge, der so aufmerksam, so charmant und so liebevoll zu mir gewesen war. Der an meiner Seite gekämpft hatte, um die Kette von Ethel an mich zu bringen.

Ich stöhnte auf und klappte das Tagebuch wieder zu. Als ich ihn im Three Bells hatte kämpfen sehen und dann später in seinem schicken Anzug vor dem Polygon Hotel, da war er mir wie ein lebender Gegensatz vorgekommen. Der elegante reiche Erbe und der abgehärtete Sportler. Aber jetzt war es noch schlimmer. Vieles, was er getan hatte, passte nicht zu dem, was er mir erzählt hatte. Jemand, der einen Auftrag hatte, der seine Schwester retten wollte, der verbrachte doch nicht jeden Abend mit mir, um Hunde zu streicheln. Der organisierte keinen Ball oder brachte kleine Geschenke mit.

Ich nahm das Handy zur Hand und öffnete WhatsApp. Ein kühler Schauer jagte mir die Wirbelsäule hinab, als ich all seine Nachrichten hintereinander las. Er klang so sehr wie Ray. Mein Kopf wollte es einfach nicht verstehen, dass Damien, den ich als Bedrohung und Herzensbrecher kennengelernt hatte, derselbe Mensch war.

Zuerst tippte ich: Ich will nie wieder etwas mit dir zu tun haben.

Doch dann löschte ich meine Worte wieder.

Lass mich in Ruhe.

Wieder löschte ich alles. Wollte ich hören, was er mir zu sagen hatte? *Ich will nicht, dass es so endet.* Wieder spukte mir sein Satz durch den Kopf.

Und was wollte ich?

Ehrlich gesagt erinnerte ich mich nicht mehr an unser ganzes Gespräch. Die vielen Fakten, die vielen Informationen, ich war so aufgeregt gewesen, so wütend, so überrascht und schockiert zugleich. Der Kampf in der Kleiderkammer hatte mich ausgelaugt und dann war alles über mich hereingebrochen. Auch die Neuigkeiten rund um unsere Aushilfe Ruby, die Damiens Schwester war, hatten mich völlig aus dem Konzept gebracht. Ich mochte sie, und auch sie hatte uns ausspioniert. Es war schlicht unvorstellbar, wie sehr meine Menschenkenntnis mich getäuscht hatte. Wir waren keine Freundinnen gewesen, aber ich hatte ihr vertraut. Genau wie ich Damien vertraut hatte.

Noch mal zwang ich mich, die Erinnerungen an diese kurze Begegnung mit Damien abzurufen. Ich wusste noch, dass sein Vater ihn mit seiner Schwester Ruby erpresste. Ein Umstand, den ich mir kaum vorstellen konnte. Aber viele Details waren einfach im Trubel verloren gegangen. Doch ich wollte es verstehen. Zwischen all den verletzten Gefühlen und dem zu Boden getretenen Stolz wollte ich nachvollziehen, was seine Beweggründe waren. Und das wiederum zeigte mir, dass er mir nicht egal war. Dass etwas tief in mir drinnen ihm immer noch vertraute. Vielleicht wünschte ich mir auch bloß, dass Damien sich als Ray entpuppte und nicht andersherum.

Aber was sollte ich ihm antworten? Ihn zum Teufel schicken? Nein. Ihm vergeben? Nein, ganz bestimmt nicht. Ein Treffen zulassen? Gedankenverloren kaute ich auf meiner Unterlippe. Er würde mir nichts tun. Er hatte mich in dem Kampf nicht verletzt. Im Gegenteil, er war vorsichtig gewesen und hatte sich schlussendlich von mir ein Messer an die Kehle drücken lassen, nur damit wir ein Gespräch beginnen konnten. Einerseits wünschte ich mir, ich könnte meinen Vater um Hilfe bitten. Ihn zu dem Treffen dazubitten. Aber andererseits war es Zeit, endlich erwachsen zu werden. Und die Reise auf die Titanic hatte mich bereits verändert. Und jetzt sollte ich mit diesem Thema umgehen, als wäre ich ein reifer Mensch, der seine Probleme selbst löste.

Noch mal las ich die letzte Nachricht. Aus den vorangegangenen wusste ich, dass er am Morgen nach seiner Flucht über meinen Balkon abgereist war. Wohin, das wusste ich nicht. Und jetzt war er wieder hier in New York. Bedeutete das, dass er es wirklich ernst meinte?

Oder hatte er Freunde in der Stadt, die er besuchte, und diese Sache mit mir zwischen zwei Termine geschoben?

Ich zog ein missmutiges Gesicht. Der letzte Gedanke war verbittert gewesen, und so gefiel ich mir gar nicht. Immer das Schlechteste annehmen, nein, so wollte ich nicht sein.

Dann war ich mir plötzlich sicher. Ich nahm das Handy hoch und tippte.

> Heute Abend um 21:30 Uhr auf dem Absatz der Feuertreppe. Du hast eine halbe Stunde.

Zwei Sätze. Ich war mit mir zufrieden. Und er wusste, was ich mit dem Absatz der Feuertreppe meinte, denn schließlich war er darüber nach unserem letzten Aufeinandertreffen geflohen.

Ich legte das Handy zur Seite und ließ meinen Blick über Moms Arbeitsmaterial schweifen. Die vielen Buntstifte, die kleinen Töpfchen mit Aquarellfarben, die sorgfältig gewaschenen Pinsel. Es wirkte alles wie eine Momentaufnahme. So, als würde sie gleich zurückkommen und sich wieder genau hierhin setzen. Doch der zarte Geruch nach feuchtem Holz ließ sich nicht vertreiben. All das hier war dem Verfall preisgegeben. Und genauso verblasste auch meine Erinnerung an Mom unwiederbringlich. Ich war machtlos dagegen, und das ohnmächtige Gefühl des Verlusts fraß mich immer noch von innen auf.

Der aufleuchtende Bildschirm lenkte mich ab. Mit klopfendem Herzen sah ich auf das Display.

Die eingegangene Nachricht bestand nur aus einem einzigen Wort.

Danke.

Kapitel 4
Lilly

Um kurz vor halb zehn saß ich auf meinem improvisierten Balkon auf der Feuertreppe. Aufgrund meiner Nervosität war ich nach Damiens Zusage zu nichts zu gebrauchen gewesen, außer dass ich unser Zahnrad an einem Platz außerhalb des Archivs versteckt hatte.

Mein gesunder Appetit, auf den ich mich eigentlich immer verlassen konnte, war wie ausradiert. Dad hatte mich komisch angesehen, als ich zum Abendbrot nur verträumt an einer rohen Karotte geknabbert hatte, aber er hatte mich nicht darauf angesprochen. Ihm hatte ich erzählt, dass ich einen neuen Roman auf meinen Reader geladen hatte und noch etwas lesen wollte.

Jetzt saß ich zwar auf dem improvisierten Balkon, aber so wirklich bereit war ich doch nicht. Ich trug wieder eine Leggings und einen leichten Pullover mit einem Oversize-Schnitt. Darin fühlte ich mich einfach am wohlsten. Außer einem dicken Sitzkissen für Damien hatte ich nichts vorbereitet. Normalerweise würde ich Getränke und kleine Snacks bereitstellen und hätte meine Lichterkette angemacht. Aber ich wollte nicht, dass er den Eindruck bekam, dass ich ihm bereits verziehen hatte.

Damien war pünktlich. Genau um halb zehn hörte ich seine Schritte unten auf der Feuertreppe. Kurz darauf betrat er den Absatz.

Es war wie ein Déjà-vu. Ich erinnerte mich, dass ich auf der Titanic überlegt hatte, wie er wohl in moderner Kleidung aussah. Jetzt stand er vor mir in einer dunklen Jeans, Chucks und einem blauen Polohemd. Eine Sonnenbrille steckte in seinem Ausschnitt. Zugegeben, nicht nur der altmodische Anzug, auch dieses Outfit stand ihm hervorragend.

»Hi«, sagt er leise. Trotz der leichten Sommerbräune wirkte er müde und erschöpft.

Ich deutete auf das Sitzkissen, das ich so weit weg wie möglich von mir auf dem winzigen Absatz platziert hatte.

»Hi. Setz dich doch.«

Er nickte und hatte einige Mühe, seine langen Beine so zu falten, dass er bequem sitzen konnte.

Aber genau so hatte ich es gewollt. Das hier war kein Zugeständnis. Es war eine Chance. *Seine* Chance und dafür musste ich ihm nicht den roten Teppich ausrollen.

Damien sah sich um, als befürchte er Zuhörer.

»Keine Angst«, sagte ich also. »Wir sind ungestört.« Das Eckhaus, das meiner Familie gehörte, war lang genug, um jegliche Geräuschkulisse der Nachbarhäuser auszublenden.

Es ärgerte mich, dass ich nervös war. Nicht nervös, weil ich weitere Nachrichten befürchtete, die mir nicht gefielen. Nervös, weil er hier war. Weil er mir immer noch so gut gefiel. Weil ich in ihm immer noch den sah, den ich kennengelernt hatte. Weil mein Herz schneller klopfte, wenn ich in seine grauen Augen blickte.

Just in diesem Moment sah er mich an. Und hätte ich nicht schon gesessen, ich hätte weiche Knie bekommen. Er lächelte nicht, sein Blick war ernst, aber in seinen Augen erkannte ich alles, was er fühlte. Und es war so verdammt echt.

Wenn er so etwas spielen konnte, Schuld, Schmerz und Unsicherheit, konnte ich mir keine Vorwürfe machen. Denn dann würde jeder auf ihn hereinfallen.

Ich sah auf den bunten Stoff meines Sitzkissens, der zwischen meinen zum Schneidersitz gefalteten Beinen hervorblitzte. »Dann schieß mal los.« Ich gab meiner Stimme einen betont beiläufigen Klang.

Damien räusperte sich und sprach nicht sofort. Es schien ihm schwerzufallen, darüber zu sprechen. Mein dummes Herz reagierte darauf, doch ich verbot mir, ihn anzusehen.

Damien sprach leise, aber mit fester Stimme. »Zuerst noch mal danke, dass du mich empfängst.«

Ich spürte, dass er eine Antwort erwartete, und als diese nicht kam, sprach er weiter. »Mein Vater stiehlt schon seit meiner Kindheit Zahnräder. Bis jetzt ist er noch nie einer Familie begegnet, die noch von ihren Fähigkeiten wusste. Ihr seid die Einzigen und deshalb vermutlich so eine harte Nuss für ihn. Jedenfalls hat er ein paar Zahnräder selbst gestohlen, doch die Hauptarbeit hat er Ruby und mir überlassen. Wir wurden dafür ausgebildet. Kürzlich habe ich erfahren, dass er vermutlich etwas plant. Ich weiß nicht genau, was, aber es hat etwas mit einer Taschenuhr zu tun, in die er alle Zahnräder der Zeitreisenden einsetzt.«

Überrascht hob ich den Kopf und vergaß, dass ich ihn eigentlich nicht ansehen wollte.

Damien wollte gerade weitersprechen, doch als sich unsere Blicke trafen, vergaß er wohl, was er hatte sagen wollen. Er betrachtete mich, ließ seinen Blick über mein Gesicht gleiten und seine Lippen bewegten sich leicht, doch es kam kein Wort heraus.

Das Knistern zwischen uns war so übermächtig, dass ich fast damit rechnete, Funken sprühen zu sehen.

Die Sonne versank gerade wie ein glühender Feuerball am Himmel. Licht und Dunkelheit kämpften um die Oberhand, und die Schatten wurden sekündlich länger.

»Es tut mir alles so leid«, flüsterte er. »Ich musste auf diese Reise gehen. Wie ich dir schon erzählt habe, hat mein Vater mich erpresst. Es ging alles ganz schnell. Es war eine Entscheidung von wenigen Stunden. Und ich musste mich noch vorbereiten und alles. Ich bin erst mal losgereist und habe mir dann gedacht, dass mir eine Lösung einfällt. Also während ich auf der Titanic bin«, fügte er noch hinzu. »Und mir war schon vorher bewusst, dass ich dich nicht bestehlen konnte. Ich könnte …«

»Dein Auftrag war also, dich an mich heranzumachen, um mir das Zahnrad zu stehlen?«, unterbrach ich ihn harsch.

Schon wieder strich Damien sich durch die Haare. »Ja, aber …«

Ich unterbrach ihn erneut. »Musstest du so etwas schon öfter machen?« Es stach unangenehm in meinem Bauch und eigentlich wollte ich die Antwort gar nicht wissen.

»Nein.« Jetzt klang er eindringlich. »Und genau deshalb habe ich den Auftrag von Anfang an zutiefst verachtet. Ich wollte nicht mit deinen Gefühlen spielen.«

Meine Stimme klang matt. »War das alles geplant? Dass ich dich halbnackt im Three Bells sehe? Das Treffen bei den Hunden? Der Ball?«

In meinem Inneren zerfloss ich vor Schmerz.

Damien beugte sich etwas vor und sah mich entschlossen an. »Meine Gefühle für dich waren nicht gespielt, Lilly. Nichts davon.«

Ich betrachtete ihn, und obwohl alles in meinem Inneren sich dagegen wehrte, spürte ich, dass er mir nicht die ganze Wahrheit sagte. Sein schönes Gesicht zeigte Schmerz, und ich musste mich zwingen, ihm nicht über die Wange zu streicheln. Die Anziehung zwischen uns war immer noch da, doch ich glaubte ihm nicht.

Er ist ein professioneller Dieb, so wie du. Er ist ein Charmeur, ausgebildet dafür, von Menschen alles zu erfahren und zu bekommen, was er will. Und jetzt will er etwas von dir. Er will das Zahnrad deiner Familie. Weil er bei seinen vorherigen Versuchen nicht erfolgreich war. Er hat es auf der Titanic versucht, und dann ist er das Risiko eingegangen aufzufliegen und ist bei dir eingebrochen. Er wäre in der Kleiderkammer fast erfolgreich gewesen, hättest du ihn nicht ertappt. Vergiss das nicht. Es geht nicht um dich. Es ging nie um dich.

Dann fiel mir etwas ein.

»Moment mal.« Erst da wurde mir das gesamte Ausmaß klar. »Wenn du mir mein Zahnrad gestohlen hättest, hätte ich in der Vergangenheit bleiben müssen.«

Jetzt war sie wieder da, diese Wut, die meinen verletzten Stolz noch mehr befeuerte.

Das hier war ein Fehler gewesen.

Er hatte mich schon wieder manipuliert.

»Verschwinde.« Meine Worte waren kaum mehr als ein raues Krächzen. Ich hatte so große Hoffnungen in dieses Gespräch gesetzt. Doch es war schlimmer als zuvor.

Damien wollte gerade etwas erwidern, da hörte ich Schritte. Im nächsten Moment erschien mein Vater am Fenster, in seinen Händen einen Teller und ein Glas Kakao. »Liebes, du hast kaum etwas gegessen, da dachte ich mir, ich bringe dir ...« Er brach ab, die Kekse auf dem Teller rutschten gefährlich zu dessen Rand.

»Was ist denn hier los?« Er musterte Damien so misstrauisch, als habe er uns beide im Bett erwischt.

Es tat mir leid, ihm so spät am Abend noch so eine Aufregung zuzumuten, doch ich hatte keine Kraft mehr zu lügen. Und Damien in Schutz nehmen wollte ich auch nicht. Aber mir fehlten die Worte, und auch Damien war wie versteinert.

Dad spürte die aufgeheizte Stimmung zwischen uns. »Alles in Ordnung, Lilly?« Jetzt fielen ihm wohl die Tränen in meinen Augen auf und sein Blick verdüsterte sich noch mehr.

»Wer sind Sie?«, herrschte er Damien an. »Und was ist hier los?«

»Mein Name ist Damien Belmont, Sir.« Damien sprang auf. »Und ich ...«

Ich fiel ihm ins Wort, bevor er die Bombe platzen lassen konnte. »Wir müssen mit dir reden, Dad. Es ist dringend.«

»Bist du schwanger?«, platzte es aus Dad hervor.

Ich schüttelte hastig den Kopf. »Nein. Aber auf der Titanic ist etwas passiert …« Ich brach ab. Ich wollte das auf gar keinen Fall auf dem Balkon klären. Ich hatte gerade beschlossen, dass ich dieses Geheimnis nicht länger vor meinem Vater verbergen wollte. Ich wollte, dass Damien ihm alles erzählte. Mein Vater war klug und ein guter Stratege. Wir würden unser Zahnrad schützen müssen und diese Verantwortung war mir nach all dem, was ich gerade eben über Damiens Vater erfahren hatte, einfach zu groß. Ich brauchte meinen Dad. Schon wieder überfielen mich Schuldgefühle, dass ich ihm all das zumutete. Aber ich hoffte, dass er mich verstand und dass er für mich da sein würde.

»Es geht um die Titanic? Du hast …« Dad stockte abrupt. Wir sprachen niemals außerhalb der Familie über das Zeitreisen.

»Bitte, Dad«, sagte ich leise. »Können wir sprechen? Unten? Im Wohnzimmer?«

»In Ordnung.« Er wirkte überrumpelt und schon wieder hielt er den Teller mit Keksen gefährlich schief. »Dann unterhalten wir uns im Wohnzimmer.«

Ich kam auf die Füße und nahm ihm Glas und Teller ab. Da ich keinen Hunger hatte, stellte ich die Kekse zur Seite, kaum dass ich einen großen Schritt hinein in mein Zimmer getan hatte. Damien folgte mir und wirkte besorgt und gehemmt in der Gegenwart meines Vaters. Da ich fürchtete, dass er erneut flüchten würde, bedeutete ich ihm, meinem Vater hinterherzugehen. Dieser stand schon an der Wendeltreppe, und seine gesamte Körpersprache verriet sein Misstrauen.

»Nein, bitte nach dir.« Damien wollte mir den Vortritt lassen.

»Nein, geh du.«

»Ich bitte darum.«

»Jetzt mach schon.«

Damien gab auf. Der Blick meines Vaters wanderte zwischen uns beiden hin und her, als versuche er verzweifelt, sich einen Reim auf diese Situation zu machen.

Im Wohnzimmer bedeutete mein Vater Damien, in unserer Sitzecke Platz zu nehmen. Entgegen seiner üblichen Gastfreundschaft bot er ihm nichts zu trinken an. Ich setzte mich hin und nippte an meinem Kakao. Die Süße tat wirklich gut in diesem Moment.

Mein Vater sah gespannt zu mir, doch ich deutete wortlos auf Damien. Dieser wirkte jetzt noch nervöser. Dann gab er sich einen Ruck und begann zu sprechen.

Er erzählte alles. Von dem Auftrag, von Ruby, den Zahnrädern und den anderen Zeitreisen-Familien. Von seinem Vater und der Erpressung. Und von alldem, was auf der Titanic und seitdem geschehen war.

Dad wurde erst kreidebleich, und dann bekam er diese ungesunden roten Flecken im Gesicht, als Damien ihm erzählte, dass wir nicht die einzigen Zeitreisenden waren. Eine Hand hatte er auf seinem Knie abgelegt und mir fiel auf, dass sie leicht zitterte. Hin und wieder nickte er, aber gesagt hatte er nichts mehr. Dad tat mir leid, doch ich wusste, er würde jetzt nicht wollen, dass ich ihn nach seinem Befinden fragte.

Damien sah ebenso angespannt aus. Er hatte den Rücken durchgedrückt und er wirkte so nervös, als befände er sich in einer mündlichen Prüfung.

Ich saß derweil mit meinen Kakao und angezogenen Knien in einem plüschigen grünen Ohrensessel und funkelte ihn an …

Mein Vater fing einen meiner Blicke auf, und plötzlich wurde mir klar, dass er längst wusste, was zwischen uns passiert war. Die Art, wie Damien mich extra nicht ansah. Die Spannung zwischen uns und wie verletzt ich wirkte. Und dass wir so verkrampft miteinander umgingen, machte es nur noch deutlicher.

»Und jetzt habe ich meinem Vater ein gefälschtes Zahnrad gegeben. Ich habe einen Abdruck von dem de-Gray-Zahnrad gemacht, bevor Lilly mich entdeckt hat. Es wird meinen Vater aber nicht ewig aufhalten.«

Ich horchte auf. Das hatte Damien mir noch nicht erzählt. Er hatte also eine Kopie erstellt? Warum hatte er dann unser echtes Zahnrad trotzdem stehlen wollen? Täuschte er uns schon wieder?

»Aber so habe ich Zeit, um mehr über den Ursprung der Zeitreisenden herauszufinden. Ich will meinen Vater aufhalten. Er darf niemals in den Besitz aller Zahnräder gelangen. Und deshalb …«

Es klopfte an der Wohnungstür. Mein Vater schien wie paralysiert über all diese ungeheuerliche Neuigkeiten, die sein Weltbild mal eben komplett aus den Fugen gerissen hatte, denn er regte sich nicht.

Ich stellte meinen Kakao auf einem Beistelltisch ab und stand auf. *Moment. Es klopft an der Wohnungstür?*

Eigentlich klingelten Besucher an der Haustür. Und um diese späte Uhrzeit bekamen wir eher selten Besuch.

Ich ging durch den Flur zur Wohnungstür.

Vor dem Guckloch im hell erleuchteten Treppenhaus

stand ein Mann etwa im Alter meines Vaters. Er war auffällig gekleidet und alles, was er trug, sah teuer aus. Sofort hielt ich ihn für einen von Dads exaltierten Sammlern, die gern mal spontan vorbeischauten.

Ich öffnete die Wohnungstür, um ihn mit ein paar freundlichen Worten wegzuschicken und auf morgen zu vertrösten.

»Guten Abend. Sie müssen Lilly sein.« Der Mann strahlte mich an. Er war deutlich größer als ich, etwa so groß wie Damien, und in seinem dunklen Haar fanden sich bereits ein paar graue Strähnen. Dennoch wirkt er sehr sportlich und seine breiten Schultern trugen zu diesem Eindruck bei.

»Guten Abend. Ja, das bin ich«, erwiderte ich höflich. Jetzt hielt ich ihn tatsächlich für einen Sammler, denn woher sonst sollte er meinen Namen kennen?

Ich wollte schon mit meiner Rede beginnen, da sprach er weiter.

»Sie sind wirklich hübsch. Kein Wunder, dass mein Sohn sein Herz an Sie verloren hat.«

Wie bitte?

Der Mann lächelte. »Ich bin Grayson Belmont, der Vater von Damien. Er ist doch hier?«

Himmel. Es ist der Verrückte mit der Taschenuhr, dachte ich noch. Doch da war es schon zu spät.

Kapitel 5
Damien

Lillys alarmierte Rufe und das Gepolter im Flur ließen mich aufspringen. Im nächsten Moment traute ich meinen Augen nicht. Da stand mein Vater, und hinter ihm bauten sich vier seiner Sicherheitsleute auf.

»Ein kleines Familien-Kaffeekränzchen, wie nett.« Die Stimme meines Vaters troff vor Ironie.

»Wer sind Sie?« Neben mir erhob sich jetzt auch Thaddeus deGray, gerade als Lilly in den Raum stolperte. Die Männer mussten sie grob zur Seite gestoßen haben, als sie sich unerlaubt Zutritt zur Wohnung verschafft hatten. Sie strich sich eine Strähne aus dem Gesicht und rieb sich mit der freien Hand die Schulter.

»Verschwinden Sie, sofort!«, rief sie trotzdem und ging auf die Männer zu.

Mein Vater gab ein schnelles Zeichen, und einer der Sicherheitsleute packte Lilly grob am Arm. Sie drehte sich und beförderte ihn mit einer Judo-Rolle auf den Boden. Es polterte laut, als der Mann zu Boden ging, und dann noch mal, als zwei kleine Statuen auf der Kommode, gegen die er geprallt war, auf den Holzboden fielen.

Ich wollte Lilly zu Hilfe eilen, und auch ihr Vater war aufgesprungen. Tumult brach aus, als Mr deGray und ich uns gleichzeitig auf die anderen Sicherheitsleute stürzten.

»An eurer Stelle wäre ich kooperativ.« Mein Vater ließ sich in den grünen Sessel fallen, in dem Lilly soeben noch gesessen hatte. »Je länger ihr euch wehrt, desto mehr sinkt meine Laune, und seid euch sicher, das wollt ihr nicht.«

Lillys Vater hielt inne und der Sicherheitsmann packte ihn grob am Arm. Lillys Gegner rappelte sich gerade wieder auf. Ich befand mich zwischen zwei Männern meines Vaters, immer noch bereit für einen Kampf. Einer wollte auch mich am Arm festhalten, doch ich schlug ihn grob zur Seite. »Nicht anfassen«, knurrte ich.

»Setzt euch doch zu mir.« Mein Vater zeigte auf die Sitzgelegenheiten. Thaddeus deGray reagierte als Erster. Er setzte sich. Er zitterte, und Schweiß stand auf seiner Oberlippe. Ich schätzte ihn auf etwa so alt wie meinen Vater, aber er war lange nicht so gut in Form wie dieser. Wo sich bei meinem Vater nur Haut und Muskeln befanden, wölbte sich bei Thaddeus deGray ein ansehnlicher Bauch unter seiner altmodischen Weste.

Lilly und ich tauschten einen Blick. Sie nickte kaum merklich. Also setzten auch wir uns. Prompt nahmen die Sicherheitsleute hinter jedem von uns Aufstellung.

Ich konnte nicht glauben, dass mein Vater mich aufgespürt hatte. Ich hatte meine Spuren verwischt, ihm vorgegaukelt, ich wäre nach Hawaii unterwegs. Aber erneut war er mir einen Schritt voraus.

Wie selbstverständlich griff mein Vater nach einer

Schale mit Pralinen, die auf dem Beistelltisch neben Lillys Kakaoglas stand. Er biss in eine hinein und kaute konzentriert, während wir ihn hasserfüllt anstarrten.

Mein Vater schluckte und griff dann nach der Schale. »Kompliment«, sagte er dann zu Mr deGray. »Ein wirklich hübsches Porzellan haben Sie da.« Als dieser nicht antwortete, lehnte sich mein Vater in dem Sessel zurück, stellte die Schale auf seinem Schoß ab und musterte uns alle nacheinander. »Als treusorgender Vater weiß ich gern, was meine Kinder so treiben, und deshalb überwache ich sie.«

Ich schnaubte. Was für ein Schauspiel. In mir tobte die Angst um Lilly und ihren Vater. Um ihr Zahnrad. Um das Geheimnis, das sie tief unter ihrem Haus verborgen hatten.

Mir war klar, dass mein Vater wieder einen gegen den anderen ausspielen würde. Das war seine Paradedisziplin. Noch hatte ich keine Idee, worauf es hinauslaufen würde. Und das beunruhigte mich am meisten.

»Sie sind ein treusorgender Vater?« Lilly wollte aufspringen, aber der Sicherheitsmann, der hinter ihr stand, drückte sie zurück in ihren Stuhl. Sie umfasste blitzschnell eins seiner Handgelenke mit beiden Händen und riss seinen Kopf nah zu sich. »Fassen Sie mich noch einmal so grob an, dann werde ich Ihnen nicht nur Ihr Handgelenk brechen.«

Sie ließ ihn los, indem sie ihn nach hinten stieß.

Ich war stolz auf sie, doch mein Vater lachte nur wieder. »Sie haben Feuer. Das gefällt mir.«

Lilly zog ein angewidertes Gesicht. »Und Sie sind ein egoistischer kontrollsüchtiger Irrer, der nichts als Schmerz und Leid verursacht.«

Mein Vater stellte nervtötend langsam die Pralinenschale zurück auf den Beistelltisch, bevor er sich nach vorn lehnte.

Ich machte mich bereit zum Sprung. Sollte er Lilly anfassen, würde ich ihn umbringen.

»Sie sind ein mutiges Mädchen, Miss …«

»Ich bin eine mutige Frau«, korrigierte sie ihn.

Überraschenderweise ging mein Vater darauf ein. »Sie sind eine mutige Frau, Miss deGray, und weil wir uns nicht kennen, lasse ich Ihnen diese Unhöflichkeit durchgehen. Verstehen Sie mich nicht falsch, ich schrecke nicht vor allen Mitteln zurück, die nötig sind, um ein Ziel zu erreichen. Aber ich bin nicht hier, um ein Schlachtfeld zu hinterlassen. Ich bin hier, um zu verhandeln.«

»Was wollen Sie?«, fragte jetzt Thaddeus deGray.

Mein Vater lächelte süffisant. »Es geht natürlich um das Zahnrad.«

Resignation erfüllte mich. Mein Vater hatte meinen Betrug also schon durchschaut. Und jetzt war er hier und bedrohte die deGrays. Ich hatte ihn hergelockt. Verdammt!

»Sie bekommen es nicht«, erwiderte Mr deGray und Lilly sagte zeitgleich: »Vergessen Sie's.«

Mein Vater schnalzte mit der Zunge. »Wissen Sie, und genau mit so einer Antwort habe ich gerechnet.« Er hob die Hände in einer bedauernden Geste. »Das ist natürlich schade, aber nicht zu ändern. Deshalb lassen Sie mich meine Sicht auf die Dinge erklären.« Er holte theatralisch Luft. »Ich brauche das Zahnrad Ihrer Familie genauso wie das letzte Zahnrad, das laut meiner Recherchen zuletzt im Regency-England aufgetaucht ist.« Jetzt sah er zu mir.

»Mein Sohn ist unzuverlässig geworden. Und noch schlimmer: Er ist ein Betrüger. Er hat mir eine schlechte Kopie Ihres Zahnrads übergeben, um Sie beide zu schützen. Das heißt, er bekämpft mich nicht nur, er hat sich auf eine andere Seite geschlagen. Das macht ihn schwer zu kontrollieren, und so einen Zustand kann ich nicht hinnehmen. Ich habe also folgende Idee.« Jetzt richtete er seinen Blick auf Lilly. »Sie werden für mich in die Vergangenheit reisen und das letzte Zahnrad für mich finden. Meinen Sohn schicke ich mit, weil Sie jemanden brauchen, der durch die Zeit reisen kann.«

Lilly runzelte die Stirn. »Wieso brauche ich jemanden, der für mich reist?«

»Ups, vergessen«, sagte mein Vater wie beiläufig. »Sie werden dann nicht mehr reisen können, weil Sie mir vorher noch das Zahnrad Ihrer Familie aushändigen.«

Mr deGray wollte etwas erwidern, doch Lilly brachte ihn mit einem Blick zum Schweigen.

»Da muss ich Ihnen leider in beiden Punkten absagen, Mr Belmont.«

Es war bewundernswert, wie cool sie blieb. Ich hätte meinen Vater vermutlich schon angeschrien.

Mein Vater seufzte erneut übertrieben. »Ja, meine Liebe, und genau das habe ich mir ebenfalls gedacht. Und deshalb wird Ihr Vater so lange bei mir eine nette Zeit verleben, bis Sie erfolgreich waren. Ich bin mir sicher, länger als eine Woche dauert es nicht. So lange können Sie Ihren Laden sicherlich schließen.«

Alle Farbe wich aus Lillys Gesicht. »Wie bitte?«

»Er entführt deinen Vater und erpresst dich«, sagte ich tonlos. »So eine Masche ist seine Spezialität.«

»Ich weiß, Sie sind herzkrank, Mr deGray.« Mein Vater zog eine Spritze aus seiner rechten Hosentasche. »Wissen Sie, was das ist?«

Er grinste. »Digitalis Purpurea. Der rote Fingerhut. Eine Überdosis verursacht ganz gemeine Herzrhythmusstörungen, die bei Ihrer Vorgeschichte unbehandelt zum Tod führen.« Wieder glitt sein Blick zu Lilly. »Sie sind eine gute Tochter, Sie lieben Ihren Vater. Sie wollen doch nicht, dass ihm etwas geschieht. Schließlich haben Sie nur noch ihn und …«

Lilly wurde immer bleicher, und ich sprang ein. »Das reicht, Vater.« Musste er jetzt noch den Tod ihrer Mutter ansprechen? Die gesamte Situation war für die Familie schon schrecklich genug.

Mein Vater warf mir einen wütenden Blick zu, dann streckte er den Arm aus und gab die Spritze dem Mann, der hinter Mr deGray stand. Dieser nahm sie und schlang dann den anderen Arm um Mr deGrays Hals. Lillys Vater ruderte mit den Armen, aber er konnte sich nicht befreien.

»Und für den Anfang holen Sie mir jetzt das Zahnrad Ihrer Familie, Miss deGray. Ich weiß, dass Sie es irgendwo im Haus versteckt halten.«

Lilly war jetzt so weiß wie die Wand hinter ihr.

Mein Vater erhob sich. »Auf geht's.« Er nickte dem vierten Sicherheitsmann zu, dass er ihn begleiten sollte.

»Tu das nicht«, röchelte Mr deGray.

Mir war klar, dass er auf das geheime Archiv anspielte. Schließlich befand sich dort das Zahnrad und nicht nur das. Was würde mein Vater jubilieren, wenn er die deGrays endlich geschlagen hatte. Ich schmeckte Galle im Mund vor Wut. Wie konnte ich ihn aufhalten?

Zu meiner Überraschung stand Lilly auf und ging zu einer Wand, an der verschiedene Gemälde hängen. Die Art, wie auch ihr Vater ihr mit seinen Blicken folgte, zeigte mir, dass er keine Ahnung hatte, was sie vorhatte. Ob sie dort eine Waffe versteckt hatte? Ich wusste, dass die Sicherheitsleute meines Vaters bewaffnet waren. Würde es jetzt zu einer Schießerei kommen?

Innerlich versuchte ich mich bereit zu machen, was auch immer jetzt folgen würde.

»Ganz langsam«, zischte mein Vater und schloss samt des Sicherheitsmannes zu Lilly auf. »Was wird das hier?«

»Da ich nicht möchte, dass Sie meinen Vater töten, übergebe ich Ihnen unser Zahnrad.« Lilly klang völlig tonlos. Sie ging weiter zu einem der Bilderrahmen.

Mein Vater gab dem Sicherheitsmann ein Zeichen. Der zog einen Revolver unter seinem dunklen Jackett hervor.

Ich sprang auf, doch mein Vater deutete mit dem Finger auf mich. »Du bleibst sitzen. Glaub mir, ich habe keinerlei Skrupel, einen oder beide deiner neuen Freunde zu töten, um an mein Ziel zu kommen. Und das willst du doch ganz bestimmt nicht verantworten?«

Langsam ließ ich mich wieder auf meinen Platz sinken.

Lilly hatte unter den wachsamen Augen des Sicherheitsmannes Stellung vor einem der Gemälde bezogen. Es hing in einem großen goldenen Holzrahmen, der aufwendig geschnitzt war. Jetzt klappte sie die rechte untere Ecke auf, die ein Geheimfach offenbarte.

Plötzlich hallte ein Schrei durch die Luft. Mr deGray hatte von irgendwoher ein kleines Messer hervorgezaubert und es dem Sicherheitsmann in den Unterarm gerammt. Der Mann schrie immer noch und ließ ihn los, während

Mr deGray erstaunlich flink aufsprang und ihm die Spritze aus der anderen Hand schlug. Ich ergriff die Chance beim Schopf und stürzte mich auf die beiden Sicherheitsmänner, die hinter mir standen.

Doch da erklang schon wieder ein Schrei. Ich schwang herum, als ich erkannte, dass es Lilly war. Mein Vater war bei ihr, packte ihren Pferdeschwanz und bog ihr den Kopf nach hinten, nachdem er sie aus dem Griff des Sicherheitsmannes zu sich gezogen hatte. Schon drückte er ein schmales Messer an ihre Kehle.

»Ihre Tochter wird sterben!«, rief er. »Es sei denn, es ist sofort Schluss mit diesem Unsinn.«

Mr deGray schien in sich zusammenzusacken. »Lassen Sie sie los.«

Mein Vater sah zu mir. Einer der Sicherheitsleute gab mir noch einen letzten brutalen Schubs gegen die Schulter. Ich hob beide Hände.

»Mr deGray, Damien, wieder hinsetzen, aber zügig.« Mein Vater wartete, bis wir Platz genommen und hinter uns wieder die Sicherheitsleute Stellung bezogen hatten.

»Die Spritze, Tom«, bellte mein Vater den blutenden Sicherheitsmann an. Dieser nickte knapp und machte sich auf die Suche.

»Ich werde Sie jetzt loslassen, Miss deGray. Und ich erwarte von Ihnen, dass Sie sich vernünftig verhalten.« Er nahm die Klinge herunter, und Lilly drehte sich langsam zu ihm um.

»Das Zahnrad, wenn ich bitten darf.« Mein Vater schnipste ungeduldig.

Sie sah nicht hin, als sie das Zahnrad in die Hand meines Vaters fallen ließ.

Der hob es gegen das grelle Morgenlicht, um es zu prüfen. »Ja, das scheint so seine Richtigkeit zu haben. Vielen Dank.« Er lächelte böse, als er es in seiner Hosentasche verschwinden ließ. »Und nun zu Teil zwei meines Plans.« Er klatschte in die Hände, als könne er es gar nicht erwarten. »Sie packen jetzt beide unter Aufsicht meines Personals ein paar Sachen ein. Gepäck für eine Woche reicht.«

Vater und Tochter sahen ihn nur ratlos an.

Schon wieder lächelte mein Vater so breit, als habe er einen Kleiderbügel quer im Mund. »Na, Sie sind meine Gäste. Vor dem Haus parken zwei SUVs, die Platz genug für uns alle bieten. Mein Privatjet wartet schon am Flughafen. Während Sie, Miss deGray, mit meinem Sohn in die Vergangenheit reisen, um mir das letzte Zahnrad zu besorgen, wird Ihr werter Herr Vater mein Gast sein. Reicht das als Erklärung?«

Hass wallte in mir auf. Er brachte also Mr deGray in seine Gewalt, um sicherzugehen, dass Lilly wie eine Marionette nach seinen Wünschen tanzen würde. Er hatte es mal wieder geschafft.

»Na, los!« Thaddeus deGray erhob sich und gesellte sich zu seiner Tochter, bevor zwei Sicherheitsleute sie nach oben begleiteten.

»Fünf Minuten!« Mein Vater kicherte, nachdem er ihnen diese Worte hinterhergerufen hatte. Dann sah er zu mir.

»Na? Freust du dich, dass du deine Liebste mit auf die Reise nehmen kannst? Wie hat Daddy das gemacht?«

Ich sah ihn einen ewigen Moment an. Ich hasste ihn, hasste ihn mit jeder Faser meines Körpers, mit allem, was ich zu geben hatte.

Er grinste mich herausfordernd an.

Oh nein, Vater. Die Genugtuung, meine Wut zu sehen, meinen Hass zu spüren, die gebe ich dir nicht mehr.

Also zuckte ich nur die Schultern und wandte mich scheinbar teilnahmslos ab.

Kapitel 6
Lilly

»Bitte heben Sie die Arme, Miss.«

Ich stand auf einem zierlichen Hocker und war von gleich drei Schneiderinnen umringt. Stoffbahnen stapelten sich auf dem weichen grauen Teppichboden neben Dutzenden Schuhpaaren. Ich betrachtete mich selbst in dem verschnörkelten Spiegel, der circa zwei Meter entfernt von mir aufgestellt worden war. Wären die Umstände nicht so fürchterlich, ich hätte mich gefühlt wie im siebten Himmel.

Ich bekam die schönsten Kleider auf den Leib geschneidert, dazu passende Schuhe, eine Haube, ein handgestricktes Schultertuch, mit französischer Spitze verzierte Unterwäsche, und sogar der passende Schmuck stand für mich zur Auswahl bereit. Alles sollte perfekt zu meiner Rolle passen, die mich ins Regency-England führen würde. Grayson Belmont überließ nichts dem Zufall und kein Accessoire war zu teuer.

Ich hatte die Gespräche mit dem Personal mit angehört, bevor er gegangen war und ich mich hinter dem Paravent bis auf meine Unterwäsche entkleidet hatte.

Kein Limit, hatte er immer wieder gesagt. Egal, worum es ging, egal, was es kostete, ich bekam alles, was ich brauchte.

Die Leute glaubten, es ginge um eine Filmproduktion. Dabei war es nicht ungewöhnlich, dass den Schauspielern ihre Garderobe auf den Leib geschneidert wurde. Erst recht, wenn sie aus einer anderen Zeit stammte.

Und ich liebte die Mode des Regency. Die hohe Taille, die fließenden Stoffe, die Details. Die kräftigen Erdfarben der Tageskleider und die zarten Pastelltöne für den Abend. Der filigrane Schmuck und die mit chinesischer Seide bezogenen Schuhe.

Dennoch nahm ich all das nur wie durch Watte wahr. Unser Zahnrad war gestohlen worden, und das Schicksal meines Vaters lag in meinen Händen.

»Bitte die Arme wieder sinken lassen, Miss.«

Mechanisch gehorchte ich. Wie hatte Grayson Belmont in dieser kurzen Zeit diesen Stab an Leuten rekrutieren können? Seit Damien und ich von der Titanic zurückgekehrt waren, waren erst wenige Tage vergangen. Offenbar konnte man mit Geld wirklich alles kaufen beziehungsweise möglich machen.

»Passt das so?« Die Schneiderin, eine wirklich nette Frau in mittleren Jahren, sah mich prüfend an. »Oder soll ich es noch etwas enger nähen?«

»Nein, danke. Das ist gut so.«

Sie nickte knapp und arbeitete dann weiter. Ich hingegen hing wieder meinen Gedanken nach. Grayson Belmont hatte Wort gehalten. In zwei großen schwarzen Geländewagen waren wir gestern Nacht bis auf das Rollfeld gefahren, wo ein schneeweißes Privatflugzeug auf uns gewartet hatte.

Damien war es offenbar gewöhnt, so luxuriös zu reisen. Für meinen Vater und mich war es eine Premiere. Und auch hier hätte ich mir ein Loch in den Bauch gefreut, wären die Umstände andere gewesen.

Die vier Sicherheitsleute hatten uns mit Argusaugen bewacht, obwohl wir kaum in der Lage gewesen wären, ein Flugzeug zu kapern. Grayson Belmont hatte während des Flugs geschäftliche Telefonate geführt und uns kaum eines Blickes gewürdigt. Die Stewardess servierte Häppchen, aber ich war nicht hungrig. Damien hatte auf sein Handy gestarrt, nachdem ich jede Art von Konversation abgeblockt hatte.

Der Flug dauerte sechs Stunden, und weil ich natürlich viel zu durcheinander und nervös war, um zu schlafen, hatte ich mir irgendwann die Zeit damit vertrieben, in den Zeitungen und Zeitschriften zu blättern, die mir die Flugbegleiterin gegeben hatte.

Der Mond verblasste bereits, als wir auf einem kleinen Privatflugplatz im Silicon Valley landeten. Wieder mussten wir in zwei große Geländewagen einsteigen, die uns auf dem Rollfeld erwarteten.

Das Anwesen der Belmonts übertraf all meine Vorstellungen. Ich hatte schon geahnt, dass sie reich waren. Aber das Grundstück war so groß, dass wir erst durch ein Tor fuhren und dann scheinbar meilenweit übers Gelände, bis wir auf ein modern gestaltetes weißes Gebäude mit großen Fensterfronten zufuhren, auf dessen Dach obendrein ein

Helikopter parkte. Sogar meinem Vater stand der Mund offen bei diesem Anblick.

Unter den Augen von jeder Menge Wachpersonal hatte Grayson Belmont uns zu einem Frühstück eingeladen. Sein Koch persönlich hatte uns bedient, in einem Esszimmer, das groß genug war, um eine Footballmannschaft zu verköstigen.

Danach waren mein Vater und ich getrennt worden. Den Morgen hatte ich in einem wunderschönen Gästezimmer verbracht, unter dessen Balkon zwei Wachleute postiert waren, ebenso wie vor meiner Tür.

Jetzt war es früher Mittag. Voller Sorge fragte ich mich, wann ich meinen Vater wiedersehen würde und wie es ihm ging. Ich konnte nicht mal Damien fragen, denn die Sicherheitsleute hatten mein Telefon, also auch das, das Damien bei mir gelassen hatte, konfisziert. Beim Packen hatte ich Dad an seine ganzen Medikamente erinnert, aber hatte er auch wirklich an alles gedacht? Ich würde nicht in die Vergangenheit reisen, ohne Dad noch mal gesehen und überprüft zu haben, dass es ihm gut ging.

Es klopfte an der Tür.

Als ich nicht antwortete, rief eine der Schneiderinnen: »Ja, bitte?«

Die Tür ging einen Spalt auf, aber niemand war zu sehen. »Mr Belmont lässt fragen, ob Miss deGray Zeit für ein kurzes Gespräch hat. Mr Damien Belmont wird auch anwesend sein.«

»Ich bin angezogen, Sie können reinkommen«, sagte ich, da ich die Stimme des blassen Assistenten von Grayson Belmont erkannt hatte. Wie war sein Name doch gleich? Sebastian?

Der junge Mann war nur wenig älter als ich.

»Tut mir leid. Ich wollte nicht stören«, sagt er. Es gehörte anscheinend zu seinen Hauptaufgaben, sich permanent zu entschuldigen.

Ich winkte ab. »Sie stören nicht. Wir sind hier fast fertig.« Die Schneiderinnen nickten zustimmend.

»Ich bin in fünf Minuten so weit.«

Sebastian nickte und wollte sich zum Gehen wenden, doch dann hielt er inne. »Wenn ich mir diese Bemerkung erlauben darf, Sie sehen sehr hübsch aus in Ihrem Kostüm. Ich wusste gar nicht, dass Mr Belmont auch in die Schönen Künste investiert. Ich freue mich schon sehr auf den Film.«

Also war sogar Sebastian auch nicht eingeweiht. Das war interessant. Es gab offensichtlich nur einen sehr kleinen Kreis an Personen, denen Grayson Belmont vertraute. Und nicht mal sein Assistent gehörte dazu.

»Vielen Dank«, erwiderte ich und zwang mich zu einem Lächeln. Sebastian wollte einfach nur nett sein. Er konnte weder etwas für die Umstände noch für seinen Chef.

»Ich warte draußen.« Schon eilte Sebastian mit gesenktem Kopf zum Ausgang.

Ich hingegen bedankte mich bei den Schneiderinnen und verschwand hinter dem Paravent, um wieder in meine modernen Klamotten zu schlüpfen.

*

Nur wenig später ließ ich mich von Sebastian quer durch das riesige Haus in eine Art Besprechungsraum führen.

Vor der Tür standen zwei Wachen, aber drinnen erwarteten mich lediglich die beiden Belmont-Männer.

Als sie so nebeneinanderstanden, war die Ähnlichkeit unverkennbar. Sie hatten die gleiche breitschultrige Figur, das gleiche dunkle Haar. Sogar der ernste Zug um ihren Mund war ähnlich.

»Lilly, wie schön, dass Sie es einrichten konnten.« Wie immer begrüßte mich Grayson Belmont übertrieben freundlich und entließ dann seinen Assistenten. Dieser schloss lautlos die Tür hinter sich. Seit wir hier waren, war Grayson Belmont dazu übergegangen, mich *Lilly* zu nennen. Da es mir egal war, wie er mich ansprach, hatte ich nichts dazu gesagt.

»Ist alles zu Ihrer Zufriedenheit verlaufen?« Sein scheinheiliger Blick machte mich wütend. Als wenn ich eine Wahl gehabt hätte.

»Die Schneiderinnen sind wirklich außergewöhnlich talentiert«, gab ich deshalb sachlich zurück.

Damiens Blick ruhte auf mir, aber er sagte nichts. In der Gegenwart seines Vaters wirkte er noch mal wie ein komplett anderer Mensch. Er war weder der Damien, den ich zuletzt kennengelernt hatte, noch war er Ray. Er war einfach nur schweigsam und wirkte in sich gekehrt.

Grayson Belmont schaltete einen Beamer mit einer Fernbedienung ein und bedeutete uns, in der ersten Reihe Platz zu nehmen.

Er bückte sich und zog dann zwei Tablets aus einer dunklen Aktentasche. Diese legte er vor uns auf den Tisch. »Hier sind noch mal alle Infos in komprimierter Form. Ihr reist heute Abend. Prägt euch alles vorher ein. Ihr kennt ja das Spiel.«

Und jetzt wollte er uns einen Vortrag halten? Ich betrachtete das vor mir liegende Tablet und hob dann wieder den Kopf zu dem Bild, das auf der Wand gegenüber erschien. Es zeigte den Stammbaum einer Familie Leigh. Zwei Namen waren rot unterlegt. Colin und Isabel.

»Hier sehen wir den Stammbaum der Familie Leigh.«

Damien deutete auf einen Namen. »Cassandra Leigh? Wie die Mutter von Jane Austen?«

»Sehr richtig, mein Sohn.« Grayson Belmont deutete mit einem Laserpointer auf den Namen.

Ich hingegen war plötzlich aufgeregt. Ich liebte die Bücher von Jane Austen und hatte mich schon so oft in ihre Zeit geträumt. Wie gern wäre ich ihr einmal begegnet. Und jetzt, in dieser schlimmen Zeit für meine Familie, sollte dieser Traum wahr werden?

»Colin und Isabel waren Geschwister, die in bescheidenem Wohlstand aufgewachsen waren«, dozierte Grayson Belmont weiter. »Im Jahre 1809 machten sie sich auf den Weg, um eine Schwester ihres Vaters zu besuchen. Nicht Cassandra Leigh, die mittlerweile mit Nachnamen Austen hieß, sondern Peregrine Leigh, die nach dem Tod ihres Mannes, der ihr ein hübsches Sümmchen vererbt hatte, wieder ihren Mädchennamen angenommen hat.« Grayson Belmont betätigte die Fernbedienung und ein weiteres Bild wurde an die Wand geworfen. Es zeigte einen dunkelhaarigen jungen Mann mit ernstem Blick etwa in Damiens Alter. Seine Statur war etwas schmaler, sein Kinn etwas länger, aber frisierte man Damien das Haar auf diese Art, könnte er ihm ähnlich sehen.

»Das ist Colin Leigh kurz vor seinem Tod. Die beiden Geschwister wurden auf der Reise zu ihrer Tante Peregrine überfallen und getötet. Jäger fanden ihre zerstörte Kutsche samt ihren Leichen, die im Unterholz versteckt worden waren. Von Isabel gibt es kein Bild, aber es heißt, dass ihr Haar etwas heller war als das ihres Bruders. Sie war vermutlich nicht so blond wie Sie, Lilly, aber die Verwandten pflegten keinen engeren Kontakt. Und ich bin mir sicher, die Austens werden zu höflich sein, um Sie darauf anzusprechen.« Er räusperte sich. »Jedenfalls nutzen wir dieses Schlupfloch und täuschen einen Überfall vor, bei dem ihr gerade so mit dem Leben davon kommt. Bis die Nachricht vom spurlosen Verschwinden der Geschwister in der Familie die Runde macht, sollte euch genügend Zeit bleiben. Zu Fuß macht ihr euch also weiter auf den Weg und bittet bei den Austens in Chawton um Unterkunft, um von dort aus eurer Tante zu schreiben und sie um Geld für die Weiterreise zu bitten.« Grayson Belmont deutete auf seinen Sohn. »Damien, dich werden sie vermutlich auf dem Anwesen unterbringen. Lilly, Sie werden sehr wahrscheinlich das Gästezimmer im Hause der Austen-Schwestern bekommen.«

Schon wieder kribbelte mein ganzer Körper vor Aufregung. Wie würde es sein? Wie würde *sie* sein?

Wieder wechselte das Bild. Jetzt zeigte es die Zeichnung eines Studierzimmers im Stil des 18. Jahrhunderts. Viel dunkles gedrechseltes Holz, großformatige Gemälde an den Wänden. Der Fokus lag auf dem schwer beladenen Schreibtisch. Papiere und Bücher stapelten sich übereinander. Grayson Belmont zoomte auf ein aufgeschlagenes Buch samt Lesezeichen. Dieses war kunstvoll aus Metall gefertigt mit vielen verschnörkelten Details und einem weich fallenden Leseband.

Grayson Belmont vergrößerte den Bildausschnitt noch mehr. Und da entdeckte ich das Zahnrad, das nahtlos in das Dekor des Lesezeichens eingefügt war.

»Das ist der letzte Hinweis auf das Zahnrad, um das es geht. Die Zeichnung zeigt das Innere von Chawton House, entweder die Bibliothek oder Edwards Büro. Vergrößert man die Unterlagen auf dem Schreibtisch, findet man dort außergewöhnlich häufig den Namen ›Austen‹. Edward hat das Haus also bereits von seinen Adoptiveltern geerbt, was uns einen guten zeitlichen Anhaltspunkt gibt. Wir wissen, dass Jane sich häufig Bücher von ihrem Bruder ausgeliehen oder in der Bibliothek gelesen hat. Es könnte also gut sein, dass das Lesezeichen ihr gehört und sie es dorthin mitgebracht hat. Ältere Spuren dazu gibt es nicht. Wir wissen nicht, wem es davor gehört hat. Vielleicht ihrem Vater, Revered William Austen, aber er erwähnt dieses Lesezeichen in seiner Korrespondenz nie, und es gibt auch kein Bild, dass es in seinem Besitz zeigt. Das Design passt nicht in die Zeit, also ist es vermutlich ein Erbstück. Aber uns fehlen die Beweise dafür, deshalb reist ihr in die Zeit, in der wir den letzten konkreten Hinweis zum Verbleib des Lesezeichens beweisen konnten.« Grayson Belmonts Blick glitt zu mir. »Beschaffen Sie mir das Zahnrad, Lilly, und ich verspreche Ihnen, Ihren Vater und Sie unbehelligt vor der Tür Ihres Hauses abzusetzen.«

Mir brannte eine Frage auf der Zunge und vor Aufregung zitterte meine Stimme leicht. »Waren die Austens etwa Zeitreisende?«

»Das kann ich nicht mit Sicherheit sagen. Das Zahnrad befindet sich in ihrem Besitz, das könnte ein Hinweis sein, aber …« Grayson Belmonts Handy klingelte. Er zog es aus seiner Tasche hervor und sah mit kritischem Blick auf das Display. »Das ist wichtig.« Trotzdem drückte er den Anruf weg. Grayson Belmont sah uns abwechselnd an. »Mehr weiß ich leider auch nicht dazu. Lest die Akte. Wenn ihr noch Fragen habt, meldet euch. Ansonsten ist heute Abend Abreise, wie gesagt: Ich erwarte eine kurze und effiziente Abwicklung. Kein Geturtel, keine Liebesschwüre im Sonnenuntergang, keine Küsse im Heu. Ihr seid Geschwister, also lasst verdammt noch mal die Finger voneinander.« Er kicherte über seinen eigenen Witz.

Angewidert verzog ich das Gesicht. Damien neben mir gab ein Geräusch von sich, das eindeutig verriet, wie unfassbar peinlich ihm sein Vater war.

»Wollen wir dann, Lilly? Und denken Sie an Ihr Tablet.« Grayson Belmont sah mich nicht an, stattdessen tippte er auf seinem Handy.

Er wollte mich also wieder einsperren. Ich wollte schon den Mund aufmachen und nach Dad fragen, da wandte sich Damien an seinen Vater.

»Wir sollten unsere Rollen üben. Den ungezwungenen Umgang miteinander und dass wir gleichzeitig nicht so wirken, als empfänden wir etwas füreinander.« Damien sah nicht mich an, er fixierte nur seinen Vater mit einem eindringlichen Blick.

War das schon wieder irgendein geheimer Plan? Sein Vater hielt uns für ein Paar und das schien Damien ausnutzen zu wollen. Aber warum? Er wollte doch nicht ernsthaft proben?

Grayson Belmont schien zu überlegen. Sein Handy klingelte erneut. Er seufzte. »In Ordnung. Ihr habt eine halbe Stunde. Dann sage ich den Jungs vom Eingang, dass sie Lilly zurück in ihr Zimmer bringen sollen.«

»Alles klar.« Damien klang so locker, als würde er über das Wetter sprechen. »Mehr Zeit brauchen wir nicht.«

Sein Vater griff nach der Aktentasche, rauschte aus dem Zimmer, und ich hörte ihn leise mit dem Personal vor der Tür sprechen.

Damien wartete noch einen Moment, bevor er aufstand. Dann ging er zielstrebig zu einem der Tische in der hinteren Reihe. Ich hatte mich umgedreht und beobachtete ihn dabei, als er einen der Stühle zurückzog und ein schmales Notebook hochhob. Hatte er es die ganze Zeit dort versteckt?

»Ich will dir etwas zeigen«, sagte er, als er sich wieder neben mir niederließ. Er platzierte das Notebook zwischen uns auf dem Tisch.

In jeder anderen Situation hätte ich jetzt mit ihm darüber gesprochen, wie unglaublich es war, dass ich bei Jane Austen einziehen sollte. Ich! Ein Riesenfan. Und sie war vielleicht sogar eine Zeitreisende gewesen. Wie unfassbar surreal das war. Ich würde eine Verwandte von ihr sein, bei ihr wohnen, mit ihr reden. Wie sehr wünschte ich mir, dass alles wäre in einer anderen Situation passiert. Unter anderen Umständen. Und ohne diese Angst um meinen Vater im Nacken.

»Ich will dir beweisen, dass ich mir nicht einfach etwas ausgedacht habe, um dich für meine Pläne zu gewinnen«, sprach Damien weiter. »Mein Kumpel Brantley kann super hacken. Mein Vater hat in fast allen Zimmern zu Sicherheitszwecken Kameras installieren lassen und natürlich auch in seinem Büro. Es muss also eine Aufzeichnung des Hologramms geben.«

Es ging also schon wieder um diese mysteriöse Taschenuhr. Bis jetzt glaubte ich nicht, was er mir erzählt hatte.

Damien deutete in eine Ecke des Konferenzsaals. »Keine Angst, die Räume werden nicht live überwacht. Mein Vater checkt nur alle paar Tage mal die Dateien. Und von der hier habe ich heute Morgen schon im toten Winkel das Kabel gezogen.«

Es war für mich schwer vorstellbar, in einem Haus zu leben, in dem so gut wie jedes Zimmer überwacht wurde. Und es war immerhin Damiens Elternhaus. Wie sollte jemals ein Funken Gemütlichkeit aufkommen, wenn man sich permanent beobachtet fühlte?

»Gibt es in deinem Zimmer auch eine Kamera?« Dann fiel mir etwas ein. »Oder in den Gästezimmern?« Die Vorstellung, dass man meine Privatsphäre so verletzte, widerte mich an.

Damien wirkte unschlüssig, und das machte es noch schlimmer.

»Ich habe ein Gerät, das Kameras erkennt, und als ich mein Zimmer zuletzt gecheckt habe, habe ich keine gefunden. Tut mir leid, über die Gästezimmer weiß ich nichts, aber ich könnte …«

»Das ist so widerlich. Ich will nicht weiter darüber nachdenken«, unterbrach ich ihn. Innerlich schüttelte ich mich erneut vor Abscheu. »Und was willst du mir zeigen?«

»Richtig.« Damien räusperte sich. »Brantley will versuchen, sich ins System zu hacken, damit wir uns die Kameraaufnahme aus dem Büro meines Vaters ansehen können.«

»Okay …«, erwiderte ich unsicher. Ich blieb skeptisch. Wenn dieser Brantley so ein Technik-Nerd war, vielleicht spielte er auch nur eine Animation ab, die er programmiert hatte, um mich von Damiens Worten zu überzeugen?

Oder wurde ich so langsam paranoid?

Damien klappte das Notebook auf. Sofort erschien das Bild eines jungen Mannes mit wuscheligen hellbraunen Haaren. Er sah hoch, als habe er bemerkt, dass er nun zu sehen war.

»Ich habe Brantley erzählt, ich habe dich in New York kennengelernt und dass wir daten«, wisperte Damien mir zu. »Du bist gerade zu Besuch bei mir und wolltest das unbedingt sehen. Brantley weiß nichts von unserer Zeitreisenmagie, aber ich habe ihm von der schwebenden Taschenuhr erzählt. Er vermutet, dabei handelt es sich um die Animation aus einem noch schwer geheimen Computerspiel. Meine Theorie ist eine andere, und ich bin gespannt, was du dazu meinst«, sagte Damien, bevor er den Ton einschaltete.

»Hi, wie geht's?«, erscholl eine jungenhafte Stimme. Der Typ winkte.

»Hi Brantley, das ist Lilly. Lilly, das ist Brantley. Lilly steht total auf Videospiele und ist auch neugierig auf das, was Dad gerade entwickelt.«

»Hi, Lilly.« Brantley winkte noch mal. »Bin fast drin«, sagte er dann zu Damien.

»Hi«, erwiderte ich leise. Was kam denn nun?

Damien legte den Arm um meine Stuhllehne. »Pass gut auf, der Mann ist ein Genie.«

Brantley lachte verlegen, während seine Finger in rasender Geschwindigkeit über die Tastatur flogen. »Wie geht es Ruby?«, fragte er dann so betont beiläufig, dass mir sofort klar war, dass er sich für sie interessierte.

»Läuft alles super«, erwiderte Damien locker. »Wenn sie so weitermacht, wird sie mal alle in den Schatten tanzen.«

Brantley kicherte und wurde tatsächlich etwas rot. »Eine der Firmen deines Dads hat sich schon bei mir gemeldet. Morgen habe ich ein Vorstellungsgespräch. Danke noch mal, das war echt großartig.«

»Sehr gern.«

Ich kannte Damien gut genug, um die Ungeduld in seiner Stimme zu hören. Und wie auf Bestellung gab Brantley einen kleinen Triumphlaut von sich. »Ich hab's.«

Schon im nächsten Moment war der Bildschirm in Dunkelheit getaucht. Klassische Musik dröhnte aus den Lautsprechern und Damien stellte hastig etwas leiser. Dennoch war das Bild in der Mitte des Raums ganz deutlich zu erkennen. Eine Taschenuhr, goldfarben und filigran gearbeitet. Sie drehte sich um sich selbst, und ich erkannte die Zahnräder in ihrem Inneren. Die Farbe des Metalls wies eindeutig darauf hin, dass es sich um Zeitreise-Zahnräder handelte. Dann schloss sich der Rückdeckel der Taschenuhr und alle Zeiger vorn drehten sich. Im nächsten Moment brach Helligkeit in den Raum, aber ich konnte nicht erkennen, woher sie kam. Ein Schaudern jagte meinen Rücken hinab. Das alles sah so real aus, da musste ich Damien recht geben. Die Taschenuhr wirkte mysteriös und bedrohlich zugleich.

Das Video stoppte. Jetzt erschien wieder Brantley im

Bildschirm und im Hintergrund sein chaotisch wirkendes Zimmer. »Da hat aber jemand scharfe Wachhunde.« Er lachte. »Sie haben mich rausgekickt. Junge, die Cybersecurity deines Dads kann es ja mit der NASA aufnehmen.«

Damien wirkte besorgt. »Bist du aufgeflogen?«

»Nope, aber sie haben mir einen ziemlichen Tritt verpasst. Wette, da ist jetzt alles dicht. Haben euch die paar Sekunden gereicht?«

»Danke, das war perfekt.«

Brantleys Augen leuchteten. »Echt nice. Ich wette, es geht ums Zeitreisen. Das Ding sieht so was von aus wie eine Zeitmaschine.« Er klang restlos begeistert.

Damien und ich erstarrten. Er fing sich als Erster. »Keine Ahnung, was sie sich da wieder ausgedacht haben. Aber sieht echt ganz schön krass aus. Ich bin so gespannt, wenn Dad die ersten Infos dazu droppt.«

»Absolut genial.« Brantley klang immer noch völlig begeistert. »Und was macht ihr heute noch so?«

Damien grinste. »Pärchenkram, du weißt schon. Vielleicht fliegen wir auch zwei, drei Tage rüber nach Cabo. Dad hat doch Anteile an diesem Hotel, das direkt am Strand liegt.«

Brantley winkte ab. »Alles klar, Leute. Ich bin raus. Jedenfalls wünsche ich euch eine tolle Zeit, und melde dich mal wieder, auch bei Neil. Ich glaube, du fehlst ihm.« Er lachte über seinen eigenen Witz und Damien fiel in das Lachen ein. »Mache ich. Danke dir noch mal.«

Der Bildschirm wurde schwarz. Damien klappte den Laptop zu und drehte sich ein wenig zu mir, während er den Arm von meiner Stuhllehne nahm.

Ich war immer noch ganz gefangen von dem Anblick.

Das waren die Zahnräder der Zeitreisenden, ganz gewiss. Diese Uhr hatte tatsächlich ausgesehen wie eine Maschine. Ein sehr ungutes Gefühl machte sich in meinem Bauch breit.

Ich sah zu Damien. Er musterte mich ernst.

»Ich habe dich nicht angelogen. Keine Ahnung, was dieses Ding kann, aber es ist bestimmt nichts Gutes.«

Ich gab ihm recht, also nickte ich. »Ich glaube dir.«

Kapitel 7
Lilly

»Was glaubst du, was dein Vater damit plant?«

Damien wirkte zerknirscht. »Wie gesagt, ich spekuliere nur.« Seine Stimme klang sachlich. »Aber ich bin mir sicher, dass diese Taschenuhr irgendwelche besonderen Kräfte besitzt. Und da mein Vater sich noch nie für etwas Gutes interessiert hat, bin ich mir ziemlich sicher, dass diese Uhr etwas kann, das nur seinem eigenen Vorteil dient. Ich habe beschlossen, ihn auszubremsen, indem ich den Ursprung der Zahnräder herausfinde und verhindere, dass meine Vorfahren diese Macht jemals erlangen.«

Ich war entsetzt. »Du darfst die Geschichte nicht auf diese Art und Weise verändern.«

»Das ist euer Kodex«, erwiderte er kühl. »Meine Familie besitzt keinen.«

Ich konnte nicht mehr sitzen bleiben. Ich sprang auf, und fast wäre mein Stuhl nach hinten übergekippt. »Nur weil dein machthungriger Vater sich irgendein Spielzeug bastelt, kannst du nicht derartig in die Vergangenheit eingreifen.«

»Mein Vater baut keine Spielzeuge«, erwiderte Damien hitzig und erhob sich ebenfalls.

Wir standen nah voreinander, zu nah. Ich spürte ihn, spürte seine Wut und die Energie, die von ihm ausging wie ein Kraftfeld. Da lag Entschlossenheit in seinem Blick und ein Temperament, das ich noch nicht kannte. Als Ray war er charmant und sanft gewesen. Ein loyaler Freund, hilfsbereit und selbstlos. Doch als er jetzt so groß vor mir aufragte, die grauen Augen blitzend vor Tatendrang zusammen mit dieser rohen Energie, die er ausstrahlte, da sah er aus wie ein Kämpfer.

Und mein dummes Herz machte einen nervösen Hüpfer.

»Er ist einzig und allein an den Werkzeugen interessiert.« Seine Stimme klang rau. »Auch meine Schwester und ich waren nicht mehr als Werkzeuge für ihn. Er ist effizient und eiskalt und in erster Linie total wild darauf, möglichst viel Macht zu erlangen. Das ist der einzige Sinn, nach dem er strebt. Er ist gefährlich, und was immer er damit plant, es ist etwas Schreckliches. Es wird die Menschheit beeinflussen, es könnte die Vergangenheit auf eine Art und Weise ändern, die du dir in deinen schlimmsten Albträumen nicht mal vorstellen kannst. Ich kenne ihn, und ich sage dir, wir müssen ihn aufhalten.«

»Es gibt hier kein ›Wir‹«, erwiderte ich hitzig. »Ich reise mit dir ins Regency, weil ich dazu gezwungen werde. Aber die Sache mit der Taschenuhr unterstütze ich nicht. Und ich glaube weiterhin nicht, dass es dir unmöglich war, mich auf der Titanic in deine Pläne einzuweihen«, fügte ich noch hinzu.

Damien sah aus, als habe ich ihn geschlagen. »Lilly, ich …«

»Nein, ich will das nicht mehr diskutieren. Wir haben jetzt andere Sorgen. Ich habe andere Sorgen«, korrigierte ich mich. »Ich muss erfolgreich sein, um meinen Vater auszulösen. Danach müssen wir zusehen, wie wir unser Überleben ohne das Zahnrad sichern. Der Antiquitätenverkauf allein kann das nicht gewährleisten. Über kurz oder lang werden wir den Laden schließen müssen, und mein Vater wird sich für die letzten Jahre seines Berufslebens noch eine neue Tätigkeit suchen.« Ich fröstelte bei dem Gedanken daran. »Vielleicht als Berater in einem Auktionshaus oder Ähnliches. Mal abgesehen davon, dass jede Menge Erinnerungen an diesem Laden hängen, verändert der Verlust unseres Zahnrads unser gesamtes Leben. Und das ist die Schuld deines Vaters, für den ich jetzt unfreiwillig arbeiten muss.«

»Ich muss auch unfreiwillig für ihn arbeiten.« Damien klang kühl.

»Ja, aber jetzt gerade geht es nicht um dich, es geht um mich. Ich bin, wie du vermutlich auch, von Kindesbeinen an in Geschichte unterrichtet worden. Aber das ist jetzt schon die zweite Reise, die ich antreten muss, ohne optimal vorbereitet zu sein. Wieder mit der Angst um meinen Vater im Gepäck. Wieder mit dem Gefühl, dass ein Versagen keine Option ist.« Ich ließ nicht zu, dass meine Stimme zitterte, obwohl ich innerlich völlig fertig war. »Meine Eltern haben früher nach Gegenständen gesucht, die irgendwo verlorengegangen sind. Es kam auch öfter vor, dass sie sie nicht gefunden haben. Gut, dann haben sie kein Geld verdient. Aber es fand sich immer ein neuer

Auftrag. Da war niemand, der mit dem Tod eines Verwandten gedroht hat, wenn man nicht erfolgreich war.« Am liebsten wäre ich aufgesprungen, so wütend war ich. »Ich bin nervös und ich habe Angst. Schon heute Abend geht es los. Ich habe keine Ahnung, wie die Schneiderinnen meine Kleidung bis dahin fertigstellen sollen. Ich werde mich jetzt gleich diesem Tablet widmen und die Geschichte, die dein Vater sich für uns ausgedacht hat, so gut wie möglich verinnerlichen. Nur wenige Stunden später werde ich mit dir zusammen in die Vergangenheit reisen müssen. Also habe jetzt bitte Verständnis dafür, dass ich nicht wieder über etwas diskutieren will, das offensichtlich ist.«

Damien hatte mir schweigend zugehört, seine Züge hatten sich währenddessen langsam entspannt. Dann nickte er. »In Ordnung. Ich denke nicht, dass wir mit der Geschichte des Überfalls bei den Austens viel Verdacht erregen werden. Das Reisen über Land war gefährlich. Überfälle waren an der Tagesordnung. Und Briefe brauchten Wochen, um von einer Seite des Landes zur anderen zu gelangen. Wir haben einen Hinweis auf das Zahnrad, der meiner Meinung nach sehr konkret ist. Als Verwandte dürfen wir uns sowohl im Cottage der Austen-Schwestern als auch in Chawton House relativ frei bewegen. So sollten wir innerhalb weniger Tage erfolgreich sein.«

Ich nickte, obwohl ich nicht ganz so optimistisch war wie er. Gute Pläne waren nützlich, aber wenn der Zufall einem in den Weg grätschte, musste man improvisieren.

Damien wollte gerade noch etwas sagen, da klopfte es, und einer der schwarzgekleideten Wachleute erschien in der Tür. »Die Schneiderin bittet Miss deGray zu einer letzten Anprobe.«

Sein Blick glitt durch den Raum, als vermute er eine Bedrohung.

Ich griff nach dem Tablet und erhob mich. »Dann sehen wir uns später.«

Damien nickte, blieb aber sitzen. Der Blick, den wir jetzt tauschten, verriet mir, dass er angespannt war, auch wenn er sich bemühte, es nicht zu zeigen.

Schon in wenigen Stunden würde es losgehen. Ein letztes Zahnrad, eine letzte Suche und ein ungewisser Ausgang. Wieder mal fühlte ich mich verloren und allein.

*

Am frühen Abend befand ich mich erneut in einem seelenlosen Besprechungsraum, in dem man alle Stühle zur Seite geräumt hatte. Damien und ich standen in der Mitte des Raums, bereit für unsere Abreise. Ich sah an mir hinunter und betrachtete erneut das hellbraune Reisekleid und den dunkelbraunen Mantel, den man der Situation entsprechend bearbeitet hatte. Einige Löcher zeigten sich im Stoff, und Kleid und Mantel waren am Saum dreckverkrustet. Meine Lederschuhe hatten Wasserflecken und meine Strümpfe waren mit Erde bespritzt. Sogar an meine Reisetasche hatten die Schneiderinnen gedacht. Auch sie sah so aus, als hätte sie so einiges mitgemacht. Sogar die winzigen Löckchen, die mein Gesicht einrahmten, waren von einer Stylistin künstlich zerzaust worden. Damien neben mir wirkte genauso abgerissen. Wenn wir den Austens erfolgreich vorspielen wollten, dass wir überfallen und den

Rest des Weges zu Fuß gegangen waren, mussten wir so aussehen.

Außer uns waren nur noch mein Vater und Grayson Belmont anwesend, der schon wieder leise telefonierte.

Ich war erleichtert zu sehen, dass es Dad gut ging. Wir hatten bei einem gemeinsamen Essen mit den Belmonts die Gelegenheit gehabt, uns oberflächlich zu unterhalten, und er wirkte zwar bedrückt und besorgt, aber nicht so, als würde man ihn misshandeln. Ich war etwas erleichtert.

Die Zeit bis zu unserer Abreise hatte ich genutzt, um alle Informationen zu lesen, die sich auf dem Tablet befanden. Vieles davon hatte ich schon gewusst, doch gerade bei den Details zu dem Zahnrad, das wir aufspüren sollten, hatte ich mir alles doppelt durchgelesen. Beim Stichwort *Zahnrad* drehte ich mich zu Damien. Wollten wir jetzt nicht los?

Wie aufs Stichwort kam Grayson Belmont auf uns zu. »Kleine Planänderung.«

Als er meine Überraschung bemerkte, funkelte eine diebische Freude in seinen Augen. »Ihr werdet mit dem Zahnrad der Familie deGray reisen.« Er blieb vor uns stehen und fixierte dann seinen Sohn. »Ich traue dir nicht mehr. Lilly hingegen hat einen Grund zurückzukommen.«

Er deutete auf meinen Vater, bevor er sich zu mir wandte. Dann streckte er die Hand aus und wie automatisch öffnete ich meine, um das Zahnrad anzunehmen. Sofort spürte ich die Magie.

»Lilly, ich erwarte von Ihnen, dass Sie sich an meine Anweisungen halten. Arbeiten Sie effizient und schnell.« Mit diesen Worten reichte er mir einen Holzkamm, der mit ein paar Perlen verziert war. Hinter einer von ihnen befand sich ein Hohlraum und somit Platz für das Zahnrad. Anders als moderne Kämme war dieser hier ein Schmuck fürs Haar, der deutlich kleiner, aber robuster war.

Ich nahm ihn und schob ihn in meine Frisur.

Grayson Belmont beugte sich ein kleines Stückchen zu mir. »Und sorgen Sie dafür, dass mein Sohn sich keine Dummheiten einfallen lässt.«

Ich dachte an Damiens Plan. *Nun ja, das hat er bereits, Mr Belmont.*

Ich versuchte, meine Mimik so ausdruckslos wie möglich zu halten. »Das mache ich.«

Grayson Belmont nickte zufrieden, dann trat er ein paar Schritte zurück. »Macht euch bereit. 25. August 1809. Elf Uhr Ortszeit. Im Garten der St-Nicholas-Kirche, Chawton in Hampshire, England.«

Natürlich kannte ich diese Adresse schon, denn schließlich hatte ich die Informationen sorgfältig studiert. Die Kirche sollte an einem Freitag um die Mittagszeit nicht gut besucht sein. Es würde noch ein kleiner Fußmarsch zum Haus der Austen-Schwestern sein, aber das machte mir nichts aus. »Ich reise nicht, ohne mich von meinem Vater zu verabschieden.« Ich sah Grayson Belmont fest an. »Das ist nicht verhandelbar.«

Dieser grinste. »Wie herzallerliebst. Na gut, von mir aus.«

»Nicht hier. Ich möchte einen Moment lang ungestört mit ihm sein.«

»Das wird leider nicht möglich sein.« Grayson Belmont bemerkte meinen unversöhnlichen Blick, denn er seufzte.

»Dort hinten vielleicht?« Er deutete in die Ecke des Raums nahe der Tür.

Es war vermutlich das beste Angebot, was ich von ihm kriegen würde. »In Ordnung.« Mein Blick schweifte zu meinem Vater. In seinem Lächeln schwang Stolz mit, und es wärmte mir das Herz.

»Sie haben zwei Minuten.« Grayson Belmont deutete zwischen uns hin und her. »Auf geht's.«

Dad zog mich in seine Arme und hielt mich ganz fest, kaum dass wir unsere Ecke erreicht hatte.

»Es tut mir so leid, was dir auf der Titanic zugestoßen ist«, flüsterte er. »Und ich bin immer noch schockiert über das, was Damien erzählt hat. Unsere Familie war sich immer sicher, dass wir die einzigen Zeitreisenden sind. Und jetzt all diese Hiobsbotschaften. Wir stehen an einem Wendepunkt unserer Geschichte. Und es schmerzt mich, dass du in so einer Situation auf dich allein gestellt sein wirst. Bitte sei vorsichtig, kleine Wühlmaus.« Er drückte mich erneut. »Das Zahnrad ist mir egal, wenn nur du wieder gesund und wohlbehalten zurückkehrst. Wir werden eine Lösung finden. Wir werden uns mit der neuen Realität arrangieren. Nur bitte, pass auf dich auf und komm zu mir zurück.«

Ich schluckte schwer. Dad war meine Familie. Ich liebte ihn von Herzen. Er war nicht perfekt, genau wie ich, aber er hatte alles dafür getan, die Rolle beider Elternteile einzunehmen, nachdem Mom von uns gegangen war. Er hatte so viel gegeben, dass er die Trauer um seine geliebte Frau nie verarbeitet hatte. Er hatte sogar mit dem Glücksspiel angefangen, um mit seinem Nervenkitzel überhaupt wieder etwas zu fühlen. Dad war alles, was ich noch hatte, und ich schwor mir, dass ich, sobald all das hier überstanden war, alles dafür tun würde, dass er heilen konnte. Ich hatte ihn gebraucht, und ich würde ihm dafür immer dankbar sein, aber die Titanic hatte mich verändert. Ich war erwachsen geworden. Jetzt war es an mir, etwas zurückzugeben.

»Ich weiß, dass wir deGrays nicht aufgeben.« Ich ging auf die Zehenspitzen und beugte mich nah zum Ohr meines Vaters. »Wir werden schon irgendwie klarkommen. Vielleicht kann ich mir neben der Uni einen Job suchen, irgendwas. Ich werde vorsichtig sein, und ich verspreche dir, dass ich zurückkehre. Aber ich traue Damien nicht. Er hat mich auf der Titanic nur belogen.«

Mein Vater nickte langsam. »Aber ihr …« Er brach ab. »Ihr empfindet etwas füreinander?«

Ich wusste nicht, was ich antworten sollte. Erinnerungen an meine Zeit mit Damien auf der Titanic überfielen mich, und es tat wieder so weh, dass mir die Luft wegblieb. Ich hatte mich verliebt. Wirklich verliebt, Hals über Kopf und in Lichtgeschwindigkeit. Und dann erfahren, dass ich ein Auftrag gewesen war. Eine Randfigur im Spiel eines anderen. Wie naiv ich gewesen war.

»Pass auf dich auf«, flüsterte Dad eindringlich. »Solche Gefühle spielen mit unserem Verstand. Damien könnte dich …«

»Ich weiß«, unterbrach ich ihn schnell. »Ich werde vorsichtig sein. Das alles …«

»Zeit ist um!«, rief Grayson Belmont.

Ich verdrehte genervt die Augen, als ich mich von meinem Vater löste. Dieser Mann war so ein Pedant.

Grayson Belmont machte eine einladende Geste mit

der Hand. Dad stellte sich wieder neben ihn, ohne ihm einen Blick zu gönnen, ich ging zurück zu Damien.

Dass die Belmont-Männer sich nicht voneinander verabschiedeten, wunderte mich nicht. Ich platzierte das Zahnrad an der richtigen Stelle, ballte die Finger zur Faust und ergriff dann Damiens Hand.

Ihn so zu berühren, löste erneut verwirrende Gefühle in mir aus, die mit der Magie des Zahnrads in mir um die Oberhand kämpften. Damien strahlte Sicherheit und Kompetenz aus, so wie er es immer getan hatte. Aber ich konnte und wollte nicht vergessen und verzeihen.

Ich dachte an die Koordinaten, visualisierte sie vor meinem inneren Auge. Und die Magie gehorchte aufs Wort.

Als der Wirbel sich um uns aufbaute, drehte Damien sich leicht zu mir und lächelte. Und wieder war er Ray. Er war der, in den ich mich verliebt hatte. Mein Herz krampfte sich schmerzhaft zusammen.

Du fehlst mir, Ray.

Nicht Damien.

Ray.

Der Wind zerrte an unseren Reisetaschen und wirbelte unser Haar durcheinander. Aber das alles würde noch mehr zu einem perfekten Auftritt beitragen. Die winzig kleinen Löckchen wehten mir ins Gesicht, und ich pustete sie zur Seite. Vergebens.

Dann packte uns der Wirbel. Farben verschwammen vor meinem inneren Auge, während ich immer noch die Wärme von Damiens Hand an meiner Haut spürte.

Im Inneren des Sturms war es ruhig. Wir lösten uns auf, bewegten uns umeinander, und die Welt versank in dem bekannten Strudel aus Farben.

Das Nächste, was ich wahrnahm, war Vogelzwitschern. Um mich herum machte ich jede Menge Blätter aus. Zarte Sonnenstrahlen tanzten auf dem Boden, es war warm, und eine Woge Übelkeit jagte durch meinen Körper. Ich ließ die Reisetasche los, und sie plumpste neben mir auf den Boden. Damien krümmte sich. Mein Herz raste, stolperte und fand dann zurück in seinen Rhythmus. Ich ließ Damiens Hand los, um sie vor meinen Mund zu pressen. Auf keinen Fall wollte ich mich vor ihm übergeben. Ich schloss die Augen wieder, um mich zu konzentrieren. *Atme ruhig, lasse die Nachwirkungen durch deinen Körper fließen, wehre dich nicht dagegen.*

Neben mir hörte ich Damien schwer atmen.

»Alles okay?« Seine Stimme klang gepresst.

»Ja«, stieß ich hervor und musste dann erneut würgen. Im nächsten Moment spürte ich seine Hand an meinem Rücken.

Atme. Wehre dich nicht dagegen. Es geht vorbei. Die sanfte Stimme meiner Mutter hallte durch meinen Kopf. Sie war selbst keine Zeitreisende gewesen, aber sie hatte meinen Vater und mich oft begleitet. Bei ihr waren die Nebenwirkungen nie so stark gewesen.

Gierig sog ich die nach Blüten riechende Luft durch meine Nase in meine Lunge. *Es geht vorbei.*

Damien streichelte sanft meinen Rücken, doch ich drehte mich von ihm weg. So war es nicht mehr zwischen uns. Wir waren nicht mehr Lilly und Ray.

Im nächsten Moment fielen die Symptome des Zeitreisens von mir ab, als habe es sie nie gegeben. Nur ein leichter Schwindel blieb. Ich öffnete die Augen und sah wieder nur Grün. Erst dann verstand ich. Wir waren in einer kleinen Laube gelandet, gut versteckt vor neugierigen Blicken.

Dann drehte ich mich zu Damien und gab meiner Stimme einen betont sachlichen Klang. »Alles gut?«

Er war blass, aber er nickte, und dann lächelte er. »Hier ist es eigentlich ganz hübsch.«

Ich sah mich kurz um und musste ihm Recht geben. Die Laube, bestehend aus von Weinranken umwucherten Streben, schirmte den Blick Neugieriger ab. In ihrem Innern befand sich eine schmale Bank aus Marmor. Sicherlich sollte sie ein Ort der Ruhe und Einkehr sein, um in einem stillen Gebet zu versinken oder zu lesen. Sie war jedoch auch ein hervorragender Ort, um sich als verliebtes Pärchen zu verstecken. Ich glaubte jedoch nicht, dass irgendein junges Paar aus dem Regency gewagt hätte, die Laube für so etwas zu nutzen.

»Ich werde mal die Lage checken.« Damien machte zwei Schritte nach vorne in Richtung des schmalen Ausgangs. »Der Garten der Kirche ist menschenleer.« Er drehte sich wieder zu mir. »Kannst du schon laufen?«

Ich nickte und griff nach dem Kamm in meinem Haar. Ich versteckte das Zahnrad, bevor ich ihn wieder an seinen Platz schob. Dann umfasste ich die Griffe meiner Reisetasche. »Gehen wir.« Jetzt, da es mir besser ging, durchflutete mich Aufregung. Wir hatten noch einen kleinen Fußmarsch von knapp zwei Meilen vor uns, aber wenn ich ehrlich war, konnte ich es kaum erwarten, Jane Austen und ihre Familie kennenzulernen. Ob sie uns genauso herzlich aufnehmen würden, wie ich es mir erhoffte?

*

Chawton Cottage lag auf der Ecke, an der die Gosport Road in die Winchester Road mündete. Auf der Landstraße war uns niemand begegnet, und fast hatte ich die Befürchtung, dass uns im Chawton Cottage niemand öffnen würde.

Das zweistöckige Haus mit der Backsteinfassade wurde links von einem Garten und rechts von einem Hof samt Stall begrenzt, aus dem ich das Iahen eines Esels hörte.

Damien zog an der Klingelschnur, die neben der schneeweiß gestrichenen Haustür hing.

Ich ließ meinen Blick erneut über die Fassade gleiten. Im unteren Stockwerk gab es zwei Fenster, aber das auf der linken Seite war kürzlich zugemauert worden. In der oberen Etage befanden sich fünf Fenster.

Dann hörte ich Schritte. Ein Dienstmädchen in mittleren Jahren öffnete die Tür. Sie musterte uns und wirkte verwirrt. Kein Wunder. Unsere Kleidung war einfach, aber elegant, was auf einen gewissen Wohlstand hinwies. Gleichzeitig aber sahen wir aus, als wären wir durch den Dreck gezogen worden und hatten weder Dienstboten noch eine Kutsche dabei.

»Sie … Sie wünschen?« Ihre Stimme zitterte leicht, und sie fasste sich an die langen Bänder ihrer weißen Haube, als suche sie nach Halt.

»Wir sind die Geschwister Isabel und Colin Leigh, die Kinder des jüngsten Bruders von Mrs Cassandra Austen. Auf dem Weg zu unserer Tante Peregrine Leigh wurden wir überfallen und bitten hier nun um Unterkunft. Wir wünschen eine der Damen des Hauses zu sprechen, sollten sie abkömmlich sein.«

Sein bestimmtes Auftreten und unsere Kleidung mussten das Dienstmädchen halbwegs überzeugt haben. Sie knickste, ließ uns aber nicht ins Haus.

»Wenn die Herrschaften sich einen Moment gedulden würden.« Mit einem entschuldigenden Lächeln schloss sie die Tür.

Damien und ich wechselten einen Blick, trauten uns aber nicht, etwas zu sprechen, da wir nicht wussten, wie hellhörig diese Wände waren. Dann hörten wir Stimmen.

»Warum hast du sie nicht hereingebeten, Frances?«

Im nächsten Moment wurde die Tür aufgerissen.

Die Zeit schien einen Moment lang stillzustehen.

Es passierte wirklich.

Himmel, es war so surreal.

Ich erkannte sie sofort. Es war Jane Austen persönlich. Sie war etwas größer, als ich sie mir vorgestellt hatte. Ihre Gesichtszüge waren fein, wenn auch nicht klassisch schön. Aber die Lachfalten um ihre dunklen, blitzenden Augen verrieten, dass sie Humor besaß und das Leben positiv nahm. Ihr Mund war klein, die Lippen schmal, aber als sie jetzt lächelte, wirkte ihr Gesicht herzlich und offen. Sie trug ein einfaches Hauskleid aus dunkelbrauner Wolle und darüber noch ein Schultertuch. Ihre Frisur war an den Stil der griechischen Antike angelehnt, mit einem Apolloknoten und zarten Löckchen, die ihr Gesicht umrundeten.

Sie knickste kurz zur Begrüßung, dann musterte sie uns. »Colin und Isabel?« Ihre Brauen hoben sich ganz leicht. Sie hatte wenig Kontakt zu den Leighs, und ich merkte, dass sie zögerte.

Ich knickste und hoffte, dass ich nicht vor Nervosität zitterte. Damien neigte den Kopf. »Es tut uns leid, liebe Cousine Jane, dass wir unangemeldet auf eurer Schwelle erscheinen. Wir waren auf dem Weg zu Tante Peregrine. Aber wir wurden in den frühen Morgenstunden von Wegelagerern überfallen und konnten mit kaum mehr als unserem Leben entkommen.«

Jane Austen schien der Name »Peregrine« zu überzeugen, dass wir keine Betrüger waren. Sie gab ein entsetztes Geräusch von sich. »Frances erzählte mir davon. Liebe Isabel, lieber Colin, bitte kommt herein. Ruht euch aus.« Während sie von der Tür zurückwich, gab sie dem Dienstmädchen Anweisungen. »Frances, bitte Tee, Wasser und etwas zu essen im gelben Salon. Und bitte rufe nach Cassandra. Sie ist im Garten.«

Janes Schwester Cassandra war nach ihrer Mutter benannt worden, aber da beide Frauen im Austen-Haushalt lebten, war ich gespannt, wer uns gleich besuchen würde.

Frances knickste und eilte mit gesenktem Kopf davon. Im Haus roch es nach frisch gebackenem Brot. Die weiß gestrichenen Wände und der glänzende Holzboden wirkten gepflegt und einladend. Ein zweites Dienstmädchen erschien und nahm Damien und mir mein Gepäck ab, was sie im Flur abstellte, während wir Jane Austen nach links in ein helles Zimmer folgten, dessen sonnengelbe Tapete sehr einladend wirkte. An einer Wand entdeckte ich ein Klavier, an der gegenüberliegenden einen gemütlich wirkenden Kamin.

»Clara, etwas Wasser zum Waschen für unsere Gäste!«, rief Jane, während sie uns die Couch anbot.

Sie selbst nahm auf einem der zierlich gedrechselten Stühle uns gegenüber Platz.

Es war der Raum mit dem Fenster, das zugemauert worden war, erkannte ich jetzt. Doch auf der Seite, die zu einem prachtvollen Garten führte, war ein großes Panoramafenster entstanden, das einen herrlichen Blick bot. Dass es ganz neu war, zeigten die Reste von Farbe, die sich auf der Tapete fanden. Ich wusste, dass ihr Bruder das Fenster hatte einbauen lassen, um den Frauen einen ungestörten Blick in ihren Garten zu ermöglichen.

»Bitte erzählt, was geschehen ist. Geht es euch gut? Seid ihr verletzt? Sollen wir einen Arzt rufen?« Jane Austens Stimme war leise, aber bestimmt. Sie hatte die Hände im Schoß gefaltet, und ihr Blick zeigte ehrliche Sorge.

»Es waren vier Männer«, begann ich mit der Geschichte, die Grayson Belmont sich für uns ausgedacht hatte. »Sie hatten Waffen und bremsten uns auf der Landstraße aus, indem sie unser Pferd stoppten. Sie bedrohten uns, und als Colin sich wehrte, waren sie sehr grob zu uns. Sie haben unser Gepäck durchwühlt, unser Geld und unser Pferd gestohlen, aber meinen Schmuck haben sie nicht gefunden.« Ich klopfte auf die linke Seite meines Reisemantels. »Dort ist eine kleine Tasche eingenäht. Ich bin sehr froh, ihn noch zu haben, denn es hängen sehr geliebte Erinnerungen daran.«

»Das tut mir sehr leid.« Jane legte eine Hand auf ihr Herz. »Aber seid dankbar, dass ihr am Leben seid. Man hört immer wieder Geschichten, in denen Menschen mit ihrem Leben bezahlen. Wohin wart ihr noch gleich auf dem Weg?«

»Wir wollten Tante Peregrine in Malmesbury besuchen. Ich habe alle Prüfungen an der Universität bestanden und wollte meine Zeit nutzen, die liebe Verwandtschaft zu sehen«, erzählte Damien. »Und da Isabel gern reist, haben Mutter und Vater erlaubt, dass ich sie mitnehme. Die liebe

Tante Peregrine war so großzügig und hat uns ein paar Hauspartys und einen Ball versprochen, und da Isabel schon letztes Jahr ihre Saison hatte …« Er beendete den Satz nicht, doch in dieser Epoche würde jeder die Anspielung verstehen.

Ich hatte debütiert und suchte nun dringend einen Ehemann.

Das alles klang logisch, und Jane nickte. »Natürlich seid ihr herzlich willkommen. Ihr könnt bleiben, solange ihr wollt. Und natürlich müsst ihr der guten Peregrine schreiben, damit sie sich keine Sorgen macht.« Sie runzelte die Stirn. »Ein Brief von hier bis nach Malmesbury wird sicherlich zehn Tage brauchen. Hoffentlich ist sie nicht zu sehr beunruhigt.« Dann glitt ihr Blick zu uns. »Aber natürlich sollten wir uns zuerst um euch kümmern.«

Das Dienstmädchen erschien wie auf Kommando, trug eine blau-weiß gemusterte Schale mit Wasser und ein paar Leinentücher über dem Arm.

»Clara, bitte berichte Mr Austen Knight von der Ankunft unserer Gäste und bitte ihn um ein Zimmer für Mr Leigh«, sagte Jane. »Und trödele nicht.«

»Sehr wohl, Miss.« Clara knickste. Sie kam zuerst zu mir.

Ich zog meine Handschuhe aus und tauchte die Finger in das Wasser, das lauwarm war und leicht nach Seife duftete. Dann nahm ich mir eins der Tücher von ihrem Unterarm und dankte ihr. Damien tat es mir nach.

»Wir haben leider nur ein Gästezimmer.« Jane sah bedauernd zu Damien.

In modernen Zeiten wäre es kein Problem, wenn Geschwister unterschiedlichen Geschlechts zusammen in einem Zimmer übernachteten. In der Regency-Zeit galt es als unschicklich, sobald man dem Kindesalter entwachsen war.

Jane stellte noch eine Frage zu dem Unfall, und Damien antwortete ihr so ausführlich, als wäre er tatsächlich dabei gewesen.

Der Überfall hatte näher an unserem Zielort stattgefunden als an unserem Heimatort, weshalb wir natürlich nicht umgekehrt waren. Alles war gut durchdacht, und Damien war ein guter Schauspieler.

Ich betrachtete ihn, während er sprach, und wieder stach es unangenehm in meinem Herzen. Er war ein verflixt guter Schauspieler. Janes Lächeln verriet, dass auch sie nicht immun gegen sein gutes Aussehen und seine perfekten Manieren war. Sie war 34 Jahre alt, aber sie sah jünger aus, und ihre Bücher verrieten, dass sie sich immer ein junges Herz bewahrt hatte.

Jetzt wurde ihr versonnenes Lächeln sogar noch etwas breiter. Sie war ihm schon voll auf den Leim gegangen. Ich konnte ihr keinen Vorwurf machen, mir war es auf der Titanic ebenso gegangen. Er hatte mich eingewickelt. Das war seine Masche. Damien war der Herzensbrecher, wo auch immer er auftrat.

Obwohl er mir gesagt hatte, dass seine Gefühle für mich echt waren, bewies mir diese Show nur wieder, wie verdammt gut er diese Rolle spielte. Und ich konnte ihm einfach nicht mehr trauen.

Ich lächelte, als Jane Austens Blick mich kurz streifte. Die Austen-Frauen waren erst vor ungefähr zwei Monaten samt ihrer gemeinsamen Freundin Martha Lloyd hier eingezogen. Seitdem lebten sie von der Gnade und Großzügigkeit ihres Bruders Edward Austen Knight, der durch seine Adoption durch das sehr wohlhabende Ehepaar Knight zu großem Wohlstand gekommen war. Er ließ seine weiblichen Verwandten kostenlos in dem kleinen Cottage wohnen, das an die parkähnlichen Wiesen seines Anwesens *Chawton House* grenzte. Eigentlich sollten die Frauen verbittert und desillusioniert vom Leben sein. Doch Jane strahlte Zufriedenheit aus. Sie war noch unveröffentlicht, aber sie hatte einige ihrer großen Romane bereits begonnen oder überarbeitet. Und hier, in diesem Cottage, würde sie ihre größten Werke zur Vollendung bringen.

Aufregung durchflutete mich. Ihre Bücher hatten mich schon immer fasziniert. Und jetzt saß ich der Verfasserin live gegenüber.

Konnte mich mal jemand kneifen?

Kapitel 8
Damien

Frances, das ältere Dienstmädchen, servierte uns herzhafte Snacks, bestehend aus Brot mit kaltem Braten, winzigen Sandwiches mit Käse und Kresse und Früchten, die vermutlich direkt aus dem Garten der Familie stammten. Das waren einfache Speisen, aber ich hatte selten in meinem Leben so gut gegessen. Dazu gab es kräftigen schwarzen Tee und Wasser, das besser schmeckte als jedes Gletscher-Wässerchen im Designerflakon zum Wucherpreis, das ich je hatte probieren müssen.

Jane fragte uns nicht weiter aus, sondern ließ uns Zeit, um vermeintlich wieder zu Kräften zu kommen.

Obwohl mein Vater meinen eigentlichen Plan gar nicht erst ins Regency zu reisen vereitelt hatte, war ich jetzt fasziniert davon, dieser berühmten Autorin gegenüber zu sitzen. Ich warf ihr einen kurzen Blick zu, als sie gerade ihren Rock über den Knien glattstrich. Noch kannte sie niemand, doch schon bald würde sie ersten Ruhm erlangen. Und ihr blieb nur noch so wenig Zeit. Sie war mit Anfang vierzig verstorben, und als ich sie jetzt betrachtete, machte es mich traurig.

Ich wischte gerade ein paar Krümel von meinem Schoß, als eine zweite Frau den Raum betrat. Dass die beiden Frauen Schwestern waren, war unverkennbar. Cassandra Austen schien etwas größer zu sein, ihr Gesicht war runder, der Mund etwas voller und ihre Augen größer. Dennoch war die Familienähnlichkeit nicht zu leugnen.

»Was für eine furchtbare Geschichte hat Dana mir da erzählt.« Ihr Blick glitt über uns und dann über unsere Kleider. »Das muss ja schrecklich gewesen sein. Ich bin froh und erleichtert, dass es euch gutgeht, liebe Isabel und lieber Colin. Mutter wird ebenfalls entsetzt sein, wenn sie von ihrem Besuch zurückkehrt.« Sie klang herzlich, dennoch blickte ich hinter ihre Fassade. Wenn man mit einem Menschen wie meinem Vater aufgewachsen war, dann hörte man irgendwann die Zwischentöne heraus. Cassandra tat freundlich, war aber misstrauisch.

Lilly und ich erhoben uns. Sie knickste, ich machte einen Diener.

Cassandra griff in den dunkelblauen Stoff ihres Hauskleids und erwiderte den Knicks anmutig. In der rechten Hand hielt sie noch immer den Strohhut, mit einer Krempe, die vorne deutlich breiter war als hinten und den sie vermutlich als Sonnenschutz im Garten getragen hatte.

»Wir danken euch beiden für dieses herzliche Willkommen, liebe Cousine«, erwiderte ich möglichst neutral. »Es war ein ziemlicher Schrecken heute Morgen, und wir sind froh, jetzt bei geschätzten Verwandten untergekommen zu sein. Wir versprechen abzureisen, sobald es uns möglich ist. Ich werde unserer Tante schreiben und um etwas Geld für die Weiterreise bitten.«

Cassandra nahm sich einen Stuhl und setzte sich nah zu ihrer Schwester. »Es ist schön, dass ihr hier seid, wenn auch aufgrund widriger Umstände. Dennoch wünschen wir beide uns …« Sie deutete zwischen sich und ihrer Schwester hin und her »… dass die Familien wieder enger zusammenrücken. Es ist schade, dass wir kaum Kontakt haben.«

»Da stimme ich zu«, erwiderte Lilly. »Vielleicht können wir an alte Freundschaften anknüpfen, jetzt, da das Schicksal uns zusammengeführt hat.«

Die beiden Schwestern lächelten und nickten, und ihre Bewegungen waren so synchron, als handle es sich um eine Person. Es hätte unheimlich wirken können, doch die beiden hatten etwas an sich, sodass man sie einfach mögen musste.

Sie wirkten freundlich und hilfsbereit, wenn auch Jane jene Art von Lebenserfahrung im Blick fehlte, die bei Cassandra nur allzu deutlich war.

Ich wusste, dass sie mit dem Tod ihres Verlobten einen schweren Schicksalsschlag hatte überwinden müssen. Und dass dies vermutlich einer der Gründe war, warum sie nie geheiratet hatte. Anders als Jane hatte sie sich für die Ehe entschieden. Doch dieses Leben war ihr nicht vergönnt gewesen. Vielleicht wirkte sie deshalb etwas abgeklärter als ihre jüngere Schwester.

Mich beunruhigte, dass ich so deutliche Züge von Misstrauen bei ihr ausgemacht hatte. Jane traute ich es nicht zu, aber ihre Schwester hielt ich für raffiniert genug, die Löcher in unserer Geschichte nicht als Zufall zu werten. Wir sollten das Zahnrad so schnell wie möglich finden und dann verschwinden. Sie waren keine Zeitreisenden, denn keine der Schwestern besaß die typischen drei winzigen Muttermale in ihrer Handfläche.

»Wenn die Damen so großzügig wären und mir etwas Briefpapier zur Verfügung stellen würden«, bat ich deshalb und stellte meine Tasse besonders sanft auf die Untertasse zurück. »Ich möchte so schnell wie möglich Tante Peregrine schreiben und den Brief abschicken.« Vielleicht würde dieser Bluff die misstrauische Cassandra überzeugen.

»Natürlich.« Jane sprang auf. »Du kannst unseren Sekretär nutzen, Colin. Dort findest du Briefpapier, aber auch Füller und Tinte. Eins der Mädchen kann den Brief in Alton zur Post bringen.«

»Nicht doch«, erwiderte ich schnell und stand auf. »Das werde ich selbst erledigen. Vielen Dank.«

Cassandras Augen verengten sich, doch sie sagte nichts. Aber sie wirkte nicht begeistert, als Jane mich aus dem Zimmer führte.

Sie würden wir definitiv im Auge behalten müssen, und ich hoffte, dass ich schnell eine Gelegenheit bekam, Lilly zu warnen, sollte sie noch nichts bemerkt haben. Natürlich wollte ich nur alibimäßig einen Brief schreiben. Ich hoffte, dass dort, wo es Papier gab, auch Bücher waren. Das Zahnrad war in einem Lesezeichen integriert, und da wir nicht genau wussten, ob Jane oder aber ihr Bruder Edward diesen Teil des Nachlasses des Vaters erhalten hatte, sollten wir jede Gelegenheit für eine Suche nutzen.

Jane führte mich nicht in das Zimmer mit der grünen Tapete direkt gegenüber, sondern in einen kleinen Raum, der unschwer als eine Art Büro zu erkennen war. Der Sekretär war das einzige Möbelstück in diesem Raum. Es war ein imposantes edwardianisches Modell mit gedrechselten Beinen und einem hohen Aufbau über der Tischplatte, dessen Sprossentüren mit Glas hinterlegt waren. Jede Menge Bücher standen darin. Innerlich jubilierte ich.

»Wenn du etwas brauchst, dann rufe nach uns«, sagte Jane mit ihrer sanften, aber melodischen Stimme. Sie lächelte mich an, und es wirkte fast etwas schüchtern.

»Vielen Dank.«

Der Stuhl vor dem Schreibtisch war filigran gearbeitet und eindeutig eher für einen Damenhaushalt gemacht. Er knarzte bedrohlich, als ich mich darauf niederließ. Es war nicht sonderlich bequem, denn ich trug immer noch meinen Reisemantel. Aber in so einer Situation hätte es sich nicht gehört, sich allzu zwanglos zu benehmen. Und wir standen schließlich immer noch unter Schock wegen des Überfalls.

Jane war lautlos aus dem Zimmer verschwunden, und ich ließ meinen Blick über den Sekretär gleiten. Gefaltete Blätter mit eng beschriebenen Zeilen stapelten sich in einem der Fächer. In einem anderen entdeckte ich leeres Briefpapier. Vermeintlich beflissen zog ich einen der Bögen hervor. Ein Tintenfass mit einem eleganten Füllfederhalter daneben verriet, dass in diesem Haushalt viele Briefe geschrieben wurden. Das Fässchen war fast leer. Beinahe hatte ich ein schlechtes Gewissen, die Tinte jetzt wegen eines Briefes, den ich niemals abschicken würde, zu verbrauchen.

Ich schrieb ein paar Worte an meine Tante und berichtete von dem Überfall. Dann ließ ich den Füllfederhalter sinken und lauschte. Lilly unterhielt sich mit den Frauen.

Irgendwo weiter hinten im Haus hörte ich Geräusche, vermutlich aus der Küche. Geschirr klapperte, und wieder hörte ich draußen den Esel.

Vorsichtig schob ich den Stuhl zurück und erhob mich. Die Türen des Schreibtischaufbaus öffneten sich ohne ein Quietschen. Unzählige Bücher waren darin aufgereiht. Ich entdeckte einige Klassiker, aber auch Werke zur Pflanzenkunde und Nautik. Da zwei der Austen-Brüder zur Navy gegangen waren, war das nicht ungewöhnlich. Ich zog die Bücher der Reihe nach hervor und suchte nach dem Lesezeichen.

»Kann ich dir helfen, lieber Cousin?«

Cassandras Stimme ließ mich zusammenschrecken. Ich schwang herum und gab ein scheinbar nervöses Lachen von mir. »Es tut mir so leid. Ich lese so gern. Und wenn ich irgendwo zu Besuch bin, dann interessieren mich die Bücher fast mehr als meine Gastgeber. Das ist mir wirklich sehr unangenehm.«

Cassandra Lächeln blieb wachsam. »Dann bist du mit deinem Brief schon fertig? Ich kann Frances nach Alton schicken.«

Ich hatte dieses Angebot vorhin schon abgelehnt, trotzdem kam sie darauf zurück. Ganz sicher war es Absicht. Sie hielt mich nicht für den, für den ich mich ausgab.

Einen Moment lang herrschte eine unangenehme Stille zwischen uns. Jane hätte den Blick längst abgewandt, Cassandra jedoch sah mir forschend ins Gesicht.

»Es tut mir sehr leid«, sagte ich schließlich betont zerknirscht. »Ich habe mich von den Titeln auf den Buchrücken ablenken lassen.«

Cassandra nickte langsam, als wolle sie sagen: Dir sind

also ein paar Geschichten wichtiger, als deine Tante um das nötige Geld zu bitten, damit du weiterreisen kannst?

Dann jedoch fing sie sich, denn sie lächelte. »Wir lesen alle gern. Vater hat uns das Lesen schon als Kinder beigebracht, und die Liebe zum geschriebenen Wort eint unsere Familie.«

»Ich wünschte, das wäre bei uns auch so«, erwiderte ich. »Ich fürchte, ich bin der Einzige.«

»Dann gehe ich davon aus, du hast dir ein Studienfach ausgesucht, das dieser Leidenschaft entgegenkommt?«

Sie war klug, und anders als viele Frauen in dieser Zeit versteckte sie es nicht.

Wieder lachte ich betont nervös auf. »Die Juristerei. Dicke Bücher und große Reden. Es passt sehr gut zu mir.«

Sie nickte, doch ihre Augen verrieten sie immer noch. »Möchtest du den Brief zu Ende schreiben?«

Ich wollte gerade etwas erwidern, da rettete mich der Zufall.

Dana, das jüngere Dienstmädchen, war mit einem Diener zurück.

»Mr Austen Knight lässt ausrichten, dass Mr Leigh auf Chawton House herzlich willkommen ist. Er hat Frederic mitgeschickt, damit er sein Gepäck trägt.«

Der Diener, nur wenig älter als ich, neigte den Kopf und wirkte in seiner schicken Uniform um einiges besser gekleidet als ich in meinen abgerissenen Sachen.

Er bemühte sich, mich nicht zu mustern, doch es gelang ihm nicht recht. Was er sah, schien ihm nicht zu gefallen. Ich war mir sicher, es fehlte nicht viel und er hätte die Nase gerümpft.

»Mr Austen Knight spricht außerdem eine Einladung

für heute Abend aus«, fuhr Dana fort. »Wenn Miss Leigh nicht mehr über angemessene Kleidung verfügt, ist sie herzlich eingeladen, sich bei Miss Fanny zu bedienen. Sie besitzt eine herausragende Garderobe«, rutschte es ihr noch heraus, wofür sie danach knallrot anlief und Frederic hinter ihr die Augen verdrehte über so einen Fauxpas.

Dana knickste noch mal, als könne sie die letzten Worte damit vergessen machen.

Cassandra seufzte, sichtlich enttäuscht darüber, dass unsere Unterhaltung unterbrochen wurde.

Ich hingegen tat so, als hätte ich nichts Besseres vor, als jetzt sofort mein Gästezimmer zu beziehen. Ich strich mir über die Stirn, als brachen genau jetzt die Erinnerungen des Überfalls über mich herein. »Es wäre wirklich eine Wohltat, mich auszuruhen.« Ich griff nach dem Briefpapier. »Vielen Dank dafür, ich werde den Brief später beenden.«

Cassandra presste die Lippen zusammen, doch sie nickte nur.

Dana hatte wohl schon im Zimmer nebenan Bericht erstattet, denn wir trafen uns alle im Flur.

Jane schien entzückt über die Abendeinladung, und ihre Freude war ansteckend. »Lass uns sehen, was wir von deiner Garderobe noch retten können, meine Liebe.« Sie legte Lilly eine Hand auf den Arm.

»Vielen Dank«, murmelte Lilly und warf mir einen Blick zu. Bei einem Abendessen in großer Runde konnte man unangenehmen Fragen nicht so leicht ausweichen. Es würde unsere erste Feuerprobe werden.

»Dann sehen wir uns später wieder«, sagte ich und nickte den Damen zu, während Frederic schon in der Tür wartete. Er hatte mit spitzen Fingern meine Reisetasche angehoben und hielt sie nun ein gutes Stück von sich weg, damit der getrocknete Dreck nicht seine Kleidung beschmutzte.

»Ich freue mich sehr auf den Abend.« Cassandras Stimme war freundlich, doch es klang ein wenig wie eine Drohung. Auch Lilly entging ihr Tonfall nicht. Sie sah an Janes, schmalen Schultern vorbei zu mir, und ich nickte knapp, um ihr zu signalisieren, dass ich das Gleiche dachte wie sie.

Ich hatte Sorge, sie allein hierzulassen. Ob Cassandra sie genauso verhören würde wie mich? Ich hielt Lilly für kompetent und absolut fähig, sich nicht zu verraten. Das hatte sie auf der Titanic bewiesen. Doch wieder mal plagte mich das schlechte Gewissen. Eigentlich wurde ich es gar nicht mehr los. Es tat weh, dass sie das Gefühl hatte, ich hätte meine Zuneigung zu ihr nur gespielt. Ich machte mir Vorwürfe, dass ich meinen Vater mit meinem Besuch bei Lilly und ihrem Dad praktisch zu ihnen gelockt hatte. Dass ich schuld war am Verlust ihres Zahnrads. Und jetzt würde ich sie wieder in so einer unangenehmen Situation alleinlassen.

Dabei wollte ich für sie da sein. Und obwohl sie es nicht brauchte, wollte ich mich um sie kümmern. Ich hatte mich in sie verliebt, aber im Moment schien dieses Gefühl nur noch von meiner Seite aus zu existieren. Und daran war ich selbst schuld.

Jetzt lächelte sie knapp. Es war ein *Ich schaffe das schon.*

Zu gern hätte ich sie an mich gezogen, doch das hätte vermutlich für noch mehr Misstrauen gesorgt. Also machte ich erneut einen Diener.

»Vielen Dank für die Gastfreundschaft, liebe Cousinen, und danke, dass ich Isabel in eurer Obhut lassen darf. Ich freue mich, euch heute Abend alle wiederzusehen.«

Die Damen erwiderten Höflichkeiten, und damit war ich entlassen. Frederic nickte mir zu, dann ging er voraus, während sich die Tür des Cottages schloss.

Chawton House war schon aus der Ferne ein imposanter Anblick. Das um 1580 erbaute Gebäude war zweistöckig und bestand aus hellbraunen Backsteinen. Die Fenster schienen relativ neu zu sein und boten mit ihren weißen Rahmen einen starken Kontrast zu der dunkleren Fassade.

Der Fußmarsch dauerte nur wenige Minuten und endete in einer mit feinen Kieseln ausgestreuten Auffahrt.

In der zweistöckigen Eingangshalle war es trotz der sommerlichen Temperaturen kühl. Von hier gingen unzählige Räume ab sowie eine imposante Treppe, die zu einer Galerie im Obergeschoss führte. Ein anderer Diener hatte gerade die Haustür hinter uns geschlossen, als ein dunkelhaariger Mann in eleganter Tageskleidung mit festen Schritten auf uns zukam. Er trug eine hellbraune Hose, die er in Stiefel gesteckt hatte, die so blank poliert waren, dass man sich darin spiegeln konnte. Dazu trug er ein weißes Hemd, eine reich bestickte Weste und darüber noch ein Jackett aus dunklem Stoff. Um den Hals hatte er ein Seidentuch gebunden.

Frederic verbeugte sich tief. »Wenn ich vorstellen darf: Mr Edward Austen Knight. Mr Colin Leigh.«

Der Händedruck des Mannes war kräftig. Er lächelte mich an. Zarte Fältchen bildeten sich um seine Augen. Obwohl er so fein angezogen war, wirkte er wie jemand, der in Haus und Hof auch kräftig mit anpacken konnte. Er war mir sofort sympathisch.

»Colin, welche Freude unter diesen widrigen Umständen.« Er schüttelte meine Hand. »Ich kenne deinen Herrn Vater aus London. Fabelhafter Mann. Es freut mich, dass es dir und deiner Schwester gut geht. Selbstverständlich bist du in meinem bescheidenen Heim herzlich willkommen. Bleib so lange, wie du möchtest.«

»Ich danke Ihnen, Sir.« Er kannte meinen »Vater«? Das war nicht gut. Das war gar nicht gut. Ich musste mich eisern zwingen, mein Lächeln beizubehalten.

»Nicht so förmlich.« Er klopfte mir mit der freien Hand auf die Schulter. »Wir sind doch alle Familie. Apropos Familie ...« Er ließ mich los und stemmte beide Hände in die Hüfte. »Leider kann ich dir von meiner nur einen Teil präsentieren. Meine Frau ist mit den Kleinen zu ihrer Schwester nach Brighton gefahren. Meine Tochter Louise hatte eine schwere Erkältung und der Arzt hat ihr Seeluft verschrieben. Im Moment sind nur meine Ältesten hier. Fanny, Edward und George.«

»Wie bedauerlich«, erwiderte ich und musste kurz nachrechnen. Wenn ich mich nicht irrte, hatte Edward elf Kinder. Hier im Haus musste es trotz seiner Größe zugehen wie in einem Taubenschlag. Aber ihre Abwesenheit war ein Glück für mich. Je weniger Menschen anwesend waren, desto leichter konnte ich mich in Ruhe umsehen.

»Frederic wird dir ein Gästezimmer zeigen. Ich hoffe, es wird alles zu deiner Zufriedenheit sein. Ansonsten ...« Er schwang herum. »Ich bin in meinem Arbeitszimmer. Du bist jederzeit willkommen.«

»Vielen Dank!«, rief ich ihm noch hinterher, doch da

war er dank seines dynamischen Gangs schon wieder fast zu weit weg.

Ich musste ihm zu lange grübelnd nachgesehen haben, denn Frederic räusperte sich. »Wenn Sie mir dann bitte folgen wollen, Mr Leigh.«

»Natürlich, vielen Dank.« Wie automatisch wollte ich nach meiner Reisetasche greifen. Frederic holte empört Luft, und ich hielt inne. Dann nickte ich ihm zu, und sein Gesichtsausdruck verriet mal wieder, dass er mich für einen Halbwilden hielt. Ganz passend zu meiner Kleidung …

In diesem Moment erklang ein Kichern. Ich folgte dem Geräusch und entdeckte ein Mädchen etwa in meinem Alter. Die Sohlen ihrer feinen Lederschuhe hatten kein Geräusch auf dem Steinboden gemacht, weshalb ich sie nicht gehört hatte. Ihr dunkelblondes Haar schmiegte sich in eleganten Löckchen um ihr Gesicht, das dem einer Puppe ähnelte.

Sie war so schön, dass ich sie nur perplex anstarrte.

Ihr strahlendes Lächeln entblößte perfekte weiße Zähne. »Guten Tag. Du musst Colin sein.«

Kapitel 9
Lilly

Jane hatte mich persönlich zu meinem Gästezimmer gebracht. Es war ein hübscher Raum, erstaunlich geräumig und mit einem Fenster zur Straßenseite.

Wir hatten meine Kleider dem Dienstmädchen Dana übergeben, damit sie rettete, was zu retten war. Einige von ihnen waren absichtlich beschmutzt worden, damit es so aussah, als hätten die Räuber sie achtlos aus der Tasche gezerrt und auf die Erde geworfen. Zum Glück besaß ich ein einfaches Hauskleid, das makellos war und das ich jetzt trug, weil Dana auch die Kleidung, die ich auf meiner Reise getragen hatte, weggeräumt hatte.

Ich hatte einen Krug mit warmem Wasser bekommen, und Jane hatte mir ein wenig Privatsphäre gegeben, damit ich mich frisch machen konnte.

Ich hatte die Zeit genutzt, um den Schmuck, der ursprünglich in meinem Mantel in der Tasche eingenäht gewesen war, auf dem schmalen Sekretär auszubreiten und zu betrachten. Es war kein kostbares Geschmeide. Es war ein Set aus Korallenperlen, bestehend aus Ohrhängerchen,

Kette und Armband. Dazu noch zwei schmale Goldringe, einer mit einem Amethyst, der andere mit einem Rosenquarz. Außerdem noch eine weitere Kette aus Weißgold, deren Anhänger aus einer Perle und zwei winzigen Diamanten im Rosenschliff bestand.

Wer auch immer diesen Schmuck zusammengestellt hatte, er oder sie hatte ihn perfekt auf meine Rolle abgestimmt. Er passte zu einer jungen Frau und zu meinem Stand. In dieser Hinsicht war meine Tarnung perfekt.

Ich wandte mich ab und betrachtete die Einrichtung. Sie war fast spartanisch. Das war ein Umstand, den viele der Besucher über das Cottage angemerkt hatten. Die Austen-Frauen standen nicht auf unnötige Dekorationen oder Kitsch. Alles hier war schlicht, aber funktionell und von guter Qualität. Mein Bett war nicht breit, aber sein Holz auf Hochglanz poliert. Der kleine Schreibtisch wirkte selbst für diese Zeit antik, aber er musste einmal sehr teuer gewesen sein. Hinter einer schmalen Tür befand sich eine Art Schrank, in der der Nachttopf und das Waschgeschirr tagsüber verstaut wurden.

Auf dem Schreibtisch stand seitlich ein kleiner Spiegel, schon etwas blind und eindeutig in die Jahre gekommen. Die Gardinen am Fenster waren mit einer zarten Handarbeit versehen. Ich wusste, dass Jane sehr geschickt gewesen war in diesen Dingen. Ich betrachtete die Bordüre aus schmalen Streublümchen, die wie vom Wind umhergewirbelt wirkten.

Auch meine Bettwäsche war nicht neu, aber sie war von guter Qualität und faltenfrei geplättet worden.

Ich mochte den minimalistischen Lebensstil, der mir hier überall begegnete.

Es klopfte.

»Ja, bitte?«

Jane steckte ihren Kopf durch die Tür. »Soll ich dir das Haus zeigen? Schließlich sollst du dich hier wie zu Hause fühlen.«

Sie war so unfassbar liebenswert. Ich lächelte. »Eine wunderbare Idee. Vielen Dank.«

Jane lächelte und öffnete die Tür noch etwas weiter. »Wir schaffen bestimmt noch die ganze Runde, bevor Mutter von ihrem Besuch zurück ist. Wir müssen die Zeit vorher ausnutzen.«

Da war ich ganz ihrer Meinung. Wir betraten den Flur, und ich zog die Tür meines Gästezimmers hinter mir zu.

Jane deutete auf die Tür gegenüber. »Das ist Mutters Zimmer.« Sie lächelte verschwörerisch. »Wir dürfen es nicht betreten, wenn sie nicht da ist.«

»Sehr geheimnisvoll«, erwiderte ich, und wir lachten beide. Jane deutete auf die Treppe, die links eine Etage höher führte. »Dort geht es nur zu dem ausgebauten Dachboden. Unsere Dienstmädchen haben dort ihre Kammern. Wir haben noch eine Köchin, Mrs Howard, aber sie lebt in Alton und kommt immer erst zur Mittagszeit zu uns.«

Wir passierten die Treppe und Jane deutete auf die Zimmer am Ende des Flurs. »Links ist das Zimmer, das ich mir mit Cassandra teile. Rechts haben wir ein Ankleidezimmer. Alles nicht so interessant.«

Eigentlich war ich brennend neugierig, ihr Zimmer zu sehen, doch Jane ging bereits die Treppe hinunter. Jetzt standen wir wieder in dem Flur, in dem es zur Haustür ging.

»Den Gelben Salon kennst du ja bereits.« Sie ging voraus. In dem Zimmer, das gegenüberlag, dominierte eine kräftig grüne Tapete. Die Möbel waren auch hier aus dunklem Holz.

»Das Esszimmer«, erklärte Jane und drehte sich einmal um sich selbst. Ich entdeckte den kleinen, runden Tisch mit dem ungemütlich wirkenden Stuhl davor in einer Ecke. Ich wusste, dass sie an diesem berühmten Tisch fast alle ihre Romane verfasst hatte. Ich starrte das Möbelstück fasziniert an.

»Ja, er ist schon alt, aber ich hänge an ihm«, erklärte Jane, und ihre dunklen Augen blitzten auf vor Begeisterung. »Du weißt, dass ich schreibe?«

»Natürlich«, erwiderte ich schnell. »Vater hat mal erzählt, dass du schon als junges Mädchen die Familie mit Lesungen erfreut hast.«

Sie wurde tatsächlich etwas rot. »Es ist meine Leidenschaft. Ich bin keine große Rednerin. Ich lausche lieber und schreibe dann Geschichten darüber. Ich bin still, aber nicht stumm.« Wieder lächelten wir uns an.

Sie war so unglaublich sympathisch. Obwohl sie knapp fünfzehn Jahre älter war als ich, hätte ich sie mir in der Gegenwart auf jeden Fall als meine Freundin vorstellen können.

Jane führte mich in das kleine Zimmer, das daran angrenzte.

Dort fiel mein Blick direkt auf den Sekretär und dessen großen Aufbau, der fast hinauf bis zur Decke reichte. Dutzende Bücher stapelten sich hinter seinen Glastüren. Dort musste ich unbedingt nach dem Lesezeichen suchen.

Obwohl, wenn Damien hier einen Brief geschrieben

hatte, hatte er hier vermutlich schon nachgesehen? Ich erinnerte mich, dass Cassandra ihm kurz darauf gefolgt war. Ganz sicher hatte er in dieser Zeit nicht alle Bücher nach einem Lesezeichen absuchen können.

Ich nahm mir vor, hier mit meiner Suche zu starten. Ich betete, dass sich das Lesezeichen tatsächlich noch im Besitz der Familie Austen befand. Doch da es ein Erbstück ihres Vaters war, das entweder Jane oder ihr Bruder erhalten hatte, konnte ich mir kaum vorstellen, dass sie es verkauft hatten. Ihr acht Jahre älterer Bruder Edward war als Erbe des kinderlosen Ehepaars Knight jetzt von großem Wohlstand umgeben. Wenn er es weiterverschenkt hatte, würde unsere Suche deutlich komplizierter werden.

Jane war meinem sehnsüchtigen Blick gefolgt und interpretierte ihn falsch. »Du kannst dir gern ausleihen, was du magst. Noch größer ist allerdings die Bibliothek meines Bruders auf Chawton House. Edward muss sie dir unbedingt zeigen, solange du hier bist. Wenn du gern liest, ist das dein neues Paradies.«

»Ja, ich lese gern«, sagte ich. »Und ich würde mich sehr freuen, wenn du mir die Bibliothek zeigst.«

Jetzt wurde ihr Blick etwas unbehaglich. »Ich weiß nicht, ob ich sie dir persönlich zeigen darf, liebe Lilly. Edward legt sehr viel Wert auf Etikette. Ich denke mal, er wird jemanden von seinem Personal abstellen, dass er dich herumführt.«

»Natürlich«, sagte ich schnell und war etwas irritiert. Edward musste seine Schwestern sehr gernhaben, dass er ihnen dieses Anwesen zur Verfügung stellte. Andererseits, wenn er sie nicht in seinem eigenen Haus haben wollte, sprach das doch eigentlich nicht für ein gutes Verhältnis?

»Wir verstehen uns gut«, sagte Jane schnell, als hätte sie meine Gedanken gelesen. »Ich glaube nur nicht, dass er möchte, dass ich dich herumführe, als wäre ich die Hausherrin.«

Ach, so ein Typ war er. Ich wollte schon etwas sagen, doch dann nickte ich nur möglichst neutral. Zu viel Meinung stand mir nicht zu. »Ich verstehe. Wenn es sich einrichten lässt, während wir hier sind, dann freue ich mich.«

Jane hakte sich bei mir ein. »Genug davon. Wir haben noch ein paar Räume vor uns.«

Sie führte mich wieder hinaus in den Flur, und dieses Mal gingen wir nicht Richtung Straße, sondern in Richtung des Gartens, der sich seitlich am Haus entlang bis zum Hinterhof zog. Jane deutete auf eine Tür, die ebenfalls geschlossen war. »Das hier ist Marthas Zimmer. Sie ist eine liebe Freundin von mir, falls du das nicht weißt. Sie lebt schon seit vielen Jahren bei uns. Du wirst sie mögen, sie ist ein wunderbarer Mensch.«

Natürlich wusste ich, wer Martha Lloyd war. Sie war zehn Jahre älter als Jane, und die beiden hatten sich kennengelernt, als Janes Vater, Reverend Austen, der in finanzielle Schwierigkeiten geratenen Familie von Martha ein Haus in seiner Pfarrei zur Verfügung stellte. Seitdem waren die Frauen eng befreundet.

»Ich zeige dir die Vorderküche. Dort frühstücken wir und nehmen unsere Mittagsmahlzeit ein. Sie ist nicht sehr interessant, aber ich denke, dass wir Martha dort finden, und ich möchte sie dir unbedingt vorstellen. Sie ist immer auf der Suche nach neuen Rezepten und führt dicke Bücher darüber. Wenn du dich sofort in ihr Herz schleichen willst, dann verrate ihr das Rezept für Schweinskopfsülze deiner Großmutter oder so etwas Ähnliches.«

»Das werde ich tun.« Obwohl ich keine Ahnung hatte, wie man Schweinskopfsülze zubereitete, und wenn ich ehrlich war, wollte ich es auch lieber gar nicht wissen.

Wir lächelten uns verschwörerisch an, und wieder musste ich dem Drang widerstehen, sie an mich zu ziehen und sie zu drücken.

Wenn ich jemanden von Anfang an in mein Herz geschlossen hatte, dann warst du das, liebe Jane.

Wir gingen weiter, und ich kämpfte mit dem Bedürfnis, ihr zu sagen, dass sie auch noch so viele Jahrzehnte später von Herzen geliebt werden würde. Ich wünschte mir, sie hätte nach einem langen und erfüllten Leben alt und grau auf ihre beeindruckende Karriere zurückblicken und sich an den vielen wunderbaren Leserstimmen erfreuen können. Ich wollte ihre Hand drücken, einfach nur, um ihr etwas mitzuteilen, das ich nicht aussprechen durfte. Aber dann tat ich es doch nicht. Vielleicht würde sie es als zu vertraulich empfinden, und ich wollte nicht, dass sich etwas zwischen uns änderte.

Aus der Vorderküche, einem Raum, den man heutzutage als »Wohnküche« bezeichnet hätte, drang Stimmengewirr.

»Und ich versichere Ihnen, dass ich das immer schon so gemacht habe. Meine ganze Familie hat es so gemacht. Und niemand macht es anders.«

»Meine liebe Mrs Howard, das nennt sich eine Innovation.«

»Inno... was? Ist das ein ausländischer Begriff? Ich

kann nur englische Küche kochen. Und ich weiß wirklich nicht …«

Jane stieß die Tür auf, die nur angelehnt war. »Ich habe Besuch mitgebracht.«

Zwei Köpfe drehten sich zu uns herum. Die Frau, die an einem hohen Tisch über ein schweres Lederbuch gebeugt war, war Mitte vierzig, trug ein dunkelgraues Hauskleid und hatte sich ein gestricktes Dreieckstuch um die Schultern gelegt. Mit der Haube und der schlichten Lesebrille sah sie fast aus wie ein Dienstmädchen, obwohl ich vermutete, dass es sich um Martha Lloyd handelte.

Die andere Frau, etwa im gleichen Alter, mit rotblondem Haar und stechend blauen Augen, trug ein schwarzes Kleid und hatte eine bodenlange Schürze umgebunden, die mit aufwendigen Rüschen verziert war. Hätte sie nicht einen Kochlöffel in der Hand gehalten, ich hätte sie mit ihrem hochherrschaftlichen Blick für eine der Damen des Hauses gehalten.

»Darf ich vorstellen«, sagte Jane. »Martha Lloyd, eine liebe Freundin von uns, und Mrs Howard, unsere Köchin.« Sie zeigte zuerst auf die Frau mit der schmalen, silbergerahmten Nickelbrille und dann auf die Frau mit der Schürze. Diese knickste sofort.

»Martha, das ist Isabel Leigh. Sie ist eine Tochter von Mutters jüngstem Bruder. Widrige Umstände haben sie an unsere Türschwelle gebracht, aber jetzt bin ich sehr froh, dass ihr Bruder Colin und sie uns eine Zeit lang mit ihrer Gesellschaft beehren werden.«

Nach einer Begrüßung erzählte Jane die gesamte Geschichte rund um unseren Überfall, und die beiden Frauen, die vorher so entzweit gewirkt hatten, waren nun vereint in ihrer Betroffenheit.

Ich beschränkte mich darauf, regelmäßig zu nicken, und sah mich in der Küche unauffällig um. Es war ein großer Raum, dessen Boden mit hellem Stein ausgelegt war, der hervorragend zu dem dunklen Kochgeschirr passte.

Ein in die Jahre gekommener Holztisch samt sechs Stühlen war nahe einer Wand platziert. Überall standen Töpfe mit getrockneten Zutaten herum, Kräuter hingen in Bündeln von der Decke. Ein Schinken lag auf einem großen Schneidebrett. Ich fand den Raum unfassbar gemütlich, und die breite Fensterfront zum Hof ließ ihn noch geräumiger wirken.

»Der Rest des Hauses ist nicht so interessant. Es gibt noch die Hinterküche, wo auf dem großen Ofen gekocht wird, und die Spülküche. Draußen ist noch das Backhaus, wo auch die Wäsche gewaschen wird. Aber lass mich dir den Garten zeigen! Und den Stall, du musst dir Peter ansehen. Wir haben ihn erst zwei Wochen.« Janes Augen blitzten erneut.

Ich hoffte, dass sie von dem Esel sprach, den ich bereits gehört hatte. »Sehr gern.«

Wir wandten uns zum Gehen, da erschien Cassandra im Türrahmen. »Fanny ist hier. Kommt ihr?«

Kapitel 10
Lilly

Fanny? Wie Fanny Austen Knight, die erstgeborene Tochter von Janes und Cassandras Bruder Edward?

Mir blieb keine Zeit zu fragen.

»Was für eine schöne Überraschung!«, rief Jane. »Du musst sie kennenlernen, liebe Isabel.«

Und mit diesen Worten wurde ich von den beiden Austen-Schwestern in die Mitte genommen und zurück in den gelben Salon geführt.

Als wir eintraten, erhob sich eine junge Frau mit dunkelblondem Haar, die etwa in meinem Alter war. Anders als wir trug sie ein Halbkleid, ein etwas formelleres und aufwendigeres Kleid, das nicht hochgeschlossen war und auch ihre Arme entblößte. Eine schmale Kette aus Granatsteinen fiel genau bis zum Ansatz ihres Busens, der dadurch auf subtile Weise betont wurde.

Ich hatte gelesen, dass Fanny für ihr gutes Aussehen über den Landstrich hinaus bekannt gewesen war.

Doch dass sie so eine Schönheit war, damit hatte ich

nicht gerechnet. Keine Zeichnung war ihr je gerecht geworden.

Wir knicksten beide, als Cassandra uns vorstellte.

Fanny kam zu mir herüber und nahm meine Hand. »Ich freue mich so. Vater hat erzählt, dass er deinen Vater aus London kennt. Und ich habe Colin schon kennengelernt. Famoser Kerl, wirklich.«

Wie bitte?

Sie strahlte mich an, und es lag nicht nur an meiner Rolle, dass ich etwas überrumpelt war. Fanny besaß eine überschwängliche Art, die man Frauen in dieser Zeit für gewöhnlich schon im Jugendalter abgewöhnte. Und abgesehen davon, dass sie auf die höfliche Anrede verzichtete, war Damien als »famosen Kerl« zu bezeichnen auch nicht ganz *comme il faut* für eine junge Dame.

»Du musst dich zu mir setzen.« Sie ließ meine Hand nicht los, sondern zog mich zu dem Sofa. Erst da bemerkte ich die zwei winzigen Vögel, die sie im Haar trug. Einer war pink, der andere leuchtend blau und vermutlich aus Seide gefertigt mit kleinen Glasperlen als Augen. Sie wippten in ihrem Haar wie lebendig.

Die beiden Austen-Schwestern nahmen uns gegenüber Platz.

Dana erschien und knickste. »Darf ich den Damen etwas bringen?«

»Etwas Tee wäre nett, danke«, erwiderte Cassandra mit ihrer gewohnt kühlen Stimme.

»Habt ihr noch etwas von diesem Kaffee, den Vater aus Portsmouth mitgebracht hat?« Fanny wartete keine Antwort ab, sondern wandte sich zu mir. »Direkt von einem Schiff hat er ihn gekauft. So etwas Köstliches hast du noch nie getrunken, liebe …« Sie stockte und überlegte. »Was sind wir denn? Wir sind doch verwandt.«

Auch hinter den Stirnen der Austen-Schwestern schien es zu rattern, während Dana von einer zur anderen sah und sich dann unauffällig mit der rechten Schuhspitze an der linken Wade kratzte.

»Egal«, meinte Fanny nach einem Moment des Schweigens. »Ich werde dich einfach Cousine nennen.«

Ich, die ebenfalls auf die Schnelle nicht durchschaute, wie genau man unser verwandtschaftliches Verhältnis bezeichnete, nickte schnell, während Dana taumelte und dann einen ungeschickten Ausfallschritt zur Seite machte. Es polterte auf dem Holzboden.

»Verzeihung«, murmelte sie und lief erneut knallrot an.

»Dana, bitte gehe bei Mrs Howard nachfragen, ob wir noch etwas von dem Kaffee haben.«

»Sehr wohl, Miss.« Dana knickste und verschwand, während Cassandra sich wieder zu uns wandte.

»Und du hast Colin bereits kennengelernt, Fanny?«

»Ja, das habe ich«, erwiderte sie, und Ungeduld schwang in ihrer Stimme mit. »Aber ich komme mit fantastischen Neuigkeiten, die werden euch gefallen.« Fanny hopste auf der Couch auf und ab, als könne sie sich einfach nicht zum Stillsitzen zwingen.

Offenbar schien mein *Bruder* keinen großen Eindruck auf sie gemacht zu haben. Entweder versteckte sie es geschickt, oder aber der notorische Herzensbrecher namens Damien war einfach nicht ihr Typ.

Ich wusste nicht, ob ich erleichtert oder amüsiert sein sollte. Würde es mich stören, wenn er mit ihr flirtete? Unsere Zeit hier war begrenzt, sie war nicht wirklich eine

Konkurrenz. Und ich mochte sie genau wie Jane auf Anhieb. Es wäre dumm, Eifersucht zuzulassen. Und dennoch konnte ich das Gefühl nicht zu hundert Prozent vertreiben.

»Jetzt berichte uns davon, bitte.« Jane wirkte mindestens genauso ungeduldig wie Fanny.

Fanny ließ meine Hand abrupt los und machte eine große Geste, als wäre sie beim Theater. »Stellt euch vor.« Sie riss die Augen auf. »Am Sonntag findet doch der Ball statt, den Vater und Mutter geben.« Sie beugte sich zu mir. »Weil die Sommermonate auf dem Land immer so langweilig sind.« Sie sah wieder in die Runde. »Und jetzt hat Vater gesagt, dass er Isabel und Colin dazu einlädt. Ist das nicht wunderbar?« Schon wieder so ein Strahlen, das gewiss noch bis ins Weltall zu sehen war. Sie klatschte in die Hände. »Oh, ich freue mich so.«

»Sag mir nicht, dass das die Idee deines Vaters war.«

Cassandra, kühl und beherrscht, nickte Dana zu, die gerade mit einem großen Tablett den Raum betrat.

Fannys Lachen war laut, triumphierend und völlig unangemessen für eine junge Dame. Ich mochte es, dass sie sich nicht hatte verbiegen lassen. Jedes ihrer Gefühle war auf ihr Gesicht geschrieben, sie wirkte temperamentvoll und ungezähmt.

»Natürlich war es nicht Vaters Idee.« Ihr Lachen verebbte nur langsam. Sie zupfte an dem winzigen pinkfarbenen Vögelchen in ihrem Haar. »Schade, dass Mutter nun doch mit den Kleinen zur Erholung nach Brighton gefahren ist, weil Louisas schlimmer Husten nicht weggehen will. Sie wäre bestimmt gerne dabei gewesen.« Sie bemerkte den Blick, den ich ihren Vögeln zuwarf. Sie stupste den pinkfarbenen erneut an. »Sind sie nicht allerliebst? Eine Freundin von mir hat ähnliche bei einer Modistin in London erstanden und als ich sie sah, musste ich einfach welche haben. Die gute Frau ist außerordentlich talentiert. Sie sind nicht billig, aber ich durfte mir fünf Stück aussuchen.« Sie lachte schon wieder auf. »Und ich liebe sie alle.«

»Sie sind wirklich außergewöhnlich schön«, gab ich zu.

»Diesen Ball auszurichten ist wirklich großzügig von dem lieben Edward.« Cassandra schenkte dem grellen Haarschmuck keinen Blick. Sie hatte ihre Tasse Tee zuerst bekommen, und nun rührte sie mit einem zierlichen Löffel darin herum. »Was ist mit dem Kaffee, Dana?«

»Mrs Howard sucht danach, Miss. Ich bringe ihn sofort, wenn er fertig ist.«

»Also, ich warte auf den Kaffee, Tee möchte ich nicht«, teilte Fanny uns ungefragt mit und lehnte sich dann auf der Couch zurück.

Die beiden Austen-Schwestern, die mit kerzengeradem Rücken auf ihren Stühlen saßen, kommentierten es nicht. Auch ich lehnte dankend ab, und Cassandra entließ Dana mit einem kurzen Kopfnicken.

»Wie steht es um deine Kleider, liebe Cousine?« Fanny hatte den Kopf zu mir gedreht, während ihre aufwendige Frisur von der Rückenlehne des Sofas plattgedrückt wurde. »Wir haben ungefähr die gleiche Größe. Ich leihe dir gern etwas. Zur Not kann es meine Schneiderin Mrs Gibbs für dich anpassen.«

»Eins meiner Abendkleider ist unversehrt«, erwiderte ich. »Vielen Dank für dein Angebot. Ich werde es heute Abend zum Dinner tragen. Es könnte aber sein, dass ich dich wegen des Balls ansprechen werde.«

»Sehr gern«, erwiderte Fanny. »Ich verfüge über ein ganzes Ankleidezimmer voller Kleider. Für meine Saison hat Vater mich eingekleidet, damit ich den Männern gefalle. Ich habe also jede Menge Auswahl.«

Jane presste eine Hand vor ihren Mund, offensichtlich bemüht, ihr Lächeln zu verstecken.

»Fanny«, zischte Cassandra tadelnd. »Das schickt sich nun wirklich nicht.«

Fanny war nicht beeindruckt. Sie zuckte die Schultern. »Ich habe ihm schon vorhergesagt, dass er sich die Mühe umsonst macht. Ich will so bald nicht heiraten.«

Cassandra runzelte die Stirn, kommentierte es aber dieses Mal nicht. Jane nahm einen ausgiebigen Schluck von ihrem Tee und sah ausweichend zur Seite.

»Ich bin mir sicher, Vater denkt, dass ich es euch gleichtun möchte«, erzählte Fanny freimütig weiter. »Ihr habt ein Haus nur für euch, keine Kinder und keine Ehemänner, die ihr umsorgen müsst. Ihr seid frei. Ich möchte auch frei sein.« Sie schob sich hoch und saß jetzt wieder halbwegs aufrecht. »Wie steht es mit dir, liebe Isabel? Wann hattest du deine Saison? Und bist du verlobt? Wer ist er? Wie heißt er?«

»Fanny«, zischte Cassandra erneut. »Hier in unserem Haus wird der Schicklichkeit Genüge getan. Es ziemt sich nicht, solche Fragen zu stellen.«

»Das ist schon in Ordnung«, erwiderte ich. »Wir sind Cousinen.« Ich wandte mich ihr zu. »Nein, ich bin nicht verlobt. Aber ich hatte meine Saison letztes Jahr. Es gab zwei Anträge«, erfand ich spontan. »Aber ich habe sie beide abgelehnt. Die Herren waren zwar respektabel und gut gestellt, aber zu alt für mich. Vater war da meiner Meinung.«

»Welch Glück«, sagte Fanny. »Zu schade, dass Edward und George noch so jung sind. Wenn du einen meiner Brüder heiraten würdest, wären wir fast so was wie Schwestern.«

Cassandra hob warnend die Augenbrauen.

Dieses Mal sprang Jane ein. »Fanny, wir sollten das Thema wechseln.«

Natürlich war Fanny nicht dieser Meinung, und ich sah ihr an, dass sie weiter diskutieren würde.

Ich beschloss, meine Chance zu nutzen und mich auf die Suche nach dem Lesezeichen zu machen.

Die Bodendielen in diesem Haus knackten so laut, dass ich die Idee, das Cottage nachts, wenn alle schliefen, zu durchsuchen, direkt wieder verworfen hatte. Ich würde den gesamten Hausstand wecken, wenn ich auch nur drei Schritte über den Flur machte.

Also musste ich tagsüber Schlupflöcher finden, in denen meine Gastgeberinnen beschäftigt waren.

Und da Fanny sie locker beide auf Trab halten konnte, sah ich die Gelegenheit gekommen.

»Bitte entschuldigt«, sagte ich und erhob mich. »Ich möchte mir mein Schultertuch holen. Ich bin gleich wieder da.«

Die beiden Schwestern waren so in das Wortgefecht mit Fanny verstrickt, dass sie mir nur abwesend zunickten.

In der Vorderküche hörte ich die Stimmen von Martha Lloyd und Mrs Howard.

Frances entdeckte ich durch das Fenster des Wohnzimmers draußen auf dem Hof. Sie schleppte schwer an einem Eimer und war vermutlich auf dem Weg zum Stall.

Von Dana fehlte jede Spur, aber ich vermutete, dass sie das Warten auf den Kaffee nutzte, um vielleicht im Backhaus, wo auch die Wäsche bearbeitet wurde, nach meiner Kleidung zu sehen.

Ich ging die Treppe in den ersten Stock hinauf und jede Stufe ächzte wie eine gequälte Seele. Mein Ziel war das Zimmer von Jane und Cassandra.

Aus verschiedenen Texten wusste ich, dass die Schwestern üblicherweise jede Menge Bücher in ihrem Zimmer gehortet hatten. Ein so persönliches Lesezeichen könnte sich also gut in so einem privaten Raum befinden.

Die Tür war geschlossen, aber ich konnte die Klinke lautlos herunterdrücken. Vorsichtig betrat ich das Zimmer und lehnte die Tür hinter mir an.

Auf den gegenüberliegenden Seiten standen die zwei Betten. Dann gab es noch einen kleinen Sekretär, zwei rustikal wirkende Kommoden und eine Tür, die, wie ich wusste, zum Ankleidezimmer führte. Nur neben einem Bett stapelten sich Bücher. Es musste Jane gehören.

Ich schlich näher, und wieder knackten die Dielen. Ich fluchte leise, aber ich wich nicht zurück. In drei Büchern steckten Lesezeichen, und mein Herz begann aufgeregt zu schlagen. Ob ich so schnell erfolgreich sein würde? Würden wir noch vor dem Abendessen verschwinden können? Doch ich hatte mich getäuscht. Ich entdeckte weder das Lesezeichen, das ich auf der Zeichnung gesehen hatte, noch ein Zahnrad.

»Haben Sie sich verlaufen, Miss?«

Ich schwang herum. Dana stand in der Tür, über dem Arm einige meiner Kleider.

Sie klang nicht misstrauisch, sie wirkte einfach nur neugierig und etwas verlegen.

Ich lachte betont nervös. »Es tut mir so leid. Ich muss falsch abgebogen sein.«

Dana nickte gutmütig. »Schon in Ordnung, Miss. Ist mir am Anfang hier auch öfter passiert. Sind ja viele Zimmer. Mein alter Paps sagt immer, dass es gut ist, dass ich nicht für so mächtig hochgestellte Herrschaften arbeite, die in einem Schloss wohnen. Ich verlaufe mich nämlich überall.«

Der Blick aus ihren großen hellblauen Augen war so ehrlich betroffen, dass ich Mitleid hatte. »Aber hier findest du dich doch gut zurecht, oder?«

»Ja«, erwiderte sie nur. Dann knickste sie und deutete zur Tür. »Wir können rüber in Ihr Zimmer gehen, und Sie schauen sich mal an, was ich mit Ihren Kleidern angestellt habe, Miss. Die sehen aus wie neu. So etwas kann ich sehr gut.«

»Das ist ja wundervoll, Dana. Ich danke dir von Herzen«, sagte ich, als ich an ihr vorbeiging und in den Flur trat.

Danas Wangen glühten schon wieder. »Ist mir eine Freude, Miss. Ist mir eine Freude.«

*

Chawton House war von innen ebenso beeindruckend wie von außen.

Ich sah an mir hinab, als wir in der hell erleuchteten

Eingangshalle auf die Begrüßung durch unseren Gastgeber warteten.

Ich trug ein Chemisenkleid mit hoher Taille, dessen Zierband aus dunkelblauer Seide bestand. Der Ausschnitt war ungewohnt tief, wurde aber durch das Zugband plissiert. Es war die neueste Mode, aber bei einer jungen Frau, die im letzten Jahr debütiert hatte, konnte man solch eine modische Garderobe erwarten. Die langen weißen Handschuhe reichten mir bis halb über die Oberarme. In meiner linken Armbeuge schwang ein winziger perlenbestickter Pompadour. Als ich von meiner missglückten Suche nach dem Lesezeichen des Reverends wieder in den Gelben Salon zurückgekehrt war, war Fanny überraschenderweise schon wieder gegangen. Ihr war eingefallen, dass sie noch irgendeine Verpflichtung in Alton hatte, so berichtete mir Jane.

Aus Höflichkeit hatte ich eine kleine Tasse Kaffee getrunken, die wirklich köstlich gewesen war. Danach hatte Jane darauf bestanden, dass ich mich nach dem Schrecken am Morgen am Nachmittag ausruhen sollte. Ich war mehr oder weniger eindringlich auf mein Zimmer komplimentiert worden, und meine Zeit dort wurde nur unterbrochen von Dana, die mir noch mal ein paar Sandwiches und etwas zu trinken brachte. Am frühen Abend hatte sie mir dann beim Ankleiden geholfen und sich als sehr geschickt erwiesen.

Die Austen-Schwestern waren mit von der Partie, Martha Lloyd war im Cottage geblieben und hatte sich entschuldigt, ebenso wie Mrs Austen, die von ihrem Termin zurückgekehrt war, während ich auf meinem Zimmer war und sich mit unerträglichen Kopfschmerzen hatte entschuldigen lassen.

Sie würde ich also morgen erst persönlich kennenlernen.

Jetzt war ich gespannt auf Edward, den Bruder, der von der wohlhabenden Familie Knight adoptiert worden war und der deren Eigentum samt diesem Anwesen und dem Cottage geerbt hatte.

Ein Diener hatte uns bereits unsere Umhänge abgenommen, die eigentlich gar nicht nötig gewesen waren, da es draußen immer noch angenehm warm war.

»Da seid ihr ja.« Fanny schwebte in einem wunderschönen sonnengelben Kleid die breite Treppe hinunter und dieses Mal leuchteten ein gelber und ein grüner Vogel in ihrem Haar. Sie wurde flankiert von zwei elegant gekleideten Jungen, die mich verstohlen musterten. Ich wusste, dass ihre Brüder jünger waren als sie. Edward musste fünfzehn Jahre alt sein, George vierzehn.

Beide hatten Fannys dunkelblonde Haare. Edward war hoch aufgeschossen und regelrecht mager und er überragte seine ältere Schwester bereits. Georges wuscheliger Lockenschopf hatte sich jeglichem Formen durch Pomade entzogen und seine Wange zierte ein blutig verkrusteter Kratzer, der auf eine kürzliche Auseinandersetzung hindeutete.

Im Gegensatz zu ihrer Schwester bewiesen die beiden exzellentes Benehmen.

Ihre Begrüßung war höflich, aber distanziert, und der Etikette entsprechend schenkten sie mir nicht allzu viel Aufmerksamkeit.

Ein Diener führte uns in einen Salon, der ganz in Rot

gehalten und mit prunkvollen Möbeln ausstaffiert war. Die schweren Samtvorhänge waren weit geöffnet und gaben den Blick auf einen prachtvollen Garten preis. Es roch nach Staub und feuchtem Holz. Ein Umstand, der wohl typisch für die meisten Anwesen dieser Zeit gewesen war.

Vor den insgesamt drei Türen standen rechts und links Lakaien mit weiß gepuderten Perücken. Dass es so formell werden würde, hatte ich nicht erwartet.

Man servierte uns Champagner und den Jungen ein dunkles Getränk, das ich nicht identifizieren konnte.

Dann endlich erschien der Herr des Hauses. Er war dunkelhaarig so wie seine Schwestern, mit einem energischen Kinn und fast schwarzen Augenbrauen, die seinem Blick etwas Entschlossenes gaben. Ich hatte erwartet, dass Edward Austen Knight von seiner Gattin Elizabeth begleitet wurde.

Doch dann fiel mir ein, dass Fanny erzählt hatte, dass sie mit einigen ihrer Kinder in den Urlaub gefahren war. Stattdessen war Damien an seiner Seite. Und er sah gut aus in seiner formellen Abendkleidung. Eine bestickte Weste, ein cremefarbenes Hemd, lange Hosen und ein elegantes Tuch um den Hals. Seine pomadisierten Haare glänzten mit seinen polierten Schuhen um die Wette.

»Willkommen, willkommen.« Edward streckte beide Arme aus, als wolle er seine Schwestern umarmen. Was er natürlich nicht tat.

»Vater, du musst Isabel kennenlernen.« Fanny klang ganz aufgeregt.

Edward hatte seine Schwestern begrüßt und wandte sich nun seiner Tochter zu. Dann glitten seine Augen zu mir.

»Guten Abend«, sagte er dann, doch es klang, als müsse er sich einen Ruck geben. Er verbeugte sich leicht, und ich machte einen tiefen Knicks.

»Guten Abend, Mr Austen Knight. Vielen Dank für diese Einladung und dass Sie meinen Bruder in Ihrem Haus aufgenommen haben.«

»Sehr gern, sehr gern«, erwiderte er etwas hektisch. »Und Edward bitte, auf diese Förmlichkeiten können wir verzichten.« Er sah sich zu seinen Schwestern um. »Wir sollten ins Speisezimmer gehen. Ich habe von Morton gehört, dass der Koch bereits mit den Hufen scharrt. Geht doch schon mal voraus, meine Lieben, ich möchte ein paar Worte mit meinen Gästen wechseln.«

Fanny zog ein Gesicht, doch Jane hakte sich bei ihr unter und zog sie mit sich.

Warum wollte er mit uns allein sprechen? Zuerst war ich misstrauisch, doch als ich sein Lächeln sah, beruhigte ich mich etwas.

»Es ist wirklich ein wunderschönes Haus, Edward«, sagte Damien und sah von ihm zu mir. »Nicht wahr, liebe Schwester?«

Ich, die bei Damiens Anblick so gar keine schwesterlichen Gefühle empfand, nickte schnell. »Es ist sehr imposant.«

Edward ging nicht darauf ein. »Isabel, du warst letztes Jahr mit deinem Vater in London, nicht wahr?«

Etwas in seiner Stimme ließ mich aufhorchen.

»Das ist richtig.«

»Und zusammen habt ihr ein paar Veranstaltungen besucht?« Edward musterte mich immer noch aufmerksam.

Damien neben mir versteifte sich sichtlich. Er wollte etwas sagen, doch ich sprach schnell weiter.

»Das stimmt«, erwiderte ich. »Vater war so großzügig und …«

Edwards Augen verengten sich. Er legte den Kopf schief wie ein Raubvogel, und seine Stimme klang plötzlich sehr kühl. »Ich war dort. Bei einer der Hauspartys, um einem Freund einen Gefallen zu tun. Ich habe dich zwar nur aus der Ferne gesehen, aber …« Sein eindringlicher Blick wanderte über mein Gesicht.

»Ich könnte schwören, dass du nicht Isabel bist.«

Kapitel 11
Damien

Verdammt, verdammt, verdammt! Das Wort hämmerte in Endlosschleife in meinem Kopf. Waren wir aufgeflogen?

Lilly reagierte blitzschnell. Ihr Lächeln war charmant, ihr Blick war gespielt entrüstet. »So sehr habe ich mich in dem einen Jahr aber nicht verändert, geschätzter Mr Austen Knight.«

»Edward«, korrigierte er abwesend. Sein Blick ruhte immer noch auf ihr, bis ihm wohl auffiel, wie unhöflich sein Starren war.

Edward sah zu mir. »Dich, mein Lieber, hätte ich jederzeit wiedererkannt. Du bist das Ebenbild deines Vaters.«

»Vielen Dank.« Ich musste mich räuspern, weil meine Stimme plötzlich rau klang. *Verdammt, bleib in deiner Rolle, Belmont. Nimm dir ein Beispiel an Lilly.* »Zu gütig. Ich schätze meinen alten Herrn, und es wird ihn freuen, wenn ich ihm von deinen Worten berichte.«

War der Umstand, dass ich Colin ähnlich sah, unser

Ass im Ärmel? Ich legte beschützend einen Arm um Lilly. »Woher kommen diese Zweifel, Edward?«

Jetzt wirkte dieser schon nicht mehr so sicher. »Auf einem Ball der Gentry in der letzten Saison deutete euer Vater auf eine junge Frau …« Er schien zu überlegen und senkte den Blick. Dann strich er sich etwas verlegen durchs Haar. »Nun ja, sie stand mit ein paar anderen jungen Damen zusammen. Und er sagte: Das ist meine Isabel. Ist sie nicht hübsch? Und da stand diese junge Frau. Ihr Haar war deutlich dunkler als deines, Isabel, und auch länger. Es ging ihr mindestens bis zur Taille. Ich habe ihr Gesicht natürlich nur im Profil gesehen, aber nun ja … sie war … sie war etwas fülliger …« Er wirkte unbehaglich, dass er so einen Umstand erwähnen musste. Schon wieder sah er uns nicht an.

»Ich habe mich der von Königin Charlotte gegründeten *Bewegung für Gesundheit und Schönheit* angeschlossen«, erwiderte Lilly mit einem strahlenden Lächeln und bewegte sich leicht, sodass ich meinen Arm wegziehen musste. Ich ließ es zu, obwohl es wehtat, dass ihr meine Berührung so unangenehm war.

»Ich habe mich körperlich ertüchtigt und auf den Kuchen verzichtet. Außerdem bin ich noch ein kleines Stück gewachsen. Bei so viel Bewegung waren meine langen Haare oft hinderlich. Und sie werden immer so schrecklich hell, wenn ich mich draußen aufhalte.« Etwas verschämt strich Lilly sich durch eine Strähne, die ihr ein gutes Stück über die Schulter fiel. »Es ist ungewohnt, aber meine Gesundheit ist mir wichtiger.«

Sie war großartig. Wie gern hätte ich sie an mich gezogen und geküsst. Und sie war wunderschön. Sie war wunderschön und perfekt, genau so, wie sie war. Ich wollte keine Isabel, egal, wie strahlend sie aussah, ich wollte sie, Lilly, das Mädchen, in das ich mich auf der Titanic verliebt hatte.

Lilly sah zu mir, und als sie meinen Blick auffing, sah sie mich eindringlich an. Sie hatte recht, ich sollte mich zusammenreißen. Kein Bruder sollte seine Schwester so ansehen.

Edward hatte während ihrer Rede genickt, und jetzt bemerkte ich, dass sein Misstrauen verschwunden war.

Lilly jedoch setzte, genial, wie sie war, noch einen obendrauf. »Ich hatte einen besonders aufwendig gestalteten Fächer dabei, erinnerst du dich, lieber Edward?«

Das war nichts Besonderes, denn die meisten der jungen Frauen auf diesen Partys hatten Fächer dabei und konkurrierten miteinander, wer das schönste Modell besaß.

Edward ging sofort nichtsahnend darauf ein. »Richtig, es war ein grü…«

Lilly musste von seinen Lippen gelesen haben, denn sie nahm geschickt seinen Satz auf. »Grünes Modell!« Sie lachte scheinbar unbeschwert. »Genau. Ich liebe diese Farbe einfach. Er ist mein liebster Fächer von allen.«

Jetzt schien Edward vollends überzeugt. »Entschuldige, liebe Isabel. Das ist mir wirklich sehr unangenehm.« Er verbeugte sich. »Bitte verzeih mir. Vermutlich werden bei einem alten Mann wie mir die Augen schon etwas schlecht.«

Wir lachten höflich, denn alt war Edward nun wirklich nicht.

Lilly knickste formvollendet. »Vater hätte mich vorstellen sollen, dann hätten wir uns schon eher kennengelernt.« Ihr Ton hatte sich leicht verändert. Nicht viel, aber ihre Stimme war etwas dunkler und weicher geworden.

Fasziniert beobachtete ich, wie sie Edward nun komplett am Wickel hatte. Er blinzelte, dann reichte er ihr seinen Arm. »Das hätte er in der Tat. Erlaube mir, dich in das Speisezimmer zu geleiten. Wir sollten die anderen nicht warten lassen.« Kurz drehte Edward sich zu mir. »Zu schade, dass Elizabeth nicht hier ist.«

Ich wandte meinen Blick von Lilly ab. »Das ist schade, aber so bekommen die jungen Herren eine Gelegenheit, mit uns am Tisch zu sitzen.«

Edward ging mit Lilly voraus, doch ich hörte ihn lachen. »Ich weiß zufällig, dass sie schon ganz aufgeregt sind.«

Normalerweise aßen Kinder nicht am Tisch mit den Erwachsenen, sondern in ihrem Kinderzimmer. Fanny, die schon debütiert hatte, gehörte seitdem zu den Erwachsenen und aß mit ihren Eltern im Speisezimmer.

Dass die Jungen dabei sein durften, war dem Umstand geschuldet, dass wir zu wenig Herren für zu viele Damen waren, was Edward mir am Nachmittag erklärt hatte. Ich war sehr darauf gespannt, wie gut sich Edward Junior und George in ihrer Rolle als Tischnachbarn zurechtfinden würden. Aber in erster Linie war ich unendlich erleichtert, dass Lilly uns so souverän und clever aus dieser unangenehmen Situation gerettet hatte.

*

Im Speisezimmer erwartete uns der Rest der Familie Austen Knight mit ungeduldigen Blicken. Die Jungen hatten die Köpfe zusammengesteckt und tuschelten, während Fanny, Cassandra und Jane nahe des großen Kamins standen, in dem zu dieser Jahreszeit kein Feuer brannte.

Ganz sicher gab es in diesem Anwesen noch einen Speisesaal, der für Bankette oder Ähnliches genutzt wurde. Hier aber handelte es sich um einen gemütlichen Raum, der Platz genug für unsere kleine Gesellschaft bot.

Der Tisch in der Mitte war für acht Personen gedeckt. Das Kristall funkelte und die unzähligen Kerzen in ihren Leuchtern verbreiteten ein warmes Licht. Edward saß vor Kopf und machte Lilly zu seiner Tischdame. Zu seiner Linken saß sein Sohn Edward. Neben Lilly hatte man den jungen George platziert, daneben Fanny und am anderen Kopfende nahm gemäß dem Protokoll die älteste Verwandte von Edward, Cassandra, Platz. Mit meinem Platz zu ihrer Rechten war ich ihr Tischherr und neben mir wurde Jane platziert.

Kaum dass alle ihren Platz gefunden hatten, gab Edward einem Diener ein Zeichen. Die Küche schien bereits auf diesen Befehl gewartet zu haben, denn eine ganze Parade von Dienern betrat kurz darauf das Zimmer. Der Erste trug eine beeindruckend große Terrine, aus der es dampfte. Die anderen folgten ihm mit Schüsseln und Platten, deren Inhalt noch unter silbernen Deckeln verborgen war.

Zwei Serviermädchen verteilten die Suppe, während uns Wein eingeschenkt wurde. Sogar die Jungen bekamen einen kleinen Schluck der alkoholischen Flüssigkeit, verdünnt mit Wasser. Beide hatten vor Aufregung rote Wangen und saßen so gerade auf ihren Stühlen, als hätte man einen Besenstiel an ihren Rücken gebunden. Es war offensichtlich, dass sie normalerweise nicht Teil der Gesellschaft waren.

Sobald wir alle eine Portion cremige Suppe vor uns stehen hatten, holte der älteste Diener tief Luft und sagte mit klarer Stimme: »Kalbsbrühe mit gemahlenen Mandeln.«

Dann verbeugte er sich und stellte sich zu den anderen Dienern an die Wand.

Wir warteten darauf, dass Edward seinen Löffel nahm. Ich wusste, dass die Kalbsbrühe eine sehr beliebte Suppe im Regency gewesen war. Meist wurde sie zusätzlich zu den Mandeln noch mit Eiern und Sardellen verfeinert. Manchmal fügte der Koch auch noch etwas Kohl hinzu. Als Edward zu essen begann, tauchte auch ich meinen Löffel in die Suppe. Sie war köstlich. Kräftig, pikant, und ich schmeckte die Sahne heraus. Ich warf Lilly, die am anderen Ende des Tisches saß, einen Blick zu, doch sie war in ein weiteres Gespräch mit Edward vertieft.

Fanny unterhielt sich mit Cassandra, während George, der zwischen ihr und Lilly saß, nicht besonders hungrig und leicht gelangweilt wirkte. Er hatte sich in seinem Stuhl zurückgelehnt und kratzte abwesend an der Wunde, die sein Gesicht verschandelte.

Jane zu meiner Rechten lachte leise über etwas, das ihr Edward Junior zugeflüstert hatte. Also hatte ich Gelegenheit, Lilly zu betrachten. Ihr Kleid stand ihr ausgezeichnet. Der helle Musselin passte hervorragend zu ihrer Hautfarbe, und obwohl ihr Haar ebenso hell war, wirkte sie nicht blass, sondern schien zu strahlen. Die kleinen Locken, die ihr rechts und links über die Schläfen fielen, standen ihr ganz hervorragend. Der Schmuck, den sie trug, rundete den Eindruck einer eleganten jungen Frau ab. Obwohl sie auch als Dienstmädchen auf der Titanic überzeugend gewirkt hatte, schien diese hier ihre wahre Zeit zu sein. Sie wirkte so authentisch, dass jemand schon ein Hellseher sein musste, um Verdacht zu schöpfen.

Obwohl ich Hunger hatte, aß ich mit wenig Appetit. Ich war etwas nervös, denn ich plante, Lilly die Bibliothek zu zeigen. Oder besser gesagt, gemeinsam mit ihr in der Bibliothek nach dem Lesezeichen von Reverend Austen zu suchen.

Als die Suppe abgeräumt wurde und die silbernen Hauben von den Schüsseln und Platten gehoben wurden, war ich beeindruckt, weil alles fantastisch aussah. Es gab Roastbeef und diverse Platten mit gegartem Gemüse. Gebratenen Fasan mit Austernsauce, Schweinsragout und drei verschiedene Pasteten.

Als Zwischengang wurde Käse serviert, dazu frisches Brot und Butter. Auch eine Schüssel mit Salat wurde auf den Tisch gestellt. Danach wurde das kostbare Wedgewood-Porzellan noch mal komplett ausgetauscht, während eine Auswahl von Kuchen und Früchten aufgetragen wurden.

Gemäß meiner Aufgabe hatte ich mich um eine Konversation mit Cassandra bemüht, doch sie hatte sich lieber mit Fanny unterhalten. Jane zu meiner Rechten antwortete zwar immer freundlich, wenn ich sie ansprach, doch mit Edward Junior konnte sie ungezwungener umgehen, und ich hielt sie eher für etwas schüchtern als für unhöflich.

Schon wieder umgab eine Schar Dienstboten den Tisch, um das letzte Porzellan abzuräumen.

»Entschuldigen Sie, Sir.« Das Serviermädchen hatte meinen Arm gestreift, als sie nach meinem Teller griff.

»Das macht doch nichts.« Ich wollte sie anlächeln, doch sie drehte schnell den Kopf weg.

»Colin!«, rief Edward da über den Tisch. Er hatte dem Wein während des Essens sehr zugesprochen und sein Gesicht war gerötet. »Ich werde Isabel die Erstausgabe der Märchen zeigen, die ich in meiner Bibliothek ausstelle. Ich bitte dich, uns zu begleiten.« Er erhob sich. »Möchte sonst noch jemand dabei sein?« Erst dann schien er wieder seiner Söhne gewahr zu werden. »George, Edward, für euch wird es Zeit, euch zurückzuziehen.«

Die Jungen murrten, erhoben sich aber ebenfalls. Dann glitt Edwards Blick zu Cassandra. »Möchten die Damen sich in das Gesellschaftszimmer zurückziehen? Ich kann dort Tee und Kaffee servieren lassen. Möchte uns eine von euch noch mit einem Stück auf dem Pianoforte erfreuen?«

Cassandra winkte nach einer stummen Konversation mit ihrer Schwester Jane ab. »Wir bleiben hier, lieber Edward. So lange möchten wir deine Gastfreundschaft auch nicht in Anspruch nehmen. Mutter fühlt sich nicht gut und wir möchten bald nach ihr sehen. Wenn wir etwas Tee bekommen könnten, wäre das wunderbar. So lange wird der Besuch in deiner Bibliothek ja nicht dauern. Danach werden wir zusammen mit Isabel aufbrechen.«

Edward nickte und deutete eine kleine Verbeugung an. »Wie ihr wünscht.« Er schob seinen Stuhl so hastig zurück, dass dieser fast nach hintenübergekippt wäre, hätte nicht einer der Diener einen Hechtsprung gemacht, um ihn aufzufangen. Edward bemerkte davon nichts, er reichte Lilly den Arm, als sie sich erhob. »Wollen wir?«

Die Bibliothek entpuppte sich als imposanter Raum, der etwa doppelt so groß war wie das Speisezimmer. Diener zündeten hastig ein paar Kerzen an. Draußen war es noch nicht wirklich dunkel, aber zum Lesen fiel trotzdem schon zu wenig Licht zwischen die Regalreihen.

Die Aufteilung war modern, denn bis vor einigen Jahren hatte man die Bücher lediglich in Schränken, die manchmal bis zur Decke hinaufreichten, aufbewahrt. Die Regale waren deutlich niedriger, und so konnte man jedes Buch gut erreichen, ohne eine Leiter benutzen zu müssen.

Edward drehte sich einmal um sich selbst und schwankte wieder. »Die meisten Bücher stammen von meinem Vater. Ich muss zugeben, ich war dem Lesen nie so richtig zugetan. Aber sie machen viel her, und einige der Erstausgaben sind sehr wertvoll.« Dann tastete er an seinen Hosen hinab. »Ich muss nur den Schlüssel holen. Der ist im Arbeitszimmer.«

Einer der Diener machte einen Schritt auf ihn zu. »Soll ich das übernehmen, Sir?«

»Nein«, erwiderte Edward barsch, und mir wurde klar, dass er den Schlüssel zu den wertvollen Büchern versteckt hielt. Ob er das kunstvoll gestaltete Lesezeichen auch dort aufbewahrte? Ich warf Lilly einen schnellen Blick zu, und sie schien genauso alarmiert wie ich.

»Dürfen wir uns bis zu deiner Rückkehr schon etwas umsehen, lieber Edward?«, fragte Lilly mit zuckersüßer Stimme.

»Natürlich, natürlich.« Er wedelte mit der Hand, während er mit hektischen Schritten Richtung Ausgang eilte. Zwei der Diener bezogen an der Tür Stellung, die anderen eilten hinter ihrem Herrn her.

Sofort verschwand Lilly in einem der Gänge. »Oh, sieh nur Colin, wie hübsch das ist«, sagte sie betont laut.

Ich folgte ihr in den Gang. Hier waren wir vor den Augen der Diener geschützt.

»Es ist hier«, zischte Lilly, kaum dass ich neben ihr stand. »Ich weiß es. Es muss hier sein«, sagte sie dann mehr zu sich selbst.

»Wir können unmöglich in der kurzen Zeit all die Bücher kontrollieren.« Ich sah an den langen Reihen entlang.

»Ja, aber wir können zumindest irgendwo anfangen.« Lilly sah mich ungeduldig an, und in diesem Moment fragte ich mich, ob sie all das, was auf der Titanic zwischen uns geschehen war, verdrängt hatte. Sie klang so kalt und beherrscht, so kannte ich sie gar nicht.

»Dann sollten wir uns aufteilen.« Ich bemühte mich um einen sachlichen Tonfall. »Ich nehme die nächste Reihe.«

Sie nickte knapp.

»Lilly ...«, flüsterte ich und berührte zart ihre Fingerspitzen. Als sie die Hand nicht zurückzog, verschränkte ich meine Finger mit ihren. »Wir schaffen das. Edward ist die meiste Zeit in seinem Arbeitszimmer. Ich habe jede Menge Gelegenheit, mich in dieser Bibliothek umzusehen. Und wenn ich jedes verdammte Buch aufschlagen muss. Wir finden das Lesezeichen. Alles andere ist erst mal unwichtig.«

Lilly sah kurz auf unsere Hände, dann in mein Gesicht. In ihren Augen stand eine Frage.

»Erst mal ist nur wichtig, dass du deinen Dad frei bekommst. Das allein zählt. Danach werde ich versuchen, mehr über den Ursprung der Zeitreisen herauszufinden.

Aber ich werde alles mit dir besprechen und nicht voreilig handeln.«

»Danke dir.« Als sie dann etwas zu entschieden ihre Hand aus meiner löste, war es allzu deutlich, dass dieses Friedensangebot nur ein kleiner Schritt zu unserer Versöhnung war.

»Lilly, ich schwöre dir, meine Gefühle waren nicht gespielt.« Ich hatte mich ein wenig zu ihr gebeugt, doch sie wich zurück.

»Ich möchte nicht darüber reden.« Jetzt wurde ihre Miene verschlossen. »Nutzen wir die Zeit und suchen nach dem Zahnrad.«

Sie würde mir nicht so einfach verzeihen. Die Erkenntnis schmerzte genauso sehr wie beim ersten Mal. Ich wandte mich ab und verließ den Gang. Mein Blick fiel auf einen Sekretär, auf dem sich Bücher stapelten.

Und da war das Lesezeichen.

Mein Herz begann zu rasen. Da war es. Ich erkannte es sofort. Das schimmernde Metall, die verschnörkelten Ornamente.

Wie magisch angezogen kam ich näher. Es steckte in einem Buch über Landwirtschaft. Ich griff danach, schlug es auf.

Da lag das Lesezeichen.

Aber dort, wo sich das Zahnrad befinden sollte, klaffte eine Lücke.

Kapitel 12
Lilly

Klaviermusik weckte mich. Zuerst wusste ich gar nicht, wo ich war. Die Sonne schien hell durch die Leinengardinen und von der Straße her erklangen die Geräusche von Holzrädern auf Kopfsteinpflaster. Ich blinzelte und richtete mich im Bett auf.

Als ich mich im Zimmer umsah, kam alles zurück. Unsere Reise in die Vergangenheit, meine Begegnung mit Jane Austen und ihrer Familie. Das Dinner in dem beeindruckenden Herrenhaus. Und das Zahnrad, das wir nicht gefunden hatten.

Ich streckte den Rücken durch, rieb mir mit den Händen einmal über die Augen und wollte mich noch mal zurück in die Kissen sinken lassen, da klopfte es.

»Ja, bitte?« Meine Stimme klang rau und verschlafen.

Dana schlüpfte ins Zimmer. »Ich bringe Ihnen schon mal einen Tee, Miss. Bei der Musik kann niemand weiterschlafen, und bald gibt es Frühstück.« Sie stellte das Tablett über meinen Knien ab. »Ich wusste nicht, ob Sie den Tee mit Milch oder Zucker möchten. Oder beidem?«

Ich ignorierte ihren fragenden Blick und nickte nur. »Danke, Dana. Ich mache es gleich selbst.«

Sie stellte die Kanne zurück auf das Tablett und knickste. »Sehr wohl, Miss. Soll ich Ihnen warmes Wasser hochbringen?«, fragte sie dann, während sie durch das Zimmer ging und erst die Gardinen und dann den Schrank auf der gegenüberliegenden Seite öffnete. Sie holte eine große Kanne und eine Waschschüssel heraus.

»Das wäre reizend, danke.«

»Sehr wohl, Miss.« Dana setzte die Schüssel auf dem Sekretär ab und verschwand mit der Kanne lautlos aus meinem Zimmer.

Ich gab ein wenig Zucker in den schwarzen Tee und rührte mit dem zierlichen Löffel um. Obwohl er noch dampfte, nahm ich einen Schluck, während ich den gestrigen Abend Revue passieren ließ.

Damien hatte das Lesezeichen gefunden. Es hatte einfach offen herumgelegen, doch das, was wir suchten, war entweder entfernt worden oder herausgefallen. Ich betete, dass Edward nicht die Idee gehabt hatte, dieses Buch im Garten zu lesen, und dass das Zahnrad irgendwo auf der Wiese verloren gegangen war. Denn dann würden wir es niemals finden.

Damien wollte Edward ganz unauffällig auf das Lesezeichen ansprechen, in der Hoffnung, ein paar Informationen zu bekommen. Ich war dagegen gewesen. Edward war zwar freundlich und er hatte gestern etwas zu viel getrunken, dennoch hielt ich ihn für genauso schlau wie seine Schwestern. Er hatte mir, einer Verwandten, ganz offen misstraut und sich auch nicht gescheut, es zu sagen.

Sollte ihm erneut eine Ungereimtheit bei uns auffallen,

steckten wir in Schwierigkeiten, dessen war ich mir sicher. Nein, ich war der Meinung, wir mussten uns ganz allein auf die Suche nach dem Zahnrad machen. Ich überlegte mir, welchen Vorwand ich finden könnte, meinen Bruder erneut im Herrenhaus zu besuchen. Wir mussten noch mal in der Bibliothek nachsehen. Vielleicht war es auch einfach dort auf den Boden gefallen, und niemand hatte es bisher bemerkt. Es war die einfachste und naheliegendste Möglichkeit, und oft waren genau diese Ansätze höchst erfolgversprechend.

Irgendwann klopfte es erneut, und Dana war zurück. Sie brachte mir das heiße Wasser, und ich verließ das angenehm kuschelige Bett, um mich meiner Morgentoilette zu widmen. Ich hatte es abgelehnt, mir beim Ankleiden helfen zu lassen. So aufwendig war meine Kleidung nun doch nicht.

Die Klaviermusik hatte mittlerweile gestoppt, und als ich mein Haar in Form gebracht hatte, betrachtete ich mich in dem fast blinden Spiegel. Ich hatte Lockenwickler aus Stoff dabei, sie aber gestern Abend nicht mehr in mein Haar gewickelt, weil ich zu müde gewesen war.

Deshalb waren meine Locken etwas ausgehangen und platt durchs Schlafen, aber ich schaffte es, sie in ansprechende Wellen zu kämmen und mein Haar mit ein paar Kämmen zu bändigen. Den, der das Zahnrad verbarg, schob ich besonders fest in meine Frisur. Man konnte ja nie wissen.

Zuerst begab ich mich ins Wohnzimmer. Doch hier war niemand, und dann fiel mir ein, was Jane gestern erzählt hatte.

Als ich die Vorderküche betrat, waren meine Gastgeber

alle anwesend. Jane verteilte gerade große Scheiben frischgebackenen Brots, während Cassandra das Essen vor sich ignorierte und nur an einer Tasse Tee nippte. Martha Lloyd hatte mehrere Töpfe mit Marmelade vor sich und schien neue Kreationen zu probieren. Eine ältere Frau, die nur Janes und Cassandras Mutter sein konnte, saß mit dem Rücken zu mir, drehte sich aber um, als sie meine Schritte hörte. Sie war ganz in Schwarz gekleidet und ihre wässrigen Augen verrieten, dass sie nicht mehr gut sah.

»Guten Morgen.« Jane schien bester Laune zu sein. Sie wirbelte herum, verteilte das letzte Brot, setzte den Korb auf der Anrichte ab und kam dann zu mir, um mich am Arm zu nehmen. »Wie war deine Nacht? Leider ist es zur Straße raus morgens immer sehr laut. Hoffentlich hast du trotzdem gut geschlafen? Und du hast Mutter noch gar nicht kennengelernt. Darf ich euch vorstellen?«

Ich kam gar nicht dazu zu antworten und lachte nur etwas hilflos.

»Mutter, das ist Isabel Leigh. Isabel, das ist Cassandra Austen, unsere liebe Mutter.«

Ich knickte, während Mrs Austen sich eine Lorgnette vor die Augen hielt, um mich eingehend zu betrachten.

»Ich hörte von dem Überfall, mein liebes Kind.« Sie nahm meine Hand und drückte sie. »Ich hoffe, dein Bruder und du könnt euch hier etwas erholen, bevor ihr weiterreist. Solltest du irgendetwas brauchen, dann zögere nicht, uns danach zu fragen. Es ist schön, ein Familienmitglied meines Bruders unter diesem Dach zu haben. Wir haben uns vor langer Zeit entzweit, aber die jüngeren Generationen sollten wieder zueinander finden.« Jetzt sah sie zu Jane und dann zu Cassandra. »Wir sollten es als einen Wink des Schicksals sehen.«

Jane lächelte begeistert. Cassandra nickte nur, während Martha Lloyd ungerührt weiter ihre Marmeladen probierte.

»Hier ist ein Platz für dich.« Jane zog einen freien Stuhl neben ihrem Platz zurück. »Und ich habe gute Neuigkeiten. Ein Bote vom Herrenhaus war hier, und wir sind heute alle zu einem Picknick eingeladen. Wir beginnen schon relativ früh, weil das Wetter so schön ist. Kannst du Kricket spielen?«

»Jane, bitte«, sagte Cassandra. »Lass Isabel doch erst mal etwas essen.«

»Natürlich, natürlich.« Jane gab mir eine Scheibe Brot von ihrem Teller ab und zog dann die Platte mit dem kalten Braten näher zu uns. Martha Lloyd schob wortlos einige der kleinen Glastöpfchen zu mir herüber. Ich hoffte, dass es die Marmeladen waren, die ihren kritischen Ansprüchen gerecht geworden waren.

»Ich bin für das Frühstück zuständig«, erzählte Jane gutgelaunt, während sie sich zwei große Scheiben Braten auf eine Scheibe des noch dampfenden Weißbrots legte. »Aber ich mache das gern, weil ich immer früh aufstehe. Wie hat es dir gestern gefallen?« Sie biss in ihr Brot und sah dann erwartungsvoll zu mir.

Ich bestrich erst meine Scheiben Brot mit verschiedenen Sorten Marmelade und dachte gerade darüber nach, was für einen Grund Damien und ich haben könnten, bei diesem strahlenden Sonnenschein in die Bibliothek gehen zu wollen, da nahm mir Cassandra eine Antwort ab. »Wir müssen dir dankbar für deinen Besuch sein, Cousine. Seit du hier bist, haben wir eine Einladung nach der anderen.« Sie klang noch spitzer als sonst, und sogar Martha Lloyd hob den Blick von ihren Marmeladentöpfen.

»Wenn die Familie zusammenkommt, ist das immer ein Grund für Einladungen«, erwiderte Mrs Austen und sah ihre Tochter streng an. »Wir können froh und dankbar sein, dass dein Bruder das übernimmt, denn wir könnten es uns nicht leisten.«

Unauffällig betrachtete ich ihre Handflächen. Weder Casandra, Jane noch sie besaßen die Muttermale. Ob es möglich war, dass das Zeitreisen-Gen selektiv vererbt wurde? Besaß vielleicht nur Edward die Muttermale, die er von seinem Vater geerbt hatte?

Cassandra presste die Lippen aufeinander und senkte den Blick. »Wie du meinst, Mutter.«

Martha Lloyd rutschte ein wenig auf ihrem Stuhl zurück, hob ein beeindruckend großes Lederbuch von ihrem Schoß und legte es auf dem Tisch ab, indem sie ihr Geschirr nach vorn in Richtung der Tischmitte schob. Dann zauberte sie wie aus dem Nichts einen Füller und ein Tintenfässchen hervor.

Ich war die Einzige, die irritiert war. Martha klappte das Buch auf, und die Art, wie sie kritisch die Töpfe mit der Marmelade musterte, verriet, dass sie jetzt ihre Meinung zu den einzelnen Kreationen festhielt.

»Ich kann übrigens Kricket spielen«, sagte ich in die Stille, die nur von dem Kratzen der Feder auf dem Papier durchbrochen wurde.

»Großartig!«, erwiderte Jane mit vollem Mund, was ihr einen tadelnden Blick ihrer Mutter einbrachte. Doch sie zwinkerte mir verschwörerisch zu, während sie schluckte, und ihre kindliche Freude war ansteckend. »Ich brauche jemanden, um Edward und George vernichtend zu schlagen. Die Jungs haben das Spiel auf dem Internat gelernt und sie sind einfach viel zu talentiert darin. Ich will nicht immer die Tante sein, die sie nur aus Großmut gewinnen lassen.«

Ich hatte nicht viel Erfahrung mit dem Spiel, aber mein Großvater hatte mir genug gezeigt, dass ich wusste, worum es ging. Ob ich Talent hatte, das würde sich zeigen.

Ich dachte an Damien. Ob er mit diesem Spiel vertraut war? Er war nicht gerade in einer liebenden Familie groß geworden, in der alle Erwachsenen es übernommen hatten, die Kinder auf ein Leben als Zeitreisende vorzubereiten. Besonders mein Großvater hatte eine spielerische Art besessen, mir wichtige Dinge näherzubringen. Ich hatte bei ihm immer etwas gelernt, ohne es eigentlich zu merken.

Abende vor dem Fernseher hatte es bei uns so gut wie nie gegeben. Immer hatten meine Eltern etwas zu tun, sie recherchierten, wühlten sich durch die Relikte der Vergangenheit, und meine Großeltern halfen ihnen dabei.

Und auch ich war von Anfang an mit von der Partie gewesen. Meine Familie hatte mir kindgerechte Aufgaben gegeben, aber mich immer wie eine Erwachsene behandelt und ernst genommen.

Damien schien keine Mutter zu haben. Ich vermutete, dass seine Eltern sich getrennt hatten, denn von ihrem Tod hätte er mir bestimmt schon erzählt.

Jedenfalls glaubte ich, dass ich ihm gegenüber einen Vorteil besaß, was ein breit gefächertes Wissen der Vergangenheit betraf. Sofort hatte ich die Idee, ihn mit einer

Verletzung zu entschuldigen. Schließlich hatte ich erzählt, dass er sich mit den Räubern angelegt hatte. Das würde sicher allen einleuchten.

Ich wollte mich wieder in die Konversation am Tisch einbringen, doch wie von selbst glitten meine Gedanken erneut zu ihm. Mein Verstand wollte böse auf ihn sein, wollte ihm nicht verzeihen, dass er mich so vorgeführt hatte. Aber mein dummes Herz schien den Rest meines Körpers fest im Griff zu haben. Die Hitze, die mich durchfuhr, wenn er mir so nahekam. Das Prickeln, das über meine Haut jagte, wenn er mich berührte. Jeder Blick, jedes geflüsterte Wort, jede sanfte Geste entflammte jede einzelne Zelle meines Körpers, und ich brannte lichterloh.

Ich dachte an den Traum, den ich in einer Nacht gehabt hatte. Ich war immer noch wütend gewesen und hatte diese heftige Emotion zu einem Teil meiner Leidenschaft werden lassen. Ich hatte ihn geküsst und an seinen Klamotten gezerrt. Wir waren auf meinem Bett gelandet und irgendwann waren wir nackt gewesen.

Es war kein Traum, es war eine Fantasie und vielleicht eine Art, mit meiner Wut auf ihn umzugehen. Ich spürte, wie Hitze in mir aufstieg. In der Vorderküche war es warm, und draußen verriet ein strahlend blauer Himmel, dass der Tag für englische Verhältnisse geradezu tropisch werden würde.

Denk an etwas anderes, versuchte ich mir einzureden. *Denk an das Zahnrad. Wo könnte das Zahnrad sein?*

Wir mussten schlicht und einfach nach der Ausschlussmethode vorgehen. Überall suchen und somit Orte ausschließen. Ich sollte mir als Nächstes den Bücherschrank samt Sekretär vornehmen. Vielleicht war das Zahnrad in irgendeiner Schublade gelandet.

»Dana, du machst heute bitte das Schreibzimmer gründlich sauber«, erklang in diesem Moment Cassandras strenge Stimme. »Du räumst den Bücherschrank über dem Sekretär aus und wischt die Fächer aus. Die Tischplatte brauchst du nicht zu beachten. Bitte verschiebe dort nichts. Aber benutze die Möbelpolitur für alle anderen Möbel und wische sorgfältig Staub in den Ecken. Wir werden heute den ganzen Tag außer Haus sein.«

Ich ließ die Schultern hängen und seufzte innerlich. Warum machte ich eigentlich Pläne, wenn sie doch immer durchkreuzt wurden?

*

Der Garten von Chawton House glich einer Filmkulisse. Ein weißes Sonnendach war aufgestellt worden und die langen Bahnen gazegleichen Stoffes wehten zart in der warmen Luft. Darunter hatte man zierliche Tische und Stühle aufgestellt. Diener schwirrten umher, um uns jeden Wunsch zu erfüllen. Fanny hatte im Schatten eines angrenzenden Wäldchens ihre Staffelei aufgebaut. Edwards Söhne George und Edward Junior schossen unter der Aufsicht eines jungen Mannes mit Pfeil und Bogen auf eine große Scheibe aus Stroh. Auf dem Rasen vor dem Sonnendach war alles für ein Kricketspiel vorbereitet worden.

Fanny wirkte in dem hellrosafarbenen Tageskleid wie eine Elfe, die ihr Versteck im Wald nur verlassen hatte, um uns zu bezaubern. In ihrem Haar wippte der pinkfarbene Vogel. Die Jungen legten ihre Bogen zur Seite und kamen wohlerzogen herüber, um uns zu begrüßen. Der junge Mann, der ihnen folgte, wurde mir als Mr Emmett Owell vorgestellt – er war der Hauslehrer der Jungen während der Sommerferien.

Fanny zog mich zu ihrer Staffelei, und ich sollte ihre Landschaft bewundern. Sie war nicht besonders talentiert, aber weil ich sie so gern mochte, lobte ich ihr künstlerisches Talent.

Martha Lloyd und Mrs Austen hatten unter dem Sonnendach Platz genommen und Cassandra sprach gerade mit einem Diener, da kamen Edward und Damien über die Wiese zu uns herüber. Jane stupste mich in die Seite und lächelte, als sie die beiden erblickte.

»Es freut mich, dass sie sich so gut verstehen. Edward kann ein wenig eigenbrötlerisch sein, aber zu Colin scheint er sofort eine Verbindung gehabt zu haben, das ist mir schon gestern beim Dinner aufgefallen.«

»Colin ist so viel geselliger als ich«, erwiderte ich. »Es fällt ihm leicht, sich auf Menschen einzulassen. Manchmal beneide ich ihn darum.«

Jane wollte noch etwas erwidern, da hatten die beiden uns erreicht. Wir knicksten, und die Männer verbeugten sich.

»Wie schön, dass alle hier sind.« Edward sah sich um und nickte dann den drei Frauen unter dem Sonnendach zu. »Der gute Colin hat mich schon zu einem Kricketspiel herausgefordert.« Er deutete auf Jane. »Wir zählen auf dich, liebe Schwester.« Dann glitt sein Blick zu mir. »Es ist eigentlich kein Sport für Frauen.« Jetzt klang er etwas verlegen. »Aber hier auf dem Lande sind die Spieler rar und …«

»… deshalb darf eine unsportliche Frau wie ich mitspielen«, vervollständigte Jane lachend seinen Satz.

»Sie stellt ihr Licht gekonnt unter den Scheffel«, erwiderte Edward schmunzelnd. »Die Jungen haben mehr von ihr gelernt, als sie zugeben möchten.« Wie auf Kommando winkte er seine Kinder heran. Dann legte er beide Hände an die Lippen. »Fanny, leg den Pinsel weg und komm zu uns herüber!«, rief er.

Ich sah Edwards Kindern entgegen, damit ich Damiens Blick ausweichen konnte. Schon wieder hatte mein Herz begonnen, gefährlich zu klopfen, als er mich angelächelt hatte. Er sah so gut aus in diesen Regency-Kleidern. Sie betonten seine langen Beine und seine breiten Schultern. Die Art, wie er sein Haar frisierte, brachte seine scharf geschnittenen Gesichtszüge noch vorteilhafter zur Geltung.

»Wie schon gesagt, Edward«, sagte er dann plötzlich. »Ich finde es außerordentlich schade, dass wir deine Bücher nicht in Ruhe betrachten konnten. Außerdem würde ich mich gern in der Bibliothek noch eingehender umsehen, wenn du es gestattest. Auch Isabel hat großes Interesse daran, sich …«

Edward klopfte ihm auf den Rücken. »Ein anderes Mal, mein Guter. Ein anderes Mal. Heute nutzen wir das schöne Wetter aus, schon morgen kann es ganz anders aussehen, das weißt du doch. Die Bibliothek läuft uns nicht weg.«

Er lächelte mich um Zustimmung heischend an. Und mir blieb nichts anderes übrig, als ihm beizupflichten. »Da hast du recht, Edward. Vielen Dank für die Einladung zu diesem Picknick.«

Dann hatten uns die Jungen erreicht. Edward entließ

den Hauslehrer und sah dann ungeduldig seiner ältesten Tochter entgegen. »Sie ist ein Wildfang«, sagt er, ohne den Blick von ihr abzuwenden. »Kein Interesse an der Ehe wie andere Mädchen in ihrem Alter.« Sein Blick glitt zu mir. »Ich nehme an, du bist bereits verlobt, Isabel?«

»Zwei Anträge, aber ich habe beide abgelehnt.«

Sein Blick machte deutlich, dass er mich jetzt in eine ähnliche Schutzschublade schob wie Fanny.

»Beide waren zu alt«, ergänzte ich deshalb noch.

»Wichtig ist ein gutes Einkommen«, erklärte Edward. »Eine Frau muss gut versorgt sein, das allein zählt. Es muss nicht unbedingt ein Adliger sein, jemand mit einer guten Anstellung und einer Erbschaft kann ihr ebenso viel bieten.« Er drehte den Kopf zu Damien. »Ein Anwalt zum Beispiel.«

Damien erstarrte für einen Moment, dann fing er sich. »Fanny ist eine Augenweide, aber ich fürchte, ich habe noch zwei Jahre Studium vor mir. So lange wird eine junge Frau von ihrer Schönheit nicht auf einen Mann wie mich warten wollen.«

Edward zuckte die Schultern. »Sie kann hier wohnen, bis ihr euch etwas Eigenes leisten könnt. Und ihre Mitgift wird euch einen guten Start ins Leben ermöglichen.«

Ich stand daneben und konnte es nicht fassen, dass hier auf einem Picknick so mir nichts, dir nichts Ehen gestiftet wurden. Aber für dieses Zeitalter war das ganz normal.

Und Frauen wurden gar nicht gefragt, sondern meist erst dann eingeweiht, wenn der entsprechende Kandidat bereits zugesagt hatte. Und waren die beiden selbst für diese Zeit nicht sowieso etwas zu nah verwandt miteinander?

Damien blieb eine weitere Antwort erspart, denn dann

war Fanny da. Sie war ein Stückchen gerannt und ihre Wangen waren gerötet. Jetzt prüfte sie den Sitz ihres pinkfarbenen Haarschmucks. Dann stemmte sie die Hände in die Hüfte und sah mit blitzenden Augen in die Runde. »Und? Seid ihr bereit zu verlieren?«

*

Fanny war schlank und zierlich, aber erstaunlich sportlich. Und sie schlug den Ball wie ein Profispieler. Auch die Jungen waren gut, aber Jane hatte ihr eigenes Talent tatsächlich kleingeredet. Ihre Schläge waren präzise und kräftig.

Edward versuchte vergeblich, mit seiner Familie mitzuhalten.

Damien und ich schlugen uns tapfer, während in meinem Kopf eine Idee Gestalt angenommen hatte. Das angrenzende Wäldchen, dort, wo Fanny ihre Staffelei aufgebaut hatte, könnte uns unter Umständen etwas Privatsphäre für ein Gespräch geben. Ich musste mit Damien reden. Wir mussten unsere weiteren Pläne besprechen. Und so sehr mir das alles hier Spaß machte, wir waren nicht in die Vergangenheit gereist, um an Abendessen teilzunehmen und Bälle oder Picknicks zu besuchen.

Als ich das nächste Mal dran war, schlug ich den Ball absichtlich weit über das provisorische Spielfeld hinaus in das Wäldchen hinein. Dann schoss ich Damien einen eindeutigen Blick zu.

»Entschuldigt!«, rief ich und begann nicht, wie eigentlich vorgesehen, die einzelnen Punkte des Spielfelds entlangzulaufen. »Ich werde Colin suchen helfen, es ist meine Schuld, dass der Ball so weit ab vom Schuss gelandet ist.«

Die Sonne stand jetzt hoch am Himmel, und alle schwitzten. Keiner hatte Lust, uns zu begleiten.

Edward nickte zustimmend und ging dann in Richtung des Sonnendachs. Auch die anderen folgten ihm für eine Erfrischung.

In dem Wäldchen war es angenehm kühl. Und die Bäume standen dicht genug beieinander, dass man schon nach wenigen Metern nicht mehr gesehen werden konnte.

Damien war extralangsam vorausgegangen und irgendwann hatte ich ihn mit meinem Laufschritt eingeholt. Jetzt musste ich mir ein paar feuchte Strähnen aus der Stirn streichen. Es war wirklich ziemlich warm heute.

Damien und ich hatten noch nicht miteinander gesprochen, aber jetzt blieb er stehen und drehte sich zum Garten um.

»Okay«, sagte er dann. »Wir sind weit genug weg. Die Bäume verdecken uns.«

Ich war immer noch etwas außer Atem und ließ mich mit dem Rücken gegen einen Baumstamm sinken. »Ich dachte, in England ist es immer kühl und regnerisch.« Ich hatte die Augen geschlossen und holte tief Luft.

Damien lachte leise. »Das hatte ich eigentlich auch gedacht.«

Ich öffnete die Augen wieder und sah ihn eindringlich an. »Wir müssen noch mal in die Bibliothek. Was, wenn das Zahnrad einfach nur auf den Boden unter den Schreibtisch gefallen ist? Es wäre die einfachste Erklärung. Das Lesezeichen ist schon sehr alt und es hat sich einfach gelöst.«

»Guter Plan«, sagte Damien und machte einen Schritt auf mich zu. »Edward hat erzählt, dass er das halbe Dorf zu diesem Ball eingeladen hat. Das machen sie auf dem Land wohl öfter, um genug Gäste zusammenzubekommen. Es wird also voll werden und Edward wird mit seinen Gästen alle Hände voll zu tun haben. Wenn wir es geschickt anstellen, können wir uns in die Bibliothek schleichen und den ganzen Abend dort suchen.«

Ich nickte knapp. »Abgemacht. Und wenn du bereits vorher eine Gelegenheit dazu hast, dann solltest du sie wahrnehmen. Lass uns einen Treffpunkt ausmachen. Irgendetwas, damit wir immer zur gleichen Zeit miteinander sprechen können. Ich könnte vorgeben, jeden Abend einen Spaziergang zu machen. Du könntest dasselbe tun. Sie werden sicherlich nicht besorgt sein, wenn ich sage, dass ich hier auf dem Anwesen spazieren gehe.«

»Edward hat erzählt, es gibt in dem Wäldchen hier eine kleine Hütte. Sie ist im Moment unbewohnt.« Er deutete hinter sich. »Sie liegt in Richtung der Straße, nicht weit von hier. Aber die sollten wir uns als letzte Option für ein Treffen bewahren. Als dein Bruder kann ich dich auch jederzeit im Cottage besuchen kommen.«

»Alles klar. Dann im Cottage so gegen 17 Uhr?«

Er nickte, dann ließ er seinen Blick über mein Gesicht wandern.

»Schau mich nicht an«, sagte ich leise. »Ich bin total verschwitzt.« Innerlich schimpfte ich mich eine Idiotin. Warum kokettierte ich hier herum? Die Worte waren mir einfach so herausgerutscht. Und warum musste er auch so unglaublich gut aussehen? Als ich jünger war, hatte ich mich in die Jane-Austen-Filme geträumt. Hatte meine Fantasien aus ihren Büchern weitergesponnen. Und jetzt stand der Junge, der mich so unglaublich nervös machte, in genau so einem Outfit vor mir. Mein jüngeres Ich hätte vermutlich vor Begeisterung gekichert.

Damien strich mir eine Strähne aus dem Gesicht. »Du siehst immer wunderschön aus.« Das dunkle Timbre seiner Stimme ging mir durch und durch.

»Was muss ich tun, Lilly?« Seine Worte waren kaum mehr als ein Flüstern. »Sag es mir.«

Ich wollte den Kopf schütteln. Ich wollte ihm sagen, dass er die Frage falsch formulierte. Was *hätte* er tun müssen? Das wäre der richtige Ansatz. Er hätte mich schon auf der Titanic einweihen müssen. Er hätte mir vertrauen und mich nicht vorführen sollen. Er hätte dieses Spiel nicht spielen müssen, und seine Gründe dafür waren lächerlich gewesen.

Und ich glaubte immer noch, dass er zu einem gewissen Zeitpunkt vorgehabt hatte, mir das Zahnrad zu stehlen. Dass er mein Schicksal vor seinem geopfert hätte. Seine Schwester für mein Zahnrad. Mein Leben für seine Freiheit. Wie sollte ich …

»Huhu!«, erscholl da Fannys fröhliche Stimme durch die Bäume. »Vater sagt, er lässt einen Diener einen neuen Ball holen. Dann braucht ihr nicht weiter danach zu suchen. Colin? Isabel? Wo steckt ihr denn?«

Kapitel 13
Lilly

Wir fuhren auseinander. Nur wenige Sekunden später stapfte Fanny mit skandalös bis über die Knöchel hochgerafften Kleidersäumen durch das Unterholz auf uns zu. »Da seid ihr ja.«

»Ich fürchte tatsächlich, dass Edward einen neuen Ball bringen lassen muss«, sagte ich hastig. »Er ist unauffindbar.«

»Wir haben beschlossen, das Spiel ein wenig zu pausieren. Erfrischen wir uns mit einem Getränk.« Fanny strahlte uns an.

»Eine hervorragende Idee.« Damien nickte, aber er wirkte abgelenkt. Unser Gespräch schien in ihm noch nachzuhallen, und mir ging es ähnlich. Doch wie immer gönnte Fanny ihm kaum mehr als einen kurzen Blick. Stattdessen hakte sie sich bei mir unter. »Wir könnten über das Kleid sprechen, das ich dir für den Ball ausleihe. Hast du eine Lieblingsfarbe? Dann schicke ich meine Schneiderin mit ein paar Modellen zu euch ins Cottage und sie kann gleich alles Nötige abstecken.«

Damien warf mir einen eindeutigen Blick zu. Das war meine Gelegenheit, erneut in das Anwesen zu kommen.

Ich reagierte blitzschnell. »Das ist nicht nötig, liebe Fanny. Gern statte ich dir hier einen Besuch ab. Das Haus ist so wunderschön.«

Doch sie winkte ab. »So ist es einfacher, und Mrs Clegg ist eine sehr talentierte Frau. Sie nimmt das Kleid mit zu sich nach Hause und schon ein paar Stunden später ist es fertig.«

Damit war dieses Thema für sie beendet, und sie schwenkte wieder zu ihrer ursprünglichen Frage zurück. »Welche Farbe gefällt dir? Mit deinen hellen Haaren steht dir bestimmt Blau sehr gut.«

»Ja, Blau finde ich wirklich schön.« Ich war immer noch etwas durcheinander von meiner Begegnung mit Damien. Eigentlich war mir die Farbe des Kleides egal. Aber von einer jungen Frau würde man erwarten, dass sie dazu eine Meinung hatte.

»Das trifft sich gut. Ein paar meiner neuesten Kleider sind blau.« Fanny lachte. »Ach, es freut mich so, dass ihr hier seid. Die Sommermonate sind so langweilig.« Dann fiel ihr wohl ein, wie unsensibel das klang. »Ich meine, der Überfall war natürlich schrecklich. Aber …« Sie biss sich auf die Zunge und suchte nach den richtigen Worten.

»Ich freue mich auch, dass uns unser Weg hierhergeführt hat«, sprang ich lächelnd ein. »Vater hatte mitbekommen, dass der gute Edward seinen Schwestern das Cottage zur Verfügung stellt. Und da es deutlich näher an der Straße liegt als das Anwesen, haben wir uns dort zuerst vorgestellt.« *Und weil wir möglichst in beiden Häusern un-*

tergebracht werden wollten, fügte ich in Gedanken noch hinzu.

»Das ergibt Sinn.« Fanny seufzte, doch als wir den Wald verließen, hellte sich ihr Gesicht wieder auf. Sie winkte den anderen zu, die sich umgedreht hatten und uns neugierig entgegenblickten. »Ich habe sie gefunden! Jetzt müssen wir alle Limonade trinken!«

*

Am frühen Abend waren wir zurück von dem Picknick, und Jane hatte verkündet, dass sie sich nach dem vielen Essen noch etwas im Garten bewegen wollte. Mir ging es ähnlich, und ich hatte angeboten, sie zu begleiten. Obwohl wir uns beim Picknick zuerst sportlich betätigt hatten, war uns danach zu warm geworden und wir hatten nur noch im Schatten gesessen und uns eine Köstlichkeit nach der anderen von den vielen lautlosen Dienern servieren lassen.

Mit Fanny hatte ich abgemacht, dass ihre Schneiderin morgen mit ein paar Kleidern vorbeikommen würde. Leider hatte sie sich auch nach einem zweiten Versuch nicht umstimmen lassen, dass ich das Anwesen besuchte.

Jane widmete sich leidenschaftlich zwei Reihen mit Kohl, den sie selbst zog, wie sie stolz erzählt hatte. Peter, der Esel, der die kleine Kutsche zog, mit denen die Frauen in das nahe gelegene Alton fuhren, um Besorgungen zu erledigen, beäugte uns neugierig. Jane hatte ihn aus dem Stall und in den Garten gelassen. Cassandra schien nicht erfreut darüber, als sie nach uns gesehen hatte, und hatte protestiert. Sie rechnete damit, dass Peter die sorgsam gezüchteten Kräuter und das Gemüse auffressen würde.

Aber Jane hatte nur abgewinkt und ihr erklärt, dass sie auf ihn aufpasste. Und Peter schien so wohlgenährt, dass ihn das frische Gemüse kaltließ. Er stand unweit von uns auf der Wiese, die an das Gemüsebeet grenzte, und drehte neugierig die Ohren in Richtung jedes Geräusches, das aus den Bäumen oder von der Straße zu uns drang.

Mir machte es großen Spaß, auf dem schmalen Steinpfad zwischen dem Beet zu knien und in der dunklen, feuchten Erde zu wühlen. Jane hatte uns lange, robuste Schürzen gebracht, die im Backhaus hinter der Tür hingen.

Wir lachten, als Jane mir einen Regenwurm vor die Nase hielt und ich zurückzuckte. Ich hatte den Eindruck, sie war noch etwas fröhlicher, wenn Cassandra aus dem Haus war. Diese hatte noch etwas in Alton erledigen wollen und sich von einem Pächter in seinem Pferdewagen mitnehmen lassen. Martha Lloyd und auch Mrs Austen hatten sich zu einer kleinen Ruhepause auf ihre Zimmer zurückgezogen.

»Miss, hier sind zwei Herren, die Sie sehen möchten.«

Überrascht wandten Jane und ich den Kopf.

Dana war in weiser Voraussicht ein paar Zentimeter vor dem Gemüsebeet stehengeblieben, damit ihre Stiefel nicht schmutzig wurden. Ihr nervöser Blick glitt zu Peter, als wäre der ein Löwe, der sie gerade mit einem deutlichen Magenknurren gemustert hatte.

»Zwei Männer«, sagte sie dann noch mal und kratzte sich verlegen an einer Hand.

»Und wie lauten ihre Namen, bitte?« Jane lehnte sich nach hinten, während sie sich gleichzeitig die Erde von den Fingern klopfte.

»Die habe ich leider nicht verstanden. Es klang kompliziert.« Dana wirkte schrecklich verlegen. »Irgendwie ausländisch.«

Jane runzelte die Stirn. »Und sie wollten zu mir? Und sie hatten beide den gleichen Nachnamen?«

Dana riss die ohnehin schon großen Augen auf und wirkte jetzt völlig überfordert. »Ja, Miss«, stieß sie dann tonlos hervor und ließ damit unklar, auf welche der zwei Fragen sie sich bezog.

Jane seufzte und warf mir einen eindeutigen Blick zu. Ich musste grinsen.

»Dann wollen wir die Herren mal begrüßen und nach ihrem Anliegen fragen.« Jane kam hoch und da sie »wir« gesagt hatte, nahm ich an, dass ich eingeladen war. Außerdem war es vielleicht gar nicht schlecht, wenn wir zu zweit waren. Schließlich hatte Jane keine Ahnung, um wen es sich handelte.

Sie half mir hoch, und auch ich klopfte mir die lose Erde so gut es ging von den Fingern ab.

»Hast du die Herren eingelassen?«

»Natürlich nicht, Miss.« Dana schüttelte den Kopf. »Da kann ja jeder kommen.« Ihr Blick glitt zu mir und erst da schien ihr einzufallen, dass sie auch Damien und mich vor der Tür hatte warten lassen. »Ich meine, ich muss ja auch drauf achten, dass …«

»Schon gut«, unterbrach Jane ihr Geplapper. »Wenn die Herren vor der Tür stehen, können wir auch durch den Garten gehen.«

Ich nahm an, dass es sich um fliegende Händler handelte. Männer, die mit Kochgeschirr oder Ähnlichem handelten. Vielleicht ein Scherenschleifer. Oder ein wandernder Schmied, der den Stall im Hof entdeckt hatte.

Jane schien der gleichen Überzeugung zu sein. Sie säuberte sich die Hände notdürftig an der dunklen Schürze und strich sich dann eine dunkle Strähne aus der Stirn. Normalerweise würden Damen in diesem Zustand keinen Besuch empfangen. Doch ordentlicher Besuch würde sich anmelden, und zwar nicht erst, wenn er vor der Tür stand. Man würde einen Brief schicken und auf eine Bestätigung warten.

Ihre Finger mussten immer noch etwas schmutzig gewesen sein, denn jetzt zierte ein breiter, dunkler Streifen ihre Stirn.

»Jane, du hast da noch etwas …«, sagte ich in dem Moment, als sie das Gartentörchen aufmachte.

Und dann erstarrte.

Ich betrat neben ihr die Straße und musterte die zwei Männer, die sich sofort zu uns gedreht hatten.

»Tom.« Janes Stimme hatte jede Klangfarbe verloren.

Als ich sie überrascht von der Seite ansah, konnte ich beobachten, wie sie zuerst kalkweiß wurde und ihre Wangen sich dann röteten.

»Jane.« Der ältere der beiden Männer kam mit großen Schritten auf sie zu. Ich schätzte ihn auf Mitte dreißig, also genauso alt wie Jane. Fast glaubte ich, er würde sie in seine Arme ziehen, doch dann blieb er abrupt stehen, so als habe er sich im letzten Moment daran erinnert, dass solche Vertraulichkeiten unangebracht waren.

»Jane«, sagte er dann noch einmal und seine Stimme hatte dieses tiefe, sinnliche Timbre, das mich aufhorchen ließ.

»Ich …«, stieß Jane hervor und im nächsten Moment wurde ihr wohl bewusst, wie sie aussah. Hastig wischte sie mit den Händen über ihre Schürze. »Mein Gott.« Sie schluckte, dann sah sie hinauf in das Gesicht des Mannes, der sie um gut einen Kopf überragte. »Bist du es wirklich?«

Der junge Mann, der ihn begleitet hatte, hatte mittlerweile zu uns aufgeschlossen. Er war ein Ebenbild des Älteren, wenn auch jünger, vielleicht Anfang zwanzig.

Beide Männer besaßen das gleiche dunkle Haar und die gleichen strahlend blauen Augen. Ihre Züge waren klassisch schön mit etwas Jungenhaftem, das sie auch im Alter zeitlos attraktiv machen würde. Das Haar des Jüngeren war länger als das des Älteren. Es fiel ihm in die Stirn, und als er mich jetzt anlächelte, konnte ich nicht anders als festzustellen, dass er auf eine Art gut aussah, die mehr als nur attraktiv war.

Dann hatte Jane sich wieder gefangen. »Darf ich vorstellen.« Ihre Stimme klang hoch und nervös. Sie hustete. »Das ist Isabel Leigh, meine Cousine mütterlicherseits. Isabel, das ist Tom Lefroy. Und …« Etwas ratlos betrachtete sie den jüngeren Mann.

»Das ist mein jüngster Bruder. Henry Lefroy«, ergänzte Tom Lefroy.

»Sehr erfreut«, sagten Jane und ich wie im Chor und knicksten. Die beiden Männer verbeugten sich.

Vermutlich hatte ich heute etwas zu viel Sonne abbekommen, denn erst jetzt machte es klick. Thomas Lefroy. Tom, Janes erste und einzige große Liebe. Der Mann, der mit ihr eine Saison lang getanzt hatte, als beide gerade zwanzig Jahre alt gewesen waren. Der Mann, mit dem sie unzählige Briefe ausgetauscht hatte und der des Geldes wegen von seiner Familie dazu gedrängt worden war, eine andere zu heiraten. Der Mann, der Jane das Herz gebrochen hatte.

Und der Mann, der die Vorlage für ihren Mr Darcy bildete.

Er war die Liebe ihres Lebens.

Ich sah Tom Lefroy fasziniert an, und als er es bemerkte, lächelte er mir freundlich zu.

Henry Lefroy lehnte sich zur Seite, und sein Blick hatte etwas Verschmitztes. »Ist das da ein Esel in eurem Garten, Ladys?«

Als hätte Peter nur darauf gewartet, gab er ein markerschütterndes Iahen von sich und trabte in Richtung des Zauns.

»Das ist Peter«, sagte Jane und klang immer noch so, als bekäme sie nicht gut Luft. »Er ist unser Esel«, ergänzte sie überflüssigerweise.

Sie klang eindeutig so, als benötige sie die Hilfe einer Freundin. »Sollen wir vielleicht hineingehen und einen Tee trinken?«, sprang ich ein.

»Wir wollen nicht stören«, sagte Tom. »Ich erfuhr von einem Kollegen in London, dass Edward seinen Schwestern das Cottage überlassen hat. Und da Henry und ich auf der Durchreise sind, dachten wir uns, wir sind so frei und erlauben uns einen unangekündigten Besuch.«

»Wie reizend«, erwiderte ich und lächelte die beiden Männer an. Es würde sich sicherlich nicht gehören, sie jetzt durch den Garten und über den Hof zu führen, um dann durch die Spülküche hinein in das Haus zu gelangen.

Also rief ich nach Dana. Jane war immer noch seltsam erstarrt.

»Das Dienstmädchen soll uns die Haustür öffnen«, erklärte ich den Herren. Beide nickten höflich, wobei Toms Blick wieder auf Jane ruhte. Die sehnsuchtsvolle Art, wie er sie ansah, verriet mehr, als er vermutlich beabsichtigte.

Zum Glück riss Dana in diesem Moment die Haustür auf, bevor das Schweigen noch peinlich wurde. »Haben Sie gerufen, Miss Isabel?«

»Bitte führe die Herren in den Gelben Salon«, sagte ich. »Und mache uns etwas Tee. Danke, Dana.«

Dana wirkte erst irritiert, dass ich ihr die Anweisungen einer Gastgeberin gab, doch dann knickste sie nur und öffnete die Tür. »Wenn Sie bitte eintreten wollen.«

Ich bedeutete den Männern, vorauszugehen, damit ich Jane hoffentlich ungesehen die Dreckspur von der Stirn wischen konnte.

Die Männer gingen voraus, und ich nahm schnell den Zipfel meiner Schürze und wischte Jane über die Stirn. Sie klammerte sich an meinen Arm, als suche sie nach einem Rettungsanker. »Er ist hier«, flüsterte sie. »Was mache ich bloß? Und ich sehe aus wie ein Straßenkind.«

Seinem Blick nach zu urteilen könntest du vermutlich auch über und über mit Ruß beklebt sein, und er würde dich trotzdem an sich reißen wollen, hätte ich gern erwidert. Doch das wäre nicht die passende Antwort für diese Zeit gewesen. »Tom wird darüber hinwegsehen. Ihr wart schließlich einmal gut miteinander bekannt, nicht wahr?«

Ich platzte vor Neugier, mehr über diese Verbindung zu erfahren.

Sie nickte und hinterfragte nicht, woher ich diese Informationen hatte.

»Er ist ein stattlicher Mann«, flüsterte sie. »Und in seinem Haar ist noch kein einziges grau.«

Oha. Sie stand offenbar unter Schock. Ich tätschelte ihren Arm. »Das ist er, liebe Cousine. Das ist er.«

*

Im gelben Salon überließen die Männer uns die Couch und setzten sich auf die Stühle uns gegenüber.

Da Jane immer noch schwieg, übernahm ich die Konversation. »Was führt Sie hierher, meine Herren?«

»Wir tun das, was alle guten Engländer im Sommer machen. Wir besuchen die Verwandtschaft«, erklärte Tom Lefroy. »Ich konnte mir zwei Wochen freinehmen und begleite meinen jüngeren Bruder zu einem Onkel. Henry ist sich noch nicht ganz sicher, was er studieren möchte, und dieser Onkel ist ein Arzt, der uns versprochen hat, Henry ein paar Einblicke in seinen Alltag zu geben.« Tom lächelte, doch sein Blick glitt immer wieder zu Jane, während er mir antwortete. »Und ich komme mit, um sicherzugehen, dass mein kleiner Bruder all seine Zeit dieser neuen Erfahrung widmet und nicht anderen Vergnügungen.«

Er lächelte Henry verschwörerisch an, und ich war mir sicher, dass die Brüder so manches Geheimnis teilten. Und ganz sicher war Tom nicht die Art von Spaßbremse, die er uns gerade verkaufen wollte. »Wir haben uns in einem Gasthaus in Alton eingemietet und werden über Nacht bleiben.«

Ich horchte auf. Doch bevor ich etwas sagen konnte, richtete sich Jane plötzlich auf.

»Jetzt hat Isabel gar nicht erzählt, was ihr und ihrem

Bruder zugestoßen ist. Das ist wirklich eine Tragödie.« Und dann erzählte sie die Geschichte, die Damien und ich den Austens aufgetischt hatten.

Henrys Blick ruhte auf mir, und als mein Blick seine Augen streiften, war sein Lächeln voller Anteilnahme. Ich erwiderte es und wandte mich dann entschieden ab. Er sollte nicht den Eindruck haben, dass ich mit ihm flirten wollte, denn genau das bedeutete ein zu langer Blick im Regency.

Ich dachte weiter über Toms Äußerung nach. Die Brüder hatten bereits Zimmer in einem Gasthof. Tom schien für Jane immer noch etwas zu empfinden. Und so wie Jane reagiert hatte, beruhte das auf Gegenseitigkeit. Ganz sicher würden beide gern noch mal miteinander tanzen. Ob ich es möglich machen konnte? Durfte ich einfach fremde Menschen zu einem Ball einladen, den ich selbst gar nicht ausrichtete?

Aber ich konnte nicht anders. Ich war zu sehr Romantikerin und vielleicht auch ein gutes Stück wie Emma, Janes Romanheldin, die es einfach nicht lassen konnte, dem Schicksal oder besser gesagt dem Liebesglück anderer ein wenig auf die Sprünge zu helfen.

Dana kam mit dem Tee herein, und ich wartete, bis sie uns wieder verlassen hatte.

»Es ist wunderbar, dass Sie hier sind, denn dann müssen Sie zu dem Ball kommen.«

Drei Paar Augen sahen mich aufmerksam an. Jane gab ein kleines Keuchen von sich.

Ich nahm all meinen Mut zusammen und plapperte weiter drauflos. »Der gute Edward gibt uns zu Ehren einen Ball, worüber mein Bruder und ich uns sehr freuen.

Ganz gewiss wird noch Platz für zwei Herren auf dieser Gesellschaft sein. Was meinst du, Jane? Edward würde doch sicherlich nichts dagegen haben? Du könntest Dana oder Frances mit einer Notiz zum Anwesen schicken. Ich bin mir sicher, dass wir schnell eine Zusage erhalten werden.«

Thomas wollte gerade etwas erwidern, da sprach ich schon weiter. »Der Ball ist übermorgen. Sie wollten doch nicht so bald abreisen, oder?«

Die beiden Lefroy-Männer wechselten einen Blick. »Wir werden zwar erwartet, aber auf ein, zwei Tage kommt es sicherlich nicht an, was meinst du, Tom?« Henry schien jedenfalls begeistert von der Idee.

Tom sah zu Jane, als wolle er in ihrem Blick nach einer Bestätigung suchen, dass er willkommen war.

Doch Jane lächelte zaghaft, also nickte er. »Dann werden wir noch etwas bleiben. Vielen Dank für die Einladung.«

Ich jubilierte innerlich. Eins zu null für die Liebe!

Kapitel 14
Damien

»Colin, komm zu uns. Hier ist es so langweilig.«

Eigentlich hatte ich das Studierzimmer der Jungs schnell passieren wollen. Aber die Tür stand offen, und seit ich gestern Abend nach dem Picknick mit ihnen Karten gespielt hatte, betrachteten sie mich offenbar als ihren neuen Freund.

»Das gehört sich nicht«, tadelte ihr Hauslehrer. Ich hatte seinen Namen vergessen, nickte ihm aber trotzdem dankbar zu.

»Wir sind doch nicht auf dem Internat«, argumentierte Edward, der Ältere. Wenn ich mich richtig erinnerte, war er fünfzehn Jahre alt.

»Jetzt sei kein Frosch«, stimmte auch sein ein Jahr jüngerer Bruder George zu und kratzte sich wieder mal an der Schürfwunde mitten im Gesicht. Ich fragte mich immer noch, mit wem oder was er sich angelegt hatte.

»Mr Leigh, Sie müssen wirklich nicht …« Der junge Hauslehrer wirkte peinlich berührt. »Die Jungen sind im Moment kaum zu bändigen.«

Ich ließ mich trotzdem erweichen. »Glaubt aber nicht, dass ich Aufgaben machen werde.«

Die beiden lagen vor Lachen fast am Boden, jedenfalls so weit, wie es ihre Stühle samt den angeschraubten Pulten davor zuließen.

Mit einem Grinsen betrat ich den Raum. Erst dann sah ich, um welches Unterrichtsfach es sich handelte. Latein.

Oh, verdammt.

Ich suchte fieberhaft nach einer Entschuldigung, mich sofort wieder zu verabschieden, da deutete George auf die Schiefertafel, die der Hauslehrer vor den beiden aufgebaut hatte.

»Sei so gut und übersetz für uns diesen Satz. Wir sind schon seit einer halben Stunde daran, und es gelingt uns einfach nicht.«

»Ich …« Mehr brachte ich nicht heraus. Ich war schon froh, dass ich immer an meinen geschliffenen Oberschicht-Akzent dachte, wenn ich den Mund aufmachte. Außerdem sprach ich ganz passabel Französisch und etwas Italienisch. Über Latein wusste ich nur, dass es früher mal wichtig gewesen war, genau wie Altgriechisch. Allerdings besaß ich kein echtes Talent für Sprachen und war schon froh gewesen, genug Know-how zu haben, um mich zur Not in der Vergangenheit in Europa durchzuschlagen.

George war aufgesprungen und wollte mich auf den dritten freien Platz ziehen, der vermutlich früher für Fanny reserviert gewesen war. Zum Glück konnte ich das verhindern. »Jungs, ich wollte gleich noch in die Bibliothek.«

»Nur den einen Satz«, sagten sie im Chor.

»Mein Latein ist wirklich nicht gut.«

Jetzt betrachtete mich auch der Hauslehrer interessiert, stellte jedoch keine Frage.

»Aber für die Juristerei musst du doch Latein können«, sagte Edward und klopfte mit einem Bleistift auf dem Pult vor sich herum. »Vater ist auch sehr gut darin. Muss man das für die Universität nicht sowieso beherrschen?«

Jetzt saß ich gehörig in der Klemme. Ich hatte mich als 20-Jähriger ausgeben müssen, womit ich folglich schon zur Universität ging. Und da ich gesagt hatte, dass ich Jura studierte, kam ich aus der Nummer nun nicht wieder raus. Die Juristen wurden schon bei ihrer Aufnahmeprüfung in Latein geprüft.

»Ich habe frei, und Latein war nie mein Lieblingsfach.«

»Er weiß nicht, was es heißt«, sagte George mit seiner immer noch hohen Kinderstimme. »Ich sehe es ihm an.« Mit misstrauischem Blick ließ er sich in seinen Sitz zurückfallen.

»Sag es.« Edward fixierte mich jetzt.

Der Hauslehrer hatte den Kopf schief gelegt und die Arme vor der Brust verschränkt. Alle drei schienen zu ahnen, dass ich es tatsächlich nicht wusste.

»Wenn ich euch die Lösung sage, dann lernt ihr nichts. Und dann würde euer geschätzter Hauslehrer mit mir schimpfen.« Ich sah um Bestätigung heischend zu dem Mann herüber, doch der nickte erst, nachdem mein Blick eindringlicher geworden war.

»Ich bin in der Bibliothek.« Mit diesen Worten schwang ich herum und floh aus dem Studierzimmer.

Hinter mir hörte ich Edward noch murmeln: »Was für ein Asinus.«

Ich war unendlich erleichtert, mich auf den Weg zur Bibliothek machen zu können. Hoffentlich nahm keiner der drei das Vorgefallene zum Anlass, um mit Edward darüber zu sprechen. Ich hielt ihn nicht für übermäßig misstrauisch, aber seine Fragen an Isabel hatten gezeigt, dass er ein helles Köpfchen war und ihm auch Details nicht entgingen.

Doch für den Moment schob ich diese Bedenken zur Seite. Edward hatte heute Morgen beim Frühstück erzählt, dass er einen geschäftlichen Termin in Upper Wield hatte. Das Städtchen lag ein paar Meilen entfernt. Nach dem Essen hatte er sich ein Pferd satteln lassen und war aufgebrochen.

Er wollte erst am Nachmittag zurück sein, und ich war fest entschlossen, in dieser Zeit die Bibliothek von oben nach unten umzukrempeln.

Um 17 Uhr war ich dann mit Lilly verabredet. Ich freute mich auf dieses Treffen und ich hoffte, ihr dann das Zahnrad präsentieren zu können.

*

In der Bibliothek traf ich zwei Hausmädchen an, die ein paar Regale säubern sollten.

»Wenn Sie den Raum nutzen möchten, Sir, können wir später weitermachen«, sagten die zwei mit einem Knicksen.

Ich wollte ihnen keine Schwierigkeiten bereiten, da ich wusste, unter welch strengem Regime die Bediensteten in großen Haushalten wie diesem standen.

»Wie lange werden Sie ungefähr noch brauchen? Sollen Sie alle Regale säubern?«

Die zwei Frauen warfen einander einen Blick zu. »Nein, nur die zwei da drüben. Höchstens noch eine halbe Stunde, Sir«, sagte die eine dann.

»In Ordnung.« So lange würde ich noch warten können. Zur Not würde ich die Zeit auf meinem Zimmer verbringen. Ich verließ den Gang und bog in Richtung Eingangshalle ab.

Dort fiel mir die Tür zu Edwards Büro ins Auge. Vorsichtig sah ich mich um, entdeckte aber keinen Diener. Wie immer war ich mit Dietrichen ausgestattet worden. Wenn mein Vater eins wusste, dann wie wichtig es war, verschlossene Türen, Schubladen oder Tore öffnen zu können. Und es war mir in Fleisch und Blut übergegangen, die dafür nötigen Werkzeuge immer bei mir zu tragen.

Ich fischte den Dietrich aus meiner Tasche und kniete mich vor die Tür.

Es war ein Kinderspiel. Schon konnte ich die Klinke herunterdrücken.

Das Büro roch nach altem Papier und der Bienenwachspaste, mit der die ledernen Bezüge der Sitzmöbel gepflegt wurden. Zuerst überlegte ich, die Tür nur anzulehnen, aber um keinen Verdacht zu erregen, schloss ich sie wieder. So standen meine Chancen zwar schlechter, Geräusche in der Halle zu hören, aber eine angelehnte Tür würde sicherlich mehr auffallen.

Edward schien verantwortungsvoll mit dem von ihm geerbten Besitz umzugehen. Auf seinem Schreibtisch fanden sich jede Menge Unterlagen, die die Ländereien betrafen. Briefe von Pächtern, deren Antwort er an seinen Brief geheftet hatte. Bereits versiegelte Schriftstücke, die darauf warteten, zum Empfänger gebracht zu werden. Dicke Bücher gefüllt mit Zahlen über Erträge, Regentage, Pachtbeträge und landwirtschaftlichen Daten. Es gab Männer, die ließen solche Arbeiten von einem Buchhalter erledigen. Doch Edward schien es Spaß zu machen, sich um alles selbst zu kümmern. Da ich sonst nichts Interessantes entdeckte, schweifte mein Blick schnell ab zu den Schubladen seitlich am Schreibtisch.

Nur zwei der Schubladen des Schreibtischs konnte ich nicht öffnen und musste sie knacken. In der oberen Schublade fand ich Geld, vermutlich Pachtgebühren, die Edward eingezogen hatte. In der zweiten Schublade lag ein Zettel mit möglichen Heiratskandidaten für Fanny. Mein Name stand zum Glück noch nicht darauf. Ansonsten fand ich dort nur ein paar Erinnerungen an vergangene Reisen. Schiffsfahrkarten, Zugtickets, ein paar Briefe von Freunden, deren Namen mir nichts sagten. Warum er ausgerechnet diese Schublade verschloss? Aber vielleicht spionierte Fanny gern herum, und er wollte nicht, dass sie diese Liste sah.

In den Schubladen darunter fand ich nur noch mehr Unterlagen zu den Ländereien und absolut kein Zahnrad.

Frustriert kam ich hoch und sah mich weiter um.

Edward schien hier auch offizielle Termine wahrzunehmen, denn in einer Ecke gab es eine Sitzgruppe mit einem niedrigen runden Tisch davor. In der anderen Ecke ragten Bücherregale bis hoch zur Decke. Die dicken Bücher trugen Jahreszahlen. Ich vermutete, dass es die Geschichte des Anwesens in Zahlen war.

Ich wollte mich gerade abwenden, da glitt mein Blick erneut zu einem Stapel Papiere. Ein Stück ragte heraus, und darauf war etwas, das mein Interesse weckte.

Das war doch nicht etwa …?

Ich zog das Papier hervor und erstarrte.

Was zur Hölle? Vor mir lag die Zeichnung eines Zahnrads und einer Taschenuhr. Mir wurde eiskalt.

Edward war kein guter Zeichner und vermutlich war es einfach nur Papier, auf dem er herumgekritzelt hatte.

Ich entdeckte verschiedene Figuren, einen linkisch gezeichneten Hund, irgendetwas Quadratisches und eine Sonne. Aber eben auch ein Zahnrad und eine Taschenuhr. Was hatte das zu bedeuten? Das konnte doch alles kein Zufall sein!

Wusste er etwas? War in seiner Familie das Wissen um die Zeitreisenden noch gar nicht verloren gegangen? Bestahl ich hier einen Mann, der so war wie ich?

Das konnte nicht sein. Vater recherchierte normalerweise akribisch, er hätte uns das mitgeteilt. Denn dann hätten wir doppelt vorsichtig sein müssen. Schließlich würde jeder, der um die Kraft des Zahnrads wusste, es ganz besonders beschützen.

War Edward ein Zeitreisender?

Oder war es Zufall, dass sich diese Motive auf diesem Zettel befanden?

Warum nur fand ich das Zahnrad nicht? Es hätte so einfach sein können. Das Rad einsammeln, Lilly treffen und uns zur gemeinsamen Flucht verabreden. Anstatt dessen fand ich diese Hinweise.

Ich musste ganz dringend mit Lilly sprechen.

Und noch viel dringender musste ich dieses verdammte Zahnrad finden.

Ich schob das Papier zurück und wandte meine Aufmerksamkeit wieder dem Schreibtisch zu. Edward hatte von einem Schlüssel gesprochen, den er im Arbeitszimmer versteckte, den ich aber in den Schubladen nicht entdeckt hatte. Vermutlich war es ihm zu kompliziert, diese immer erst aufzuschließen, wenn er seinen Schlüssel holen wollte.

Ich ließ meinen Blick über den Schreibtisch gleiten. Wo würde ein Mann wie Edward einen Schlüssel verstecken?

Mein Blick fiel auf die Statue eines liegenden Jagdhundes. Das könnte es sein. Ich hob den Jagdhund hoch, und von unten war die Bronze mit einer dünnen Filzplatte bezogen, damit sie keine Kratzer auf den Oberflächen machte. Ich berührte den Filz und zupfte leicht daran. An drei Ecken hatte ich Pech, an der vierten Ecke konnte ich ihn anheben.

Und siehe da, da war der Schlüssel zu dem Schrank mit den Erstausgaben.

Ich grinste. Bingo.

Ich ließ den Schlüssel in meine Tasche gleiten und überlegte gerade, ob ich mir doch noch die Rechnungsbücher in den Regalen ansehen sollte, da wurde die Klinke heruntergedrückt.

Ich sah nur die weiß gepuderte Perücke eines Dieners und sprang mit einem Hechtsprung unter den Tisch. Zum Glück war der Fußraum unter dem Tisch nicht offen, sonst wäre ich garantiert schon entdeckt worden.

»… lässt er das Büro eigentlich nie offen, aber wir haben wohl Glück. Die Mädchen sollen hier sauber machen, wenn sie in der Bibliothek fertig sind. Dieser Handwerker wird zwar noch mal wiederkommen, um seine Arbeit in der Bibliothek und hier zu kontrollieren, aber ich gehe nicht davon aus, dass das mit viel Staub und Dreck verbunden ist. Hier … insbesondere der Schreibtisch. Der muss dringend neu geölt werden.«

Es waren mindestens zwei Männer. Ihre Schritte kamen näher.

»Wird gemacht«, erwiderte die zweite Stimme.

»Und sie sollen es dieses Mal gründlich machen, das letzte Mal war ich nicht zufrieden.«

»Sehr wohl.«

Ich betete, dass die Männer nicht um den Schreibtisch herumkommen würden. Denn dann saß ich so richtig in der Tinte.

»Wenn der Herr heute Nachmittag wieder da ist, muss alles glänzen. Wir erwarten schließlich Gäste im Haus.«

»Aber nicht in seinem Arbeitszimmer.«

»Es steht uns nicht zu, darüber zu urteilen, wo der Herr seine Gäste empfangen möchte, Archer.«

»Verzeihung, Sir«, murmelte die zweite Stimme. »Sie haben natürlich recht.«

Die Stimmen entfernten sich, und die Tür wurde wieder geschlossen. Ich atmete auf. Nur schnell weg von hier.

Ich schlüpfte aus dem Zimmer. Jetzt konnte ich das Büro unmöglich abschließen, da die Dienstmädchen den Auftrag bekommen würden, hier zu putzen. Hoffentlich war Edward so zerstreut, dass er sich nicht erinnerte, ob er abgeschlossen hatte oder nicht.

Ich beschloss, zur Bibliothek zurückzukehren. Es reizte mich, den Schrank mit den Erstausgaben zu öffnen. Wer weiß, vielleicht hütete der gute Edward dort ein paar Geheimnisse?

Kapitel 15
Damien

Im Stall begrüßte mich leises Schnauben. Ich hatte es nämlich wieder nicht bis in die Bibliothek geschafft. Die beiden Dienstmädchen wirkten immer noch sehr beschäftigt, und ich wollte sie nicht drängen. Und nun war ich unweigerlich bei den Tieren des Hauses gelandet. Sofort malte sich ein Lächeln auf meine Züge, als ein Rappe und ein Fuchs neugierig die Köpfe aus ihren Boxen reckten. Es war eine gute Idee gewesen, nicht in mein Zimmer zurückzukehren, sondern mich auf dem Anwesen noch etwas umzusehen.

»Hallo, ihr beiden«, sagte ich leise. Ich kam näher und streckte dem Fuchs die Handfläche hin. Er schnupperte und knibbelte leicht daran. Vermutlich hatte er eine Leckerei erwartet. »Na, du bist aber ganz schön verwöhnt«, sagte ich lächelnd.

Ich wandte mich dem Rappen zu, und auch er schien enttäuscht, als ich nichts für ihn hatte. In einem Korb nahe dem Eingang entdeckte ich Möhren. Doch ich wollte mich nicht in den Fütterungsplan der Tiere einmischen.

Am anderen Ende der Boxengasse bemerkte ich einen Mann. »Entschuldigen Sie, ist es in Ordnung, wenn ich den Pferden eine Möhre …«

Der Mann verschwand aus der Boxengasse, ohne etwas zu erwidern. Vermutlich war er ein Stiefelknecht, der die Schuhe seiner Herrschaft mit etwas Stroh gesäubert hatte. Was er vermutlich nicht durfte, denn Stroh war auch schon zu dieser Zeit teuer gewesen. Ich wollte den Mann nicht in Schwierigkeiten bringen, also zuckte ich nur die Schultern und ging die Boxengasse weiter hinab. Die zwei nächsten sich gegenüberliegenden Boxen waren leer. Die Tür der übernächsten Box zu meiner Rechten war weit geöffnet. Zuerst nahm ich an, dass auch diese leer war. Doch dann entdeckte ich ganz in der hinteren Ecke, fast vom Stroh verborgen, eine Katze mit weißem Fell. Sechs winzige Katzenbabys wuselten um sie herum.

»Wen haben wir denn da?« Ich ging in die Hocke, näherte mich aber der kleinen Familie absichtlich nicht. Ich wollte sie nicht beunruhigen. Die Katze beobachtete mich mit ihren glänzenden Augen. Eins der Kleinen hatte mich entdeckt und wollte über das Stroh auf mich zukrabbeln. Doch die Hürden waren eindeutig zu hoch.

»Dafür musst du noch ein wenig größer werden«, flüsterte ich. Die Babys waren entzückend. Sie kugelten im Stroh umeinander, während das größte von ihnen sich eng an die Mutter schmiegte. Ich hätte ihnen noch stundenlang zusehen können.

»Eins davon schenke ich meiner Süßen, wenn sie nicht mehr gesäugt werden.«

Ich drehte den Kopf und sah an der mageren Gestalt

eines etwa 14-jährigen Jungen hinauf, der mich mit einem schiefen Grinsen musterte.

Ich kam hoch. »Sind Sie der Pferdeknecht?«

»*Sie* ist mein alter Herr, ich bin einfach nur Bill. Und der Pferdeknecht ist August. Ich bin sein Lehrling.« Er zog die Nase hoch. »Wer sind Sie denn? Hat der Herr endlich den Quacksalber vom Hof gejagt, der sonst immer herkommt? Sie sehen so aus, als verstünden Sie mehr von Tieren.«

Ich musste mir ein Schmunzeln verkneifen. »Vielen Dank für das Kompliment, aber ich bin ein Gast von Mister Austen Knight. Oder besser gesagt, ich gehöre zur entfernten Verwandtschaft. Mein Name ist Colin Leigh.«

Bill riss sich die Schiebermütze vom Kopf und machte einen Diener. »Tut mir leid, Sir. Wie Sie mit den Katzen gesprochen haben, da habe ich gedacht …«

Ich winkte ab. »Schon in Ordnung, Bill. Und du hast recht, ich habe alle Tiere gern, obwohl ich nicht der Nachfolger eures ähm … Quacksalbers bin.«

Bill kicherte und kratzte sich dann an einem Pickel, der hellrot auf seiner Nase leuchtete. »Der Herr hat Tiere auch sehr gern. Mein Paps ertränkt immer die Kleinen, wenn unsere Katze wirft. Aber das hat der Herr noch nie gemacht. Er sorgt dafür, dass jede von ihnen ein Zuhause findet. Finde ich gut«, fügte er noch hinzu und biss sich dann auf die Unterlippe, als habe er zu viel über seinen Herrn gesprochen.

»Und ein Kätzchen bekommt deine Freundin? Wie alt bist du denn?«

»Ich bin fast vierzehn«, erwiderte er mit fester Stimme. »Meine Süße und ich heiraten, sobald wir dürfen.«

Ich verkniff mir ein Lächeln. »Wie lange seid ihr denn schon ein Paar?«

»Fast ein Jahr.« Er verschränkte die Arme über der Brust. »Sie hilft in der Küche des Pubs aus. Fleißig ist sie und wird mal Köchin.«

Ich lächelte. »Dann wünsche ich euch beiden alles Gute.«

Der Junge verbeugte sich ernst. »Ich danke Ihnen, Sir.« Etwas unschlüssig sah er sich dann um. »Soll ich Ihnen auch noch die anderen Pferde zeigen?«

»Gerne.« Wir gingen an fünf Boxen vorbei, in denen jeweils ein winziges Pony stand. Bill erklärte mir, dass es die Pferde der Kinder wären. Eine kleine weiße Stute hatte Fanny zu ihrem 16. Geburtstag bekommen. Das Tier wirkte zierlich und elegant und es passte hervorragend zu ihr. Als Nächstes stellte Bill sich zu einer Box, aus der uns ein dunkelgraues Pferd neugierig entgegensah. Es war unverkennbar, dass es schon so einige Jahre auf dem Buckel hatte. Der Rücken war krumm und seine Augen waren bereits leicht getrübt.

»Das ist Gunpowder«, stellte Bill das Pferd vor.

Ich lachte leise auf. Gunpowder, also Schießpulver, bezeichnete die Fellfarbe des Pferdes perfekt.

»Hallo«, sagte ich leise.

Bill lehnte sich über das Tor der Box. »Der Wallach hat schon ein paar Jährchen auf dem Buckel. Aber bei dem Herrn bekommt er ein gutes Gnadenbrot.« Er deutete auf einen Eimer, der mit Hafer gefüllt war. »Nur das Beste für den alten Kerl.«

Gunpowder kam näher, und ich bemerkte sofort, dass

er Schmerzen hatte. Zwei seiner Gelenke waren geschwollen.

»Er sieht nicht mehr so gut«, erklärte Bill, der meinen Blick bemerkt hatte. »Manchmal tritt er gegen die Box, weil er etwas sieht, was nicht da ist. Und dann hat er Schmerzen. Aber der Quacksalber …« Er beendete seinen Satz nicht, sondern spuckte voller Verachtung ins Stroh.

Ich kramte in meinen Erinnerungen. Ich hatte mich schon immer für Tierheilkunde interessiert und wollte dem armen Pferd unbedingt helfen. Fieberhaft überlegte ich, welche Mittel man zu dieser Zeit zur Verfügung hatte.

Gunpowder hatte uns erreicht und schnupperte neugierig an mir.

Bill klopfte ihm den Hals. »Er ist ein guter Junge.«

Dann hatte ich eine Idee. »Bill, zieht die Köchin Beinwell im Kräutergarten?«

Bill zog ein Gesicht. »Bein- was?«

»Beinwell«, wiederholte ich betont langsam. »Hör mir jetzt gut zu. Wenn sie Beinwell hat, egal ob frisch oder getrocknet, soll sie es mit etwas kochendem Wasser aufgießen und zu einem Brei verrühren. Dann lass dir von den Dienstmädchen ein paar alte Tücher geben. Schmier etwas von dem Brei auf die Tücher und wickle sie um Gunpowders schmerzende Gelenke. Aber pass auf, dass die Paste nicht noch zu warm ist, damit du Gunpowders Haut nicht verbrühst. Lass die Umschläge etwa eine Stunde lang einwirken, dann kannst du sie wieder abnehmen. Es sollte ihm dann schon besser gehen. Du kannst das jeden Tag wiederholen, wenn es nötig ist. Hast du das verstanden?«

Bill nickte mit großen Augen. »Beinwell, Brei, Tücher,

eine Stunde einwirken, jeden Tag, wenn nötig.« Er salutierte gespielt. »Geht in Ordnung, Sir.«

»Dann lauf. Gunpowder wird sich über die Erleichterung freuen.«

»Sofort, Sir.« Bill rannte los, blieb aber auf der Hälfte der Strecke stehen und drehte sich noch mal zu mir um. »Sie sind ein feiner Kerl, wenn ich das so sagen darf.«

Ich lachte und wollte etwas erwidern, da war er schon aus der Boxengasse verschwunden. Ich streichelte noch einmal Gunpowders samtiges Maul, dann machte auch ich mich wieder auf den Weg zurück zur Bibliothek.

Innerlich fühlte ich mich um einiges leichter. Meine Anspannung wich sofort in den Hintergrund, wenn ich mich mit Tieren umgab. Und ganz gewiss war ich nicht zum letzten Mal in diesem Stall gewesen.

*

In der Bibliothek kehrten die Dienstmädchen gerade die Schwelle.

»Eigentlich sollten wir ja nur die zwei Regale säubern, an denen der Handwerker etwas ausgebessert hatte. Aber dann haben wir uns gedacht, dass wir noch schnell den Boden kehren. Es soll ja alles schön sein für den Ball.«

Mir wurde heiß und kalt zugleich. Sie hatten den Boden gekehrt?

Und ich wollte nach dem Zahnrad suchen und zwar genau dort. Auf. Dem. Boden.

Jetzt war guter Rat teuer. Ich dachte fieberhaft nach und sah mich dabei hektisch um. Ich musste Zeit schinden.

»Was musste an den Regalen repariert werden?«

Das eine Dienstmädchen zuckte die Schultern. »Das kann ich Ihnen nicht sagen, Sir. Vielleicht waren ein paar Bretter locker.«

Eigentlich war es mir auch egal.

Ich nickte, fixierte aber unauffällig den Eimer mit dem Dreck, den sie aufgekehrt hatten. Ich musste ihn durchsuchen. Womöglich befand sich das Zahnrad darin!

»Sind Sie so gut und holen mir einen Diener?« Ich sah beide gleichzeitig an.

»Natürlich, Sir«, erwiderte die eine.

Garantiert würden sie nicht zu zweit den Diener holen gehen. Also musste ich mir noch etwas ausdenken. »Und bitte für mich noch einen Tee. Ich möchte mich hier meinen Studien widmen.«

»Sir, Mr Edward hat ausdrücklich verboten, dass in der Bibliothek etwas getrunken werden darf.« Sie fühlte sich offensichtlich sehr unbehaglich. »Wir dürfen auch nur den Eimer mit ganz wenig Wasser füllen, wenn wir hier saubermachen sollen. Am liebsten möchte der Herr, dass der Raum gar nicht betreten wird.«

Was meine Chancen verbesserte, dass das Zahnrad, sollte es aus dem Lesezeichen gefallen sein, tatsächlich noch auf dem Boden gelegen hatte. Ich musste diesen verdammten Dreck durchwühlen.

»Ich verstehe. Dann gehen Sie doch bitte in mein Zimmer und holen meine Taschenuhr. Ich fürchte, ich habe sie auf meinem Sekretär liegen lassen, möchte aber nicht die Zeit vergessen.«

Die beiden knicksten und entfernten sich.

Hinter einem Regal kippte ich den Dreck auf den Boden und breitete ihn großflächig aus. Fieberhaft suchte ich nach einem Aufblitzen von Metall.

Doch da war nichts. Staub, ein wenig Holzmehl, das aussah, als habe ein Holzwurm irgendwo Einzug gehalten. Eine winzige Klammer aus Metall, die einen besonders schweren Buchrücken verankerte hatte. Aber ansonsten: gar nichts.

Ich fluchte leise und schaufelte den Dreck zurück in den Eimer.

Ich hatte ihn gerade wieder an der Tür abgestellt, da kam das erste Dienstmädchen mit einem Diener zurück.

»Ja bitte, Sir?«, sagte dieser höflich.

Eigentlich hatte ich keine Aufgabe für ihn. Ich drehte mich einmal um mich selbst, und mein Blick fiel auf ein paar große Kisten aus Holz, die aussahen wie Überseekoffer aus dem letzten Jahrhundert. »Ich habe mich gefragt, was das ist. Sind dort auch Bücher drin?«

Meine Frage klang ziemlich dämlich, aber der Diener verzog keine Miene. Im Gegenteil, er lächelte. »Das sind Bücher aus dem Nachlass von Mr Knight, also dem Ziehvater von Mr Austen Knight. Er war ein weitgereister Mann, und die Bücher stammen aus aller Welt. Mr Austen Knight wollte sie schon länger seiner Bibliothek hinzufügen, ist aber noch nicht dazu gekommen.« Der Diener beugte sich noch etwas näher zu mir. »Wenn Sie Interesse daran haben«, sagte er dann mit einem vertraulichen Lächeln. »Die Truhen sind nicht verschlossen.«

Jetzt war ich neugierig. »Vielen Dank für die Auskunft.« Ich nickte ihm zu als Zeichen, dass er entlassen war. Der Mann war so höflich und half dem Dienstmädchen, ihre Putzsachen zu tragen.

Als sie verschwunden waren, ging ich mit großen Schritten auf den Sekretär zu, auf dem immer noch das Lesezeichen in dem Buch über die Agrarwissenschaften lag. Ich ließ mich auf die Knie sinken und tastete auf dem Boden herum. Ich suchte sogar jede Ritze zwischen den Bodendielen ab. Nichts. Das verdammte Zahnrad war wie vom Erdboden verschluckt.

Mein Frust wuchs ins Unermessliche. Um mich etwas abzulenken, ging ich zu den Truhen, in denen sich der Nachlass von Mr Knight befand.

In dem Moment kam das zweite Dienstmädchen zurück und brachte mir meine Taschenuhr. Auch sie verschwand umgehend.

Mir fiel ein, dass ich ja immer noch den Schlüssel in der Tasche hatte. In dem abgeschlossenen Schrank lagen genau vier Bücher. Alles irgendwelche europäischen Märchen, mit denen man Kinder erschreckte, die eigentlich einschlafen sollten. Ansonsten war der Schrank leer. Ich konnte es nicht fassen. Darum machte Edward so ein Aufsehen darum?

Vermutlich waren die Bücher, die in den Kisten schlummerten, weitaus wertvoller. Mit einem Seufzen schloss ich den Schrank ab und ging wieder hinüber zu den Truhen.

Der Diener hatte nicht übertrieben. Ich entdeckte Bücher über die Kreuzzüge, die Besteigung der höchsten Berge der Welt und die sagenhaften Reiche der Mayas und Inkas. Eine ganze Kiste schien dem Land Ägypten gewidmet zu sein. Bücher über Hieroglyphen und dicke Bände auf Französisch, die von dem Eroberungsfeldzug Napoleons in Ägypten berichteten. Ich konnte deutlich besser

Französisch lesen als sprechen, und ich versank regelrecht darin. Auf einer Seite waren die verschiedenen Artefakte dargestellt. Fasziniert betrachtete ich die Abbildungen einer Totenmaske.

Ich hatte mich auf dem Boden daneben niedergelassen und einige der dicken Bücher um mich herumgestapelt.

Die Zeit verging schneller als ich gedacht hatte, denn plötzlich stand Edward im Türrahmen. Irritiert sah ich auf meine Taschenuhr. Es waren drei Stunden vergangen. Trotzdem war er früher wieder da als gedacht.

Ich betrachtete ihn, und eine Frage brannte mir auf der Zunge.

Hallo Edward, bist du ein Zeitreisender?

»Du bist wirklich ein Bücherfreund.« Edward lächelte auf mich herunter. »Ich wünschte, meine Söhne wären mehr wie du.«

Es freute mich, dass ich meiner Rolle so entsprochen hatte, dennoch machte ich mir Sorgen, dass seine Söhne mich verpetzen würden, wenn er ihnen meinetwegen Vorhaltungen machte.

»Das sind faszinierende Werke«, erwiderte ich und kam hoch. Unauffällig versuchte ich seine Hände zu betrachten, um nach den verräterischen Muttermalen der Zeitreisenden zu suchen.

Edward winkte ab. »Die alten Schinken. Ich meine, ich ehre meinen alten Herrn und so weiter. Auch dass er mir so viel hinterlassen hat, ist wunderbar. Aber so ein leidenschaftlicher Leser bin ich dann doch nicht. Bislang habe ich noch keinen Blick hineingeworfen. Er hat die Bücher irgendeinem verarmten Adligen abgekauft, damit der seine

Schulden bezahlen konnte. Er war ein guter Mann. Ich bewahre sie nur ihm zu Ehren auf.«

»Du solltest sie in deinen Bestand aufnehmen.« Ich lächelte ihn an. »Es lohnt sich, die Bücher auszustellen und zu erhalten.«

»Weise Worte, mein Lieber, weise Worte. Komm mit, ich habe noch etwas mit dir vor.« Er legte mir einen Arm um die Schultern. »Die alten Schinken können nachher die Diener wegräumen.«

Was kam denn jetzt? »Was hast du vor?«, fragte ich und bemühte mich, unbeschwert zu klingen.

»Ich wollte dir die Ländereien zeigen. Lass uns einen kleinen Ausritt machen.«

Das passte mir gar nicht. Schon in einer Stunde war ich mit Lilly verabredet. Ich hatte zwar keine Ergebnisse vorzuweisen, aber ich wollte sie trotzdem treffen.

Also erzählte ich Edward davon, doch dieser sich nicht abwimmeln. Das Treffen mit Lilly würde ich also auf morgen verschieben müssen.

Gemeinsam verließen wir die Bibliothek. Ich musste den Schlüssel irgendwie noch zurückbringen. Aber um dieses Problem würde ich mich später kümmern müssen. Oder wenn ich es schaffte, den Schlüssel in die Tasche seiner Weste gleiten zu lassen, würde er vielleicht annehmen, dass er ihn aus Versehen dorthin getan hatte? Es erschien mir die einfachste Lösung.

»Der Stallbursche hat mir von deinen Zauberkräften erzählt«, sagte Edward gerade. »Er sagt, Gunpowder ist schon fast wieder so agil wie ein Fohlen. Die Menschen aus dieser Umgebung neigen zur Übertreibung. Dennoch danke ich dir, dass du dem armen alten Gaul ein wenig

Linderung verschafft hast. Der Quacksalber, der sich hier in der Gegend um das Wohl der Pferde kümmert, versteht rein gar nichts von seinem Handwerk.«

Edward tat zwar so abgebrüht, aber auch er musste ein Herz für Tiere haben. Denn sonst hätte er den alten Wallach längst dem Metzger verkauft, statt ihm eine schöne Box mit gesundem Futter zu stellen. Es war einer der Gründe, warum ich ihn mochte. »Es freut mich, dass ich helfen konnte.« Ich lächelte ihn an. »Ich freue mich übrigens sehr auf den Ball. Was für eine schöne Abwechslung nach diesem unschönen Erlebnis auf unserer Reise.« Ich lachte jovial und griff gleichzeitig in meine Tasche. Dann klopfte ich ihm auf die Schulter. Mit dieser Geste lenkte ich ihn ab, während ich den Schlüssel unbemerkt in die Tasche seiner Hose gleiten ließ. »Und meine Schwester scheint sich über diese Nachricht auch sehr gefreut zu haben.«

»Es ist mir eine Freude, lieber Colin. Apropos Nachricht«, sagte Edward. »Soll der Diener auch deinen Brief nach Alton bringen?«

Wieder mal bewies er mir, dass er auf Details achtete.

Jetzt half nur ein Bluff. »Ich habe ihn heute Morgen schon nach Alton bringen lassen. Er ist auf dem Weg. Ich hoffe, dass ich schnell eine Antwort bekomme.«

Edward lachte und schien keinen Verdacht zu schöpfen. »Das ist gut, lieber Colin. Und wie gesagt, du bist hier so lange willkommen, wie du möchtest.«

TEIL 2

Es endet mit Schmerz.

Kapitel 16
Lilly

»Sein Besuch ist absolut unangemessen.«

»Aber es ist so romantisch«, flüsterte ich. Cassandra und ich hatten uns gemeinsam in eine Ecke der Spülküche gedrängt, um aus dem winzigen Seitenfenster einen Blick in den Garten seitlich des Hauses zu erhaschen. Dort spazierten Jane und Tom an einer Dreiergruppe Birken entlang, durch deren Blätter die Morgensonne fiel. Janes Wangen waren gerötet, und sie lachte gerade über etwas, das Tom erzählte. Dass die beiden füreinander immer noch tiefe Gefühle hegten, war offensichtlich.

»Romantisch.« Cassandra schnaubte. »Er hat ihr einmal das Herz gebrochen, und er wird es ein zweites Mal tun. Das gehört sich nicht für einen Gentleman.«

Cassandra wirkte die meiste Zeit sehr kühl und beherrscht, aber der schwesterliche Beschützerinstinkt, der in diesen Worten mitschwang, wärmte mein Herz.

»Er musste sie sehen, er konnte einfach nicht widerstehen«, wisperte ich, obwohl die beiden uns sicher nicht hören konnten. »Es war wie ein Zwang.«

Cassandra drehte den Kopf, sodass ihr Gesicht jetzt ganz nah an meinem war. »Mein liebes Kind, ich denke, du liest die falsche Art von Literatur. Denn ich hoffe ausdrücklich, dass das, von dem du hier sprichst, nur deiner Fantasie entsprungen ist.«

Und da war sie wieder. Die überkorrekte Spaßbremse.

»Natürlich, Cousine«, sagte ich schnell. »Aber ich liebe Liebesgeschichten.« Wieder betrachtete ich Tom und Jane. Sie waren unter einem der Bäume stehengeblieben und hatten sich einander zugewandt. Tom nahm Janes Hand und küsste sie sanft.

Cassandras Schnauben klang jetzt so empört, dass ich befürchtete, sie würde im nächsten Moment in den Garten stürmen und die beiden trennen.

»Jetzt gönne deiner Schwester doch dieses kleine Vergnügen.« Ich versuchte, besonders sanft und versöhnlich zu klingen, in der Hoffnung, dass es auf sie abfärbte. »Sie ist eine kluge Frau, sie wird wissen, dass es nicht für immer ist.«

»Natürlich weiß sie das«, schnappte Cassandra und kniff die Augen zusammen, als Tom seine Finger nur zögerlich von Janes Hand löste. »Aber er wird weiterreisen, und Jane bleibt hier. Und dann muss ich mitansehen, wie sie trauert.«

»Aber wenn ich es recht verstanden habe, dann möchte Jane doch gar nicht verheiratet sein.«

Cassandra rümpfte die spitze Nase. »Ja, jetzt ist sie unabhängig. Aber erst, nachdem Mr Thomas Lefroy ihr gezeigt hat, dass die Liebe nichts weiter als ein romantisches Hirngespinst ist. Romantische Gefühle bedeuten Verlust, Trauer und Schmerz. Unweigerlich.« Sie nickte, und jetzt war ihr gesamter Gesichtsausdruck von Bitterkeit beherrscht. »Sie hat ihn gewollt. Es ging ihr nicht um ein hübsches Haus, um Kinder, um ein respektables Leben. Es ging ihr um ihn. Er war der Einzige, den sie an ihrer Seite haben wollte. Und er hat sie verlassen.«

Sie drehte sich zu mir, und wieder war ihr Gesicht ganz nah. »Verstehst du jetzt, dass ich ihm nicht wohlgesonnen bin?«

Ich nickte, denn ich hatte kein wirklich gutes Gegenargument. Aus Büchern wusste ich, wie sehr Jane Tom geliebt hatte. Die Historiker waren sich zum größten Teil einig, dass sie nie wieder einen Mann in ihr Leben gelassen hatte, weil Tom diesen Platz noch immer besetzt hielt. Und jetzt hatte ich den realen Beweis dafür. Und obwohl es offensichtlich war, dass auch Tom Jane für immer in seinem Herzen getragen hatte, hatte er sich als Erster abgewandt.

Das Paar spazierte weiter, und Cassandra und ich mussten uns ziemlich weit aus unserer Deckung wagen, um sie noch sehen zu können.

»Er hat sie zwar verlassen«, wisperte ich. »Aber wer sagt denn, dass er in diesem Korsett aus Pflicht und Ehe nicht genauso einsam ist?«

»Jane ist nicht einsam«, zischte Cassandra.

»So meinte ich das nicht. Ich meinte, dass Mr Lefroy vielleicht auch nie wieder eine Frau getroffen hat, die sein Herz so erobert hat wie Jane. Er ist eine Vernunftehe eingegangen. Was, wenn er sie auch nie vergessen hat und sich wünscht, ihr Schicksal hätte sie nicht getrennt?«

Cassandra wich vom Fenster zurück, baute sich vor mir auf und musterte mich misstrauisch. »Vernunftehe? Ich muss mich doch sehr wundern, mit was für Begriffen du um dich wirfst, mein Kind. Ehen werden aus Vernunft geschlossen. Die romantische Liebe ist etwas für Poeten und Hofnarren.«

Und offenbar auch für deine Schwester. »Entschuldige, Cousine«, sagte ich schnell. Ich hatte mich leidenschaftlich für Jane und Tom einsetzen wollen und war etwas über das Ziel hinausgeschossen. »Ich habe ein Gespräch meiner Eltern belauscht, das nicht für meine Ohren bestimmt war.«

Cassandra schluckte den Köder, dass ich meine Argumente nur nachplapperte. Trotzdem wirkte sie verstimmt. »Gehen wir in den Gelben Salon. Fannys Schneiderin sollte bald eintreffen.«

Ich hingegen warf einen letzten Blick auf Jane und Tom. Sie waren so ein schönes Paar. Er so groß und breitschultrig, sie so zierlich und graziös. Sie gingen nah nebeneinanderher. Näher als es sich gehörte, aber auf einem privaten Grundstück konnte man da sicherlich eine Ausnahme machen. Ich spürte die Verbindung zwischen ihnen und dass sie eigentlich kaum die Finger voneinander lassen konnten. Gerade zupfte Jane Tom eine imaginäre Fluse von seinem marineblauen Jackett. Wieder fing er ihre Hand ein und küsste den Handrücken.

Ich konnte von hier aus sehen, wie Jane erschauerte. Ich dachte an Damien und mich und wie seine Berührungen mich immer aus dem Konzept brachten. Ich gönnte Jane diesen kleinen Flirt, auch wenn sie, wie von Cassandra vermutet, traurig sein würde, wenn Tom wieder abreiste. Aber sie war eine realistische Frau und sie lebte im Hier und Jetzt. Sie wusste, dass er wieder gehen würde.

Und egal, was Cassandra behauptete, ich war mir sicher, dass Tom genauso traurig sein würde.

*

Nachdem Tom Lefroy gegangen war, hatte Jane sich in das grüne Wohnzimmer an ihren kleinen runden Arbeitstisch zurückgezogen und sich über ein paar dicht beschriebene Zeilen gebeugt. Sie hatte so in sich gekehrt gewirkt, dass ich mich nicht getraut hatte, sie anzusprechen.

Zum Glück war für den Rest des Tages Fannys Schneiderin, Mrs Gibbs, anwesend gewesen, die sich als eine resolute Matrone mit roten Wangen und einer charmanten Zahnlücke entpuppt hatte. Sie hatte ihr gesamtes Handwerkszeug mitgebracht und den Gelben Salon in ein Atelier verwandelt. Und sie hatte ganze Arbeit geleistet. Das taubenblaue Kleid mit der hohen Empiretaille, das Fanny mir geliehen hatte, war perfekt für mich angepasst worden. Dazu gehörten ein perlenbestickter Beutel und eine Stola aus zartem Gazestoff, die ich locker über meine Schulter drapiert hatte.

Jetzt saß ich gerade in meinem Zimmer und bewunderte erneut das Kleid, das nun auf einem Bügel am Kleiderschrank hing, da klopfte es an der Tür.

»Herein.«

Dana schlüpfte ins Zimmer und knickste. »Besuch für Sie, Miss. Ihr Bruder wünscht Sie zu sehen.«

Ich hatte schon auf Damien gewartet, da er unseren Termin gestern hatte verstreichen lassen. »Danke, Dana. Bitte sag ihm, ich komme sofort.«

»Gerne, Miss.« Das Dienstmädchen verschwand wieder

und schloss die Tür leise hinter sich. Ich wandte mich von dem Kleid ab und ließ meinen Blick durch das Fenster in Richtung der Straße gleiten. Eine Gouvernante mit zwei kleinen Kindern an der Hand spazierte vorbei, und ich musste unwillkürlich lächeln, weil die Kleinen so hübsch angezogen waren. Aber dann wanderten meine Gedanken weiter zu meinem Vater. Ich hoffte so sehr, dass es ihm bei Grayson Belmont gut ging. Ich wusste mittlerweile, wie grausam und skrupellos dieser Mann sein konnte. Entführungen, Todesdrohungen, jegliche Art von Manipulation, das alles waren probate Mittel für ihn, um seinen Willen durchzusetzen. Und mein Vater war ein sanfter Mann. Er war ein Mann des Geistes, des Wissens und des Kampfes mit Worten. Er hatte noch nie die Hand gegen einen Menschen oder ein Tier erhoben. Er und Damiens Vater könnten unterschiedlicher nicht sein. Ich hoffte inständig, dass er in meinem Vater nicht ein leichtes Opfer sah und das ausnutzte.

Und wie immer, wenn ich an die Familie Belmont dachte, erschien das Bild von Damien vor meinem inneren Auge. Jetzt wartete er unten im Salon auf mich. Ob er Neuigkeiten hatte oder mich einfach nur so sehen wollte? Ich wusste es nicht.

Er hatte jetzt ein paarmal versucht, sich mit mir auszusprechen, doch ich hatte es immer abgeblockt. Ich war noch nicht bereit zu verzeihen. Es war nur ein kleiner Teil seines Spiels gewesen, aber es schmerzte mich besonders, dass er mich nicht in seine Pläne eingeweiht hatte. Zusammen hätten wir sicherlich eine Lösung gefunden. Und wenn nicht an Bord, dann nach unserer Rückkehr mit meinem Vater als Dritten im Bunde. Er war viel belesener als ich, viel welterfahrener und klüger. Zu dritt müssten wir es doch schaffen, Grayson Belmont auszubremsen. Aber das hatte Damien nicht getan.

Ich wandte mich abrupt vom Fenster ab und verließ mein Zimmer. Ich musste mich jetzt zusammenreißen, musste ihm freundlich begegnen und so tun, als würde ich mich über den Besuch meines Bruders freuen. Aber ich hatte meine Gedanken einfach nicht im Griff und so wanderten sie wieder zu ihm.

Damien hätte mich bereits auf der Titanic einweihen können. Dieser Meinung war ich nach wie vor. Und deshalb traute ich ihm nicht. Deshalb war ich immer noch wütend auf ihn. Vielleicht hatte er damit gehadert, mich in der Vergangenheit zurückzulassen. Vielleicht hatte er nur auf Zeit gespielt, in der Hoffnung, noch eine Lösung zu finden. Vielleicht … Ich konnte es einfach nicht sagen.

Damien erhob sich höflich, als ich den Gelben Salon betrat. Ich hatte nicht erwartet, dass wir allein sein würden, aber die Tür zum Wohnzimmer war geschlossen, und ich vermutete, dass Jane immer noch an einem ihrer Werke schrieb. Cassandra hatte erzählt, dass sie sich mit einer Nachbarin treffen wollte.

Dana versprach, uns Tee zu bringen, und ließ uns dann allein.

Damien wirkte angespannt. »Wie geht es dir?« Er nahm meine Hand und als ich sie nicht direkt wegzog, hob er sie an seine Lippen und hauchte einen Kuss darauf.

Für einen Sekundenbruchteil schloss ich die Augen. Ich wusste, wie seine Lippen sich auf meinen anfühlten. Ich wusste, wie sein leises Stöhnen tief in seiner Kehle widerhallte, wenn er meinen Hals küsste. Ich wusste, wie er sich anfühlte, die harten Muskelstränge unter seiner warmen Haut, sein weiches Haar, der leicht kratzige Bartschatten an seinem Kinn.

Ich blinzelte, um diese Tagträume zu vertreiben. »Es geht mir gut, danke.« Ich entzog ihm meine Hand, allerdings nicht so bestimmt, wie ich es vorgehabt hatte.

»Was verschafft mir die Ehre deines Besuchs?«

»Ich hatte gehofft, dass du dich von mir zu einem Spaziergang überreden lässt. Vielleicht in den Gärten des Anwesens? Dort sind wir ungestörter.« Er lächelte, aber es verblasste, als ich es nicht erwiderte.

»Warum?«

Er machte einen Schritt auf mich zu, neigte leicht den Kopf, und ich erkannte echte Verzweiflung in seinem Blick. »Lilly, bitte. Ich will nicht, dass es so zwischen uns ist.«

Wir standen nah voreinander, doch ich wich nicht zurück.

Mein Herz nahm gefährlich Fahrt auf. So wie immer, wenn wir uns so nahekamen.

Warum kann es nicht alles einfacher sein?

Wieder wünschte ich mir, ich hätte ihn irgendwo in einem Starbucks kennengelernt und er wäre einfach nur ein ganz normaler Typ. Ein Schüler, ein Student, ein junger Mann, der sich ebenso wie ich nach einer tiefen Beziehung zu jemandem sehnte.

»Lilly.« Mein Name kam heiser über seine Lippen. »Bitte.«

»Was willst du?« Ich wich einen Schritt zurück, um wieder klar denken zu können. »Mich erneut manipulieren? Mir irgendwelche Gefühle vorgaukeln? Warum? Damit ich bei deinem Plan mitmache, deinen Vater auszubremsen? Du kannst es nicht ertragen, dass ich dir nicht schon vor der Abreise zugestimmt habe, richtig? Niederlagen kommen für dich einfach nicht infrage, dafür ist dein Ego wohl einfach zu groß. Tut mir leid, wenn ich dich jetzt enttäuschen muss. Ich gehe dir nicht mehr auf den Leim.«

»Niederlagen?« Damien sah mich an, als habe ich den Verstand verloren. »Mein gesamtes Leben besteht aus Niederlagen. Bis jetzt war mir mein Vater immer einen Schritt voraus. Er besitzt die bessere Technik und dank seines Geldes definitiv Möglichkeiten, von denen ich nur träumen kann. Wenn irgendjemand hier gelernt hat, sich von Niederlagen nicht unterkriegen zu lassen, dann bin ich das.« Er fuhr sich mit allen zehn Fingern durch die Haare und seine vorher so wohlgeordnete Frisur verabschiedete sich weitestgehend. »Aber darüber will ich gar nicht sprechen. Deswegen bin ich nicht hier. Ich will mit dir über uns reden. Ich will …«

»Nein«, unterbrach ich ihn schnell. »Sag es nicht. Mich und dich, uns, gibt es nicht. Hat es nie gegeben. Ich wollte dir trauen, deshalb habe ich zugestimmt, dass du abends zum Reden vorbeikommst. Aber das hat alles noch schlimmer gemacht, weil dein Vater dir auf den Fersen war. Du hast ihn direkt zu uns geführt.«

Damien wollte etwas erwidern. »Nein, lass mich ausreden. Mein Vater ist genau wie ich ein freundlicher Mensch. Er ist hilfsbereit und er glaubt an das Gute und jetzt ist er in einer schrecklichen Situation. Ich habe viel dazugelernt, seit ich dich kennengelernt habe, Damien. Leider. Du hast mir deine Pläne bezüglich deines Vaters offenbart, und als ich dagegen war, hast du sie verteidigt. Du wirst das durchziehen, so oder so. Ich glaube ganz fest daran, dass du noch mehr opfern würdest, um die Machtpläne deines Vaters zu untergraben. Aber du hast dich in etwas verrannt, das anscheinend zu groß für dich ist. Und vermutlich handelst du jetzt aus Frust übereilt und kopflos und richtest noch größeren Schaden an.«

Das Entsetzen in Damiens Blick war sekündlich größer geworden, aber ich wich nicht zurück. »Ich halte dich für nicht vertrauenswürdig. Zuerst hast du mich in Gefahr gebracht und jetzt meinen Vater. Ja, du handelst vielleicht auf Anweisung, du bist der für die Drecksarbeit, aber sieh es mal aus meiner Perspektive. Du wolltest mir auf der Titanic mein Zahnrad stehlen und mich dann in der Vergangenheit zurücklassen. Ich wäre mit dem Schiff untergegangen und mein Vater vor Kummer gestorben. Was soll ich von dir denken?«

Damien stand einfach nur da, stumm vor Schock, die Augen groß und plötzlich ganz blass. Und obwohl ich es nicht wollte, stieg ein Gefühl von Genugtuung in mir auf. Denn jetzt sah er so aus, als hätte ich ihm das Herz gebrochen.

Dana klopfte und trat dann mit einem Teeservice auf dem Tablett ein.

»Danke, Dana. Ich übernehme das.«

Sie wirkte etwas überrumpelt, denn eigentlich wäre es jetzt ihre Aufgabe gewesen, uns einzuschenken. Ihr Blick glitt zwischen uns hin und her, weil wir uns immer noch nicht gesetzt hatten. Doch dann knickste sie nur und verschwand wieder.

Ich stellte das Tablett auf den niedrigen Tisch zwischen

der Couch und den Stühlen und dachte gar nicht daran, uns etwas einzuschenken.

Damien wirkte nicht mehr so starr vor Schock, stattdessen strich er sich erneut durchs Haar. »Zuerst mal: Ich unternehme nichts mehr, bis ich weiß, was die Taschenuhr meines Vaters kann.« Er reichte mir seine Hand. »Ich gebe dir mein Wort.«

Ob er es ernst meinte? Ich schüttelte seine Hand, erwiderte aber nichts.

Dieses Mal war Damien es, der zuerst losließ, fast so als wolle er mich nicht belästigen. »Zweitens: Ich wollte dich nie verletzen, Lilly. Ich habe nie mit deinen Gefühlen gespielt, denn meine Gefühle für dich waren und sind echt. Kein Wort, keine Berührung, war jemals gespielt. Und drittens: Ich habe schon bei den Hunden …«

Es klopfte an der Haustür und schon hörten wir Schritte im Flur. Die dunkle Stimme eines Mannes erklang.

Ich vermutete, dass es Tom Lefroy war, der sich einfach nicht von Jane fernhalten konnte.

Damien und ich standen voreinander, unschlüssig, was als Nächstes passieren würde. Würde jemand im nächsten Moment den Salon betreten? Ich betrachtete ihn und war so hin- und hergerissen zwischen dem, was mein Kopf mir sagte, und dem, was mein Herz empfand. Damien klang so verdammt ehrlich. Er wirkte so aufgewühlt. Und trotzdem hatten seine Worte mich nicht überzeugt.

Schon wieder klopfte es an der Tür, schon wieder erschien Dana. »Besuch für Sie, Miss.«

Ich runzelte die Stirn. »Ja, bitte«, erwiderte ich automatisch. *Wer konnte das sein?* Ich sah mich zu Damien um.

Der wirkte sofort alarmiert, denn er straffte die Schultern und sah mit finsterem Blick über meinen Kopf hinweg.

»Guten Tag, die Herrschaften.«

Ich sah wieder zur Tür. Henry Lefroy betrat den Salon. Sein Lächeln war so einnehmend wie bei unserer ersten Begegnung. In einer Hand trug er eine kleine Schachtel, die mit einer großen rot-weißen Schleife verziert war.

»Miss Isabel, ich hoffe, ich komme nicht ungelegen.«

»Mr Lefroy.« Ich knickste und er verbeugte sich. »Wie schön, Sie wiederzusehen. Was führt Sie hierher?«

Sein Blick glitt zu Damien, der immer noch hinter mir stand wie ein düsterer Racheengel.

»Entschuldigen Sie bitte«, sagte ich hastig. Die Rolle der Gastgeberin lag mir einfach nicht. »Mr Lefroy, das ist mein Bruder Colin Leigh. Colin, das ist Mr Henry Lefroy, der jüngere Bruder von Mister Thomas Lefroy.«

»Sehr erfreut«, sagte Damien und legte eine Hand an meinen Rücken, als er sich neben mich stellte. »Edward berichtete mir bereits von Ihrem Aufenthalt im Ort.«

»Ich bin ebenfalls erfreut, Ihre Bekanntschaft zu machen.«

Die Männer nickten einander zu, doch ihrer beider Lächeln wirkten aufgesetzt. Interessiert blickte ich von einem zum anderen. *Was ging denn hier ab?*

»Es tut mir sehr leid, in was für eine missliche Lage Sie auf Ihrer Reise geraten sind.«

»Vielen Dank«, erwiderte Damien knapp. »Was führt Sie hierher?«

Jetzt wirkte Henry Lefroy etwas verlegen. »Miss Isabel.« Er hielt mir die kleine Schachtel mit der Schleife entgegen. »Ich habe diese Bonbons in einem Geschäft nahe unserer Unterkunft entdeckt und mir erlaubt, Ihnen eine kleine Kostprobe vorbeizubringen. Vielleicht machen Sie mir die Freude und gehen mit mir ein Stück im Garten spazieren?« Er deutete mit dem Kopf durch das große Fenster, durch das die Bäume und das Kräuterbeet zu sehen waren.

Ich wollte mich gerade für die entzückenden Bonbons bedanken, da hatte Damien schon wieder das Wort an ihn gerichtet. »War es Ihnen nicht möglich, meiner Schwester vorher eine Nachricht zukommen zu lassen, Mr Lefroy? Was, wenn Sie sie unpässlich angetroffen hätten?«

Henry Lefroy ließ sich von den scharfen Worten nicht aus der Ruhe bringen. Stattdessen lächelte er wieder charmant. »Mein lieber Mister Leigh, wir sind nur auf der Durchreise und deshalb war ich mir sicher, ich könnte aus diesem Anlass auf diese zeitraubende Konvention verzichten.« Er wandte sich an mich. »Sollte ich Ihnen zu vertraulich begegnet sein, dann bitte ich, mein ungebührliches Verhalten zu entschuldigen, Miss Isabel.«

»Ich gehe gerne mit Ihnen spazieren«, erwiderte ich, bevor ich groß darüber nachdenken konnte. »Und vielen Dank für dieses entzückende Mitbringsel.« Ich hatte nicht mehr die Kraft, mich weiter mit Damien und unserer gemeinsamen Vergangenheit zu befassen. Da kam diese Ablenkung in Gestalt des gutaussehenden Henry Lefroy gerade recht. Ich freute mich, dass er mit mir spazieren gehen wollte. Ich freute mich auf das Gespräch mit ihm und darauf, mehr über ihn zu erfahren. Als jemand, der Geschichte liebte, war jede Reise in die Vergangenheit, jede Unterhaltung mit einem Menschen, der zu dieser Zeit gelebt hatte, ein Geschenk, das ich dankbar annahm. Und der

Umstand, dass Henry Lefroy so aussah wie sein Bruder in jüngeren Jahren, der, wie bekannt war, die Vorlage für Jane Austens Mr Darcy gewesen war, gefiel mir mindestens genauso gut. Ich hatte jetzt quasi ein Date mit Mr Darcy!

»Wir waren doch gerade in ein Gespräch vertieft, liebe Schwester.« Damien klang ganz und gar nicht begeistert.

Um vor Henry keinen Verdacht zu erwecken, schenkte ich ihm mein nettestes Lächeln. »Das können wir doch morgen fortführen, lieber Bruder.«

»Natürlich«, erwiderte er kühl. »Ich begleite euch dann noch hinaus und mache mich dann auf den Rückweg.«

»Wunderbar«, zwitscherte ich. Dann wandte ich mich an Henry Lefroy. »Wollen wir?«

»Sehr gerne, Miss Isabel.« Er reichte mir seinen Arm.

Ich spürte Damiens stechenden Blick in meinem Rücken, als wir zu dritt den Gelben Salon verließen.

Kapitel 17
Lilly

Der Garten war gerade groß genug, um ein wenig zu flanieren. Kein Vergleich zu den großzügigen Wiesen, die Chawton House umgaben, aber dieses kleine Fleckchen Erde wirkte um einiges gemütlicher.

»Wie ich sehe, ziehen die Damen ihr eigenes Gemüse«, begann Henry Lefroy das Gespräch. Er hatte meinen Arm immer noch unter seinen gehakt.

Ich war einen Moment lang abgelenkt, denn ich sah immer noch Damien hinterher, wie er mit langen Schritten in Richtung des Anwesens ging. Er hatte sich kein einziges Mal zu uns umgedreht.

Ich redete mir ein, dass es mir nichts ausmachte. Schließlich war ich es, die eine Versöhnung ablehnte. Aber ich war innerlich so zerrissen, dass ich nicht wusste, was ich denken oder fühlen sollte. Aber in diesem Moment hatte ich mir gewünscht, dass er mich noch mal ansah. Nicht Henry und mich. Nur mich. Genauso wie ich ihm jetzt hinterhersah und dieses dumme Gefühl von Sehnsucht einfach nicht verschwinden wollte.

Doch dann wandte ich mich entschieden ab. »Haben Sie auch einen grünen Daumen, Mr Lefroy?«

Er schenkte mir ein Lächeln, das jeder Frau weiche Knie gemacht hätte. »Es würde mich freuen, wenn Sie mich Henry nennen, wenn wir unter uns sind, liebe Isabel.«

Jetzt war ich tatsächlich etwas verlegen. »Sehr gerne, Henry.« Er flirtete mit Lichtgeschwindigkeit. Der Vorname galt als etwas Intimes und war normalerweise Familienmitgliedern vorbehalten.

Ich hielt die kleine Box mit den Bonbons hoch, die ich mit nach draußen genommen hatte. Nicht aus Absicht, sondern weil ich in dem Trubel schlicht und einfach vergessen hatte, dass ich sie immer noch in der Hand hielt. »Vielen Dank für Ihr Geschenk. Was für eine schöne Verpackung.«

Er lachte leise, als wir jetzt direkt an dem Gemüsebeet entlangspazierten. »Die Auslage im Schaufenster war einfach zu verlockend. Ich hoffe, sie werden Ihre Zustimmung finden.«

»Darf ich sie sofort öffnen?«

Schon wieder so ein umwerfendes Lächeln. »Ich bitte darum.« Jetzt hatte sein Blick etwas Verschmitztes. »Sie würden mich zu einem glücklichen Mann machen, wenn Sie mir eins der Bonbons abgeben.«

Jetzt war ich es, die leise lachte. »Es erfreut mich zutiefst, dass solch einfache Dinge Sie mit Glück erfüllen.«

Wir waren stehengeblieben, während ich das rot-weiße Geschenkband löste, und als ich jetzt hoch in Henrys Gesicht sah, war der Ausdruck darauf ernst. »Es ist das Einfache, das glücklich macht. Eine warme Scheibe frisch gebackenes Brot mit Butter. Ein geschwätziger Abend mit der Familie.« Sein linker Mundwinkel hob sich ganz leicht. »Das unschuldige Lächeln einer jungen Frau.«

Ich hatte wenig Erfahrung mit Männern und noch weniger Erfahrung mit Komplimenten. Mein plötzliches Herzklopfen aber zeigte mir sehr deutlich, dass solch schöne Worte ihre Wirkung auf mich nicht verfehlten.

Im nächsten Moment passierte alles gleichzeitig. Ich überlegte noch, was ich darauf erwidern sollte, das für die Zeit angemessen wäre. Aber mein Gehirn machte nicht richtig mit, weil mein Körper der Meinung war, dass Henry Lefroy ein Grund war, nervös zu werden. Und zwar auf die gute Art.

Gleichzeitig hörte ich Getrappel hinter uns.

Henry schien es auch gehört zu haben, denn er drehte sich um, doch da war es schon zu spät. Peter galoppierte mit fliegender Mähne an uns vorbei, schnappte sich das rot-weiße Schleifenband aus meiner Hand und war schon an uns vorbei auf dem Weg zum anderen Ende des Gartens. Er musste sich aus seiner Box befreit haben, denn ich war mir ziemlich sicher, dass er sich nicht unbeaufsichtigt im Garten aufhalten durfte.

Ich kreischte vor Überraschung auf, Henry, ganz Gentleman, schaffte es, mich gleichzeitig zu stützen und das Päckchen mit den Bonbons aufzufangen, das mir aus der Hand fiel.

Ich jedoch hatte nur Augen für den kleinen Esel. Panik machte sich in mir breit, als ich sah, was er vorhatte.

»Das Gartentor ist auf!«

Verflixt. Weder Henry noch ich hatten daran gedacht, das Tor zu schließen. Der Esel würde weglaufen!

»Ich fange ihn ein.« Henry drückte mir die Bonbons in die Hand und nahm die Verfolgung auf. Aber ich wollte nicht untätig herumstehen, also rannte ich ihm hinterher. Es war meine Schuld, und ich wusste, wie sehr die Austen-Frauen ihren Esel liebten. Wenn Peter jetzt etwas zustieß … Ich wollte es mir gar nicht vorstellen.

Henry hatte schon etwas aufgeholt, und Peter hatte es bemerkt und suchte nach einem Fluchtweg. Und so trieb Henry ihn nur noch weiter auf das offene Tor zu.

Ich musste irgendetwas tun. Hier im Garten konnten wir ihn einfangen, aber draußen? Da war die Straße, und zur linken Seite grenzten nur Wiesen, kleine Wäldchen und das Anwesen von Edward an das Cottage. Peter könnte für immer in irgendeinem kleinen Wald verschwinden, und wir würden ihn niemals finden.

»Wir müssen ihn vom Tor ablenken!«, rief ich. Aber uns lief die Zeit davon. Peter hatte das Tor fast erreicht. Ich betete, dass ich im Sport wenigstens ein bisschen was gelernt hatte. Und dann warf ich das kleine Paket mit den Bonbons. Es kam links vor Peter auf einer der schmalen Steinplatten auf, die den Weg in den Garten bildeten. Die Box sprang auf und rot-weiß gemusterte Bonbons flogen umher. Peter erschrak sich, schlug einen Haken und rannte zurück in Richtung Garten.

Henry schloss das Tor in dem Moment, in dem ich ihn erreichte. Er lachte, als er mich sah, dann hob er mich hoch und drehte sich mit mir. »Welch verborgene Talente in Ihnen schlummern, Miss Isabel.« Er ließ mich sanft wieder hinunter. Dann strich er mir eine verirrte Locke aus dem Gesicht. »Gut gemacht.«

Ich war immer noch aus der Puste. Henry auch, aber

nicht so sehr wie ich. Und wie wir jetzt so nah voreinander standen, da knisterte es zwischen uns. Das Sonnenlicht warf goldene Reflexe auf sein dunkles Haar. Seine Wangen hatten sich leicht gerötet. Sein Mund zeigte ein sanftes Lächeln.

Und dann sah ich aus dem Augenwinkel, wie Peter sich über das Gemüsebeet hermachen wollte.

»Peter, nein!«, rief ich lachend. »Er frisst das Gemüse auf!«

Ich rannte los, und Henry nahm meine Hand, als er aufholte. »Den kleinen Schlingel kriegen wir.« Er warf sich mit einer lässigen Geste das Haar aus dem Gesicht, während wir erneut lachten.

Peter hatte uns erspäht, und sofort ließ er von dem Kohl ab und galoppierte in die entgegengesetzte Richtung.

»Wir trennen uns, dann können wir uns ihm von zwei Seiten aus nähern.« Ich ließ Henrys Hand los.

Aber Peter war einfach zu schlau für uns. Kam einer von uns ihm zu nahe, schlug er einen Haken und rannte davon. Er bockte sogar und einmal stieß er ein lautes Schnauben aus. Ich war mir sicher, es machte ihm einen Heidenspaß.

»Jane!«, rief ich laut. »Peter ist ausgebüxt. Wir brauchen deine Hilfe.«

Ich hoffte, dass sie im Wohnzimmer das Fenster zur Straße geöffnet hatte und mich an ihrem kleinen Schreibplatz hörte.

Schon wieder jagten wir hinter Peter her. Ich mit gerafften Röcken und Henry, der mit den glatten Ledersohlen seiner Stiefel immer wieder gefährlich über das Gras rutschte. Peter hüpfte in einem eleganten Satz über das Kräuterbeet und jagte an uns vorbei.

»Wie macht er das?« Henry schien mindestens genauso viel Spaß zu haben wie der Esel. Er blieb stehen und stemmte die Hände in die Hüften, dann schüttelte er grinsend den Kopf. »Das kleine Biest schlägt mehr Haken als ein Hase.«

»Was ist passiert?« Jane eilte in den Garten, Dana direkt hinter ihr.

Dann erblickte sie Peter. »Hast du es schon wieder geschafft? Das gibt eine Woche Möhrenverbot, mein Freund.«

Ich musste kichern, weil das Wort so lustig klang. Ich deutete mit lang ausgestrecktem Arm auf Peter, der uns mit einem bemerkenswert ruhigen Blick aus einer Ecke des Gartens musterte. »Möhrenverbot!«

Henry begann zu lachen und schien nicht mehr damit aufhören zu können. Jane und ich fielen darin ein, bis Peter, der sich unbeobachtet fühlte, wieder zum Gemüsebeet trippelte.

»Peter, nein!« Jane wandte sich zu Dana um. »Hol sein Geschirr. So können wir ihn leichter in seine Box führen.«

Dana, die schon wieder verängstigt aussah, nickte erleichtert und wandte sich ab.

Jane hingegen deutete auf uns beide. »Wir kreisen ihn ein. Das schaffen wir.«

Henry lächelte verschmitzt. »Berühmte letzte Worte.«

Jane stapfte schon durch das Gras auf Peter zu. »Du weißt, was Cassandra davon hält, wenn ich dich in den Garten lasse. Und jetzt fällst du mir in den Rücken? Wie oft willst du deine Box noch öffnen und mich in Schwierigkeiten bringen? Ich werde ein Schloss für den Riegel kaufen, hörst du mich?«

Ich fand es unfassbar niedlich, dass sie mit dem Esel sprach wie mit einem Menschen. Peter hörte ihr aufmerksam zu, seine langen Ohren zuckten, doch kaum, dass sie nah genug war, um die Hand nach ihm auszustrecken, jagte er wieder davon.

»Ach Peter …« Jane klang so enttäuscht, als spreche sie mit einem bockigen Fünfjährigen.

»Versuchen wir es mit dem Einkreisen.« Henry war aus seinem Jackett geschlüpft und hängte es über einen tiefhängenden Ast der Bäume. Dann löste er auch noch das Seidentuch um seinen Hals und warf es lässig über den Stoff der Jacke. Der Ausschnitt des Hemdes entblößte jetzt ein Stückchen gebräunte Brust, und zu allem Überfluss fuhr Henry sich erneut durch sein seidig glänzendes Haar. Jetzt sah er wirklich aus wie ein Held auf einem Cover dieser Groschenromane, die man überall in den Bahnhöfen kaufen konnte. Jane und ich starrten ihn beide an.

Doch Henry war wohl viel zu konzentriert auf die Jagd nach dem Esel, als dass ihm unsere Blicke auffielen. »Miss Jane, gehen Sie bitte wieder direkt auf ihn zu. Ich komme von rechts, Miss Isabel von links.«

Jane und ich nickten.

Peter beäugte uns kritisch aus Richtung des Gartentores. Als wir zu dritt auf gleicher Höhe auf ihn zugingen, wirkte er etwas verwirrt. Doch dann galoppierte er wieder los und wollte zwischen Jane und Henry hindurchjagen. Henry warf sich heldenhaft nach vorn und umklammerte Peters schlanken Leib. Doch er rutschte an dem glatten Fell ab, denn im nächsten Moment lag er flach im Gras.

Aber Jane war blitzschnell. Mit ein paar großen Schritten stürzte sie auf die beiden zu und hatte Peter im nächsten Moment ihre Arme um den Hals geschlungen.

»Peter … Schluss mit dem Unfug.« Sie hatte Mühe, sich auf den Beinen zu halten, aber sie ließ ihn nicht los. Sie lachte, und die kleinen Löckchen ihrer Frisur fielen über die Augen. Ihr Brusttuch war leicht verrutscht und ihr Gesicht von der Anstrengung ein wenig gerötet. Aber ihr Lachen war so einnehmend, dass ich unwillkürlich schmunzeln musste.

»Ich sollte Martha fragen, ob sie ein Rezept für Eselbraten kennt, du freches Ding.« Jane keuchte, aber es schwang immer noch ein Lachen in ihrer Stimme mit.

Ich würde niemals behaupten, dass Peter ihre Worte verstanden hatte, aber plötzlich stand er ganz still.

»So ist es brav.« Jane hielt Peter fest umklammert, während ich über die Wiese eilte.

»Gut gemacht, Jane. Henry, sind Sie wohlauf?«

Dieser rappelte sich gerade auf und sprang zurück auf die Füße. »Nichts passiert. Einen Kratzer hat jetzt nur mein Selbstbewusstsein.«

»Peter ist ein Wildfang«, erklärte Jane. »Es war sehr mutig von Ihnen, sich auf ihn zu stürzen. Gut, dass er Sie nicht mit einem seiner Hufe erwischt hat.«

Der Esel war jetzt ganz brav und schaute zwischen uns hin und her, als könne er kein Wässerchen trüben. Ich traute dem Frieden nicht. Zum Glück kam Dana gerade mit dem Geschirr wieder.

Jetzt hielt Henry Peter fest, während Jane ihm mit routinierten Handgriffen das Geschirr überstreifte.

»Und jetzt geht es fein zurück in deine Box.« Jane streichelte Peter über die Nase. »Was für eine Aufregung.« Sie lachte auf, als sie uns ansah. »Unser Haus ist zwar klein, aber es ist immer etwas los.«

Sie führte Peter an seinem Geschirr, während Henry und ich sie begleiteten. Ich betrachtete sie verstohlen von der Seite, und wieder einmal musste ich mir eingestehen, wie sehr ich sie mochte. Sie wirkte auf den ersten Blick vielleicht in sich ruhend und still. Aber sie hatte auch eine resolute Seite und konnte richtig zupacken, wenn es nötig war. Ich würde nie vergessen, wie entschlossen sie Peter ausgebremst hatte. Und wie sehr sie danach gelacht hatte.

Es waren diese Art von Erinnerungen, die mich für den Rest meines Lebens begleiten würden. Jane, noch ganz gesund, lachend und ausgelassen in ihrem Garten. Mit ihrem Esel, den sie so sehr geliebt hatte, inmitten dieser wunderschönen blühenden Natur und einem Frieden, der sie umgab und um den ich sie beneidete. Jane war ein ganz besonderer Mensch. Sie ahnte es nicht, aber es bedeutete mir die Welt, dass ich sie hatte kennenlernen dürfen.

*

»Du siehst zauberhaft aus, meine Liebe.« Jane hatte sich bei mir untergehakt, als wir in der heraufziehenden Dunkelheit den Weg hinauf zu Chawton House gingen.

»Ich danke dir, liebe Jane. Dieses Kompliment kann ich nur zurückgeben.« Ich lächelte sie an und war froh, dass sie es erwiderte.

Jane trug ein mauvefarbenes Kleid in dem gleichen Schnitt wie meines, doch ihr Stoff war etwas gröber und die Ärmel etwas länger. Die Farbe stand ihr ausgezeichnet und betonte ihre dunkelbraunen Augen.

»Freust du dich, dass Edward einverstanden war, die Lefroy-Männer zu dem Ball einzuladen?« Ich konnte es mir einfach nicht verkneifen, das Gespräch erneut auf Tom zu bringen. Cassandra ging mit ihrer Mutter voraus, und sie waren weit genug entfernt, dass wir ungestört sprechen konnten.

»Er hat mich um den ersten Tanz an diesem Abend gebeten.« Jane sah verlegen beim Gehen auf ihre Schuhe. »Tom hat sich überhaupt nicht verändert. Na ja, er ist etwas älter geworden, aber das bin ich auch.« Dann hob sie den Kopf und sah mich an. »Tom hat erzählt, dass Henry von dir gesprochen hat«, fügte sie dann noch hinzu.

Tom hatte Jane heute Nachmittag eine Nachricht zukommen lassen, und offenbar hatte diese auch etwas zu meinem Spaziergang mit Henry beinhaltet. Jane hatte sich nach unserer Jagd auf Esel Peter zurück ins Wohnzimmer begeben, um sich ihren Büchern zu widmen. Henry hatte mir von seinen acht Geschwistern erzählt und wie schade er es fand, dass er seinen dreizehn Jahre älteren Bruder Tom nur noch selten sah. Er erzählte von seinem Jurastudium in Oxford, das er nach nur einem Semester abgebrochen hatte, und seiner Idee, es jetzt mal mit der Medizin zu versuchen. Viel konnte ich von mir nicht erzählen. Ich sprach über meine Saison und die vielen Bälle, die ich angeblich besucht hatte. Aber von jungen Frauen wurde in dieser Zeit nichts anderes erwartet. Henry war darauf eingegangen, wir hatten über resolute Mütter und übereifrige Väter gelacht, und ich hatte die Zeit mit ihm wirklich genossen.

»Das ist wirklich reizend von Tom«, erwiderte ich mit angemessen geschmeichelter Stimme. Normalerweise wäre es jetzt angebracht, leicht zu erröten, aber das hatte ich noch nie auf Kommando gekonnt. »Henry ist ein formvollendeter Gentleman, und ich fand seine Gesellschaft sehr angenehm.« Das war nicht mal gelogen.

»Er wird dich bestimmt um einen Tanz bitten.« Jane kicherte.

»Und Tom wird die ganze Nacht mit dir tanzen«, erwiderte ich schmunzelnd.

Sie presste die Hand vor den Mund, um ihr Kichern nicht noch lauter werden zu lassen. »Es erinnert mich an diese eine Saison, in der wir auf jedem Ball zusammen getanzt haben. Und dazwischen haben wir uns Briefe geschrieben.« Sie seufzte leise. »So viele Briefe. So viele Worte, die für immer in meinem Kopf verankert sind. Wir waren zwanzig Jahre alt, wir waren verliebt, wir waren keine Kinder mehr, aber so richtig erwachsen waren wir auch nicht. Es war schön.«

Als sie jetzt zu mir sah, schimmerten ihre dunklen Augen verdächtig. »Ich weiß, es ist dumm, dass ich mich so sehr auf diesen Abend freue. Tom ist nicht der meine. Er war es vielleicht einmal, aber das ist lange her.«

Ich warf den Frauen vor uns einen schnellen Blick zu, dann blieb ich stehen. Ich nahm ihre beiden Hände und drückte sie. »Jane«, sagte ich dann ganz ernsthaft. »Er war der deine und ist es immer noch.«

Jane zitterte, als sie Luft holte. »Meinst du wirklich?«

Ich nickte. »Vielleicht hat das Leben euch getrennt, die Realität, die Erwartungen der Familien. Aber in jedem von Toms Blicken sehe ich, was er für dich empfindet. Und ich bin mir sicher, dass er dich damals schon so angesehen hat und dass die Zeit nichts an diesem Blick verändert hat.«

Jane nickte, in ihren Augen standen die Tränen. »Er hat sich nicht verändert. Vielleicht ist deshalb alles wieder da. Vielleicht, weil wir immer noch die hoffnungslosen Träumer von damals sind.«

»Genieße den Moment«, flüsterte ich und drückte ihre Hand erneut. »Tom ist deinetwegen hier. Und nur das zählt. Tom wollte dich sehen, und er hat die Gelegenheit genutzt. Lass nicht zu, dass Traurigkeit die Zeit mit ihm überschattet. Ja, sie wird vorbeigehen. Ja, ihr werdet in eure alten Leben zurückkehren. Aber dieser Moment, dieser Abend, er gehört nur euch beiden.«

Jane entzog mir sanft ihre Hand, um sich unter einem Auge entlangzuwischen. »Ich danke dir, Cousine. Du bist für dein Alter sehr weise. Eigentlich sollte ich es als die Ältere sein, die dir einen Rat gibt.«

»Ich würde dir im Moment lieber eine Freundin sein, die an deiner Seite ist.«

Jane betrachtete mich kurz, dann berührte sie zart meine Schulter. »Es ist so schade, dass wir uns jetzt erst näher kennenlernen, Isabel. Aber ich hoffe, dass unsere Freundschaft auch nach eurer Abreise bestehen bleibt. Wir müssen einander besuchen …« Sie lächelte. »Liebe Freundin.«

Jetzt war ich es, die schlucken musste. Wieder mal spürte ich, dass Jane einen Platz in meinem Herzen besaß, den sie für immer behalten würde. Ich würde abreisen, vielleicht sogar ohne eine Verabschiedung. Und in meiner Zeit würden mir nur die Erinnerungen und ihre Bücher bleiben. Aber ich würde in ihnen lesen und darin ihre Stimme hören. Ich würde ihr Lächeln vor meinem inneren

Auge sehen und ihre Liebe zu Tom fühlen, wenn ich die Szenen mit Mr Darcy las. Ich würde ihre Traurigkeit spüren, wenn der Held ihrer Geschichte seine Liebste verletzte. Ich würde Tom und Jane vor mir sehen, eng nebeneinander gehend, so verbunden in einem Gefühl, das ihrer beider Herzen auf eine schwere Probe gestellt hatte.

Jane hatte ihre Seele aufs Papier gebracht. Sie hatte ihr Innerstes preisgegeben, um ihre Heldinnen zum Leben zu erwecken. Und das würde mir bleiben. Auch dann, wenn uns die Jahrhunderte wieder voneinander trennten.

Ich konnte nicht verhindern, dass Traurigkeit in meiner Stimme mitschwang. »Das wünsche ich mir auch, liebe Freundin.«

*

Die Auffahrt war mit Fackeln erhellt, und vor der großen Eingangstür reihten sich bereits einige Kutschen auf. Alles wirkte so festlich und imposant wie in einem Film.

Jane und ich lächelten einander an, als wir an aussteigenden Gästen vorbei zu der breiten Tür gingen.

Die Diener nickten uns zu und öffneten uns.

Die Eingangshalle war bereits gut mit Gästen gefüllt. Das gesamte Hauspersonal war damit beschäftigt, Mäntel und Umhänge anzunehmen und sie in einem angrenzenden Zimmer zu verstauen. Die ersten Getränke wurden serviert.

Ich löste gerade das Band meines Umhangs, da entdeckten uns die Lefroy-Männer. Sie hatten sich wirklich herausgeputzt. Beide trugen aufwendig bestickte Westen unter ihren Jacketts, und die Seidentücher um ihren Hals glänzten. Das Kerzenlicht malte tanzende Funken auf ihr Haar. Tom begrüßte erst uns andere, bevor er sich an Jane wandte. Da ihre Hand, wie bei Abendeinladungen üblich, in einem bis zum Oberarm reichenden Seidenhandschuh steckte, küsste er nur die Luft über dem hellen Stoff, als er seine Finger um ihre schloss.

Dennoch war die Geste intim und vertraut und zeugte davon, dass die beiden einander schon länger kannten. Cassandras missbilligendes Stirnrunzeln ignorierte er. Henry begrüßte mich als Letztes. Er machte einen Diener, ich versank in einem Knicks.

»Miss Isabel. Sie sehen atemberaubend aus, wenn ich mir diese Bemerkung erlauben darf.« Er lächelte und sein Blick verriet, dass unter seiner wohlerzogenen Zurückhaltung ein Temperament schlummerte, das mich unfreiwillig neugierig machte.

Im letzten Moment dachte ich daran, ihm mit der in der Öffentlichkeit üblichen höflichen Anrede zu begegnen. »Ich danke Ihnen, Mr Lefroy.«

»Sie würden mich zu einem glücklichen Mann machen, wenn Sie mir den ersten Tanz des Abends schenken.« Er wollte mir gerade seinen Arm reichen, da war Damien plötzlich neben mir.

Er nickte Henry knapp zu. »Mr Lefroy, Sie werden sicher dafür Verständnis haben, wenn ich als Lillys Bruder diesen ersten Tanz für mich beanspruche.«

Henrys Blick glitt zu mir.

»Tut mir leid, Mr Lefroy, es ist eine alte Familientradition. Ich wusste nicht, dass mein Bruder schon anwesend ist, und jetzt kann ich es ihm unmöglich abschlagen.«

Das versöhnte Henry wieder. Er nickte, und ein Lächeln malte sich auf sein gut geschnittenes Gesicht. »Dann warte ich gern und freue mich, wenn Sie mir den zweiten Tanz reservieren, Miss Isabel. Und vielleicht würde es Ihnen gefallen, wenn ich Ihnen danach ein Getränk bringen darf?«

»Mit Freuden«, erwiderte ich und knickste.

Damien führte mich ein Stück von den anderen weg, dann raunte er mir zu: »Wir müssen reden.« Er sah mich ernst an. »Ich glaube, Edward ist ein Zeitreisender.«

Kapitel 18
Lilly

Ich hatte mit vielem gerechnet, aber nicht mit so einer Eröffnung. »Wie bitte?«

Damien drehte sich im Gehen um. »Henry Lefroy beobachtet uns. Wir sollten zur Tarnung tatsächlich tanzen.«

Ich war gespannt wie ein Flitzebogen, und er redete vom Tanzen? Ich wollte Informationen. Jetzt sofort!

Wir folgten dem Stimmengewirr und der Musik in einen großen Saal, der gegenüber dem kleinen Speisezimmer lag, in dem wir das letzte Mal zu Abend gegessen hatten. Ich war ganz gefangen von dem Anblick und vergaß für einen Moment, dass ich so viele Fragen hatte.

Der Saal war genau wie die Eingangshalle zwei Stockwerke hoch und von Hunderten Kerzen illuminiert. Auf einer Empore am Ende des Raumes hatte ein Orchester Stellung bezogen. Paare tanzten eine Française.

Rund um die Tanzfläche hatten sich unzählige Gäste versammelt. Die meisten hielten Getränke in den Händen und unterhielten sich. Alle Damen hatten sich herausgeputzt, und ich entdeckte sogar lange Federn in ein paar Frisuren. Überall glitzerten Edelsteine, Silber und Gold.

Die Musik endete, und es wurde applaudiert, während die Paare die Tanzfläche verließen. Damien nahm meine Hand.

»Ich hoffe, du bist versiert in den Tänzen der Zeit.«

Da ich annahm, dass die Musiker noch mal ein ähnliches Stück spielen wollten, nickte ich.

Eine Quadrille wurde angekündigt. Ich war erleichtert, während die Paare sich aufstellten. Die Musik begann, Damien und ich gingen aufeinander zu, hakten uns unter und drehten uns.

»Edward ist ein Zeitreisender?«, zischte ich.

»Ich habe eine Zeichnung von einem Zahnrad und einer Taschenuhr gefunden«, flüsterte Damien. »Das kann doch kein Zufall sein.«

Wir mussten uns voneinander trennen und mit einem anderen Partner tanzen. Als wir wieder aufeinander zukamen und uns erneut umeinanderdrehten, konnte ich es immer noch nicht fassen. »Dann muss er die Muttermale haben. Und dann können wir ihm unmöglich das Zahnrad stehlen. Das wäre ethisch absolut falsch.«

»Ich stimme dir in beiden Punkten zu«, brummte Damien, der überhaupt nicht begeistert wirkte.

»Aber das mit den Muttermalen hättest du doch schon herausfinden können.«

»Ich halte so selten Händchen mit ihm«, flüsterte Damien. Jetzt mussten wir wieder zurückweichen, und dieses Mal mischten wir uns mit dem anderen Tanzpaar zu unserer Rechten. Ich drehte mich mit einem älteren Herrn, der ein wirklich guter Tänzer war.

Erst als ich zurück bei Damien war, beugte dieser sich so nah wie möglich zu mir. »Vielleicht kannst du es herausfinden. Wenn du mit ihm tanzt, kannst du vielleicht die Innenseite seiner Hände sehen.«

»Abgemacht«, erwiderte ich. »Und was ist mit dem Zahnrad? Irgendwelche Spuren?«

»Ich habe den Boden der Bibliothek abgesucht, da war nichts, genauso wenig wie in dem abgeschlossenen Schrank. Auch in seinem Büro gab es außer den Zeichnungen keinen Hinweis. Aber wenn er ein Zeitreisender ist, kann es auch sein, dass er es nah am Körper trägt.«

»Ich werde nicht den Hausherren verführen, damit wir dieses Zahnrad finden.«

Damien guckte grimmig, als wir uns erneut umeinanderdrehten. »Das würde auch niemand von dir als Einsatz verlangen. Mir reicht schon, dass Mr Darcy offenbar ein Auge auf dich geworfen hat.«

Er kannte also die Liebesgeschichte von Jane und Thomas Lefroy und wie diese Vorlage für einen ihrer größten Romanhelden geworden war.

»Oder besser gesagt, mit Mr Darcy junior«, fügte Damien noch hinzu. »Ich hörte Jane erzählen, dass Henry aussieht wie Tom in jungen Jahren.«

Ich konnte mir ein kleines Lachen nicht verkneifen. Es gefiel mir, dass er eifersüchtig war. »Ich fand es schön, ein wenig Zeit mit Henry zu verbringen. Er ist sehr charmant.«

Damien klang wenig begeistert. »Wenn er sich einbildet, dass er mehr als einen Tanz mit dir bekommt, hat er sich geschnitten.«

»Und wenn du dir einbildest, mir in dieser Hinsicht

Vorschriften machen zu können, hast du dich geschnitten.«

Damien seufzte. »Konzentrieren wir uns auf unseren Auftrag, in Ordnung? Wir wissen, die Austen-Frauen besitzen keine Muttermale. Wie wäre es, wenn wir jetzt erst mal herausfinden, ob Edward welche hat? Was hältst du von dieser Idee?«

»Gefällt mir.« *Und deine Eifersucht ebenfalls.*

Die Musik endete. Damien verneigte sich, ich knickste, bevor wir zusammen die Tanzfläche verließen.

»Ich kann ihn allerdings nicht zum Tanzen auffordern«, zischte ich. »Das würde sich nicht gehören. Wir müssen es irgendwie schaffen, dass er mich auffordert.«

Damien nickte mir knapp zu. »Das kriegen wir schon hin.«

»Miss Isabel.« Schon war Henry wieder da. »Wollen wir? Oder möchten Sie sich erst etwas erfrischen?«

Ehrlich gesagt wollte ich jetzt so schnell wie möglich Edward finden, um unsere Theorie zu überprüfen. Doch ich konnte Henry jetzt keine Absage erteilen.

»Es wäre mir eine Freude. Tanzen wir«, erwiderte ich deshalb.

Damien sagte nichts, er reagierte nicht mal, als Henry ihm zunickte, bevor er mich auf die Tanzfläche führte.

»Ihr Bruder scheint nicht erfreut«, sagte Henry mit einem süffisanten Lächeln.

Auf der Bühne wechselten ein paar Musiker ihre Instrumente. Ich vermutete, dass ein Country Dance angekündigt worden war. Und richtig, die Paare stellten sich einander gegenüber auf.

»Mein Bruder ist einfach nur besorgt«, entgegnete ich

und erwiderte Henrys Lächeln. »Er ist der Ältere und glaubt immer, er müsse mich beschützen.«

»Das kenne ich von Tom.« Henry führte mich zu dem letzten freien Platz auf der Tanzfläche. »Ältere Brüder können eine echte Plage sein.«

»Da haben Sie recht, er ...« Ich wollte noch weitersprechen, doch ich kam nicht mehr dazu. Die Musiker spielten eine temporeiche Melodie, die um einiges lauter war als die gesetzten Töne davor.

Die Menschen am Rand lachten und klatschten, während wir zu tanzen begannen.

Für eine Konversation war es viel zu laut. Aber wir lachten, wenn wir uns umeinanderdrehten, und einmal streichelte seine Hand wie zufällig meinen Rücken. Meine Haut kribbelte dort, wo er mich berührte. Als ich ihn daraufhin anlächelte, machte er es bei der nächsten Drehung gleich noch mal. Henry sah filmstarmäßig gut aus und es gefiel mir, dass er nur Augen für mich hatte. Es baute meinen verletzten Stolz wieder auf, genau wie Damiens Eifersucht. Ja, mein Verhalten war egoistisch, aber es sorgte dafür, dass ich heilte. Damien hatte meinem Selbstbewusstsein einen ziemlichen Knick verpasst. Und dass ich jetzt vor seinen Augen mit einem anderen flirtete, geschah ihm ganz recht.

Ich brachte den Tanz mit Henry zu Ende, und als wir zum Rand wichen, beugte er sich skandalös nahe zu meinem Ohr. »Ich könnte die ganze Nacht mit Ihnen tanzen, liebe Isabel.« Sein warmer Atem strich über meine Ohrmuschel, und ein angenehmer Schauer jagte meinen Rücken hinab.

»Das Kompliment kann ich nur zurückgeben, Mr Lefroy.« Anders als er, ließ ich mich nicht dazu hinreißen, ihn beim Vornamen zu nennen.

Henry wich zurück und der Blick aus seinen strahlend blauen Augen wurde weich. »Darf ich Sie morgen noch mal besuchen kommen? Vor unserer Abreise?«

Wie es von einer jungen Dame meines Standes erwartet wurde, senkte ich verlegen den Kopf. »Ich weiß nicht, ob sich das schicken würde.«

»Bitte.« Wieder beugte er sich zu mir, und seine Stimme klang warm und tief. »Isabel.« Er flüsterte meinen Namen. Himmel, er war ein genauso guter Verführer wie Damien.

»Wir werden sehen«, erwiderte ich, und das Atemlose in meiner Stimme war nicht gespielt.

Dann erblickte ich aus dem Augenwinkel Tom und Jane, die uns entgegenkamen. Sie wollten wohl den nächsten Tanz wagen. Ich wich noch etwas von Henry weg und lächelte ihnen zu, dann sah ich mich nach Damien um.

Dieser hatte es geschafft, Edward aufzutreiben und in ein Gespräch zu verwickeln.

»Wir sollten zu den anderen zurückgehen«, sagte ich. Henry wirkte etwas enttäuscht, doch er nickte.

Schon im Näherkommen sah ich, wie Damien unauffällig versuchte, auf Edwards Hände zu schielen. Aber die winzigen Muttermale zu entdecken würde nicht einfach sein, besonders in einem Licht, das nur von Kerzen stammte.

Damiens Blick verdüsterte sich, als er sah, wie nah Henry neben mir ging. »Da bist du ja wieder, liebe Schwester«, sagte er und schenkte Henry einen kühlen Blick.

»Ich hole uns eine Erfrischung«, sagte dieser und war schon verschwunden, bevor einer von uns etwas erwidern konnte.

»Isabel, meine Liebe. Du bist eine Augenweide«, begrüßte Edward mich. Er schien schon wieder leicht angeheitert zu sein. Offenbar sprach er dem Alkohol oft und gern zu.

»Und da meine Frau nicht im Hause ist, bist du so gut, und schenkst mir einen Tanz?«

Ich knickste. »Vielen Dank für die lieben Worte, lieber Edward. Natürlich tanze ich gerne mit dir.«

»Famos, ganz famos«, sagte er und wandte sich dann wieder Damien zu, um über irgendwelche alten Bücher zu sprechen.

Damien gab mir wortlos zu verstehen, dass er Edward beim Reden weiter im Auge behalten würde.

Ich drehte mich zur Tanzfläche und beobachtete, wie Jane und Tom miteinander tanzten. Sie konnten kaum die Augen voneinander lassen. Ich freute mich für Jane, die vor Glück strahlte.

Dann war Henry wieder da. Er reichte mir ein rotes Getränk, von dem ich vermutete, dass es Punsch war, und hob dann sein Glas. »Auf einen wunderschönen Abend.«

»Auf einen wunderschönen Abend«, wiederholte ich.

Sein Blick suchte den meinen und hielt ihn fest. Irgendetwas in mir reagierte auf ihn, aber anders als auf Damien. Henry war geballter Charme auf zwei Beinen. Wenn er einen ansah, dann lag eine Kraft in diesem Blick, die einen magisch anzog. Er sah gut aus und er wusste es, und sogar das war irgendwie anziehend.

Aber das, was er in mir auslöste, war nicht so allumfassend wie das, was ich für Damien auf der Titanic empfunden hatte. Denn dort hatte ich an nichts anderes mehr denken können, wenn er mich nur ansah. Damien konnte charmant und wahnsinnig überzeugend sein, aber er war auch ein guter Schauspieler und deshalb schwer zu durchschauen. Und dennoch … Ich warf Damien einen schnellen Blick zu. Er war es, der mich etwas fühlen ließ, das tiefer ging. Henry war liebenswert und eine wunderbare Gesellschaft. Aber Damien war wie ein Zündholz. Lodernd, gefährlich und schwer zu kontrollieren. Aber er war der Funke, der mich zum Leben erweckte. Er und nur er entflammte etwas in mir, das nicht aufhören konnte zu brennen. Irrational und unlogisch, aber übermächtig. Die Erkenntnis jagte durch mich hindurch wie eine Welle.

Als habe er es gespürt, sah er mich erneut an. Ich dachte an das Zitat »When I saw you I fell in love, and you smiled because you knew«. Ich sah dich und verliebte mich auf der Stelle und du hast gelächelt, weil du es wusstest. Wusste er es? Wusste er, dass ich immer noch so für ihn empfand, obwohl ich ihm nicht verziehen hatte?

War das überhaupt möglich? Innerlich schimpfte ich mich eine Idiotin.

Denk an etwas anderes. Benutze deinen Kopf für wichtigere Dinge als dein kompliziertes Gefühlsleben.

Ihr wollt herausfinden, ob Edward die Muttermale besitzt.

Denk. Nach.

Na los!

Und dann hatte ich eine Idee. Ich wandte mich zu Edward. »Edward, du besitzt so große Ländereien und deine gesunde Gesichtsfarbe verrät, dass du gern an der frischen Luft bist. Viele Männer deines Standes ziehen es vor, sich nur auf eine Schreibtischtätigkeit zu beschränken. Aber ich glaube, du kannst auch kräftig mit anpacken. Nicht wahr?«

Henry runzelte die Stirn ob dieser seltsamen Frage. Damien musste sich ein Grinsen verkneifen. Edward war schon so angeheitert, dass seine Reaktion etwas temperamentvoller ausfiel als angemessen.

»Ich bin ein Junge vom Land«, sagte er im Brustton der Überzeugung. »Schon immer gewesen, im Herzen. Ich habe zwar studiert, aber hin und wieder richte ich auch einen Zaun«, erklärte er mit stolz geschwellter Brust.

»Ich finde es beeindruckend, wenn Männer handwerklich begabt sind.« Ich schenkte ihm ein reizendes Lächeln.

»Und ich bin der Meinung, dass man als Gentleman für solche Arbeiten einen Handwerker bestellen sollte«, sagte Henry. Edward hätte im nüchternen Zustand sicherlich auf diese Unhöflichkeit reagiert, auch wenn Henry es vermutlich nicht so gemeint hatte.

»Deine Hände sind auch wirklich sehr groß und kräftig, lieber Edward. Da fällt es dir sicherlich leicht.«

Henrys linke Braue wanderte jetzt so steil nach oben, dass ich befürchtete, sie würde seinen Haaransatz berühren. Edward hingegen strahlte von einem Ohr zum anderen. »Das sind sie. Kennt ihr den schottischen Nationalsport Baumstämme werfen? Das habe ich auch schon probiert.«

»Das soll großartig sein«, fügte Damien hinzu.

Henry sah von einem zum andern und zupfte dann an seinem seidigen Halstuch. »Bei solch bäuerlichen Vergnügungen kann ich leider nicht mitreden.«

»Seht sie euch an«, sagte Edward und streckte beide Hände flach in unsere kleine Runde. »Das sind die Hände eines Gentlemans, aber ich kann auch zupacken.« Damien und ich beugten uns näher, als wollten wir ihm die Zukunft lesen.

Keine Muttermale.

Ich wusste nicht, ob ich erleichtert oder enttäuscht sein sollte. Zu gern hätte ich noch einen anderen Zeitreisenden kennengelernt, obwohl uns das in die Bredouille gebracht hätte, wenn es darum ging, ihm das Zahnrad wegzunehmen.

»Da kommen mein Bruder und Miss Austen wieder.« Henry klang erleichtert.

Tom schnappte sich zwei Gläser von dem Tablett eines herumgehenden Dieners, und die beiden stellten sich zu uns. Janes Wangen waren gerötet und ihre Augen funkelten verdächtig.

»Was für ein großartiger Abend, wir danken Ihnen noch mal für die Einladung, Mr Austen Knight.« Tom prostete Edward zu, und der nickte in Ermangelung eines Glases nur.

»Wann gedenken die Herren wieder abzureisen?«, fragte Damien mit einem eisigen Blick zu Henry.

»Wir werden morgen Mittag aufbrechen«, antwortete Tom, und ich hörte das Bedauern in seiner Stimme.

Jane neben ihm senkte den Kopf und sah auf ihre Füße.

»Und wann geht es für Sie beide weiter?« Henry fixierte nun wiederum Damien. »Wir könnten zusammen reisen, sollte es in die gleiche Richtung gehen.« Jetzt sah Henry zu mir und lächelte.

»Der Brief an unsere Tante ist noch unterwegs«, erwiderte Damien für uns beide. »Ich hoffe, dass uns ihre Antwort erreicht, bevor das nächste Semester anfängt.«

Tom und Edward lachten, denn es war schließlich ein Witz. Henry jedoch wirkte plötzlich interessiert. »Wo studieren Sie, wenn ich fragen darf?«

»In Oxford.«

»Welches Haus?«

Damien lächelte. »Christ Church.«

Henry lachte auf, und alle wandten sich ihm interessiert zu. »Das kann nicht sein. Ich war das letzte Semester in Oxford. In Christ Church können Sie nicht gewesen sein, denn da war ich ebenso, und ich habe Sie nicht gesehen.«

Eins musste man Damien lassen, er hatte sich eisern im Griff. »Nun, das könnte wohl auch auf Sie zutreffen. Denn ich habe Sie dort auch nicht gesehen.«

»Oxford ist ein Dorf«, erwiderte Henry kühl. »Man trifft sich auf dem Campus, in den Tavernen, in der Bibliothek. Für welches Fach hatten Sie sich denn entschieden?«

Jetzt saß Damien in der Zwickmühle, denn er konnte seine Antwort nicht der von Henry anpassen, weil dieser noch nicht erzählt hatte, was er studierte. Ich wusste es, aber ich hatte keine Möglichkeit, es Damien zu stecken. Und da Damien Edward vermutlich ebenfalls erzählt hatte, was er studierte, gab es keine Möglichkeit, auszuweichen oder vage zu bleiben. Ich wurde nervös.

Damien lächelte von oben herab. »Die Juristerei.«

Henry lachte schon wieder auf. »Es tut mir leid, aber auch ich war für die Rechtswissenschaften eingeschrieben. Habe dann gemerkt, dass es nichts für mich ist, aber das ändert nichts an der Tatsache, dass ich ein halbes Jahr auf diesem Campus verbracht habe. Und Sie waren nicht dort.«

»Vielleicht hat er früher aufgehört«, warf Edward ein. »Bedenkt man sein Latein, sollte er dort nicht weit gekommen sein.« Er kicherte. »Colin hat in einer Lateinstunde meiner Buben vorbeigeschaut, und sie und auch ihr Hauslehrer schwören, dass er kein Wort verstanden hat«, sagte Edward. »Ich vermute, er hat sich einen Scherz mit ihnen erlaubt.« Er klopfte Damien auf den Rücken. »Nimm es mir nicht übel, dass ich das jetzt hier zum Besten gebe, alter Knabe.«

»Das ist schon in Ordnung«, erwiderte Damien kühl. »Es war schließlich nur ein Scherz.«

Mir hingegen wurde ganz heiß. Wie konnte man so unvorsichtig sein? Was hatte Damien sich dabei gedacht, an einer Lateinstunde teilzunehmen, wenn er die Sprache nicht beherrschte?

Waren wir kurz davor, aufzufliegen?

Es waren einfach zu viele Ungereimtheiten, die im Raum schwebten.

Würden wir fliehen müssen, ohne das Zahnrad gefunden zu haben?

Edward klopfte Damien noch mal auf die Schulter. »Und da ich meine Verwandtschaft unterstütze und möchte, dass das nächste Semester in Oxford von mehr Erfolg gekrönt ist, stelle ich dir jetzt einen Boten zur Verfügung, der einen Brief persönlich an deine Tante abliefert. Wir werden ihn jetzt noch schreiben, und dann macht er sich auf die Reise. Der Bote braucht maximal zwei Tage hin und zwei Tage wieder zurück. Dann könnt ihr in vier Tagen weiterreisen.«

»Onkel, das ist wirklich nicht nötig, ich habe Tante Peregrine doch bereits geschrieben«, warf Damien hastig ein, doch Edward war nicht zu bremsen. Er schnipste mit der freien Hand, und sofort war ein Diener da. »Wir müssen eine Nachricht schreiben, und sagen Sie James Bescheid, dass er noch heute aufbrechen wird, um sie abzuliefern. Schnell, schnell, wir haben keine Zeit zu verlieren.«

Der Diener verbeugte sich und verschwand. Henry fixierte Damien immer noch. Die Stimmung hatte sich gefährlich aufgeladen zwischen den beiden.

»Habe ich das also richtig verstanden? Sie nennen mich einen Lügner, Mr Leigh?« Henry machte einen Schritt auf Damien zu.

Es war Tom, der seinen Bruder ausbremste. »Jetzt mal langsam mit den jungen Pferden. Zurück in die Reihe, Henry.« Er gab ihm einen Schubs vor die Brust, und Henry stand wieder neben mir. »Wir sind hier Gäste, vergiss das nicht. Wir betreiben höfliche Konversation und wir verärgern niemanden. Und wenn es Mr Leigh aus was für Gründen auch immer unangenehm ist, über seine Karriere in Oxford zu sprechen, dann gehen wir nicht weiter drauf ein. Ist das klar?«

Henrys Augen verengten sich, und zuerst dachte ich, er würde argumentieren. Doch dann nickte er nur. Und wie um Damien zu ärgern, wandte er sich wieder mir zu. »Hätten Sie Lust auf einen kleinen Spaziergang, Miss Isabel? Die Gärten von Chawton House sollen wunderschön sein, und hier drinnen ist es doch ein klein wenig stickig.«

Der Spruch war uralt. Aber dass er selbst in solchen Zeiten schon benutzt wurde, um Frauen ins Dunkle zu locken, das hatte ich nicht erwartet.

Leider nur mussten Damien und ich uns dringend besprechen. Wenn Edward wirklich heute Nacht noch einen

Boten losschickte, dann hatten wir nur noch sehr wenig Zeit.

Grayson Belmont hatte keine Adresse von Peregrine Leigh in seiner Akte erwähnt. Also müssten wir uns eine Anschrift ausdenken und das würde der Bote in spätestens zwei Tagen ebenfalls herausbekommen. Wir befanden uns also am Scheideweg einer klassischen Tragödie. Egal, wie wir es angingen, es würde böse enden.

Damien und ich mussten uns so schnell wie möglich beraten.

»Bitte verzeihen Sie mir, Mr Lefroy«, sagte ich deshalb und lächelte ihn so charmant wie möglich an. »Ich möchte keine meiner Cousinen von diesem zauberhaften Ball fernhalten, indem ich sie bitte, meine Anstandsdame zu geben. Sie verstehen sicher, dass es mir nicht möglich ist, allein mit Ihnen über so ein großes Gelände zu flanieren. Noch dazu in der Dunkelheit.«

Henrys Lächeln verriet nicht, ob er enttäuscht war. »Dann versprechen Sie mir, dass wir nachher noch mal miteinander tanzen.«

»Sehr gern. Ich …«

»Da seid ihr.« Fanny stellte sich zu uns. Sie trug ein blassblaues Kleid und ihr Haar schmückten ein blauer und ein silberner Vogel. »Ich habe schrecklich getrödelt und jetzt ist der Ball schon in vollem Gange. Habe ich viel verpasst? Ich möchte unbedingt tanzen.«

Die Männer verbeugten sich, und Edward stellte den Lefroy-Männern seine älteste Tochter vor.

Obwohl Henry der am besten geeignete Tanzpartner war, machte er keine Anstalten, Fanny um diesen Tanz zu bitten. Stattdessen stand er nah neben mir und genoss die bösen Blicke, die Damien uns zuwarf.

Erst als sein Bruder ihn eindringlich ansah, verbeugte er sich vor Fanny. »Darf ich um diesen Tanz bitten, Miss?«

Sie strahlte. »Sehr gern.« Sie legte eine Hand auf seinen Arm, und während die beiden davongingen, hörte ich Edward ärgerlich murmeln.

»Diese Diener … Dass sie für alles immer ewig lang brauchen. Es kann doch kein Problem sein, ein wenig Briefpapier und einen Füllfederhalter aufzutreiben.« Er zog seine Taschenuhr aus der Tasche seiner Weste, schnippte sie auf und sah mit gerunzelter Stirn darauf.

In diesem Moment blieb gefühlt die Zeit stehen. Die Geräusche um mich herum verschwammen zu einem undefinierbaren Brummen. Ich nahm nichts mehr wahr, nur diesen Anblick. An der Taschenuhr befand sich, wie für die Zeit üblich, eine Kette, deren anderes Ende an einem Knopfloch der Weste befestigt wurde. Und an dem Teil der Kette, der zusammen mit der Uhr in der Tasche verborgen gewesen war, hing das magische Zahnrad.

Kapitel 19
Damien

Ich spürte Lillys eindringlichen Blick und sah zu ihr. Sie deutete mit dem Kopf auf etwas. Zuerst verstand ich nicht, doch dann erstarrte ich. Das durfte doch wohl nicht wahr sein. An der Uhrenkette hing das verdammte Zahnrad!

Erleichterung durchflutete mich, so wie immer, wenn ich ein Ziel erreicht hatte. Ich sah zu Lilly. Wir teilten ein verschwörerisches Lächeln, aber dann glitt ihr Blick weiter zu Henry Lefroy, der sich mit Fanny auf der Tanzfläche drehte.

Eigentlich war ich kein eifersüchtiger Typ, aber bei Lilly war alles anders. Lilly wollte ich nicht teilen. Und sei es auch nur für einen Auftrag. Und erst recht würde ich es nicht zulassen, dass mir Mr Darcy Junior dazwischengrätschte. Egal, wie golden sein Haar oder wie engelsgleich sein Lächeln war.

Ich fixierte wieder das Zahnrad. Da Lilly nicht reagierte, war es jetzt an mir einzuspringen.

»Das ist ein hübsches Schmuckstück an deiner Kette, Edward.«

Edward, der die Taschenuhr gerade wieder zugeklappt hatte, sah das Zahnrad an. »Das habe ich so bei zwei Männern auf einem Gemälde gesehen. Habe ja nicht viel übrig für die Kunst, die überall im Haus herumhängt, aber das gefiel mir irgendwie.« Er zuckte teilnahmslos die Schultern. »Und dann habe ich das Lesezeichen wiedergefunden, was in einer dieser Kisten war, die von diesem verarmten Adligen stammen. Zuerst dachte ich, es wäre verlorengegangen. Aber dann steckte es in einem der Bücher, die der Reverend meinem alten Herrn zurückgegeben hat.« Jetzt hatte sein Lächeln etwas Wehmütiges. »Die beiden haben einander ständig Bücher ausgeliehen.«

Lilly und ich wechselten erneut einen schnellen Blick und sie schien so perplex wie ich.

Das war also des Rätsels Lösung. Weder Reverend Austen, der leibliche Vater von Edward, noch sein Adoptivvater Thomas Knight hatten etwas damit zu tun. Der verarmte Adlige war der ursprüngliche Eigentümer des Zahnrads. Und dieser hätte es gewiss nie verkauft, wüsste er um dessen Kräfte. Und … ich rekapitulierte kurz. Hatte ich mich verhört? Hier gab es irgendwo ein Gemälde von Männern mit Zahnrädern?

Edward schob die Uhr samt Zahnrad wieder in die schmale Tasche der Weste.

»Wie ungewöhnlich.« Ich tat betont ahnungslos. »Das würde ich mir gerne mal ansehen. Wo hängt dieses Gemälde?«

Edward wedelte mit der Hand und nahm mit der anderen einem vorbeiflanierenden Kellner ein Glas mit Alkohol vom Tablett. »So beeindruckend ist das Bild nun auch wieder nicht.« Damit schien das Thema für ihn erledigt. »Wo bleibt denn das verfluchte Briefpapier?«

Ich überlegte fieberhaft, wie wir ihm das Zahnrad stehlen konnten, jetzt, da er so angeheitert war. Das sollte doch ein Kinderspiel für zwei professionelle Diebe wie Lilly und mich sein. Und ich wollte mir dieses Gemälde ansehen. Innerlich brannte ich vor Aufregung. Wir waren so nah dran und vielleicht würde ich noch einen Hinweis zum Ursprung der Zahnräder finden. Wer hätte das gedacht?

Genau in diesem Moment schloss Edward den winzigen Knopf an der Tasche seiner Weste. Jetzt würden wir die Taschenuhr samt Kette nicht mehr so einfach hervorziehen können. Warum musste es eigentlich immer noch komplizierter werden?

Dann war der Diener da. Edward griff nach meinem Arm und zog mich mit sich. »Wir setzen jetzt ganz schnell diesen Brief auf. Ganz schnell. Du wirst sehen, in wenigen Tagen hast du eine Antwort. Die Post dauert ewig, aber ein berittener Bote, der ist im Handumdrehen wieder hier.«

Na super, wollte ich erwidern, konnte mich aber soeben noch bremsen. Stattdessen sah ich mich zu Lilly um. »Komm doch mit, Schwester. Dann können wir gemeinsam entscheiden, was wir der lieben Tante Peregrine schreiben.«

»Natürlich.« Lilly lächelte entschuldigend in die Runde, dann folgte sie mir.

Edward redete wie ein Wasserfall über die unzuverlässige Post und wie viele Briefe schon verloren gegangen waren, bis wir eine kleine Sitzecke in der Empfangshalle erreicht hatten. Bis zu seinem Büro waren es nur wenige Meter, und es erschien mir absolut unsinnig, den Diener das Schreibzeugs hierher bringen zu lassen. Doch es war klüger, nicht mit einem Mann wie Edward zu diskutieren.

»Hinsetzen und schreiben«, sagte er und drückte mich auf einen der weichen Sessel. »Es muss auch nicht auf Latein sein.« Er kicherte.

Ich tat ihm den Gefallen und fiel in sein Kichern mit ein.

»Wir wollen dich nicht aufhalten, lieber Edward«, sagte Lilly. »Wir kommen mit dem fertigen Brief zurück in den Ballsaal, um ihn an deinen Diener zu übergeben.«

Edward hatte sein Glas schon geleert und sah nun mit sehnsüchtigem Blick einem Diener hinterher, der Richtung Ballsaal eilte.

»Nein, ich warte hier«, sagte er dann zu unserer großen Überraschung. »James, da bist du ja.« Er winkte einen Diener heran, der bereits einen Reisemantel trug. »Wir lassen die beiden nur noch kurz den Brief schreiben, dann kannst du losreiten.«

Der Mann verbeugte sich vor uns und blieb dann einen halben Meter hinter Edward stehen.

Uns blieb keine Wahl. Ich kritzelte ein paar Zeilen aufs Papier, die halbwegs Sinn ergaben, jedoch nicht unsere Tarnnamen erwähnten. Sicher war sicher. Und von diesem Platz aus konnte Edward nicht lesen, was ich aufschrieb.

Ich faltete den Brief, der in diesem Falle nicht mit Kerzenwachs, sondern mit einem schmalen Band zusammengehalten wurde. Dann schrieb ich eine Fantasieadresse darauf. »Wir wären dann so weit.«

Ich konnte es immer noch nicht fassen, dass Edward

gewartet hatte. Wüsste ich nicht, dass er angeheitert war, könnte ich schwören, dass er uns auf die Schliche gekommen war.

Edward übergab den Brief an seinen Diener James, der sofort verschwand. Dann sah er uns auffordernd an. »Begeben wir uns zurück in den Saal. Isabel, wir sollten jetzt ein Tänzchen wagen.«

Lilly tat so, als müsse sie sich Luft zufächeln. »Bitte verzeih, lieber Edward. Ich fürchte, ich werde hier noch einen Moment verweilen. Drinnen war die Luft so schlecht, und vermutlich habe ich den Punsch nicht gut vertragen.« Sie legte eine Hand auf meinen Arm. »Bist du so lieb und leistest mir Gesellschaft, lieber Bruder?«

Edward sah zwischen uns hin und her, und offenbar war unsere Performance so überzeugend, dass er nickte. »Wie ihr wünscht. Dann sehen wir uns gleich wieder.«

Mit etwas unsicheren Schritten verschwand er wieder im Ballsaal.

Ich wandte mich Lilly zu und genau in diesem Moment drehte sie sich zu mir. Ein Prickeln jagte durch meinen Körper, als ich sie betrachtete. Ihre Macht über mich war ungebrochen. Sie war wunderschön, und jede Faser meines Körpers verzehrte sich nach ihr. Mein Herz rief ihren Namen. Meine Seele sehnte sich nach ihrem Gegenstück. Denn das war sie. Ich wusste es einfach. Die Erkenntnis hätte mir Angst machen sollen, bedachte man zudem, wie hoffnungslos es schien, dass sie mir jemals verzeihen würde. Aber alles, was ich spürte, war dieses warme Gefühl der Zuversicht. Ich hatte sie gefunden, und sie war mein Gegenstück. Zu gern hätte ich mich nach vorn gebeugt und sie ganz sanft auf den Mund geküsst. Dann hätte ich gewartet, ob sie meinen Kuss erwiderte, und ihn dann vertieft. Ich hätte sie noch näher zu mir gezogen, bis unsere Lippen untrennbar miteinander verschmolzen waren. Ich hätte meine Finger in ihr Haar gewühlt und mir vom Duft ihrer Haut den Verstand rauben lassen.

»Wie stehlen wir sein Zahnrad?«

Ich blinzelte, als Lillys Worte mich aus meinen Gedanken rissen. Natürlich hatte sie recht. Wir mussten handeln, schnell und rational. Gefühle hatten jetzt erst mal keinen Platz.

»Wenn Edward weiter so trinkt, werden ihn die Diener irgendwann halb bewusstlos auf sein Zimmer tragen«, flüsterte ich. »Vielleicht können wir uns hineinschleichen.«

Lilly nickte langsam. »Das könnte eine Möglichkeit sein. Hoffen wir mal, dass er einen tiefen Schlaf hat.«

Ich gab mir einen Ruck, denn ich wusste, dass ihr meine folgenden Worte nicht gefallen würden. »Ich will das Gemälde suchen.«

Wie erwartet seufzte sie. »Du weißt, was ich darüber denke. Und du hast versprochen, erst mal nicht mehr in dieser Richtung zu suchen. Wir sollten Edward im Auge behalten.«

»Bitte, Lilly. Diese Chance kann ich mir unmöglich entgehen lassen. Und so schnell trinkt Edward nun auch nicht«, erwiderte ich. »Und er ist auch noch nicht so betrunken, dass er von den nächsten zwei Drinks besinnungslos in sich zusammensackt. Das kann gut und gern noch bis Mitternacht dauern. Niemand hier nimmt von uns Notiz, bei Edward sind wir entschuldigt, also können wir genauso gut das Haus erkunden. Wenn uns jemand vom Personal entdeckt, sagen wir einfach, dass wir uns verlaufen haben. Viele kennen mich bereits und wissen, dass ich hier ein Zimmer habe. Lilly, ich bitte dich. Wir …« Ich verstummte, als ein elegantes Paar nah an uns vorbeiging und uns höflich zunickte. »Wir sollten auf jeden Fall …«

»Was versteckt ihr euch hier draußen?« Fanny tauchte vor uns auf und stemmte die Hände in die Hüfte. »Auf einem Ball muss man tanzen und nicht sitzen. Reicht es nicht schon, dass Cassandra nur in einer Ecke sitzt und einen Tee nach dem anderen trinkt? Ich hatte wirklich gedacht, dass ihr lustigere Gäste seid.« Sie richtete den Sitz der zwei Vögel, die vom Tanzen leicht verrutscht waren.

Lilly lachte, aber es klang aufgesetzt. »Meine liebe Fanny, wir sind lustige Gäste. Aber mir war gerade etwas schwindelig. Colin leistet mir ein paar Minuten Gesellschaft, bis es mir besser geht. Dann kommen wir wieder hinein.«

»In Ordnung«, erwiderte Fanny und schien einigermaßen versöhnt. »Aber wenn ihr wieder drinnen seid, dann musst du mit mir tanzen, Colin. Ich möchte den ganzen Abend tanzen, egal mit wem.«

Das war nicht gerade ein Kompliment, dennoch nickte ich ihr lächelnd zu.

»Habt ihr Vater gesehen?«, fragte Fanny dann. »Ich habe ihm verboten, die nächsten zwei Stunden etwas zu trinken, weil ich es sonst Mutter erzähle.« Sie wirkte sehr zufrieden. »Und er hat zugestimmt. Mal sehen, ob er sein Wort hält.«

Ich stöhnte innerlich auf. *Das darf doch nicht wahr sein.* Dann schien ihr noch etwas einzufallen. »Und ich habe zwei Freundinnen, die auch unbedingt mit dir tanzen wollen, Colin. Ich werde sie dir vorstellen.«

»Natürlich, sehr gern«, erwiderte ich mit eiserner Selbstdisziplin. Fanny war eine der schönsten Frauen, die ich je gesehen hatte, aber sie konnte eine ziemliche Nervensäge sein. Gestern hatte sie mich tatsächlich genötigt, ihre Lieblingskatze zu bürsten. Das arme Tier und ich waren gleichermaßen verzweifelt gewesen. Und wäre sie nicht die Tochter meines Gastgebers, ich hätte sie samt der armen Katze zum Teufel gejagt.

Jetzt zog sie einen Flunsch und seufzte. »Gut, dann seid ihr also noch ein paar Minuten langweilig, während ich nach jemandem suche, der mit mir tanzt.«

»Wir sind gleich wieder bei dir!«, rief Lilly ihr nach, als Fanny davoneilte.

Kaum war Fanny außer Sichtweite, drehte ich mich wieder zu Lilly. »Wollen wir?«

Sie nickte, wenn auch widerwillig.

»In der Bibliothek hängen ein paar Gemälde, erinnerst du dich?« Ich lächelte sie aufmunternd an. Ich wusste, sie hielt nichts von meiner Idee mit den Zahnrädern, aber ich wollte trotzdem, dass sie mich begleitete. »Vielleicht sollten wir dort anfangen. Edward scheint sich dort ein zweites Büro geschaffen zu haben, das beweist der überladene Schreibtisch. Vielleicht haben wir Glück.«

Das war eine gute Idee. Ich hatte den Gemälden an den Wänden kaum Beachtung geschenkt.

In der Eingangshalle war es nicht voll und die wenigen Diener, die umherschwirrten, waren entweder mit ihren Getränketabletts oder mit bereits aufbrechenden Gästen beschäftigt.

Wir passierten Edwards Büro und gingen auf leisen Sohlen den Gang hinab in Richtung Bibliothek. Auch hier hingen Gemälde, doch es waren nur Landschaftsdarstellungen.

Die Tür zur Bibliothek war geschlossen. Ich drückte die Klinke hinunter und spähte hinein. Der Raum wurde nur durch ein wenig Mondlicht erhellt. Aber auf einem kleinen Tisch nahe der Tür fand ich Zündhölzer und konnte mit ein paar Kerzen etwas mehr Licht verbreiten.

Lilly sah sich um. »Wir müssen jedes Gemälde ganz genau ansehen.«

Ich schloss zu ihr auf und stellte mich nah neben sie. Sie machte keinen Schritt von mir weg, was ich als ein gutes Zeichen wertete.

Gemeinsam betrachteten wir zwei Gemälde, die vermutlich Vorfahren der Familie Knight darstellten. Männer und Frauen in altmodischen Kleidern, deren ernste Gesichter verrieten, wie hart das Leben gewesen war.

»Hoffen wir, dass Edward sein Versprechen gegenüber Fanny nicht einhält und doch noch genug trinkt, damit wir ihm das Zahnrad leichter stehlen können.« Ich konnte einfach nicht anders, ich musste weiter darüber reden. »Wie kommt man auf die Idee, ein so wertvolles Zahnrad an einer Uhrenkette anzubringen?« Das einzig Gute war, dass ich nun wusste, wie die Zeichnungen von Taschenuhr und Zahnrad in Edwards Büro zusammenpassten.

»Die Idee hat nur jemand, der keine Ahnung hat, wie wertvoll es ist«, erwiderte Lilly. »Edward weiß nicht, um was für einen Schatz es sich handelt.«

»Eine Uhrenkette …«, sagte ich noch mal. »Wie dämlich. Ich hoffe wirklich, dass wir später ein leichtes Spiel haben.«

»Bist du ein guter Taschendieb?« Sie sah kurz lächelnd zu mir hoch, während wir zu den nächsten zwei Gemälden gingen.

»Eigentlich schon«, erwiderte ich. »Vater hat uns Unterricht bei den Besten der Welt spendiert. Das Dumme ist nur, dass Edward die Uhr samt Kette in dieser winzigen Tasche verstaut und diese auch noch mit einem Knopf verschließt. Das macht es komplizierter, als mir lieb ist. Beim Taschendiebstahl muss man permanent in Übung bleiben. Ich hingegen mache es nur, wenn es nötig ist. Das macht einen langsam und ungeschickt.«

»Traust du es dir also nicht zu?«

Das konnte ich nicht auf mir sitzen lassen. »Doch natürlich, das klappt schon.«

Auch die anderen Gemälde offenbarten keine Neuigkeiten zu irgendwelchen Zahnrädern. Hier waren wir definitiv falsch.

»Aber bitte beiße dich nicht an dieser Idee fest, hier einen Hinweis für den Ursprung der Zahnräder zu entdecken«, sagte Lilly plötzlich. »Es kann auch damals einfach nur Mode gewesen sein. Oder jemand hatte einen besonders talentierten Juwelier und hat einem Freund das gleiche Schmuckstück geschenkt. Es muss noch nicht mal ein Zahnrad sein. Edward hat selbst gesagt, dass er kein Kunstkenner ist. Vielleicht ist es auch bloß eine stilisierte Blume oder so.«

Sie drehte sich zu mir und wir standen uns gegenüber. »Mein Vater hätte nicht so viele Jahre, so viel Geld und Energie in das Suchen der Zahnräder gesteckt, wenn es sich dabei einfach nur um einen Dekorationsgegenstand handelt«, sagte ich leise. »Diese Taschenuhr kann etwas, das ihm wichtig ist. Sie hat Macht, sie hat irgendwelche Kräfte, aber ganz gewiss nichts Gutes. Vielleicht kann ich herausfinden, was sie kann, wenn ich mehr über die Zahnräder weiß.« Ich sah sie eindringlich an. »Und jetzt haben wir einen Moment Zeit. Wir warten und spekulieren darauf, dass Edward betrunken genug ist, dass er den Diebstahl nicht bemerkt. Bitte lass uns diese Zeit für das hier nutzen.« Ich lächelte sie liebevoll an. »Ich verstehe aber auch, wenn du mich nicht weiter begleiten willst. Soll ich dich zurück in die Halle bringen, und du wartest dort auf mich?«

Einen ewigen Moment lang wanderte ihr Blick über mein Gesicht. Dann seufzte sie und wandte sich zur Tür. »Suchen wir nach dem Gemälde.«

Kapitel 20
Lilly

Im Haus waren nach wie vor überall Diener unterwegs und es war mühsam, ihnen auszuweichen. Zum Schluss hatten wir uns sogar noch verlaufen. Aber in den schlecht beleuchteten Gängen sah laut Damien alles anders aus als tagsüber. Und dieses Anwesen war wirklich riesig.

Damien wollte schon umdrehen, doch ich blieb an einem Fenster stehen, das sich am Ende des Ganges befand. Ich legte beide Hände auf der steinernen Fensterbank ab und sah hinaus. Das Fenster ging zum Garten hinaus. Auch hier waren Fackeln aufgestellt worden, die die Größe der Grünfläche noch betonten. Einzelne Paare spazierten umher und unterhielten sich. Es war ein verwunschener Anblick und wie gern wäre ich auch dort unten gewesen.

Damien kam zu mir und blieb dicht hinter ihr stehen.

»Es muss schön sein, jetzt dort unten zu sein«, flüsterte ich. »Im von Fackeln erhellten Dunkel über den Rasen zu flanieren, sich an den Händen zu halten und zu reden, und das alles gebadet in dieses sanfte Mondlicht.«

»Lilly …« Damien flüsterte meinen Namen und kam noch näher. »Bitte lass uns reden.«

Der sanfte Tonfall seiner Stimme ließ ein Kribbeln in mir aufsteigen. Doch dann drehte ich mich abrupt zu ihm um. »Du hättest mich auf der Titanic zurückgelassen. Du hättest meinen Vater und mich ins Unglück gestürzt. Was zählt es da, dass du Gefühle für mich hast?«

Ich hatte erwartet, dass er lächelte. Mir wieder versicherte, dass alles, was er für mich empfand, echt war und ich ihm deshalb glauben sollte. Stattdessen war sein Blick so ernst, wie ich es noch nie bei ihm gesehen hatte. Seine Stimme klang ruhig und sachlich, als er jetzt sprach. »Erinnerst du dich an den Abend, an dem Ciao dich angesprungen hat? Wir saßen auf dem Boden, und er hat deine Frisur ruiniert. Ich wusste, dass das Zahnrad in der kleinen Spange mit dem Halbedelstein ist, weil es das Einzige war, was dich in diesem Moment interessiert hat. Eine scheinbar wertlose Haarspange.« Er schnaubte leise. »Schon da war meine Suche beendet. Ich hätte die Spange stehlen können, ohne dass du es mitbekommst. Es gab Dutzende Gelegenheiten für mich. Aber ich habe es nicht getan. Als wir im Post Office waren, um den Tresor zu knacken, ist sie dir aus dem Haar gefallen.« Sein Gesicht war jetzt schmerzverzerrt. »Du hast es nicht mal bemerkt, Lilly!« Er schüttelte den Kopf. »Du warst viel zu sehr auf die Kette fixiert. Ich hätte die Spange einfach nur vom Boden aufheben müssen und dann unter einem Vorwand einfach verschwinden. Aber ich habe es nicht getan. Ich habe sie dir wiedergegeben.« Seine Stimme zitterte leicht, so aufgewühlt war er. »Angeblich hast du mich komplett durchschaut, deshalb verrate mir: Warum hätte ich das tun sollen?«

Alles in mir wurde ganz still. Ich konnte nichts erwidern, denn mein Kopf war leer. Damien hatte die ganze Zeit gewusst, wo sich das Zahnrad befand. Er hätte es mir stehlen können. Aber stattdessen hatte er es mir zurückgegeben, als ich es unbemerkt verloren hatte. Zu dem Zeitpunkt hatte ich angenommen, dass es Zufall war. Jetzt wurde mir klar, dass sich die Situation ganz anders darstellte.

Damien nahm meine Hände und streichelte mit den Daumen über meine Handflächen. »Und natürlich wollte ich dich in meine Pläne einweihen. Ich hatte die Entscheidung getroffen, habe bei den Hunden auf dich gewartet, da wurdest du ins Gefängnis gebracht. Danach hast du bei Molly Brown unter Beobachtung gestanden, und dann kam der Eisberg. Du warst zu diesem Zeitpunkt noch nicht erfolgreich gewesen, deine ganze Energie galt der Kette, die du unbedingt finden musstest. Ich wollte dir helfen, uns lief die Zeit davon, und ich beschloss, dich danach in New York zu besuchen und dir dort alles zu erklären. Ich habe dich noch im Wasser mit deinem vollen Namen angesprochen, weil ich wusste, dass du dich daran erinnern würdest.«

In seinen Augen glänzte es feucht. »Ich habe mich in dich verliebt, Lilly. Und nach der Titanic hatte ich gehofft, es würde alles gut werden. Ich würde eine Lösung finden. Als mein Vater mich unerwartet am Flughafen abgefangen hat, habe ich ihm weisgemacht, dass ich dein Zahnrad nicht gefunden habe. Dass du es auf der Titanic einfach zu gut versteckt hast. Woraufhin er meine Schwester Ruby ans Telefon geholt hat, nur um mir zu beweisen, wie schlecht es ihr geht. Sie nimmt an einer Medikamentenstudie teil, die sie noch kranker macht, und sie merkt es nicht mal. Lilly, sie ist ernsthaft krank, und meinem Vater ist es egal, ob sie wieder gesund wird oder nicht. Ruby hat nur mich auf ihrer Seite. Ich hatte vorgehabt, nach New York zu reisen, um dich in alles einzuweihen. Ich wollte, nein, ich will nicht, dass wir Geheimnisse voreinander haben. Aber mein Vater war mir wieder einen Schritt voraus. Meiner Schwester geht es von Tag zu Tag schlechter. Dann hatte ich die Idee, ihm so schnell wie möglich eine Kopie des Zahnrads zu geben. Ich habe in eurem Archiv nur einen Abdruck gemacht. Ich hatte nie vor, das Zahnrad zu stehlen. Genauso wenig, wie ich jemals euer Archiv verraten würde. Mein Vater hat mich gefragt, wo ich das Zahnrad bei euch gefunden habe, und ich habe ihm erzählt, dass es einfach irgendwo herumlag.«

Immer noch wusste ich nicht, was ich auf all das erwidern sollte. Die Erkenntnis, dass er das Zahnrad nicht gestohlen hatte, als er die Gelegenheit dazu hatte, schockierte mich immer noch am meisten. »Ich hätte nie gedacht, dass …«

»Nein«, unterbrach er mich schnell. »Ich hätte mich genauso verhalten wie du. Und ich verstehe dich, wenn du mir jetzt sagst, dass du mir trotz allem nie wieder trauen kannst. Dann respektiere ich das. Ich verspreche dir, das hier war mein letzter Versuch, dich davon zu überzeugen, dass ich moralisch nicht so verdorben bin wie mein Vater. Und ich respektiere auch, wenn deine Gefühle für mich durch all das, was geschehen ist, erloschen sind. Ich wollte dir einfach nur ein letztes Mal sagen, wie viel ich für dich empfinde. Ich möchte dich an meiner Seite. Nicht als ein Instrument, um gemeinsam meinen Vater aufzuhalten. Ich verstehe jetzt, dass es nicht dein Kampf ist. Das respektiere ich. Nein, ich möchte dich an meiner Seite, weil das, was ich für dich empfinde, so echt und so wunderschön ist. Ich wünsche mir, dass du meine Freundin bist. Ich möchte meine Zeit mit dir verbringen. Ich möchte alles über dich erfahren. Und wenn du nicht mit mir zusammen sein willst … wir holen uns trotzdem das Zahnrad deiner Familie zurück. Ich verspreche dir, ich werde alles dafür tun, alles geben, dass das Erbe deiner Familie nicht verloren ist. Egal, ob wir Freunde sind, ob wir zusammen sind oder ob du nur noch das Nötigste mit mir sprechen willst, wenn wir zurück in der Gegenwart sind. Ich mache es wieder gut.«

Ich hatte einen Kloß im Hals. Nicht, weil ich mich schuldig fühlte wegen all dem, was ich ihm unterstellt hatte. Meine Informationen hatten keinen anderen Schluss zugelassen. Aber ich verstand ihn plötzlich. Ich verstand seine Sicht auf die Dinge, ich verstand, was ihn wie und warum hatte handeln lassen, ich verstand seine Absichten. Wir waren zwei unterschiedliche Persönlichkeiten, natürlich verhielten wir uns in Situationen nicht gleich. Nicht dass ich ihm bei allem zustimmte, aber ich konnte es nachvollziehen und noch mehr: Ich erkannte ihn darin. Und das machte es authentisch.

Damien lächelte nervös. »Jetzt habe ich dich mit meiner Rede erschlagen.« Er drehte sich in Richtung der Treppe. »Weißt du was, wir suchen jetzt weiter nach dem Bild. Für alles andere ist auch noch Zeit, wenn wir zurück sind. Und vergiss bitte, dass ich dich so vollgetextet habe. Wie unfassbar peinlich …«, fügte er dann noch wie an sich selbst gewandt hinzu. Er machte einen Schritt von mir weg. »Wollen wir? Wir könnten auf der gegenüberliegenden Seite …«

»Hey …«, flüsterte ich. Ich hielt ihn davon ab, weiterzugehen. Er blieb stehen, sein Blick unsicher und erwartungsvoll zugleich. Ich ging auf die Zehenspitzen und hauchte ihm einen Kuss auf die Lippen. Unsere Münder berührten sich nur federleicht, kaum ein paar Sekunden, und dennoch lag darin alles, was ich in diesem Moment nicht sagen konnte. *Auch du hast mein Herz im Sturm erobert. Aber es ist einfach zu viel passiert, das mich hat misstrauisch werden lassen. Ich habe Angst um meinen Vater. Ich fürchte mich vor einer Zukunft ohne unser Zahnrad. Dennoch kann und will ich dich nicht vergessen. Meine Knie werden weich, wenn du mich ansiehst. Und etwas in mir fühlt sich von etwas in dir magisch angezogen. Etwas, das über bloße Äußerlichkeiten hinausgeht. Etwas Irrationales, etwas schwer zu Begreifendes, aber etwas so Starkes, dass es mein Herz und meine Seele in einen Strudel reißt, aus dem ich nicht mehr emportauchen will.*

Als ich wieder zurück auf die Fersen sank, zitterte ich. Jetzt war es Damien, der hart schluckte. Er nahm meine Hand und hob sie an seine Lippen. Als er einen Kuss darauf hauchte, sah er mich an.

Wir lassen uns Zeit. Wir sind stark. Wir schaffen das.

Wir brauchten keine Worte, um uns zu verständigen.

Von irgendwoher erklang ein Poltern, und wir fuhren auseinander. Ich vermutete, dass es ein Diener war, doch dann sahen wir die Silhouetten zweier Menschen. Eine weiblich, eine männlich. Sie bogen nicht in unseren Gang ein, sondern in den gegenüber. Der Mann drückte die Frau gegen die Wand, und sie küssten sich. Also waren wir nicht die Einzigen, die die unzähligen Gänge für einen heimlichen Kuss nutzten.

Das Paar war so miteinander beschäftigt, dass es keinen Blick zurückwarf. Damien grinste vielsagend und ließ meine Hand nicht los, als wir weitergingen. Wir verließen den Gang und bogen in den nächsten ab. Jetzt mussten wir uns ganz im hintersten Teil des Hauses befinden. Ob sich Edward hier jemals aufhielt? Ich bezweifelte es. Wir näherten uns den Küchen und den Räumen des Personals. Hier konnten wir unmöglich richtig sein. Meine Gedanken wollten wieder zu Damien wandern. Zu dem, was er gerade gesagt hatte. Zu dem, was ich jetzt fühlte. Irgendetwas daran hatte mich geerdet, und dennoch fühlte ich mich schwebend und fünfzehn Kilogramm leichter. Es war einfach unmöglich zu beschreiben.

Plötzlich blieb ich wie angewurzelt stehen. Ich hatte etwas entdeckt.

»Sieh dir das an. Auf diesem Gemälde sind jede Menge Personen abgebildet. Vielleicht finden wir hier etwas.«

»Hier?« Damien klang skeptisch.

Ich gab ihm recht. Das war nun wirklich kein Ort für den Hausherrn. Das Gemälde hing direkt neben einer Kammer, die offenstand und in der unzählige Stiefelpaare herumstanden.

Damien ging ein paar Meter weiter den Gang hinunter, nahm einen schlichten Kerzenständer hoch und kam zurück zu mir.

Das Gemälde war großformatig und farbenfroh, aber nicht besonders gut erhalten. Vermutlich hing es deshalb *nur* im Dienstbotentrakt. An einigen Stellen war die Ölfarbe abgeblättert oder verschmiert, die Leinwand hatte einen Riss und auch der Rahmen sah ziemlich mitgenommen aus. Es war eindeutig keins von Edwards Lieblingsgemälden.

Ich nahm Damien die Kerze aus der Hand. »Darf ich mal?« Ich ging näher an das Gemälde heran.

Ich fasse es nicht. Träumte ich etwa? Ohne etwas zu sagen, deutete ich auf zwei der Männer auf dem Gemälde. Beide trugen Taschenuhren, an deren Ketten jeweils ein Zahnrad hing.

»Ist nicht wahr«, stieß Damien hervor.

Ich betrachtete die Gruppe von circa zwölf Männern näher, analysierte ihre Kleidung. Ich ordnete sie in das Ende des 18. Jahrhunderts ein. Und verflixt, das waren eindeutig Zahnräder.

Damien deutete mit dem Finger auf einen Mann, der sich in der Mitte befand. »Spinne ich, oder ist das Napoleon?«

Kapitel 21
Lilly

Damien beugte sich vor, aber je länger ich das Gemälde betrachtete, desto sicherer war auch ich mir. Das war eindeutig Napoleon. Ich hatte schon viele Abbildungen von ihm gesehen, und obwohl diese ihm weniger schmeichelte als viele andere, war ich mir doch sehr sicher.

»Das ist er eindeutig«, murmelte Damien neben mir. Er wirkte plötzlich aufgeregt. »Er war Franzose. Und meine Vorfahren kommen aus Frankreich. Mein Nachname verriet es ja praktisch.« Er beugte sich zum rechten Bildrand. »Gibt es eine Unterschrift? Oder irgendeinen Hinweis auf das Jahr, in dem das Bild entstanden ist?«

Ich dachte über seinen Einwand nach. Soweit ich wusste, hatte meine Familie keine französischen Wurzeln. Ob es also wirklich den Zusammenhang gab, den Damien hier sehen wollte? Ich war skeptisch, aber ich wollte ihm seine Euphorie jetzt nicht nehmen. Ich hob die Kerze an, um mir auch die anderen Männer genauer anzusehen. Dann fiel mir im Hintergrund etwas auf. »Sieh dir diese Artefakte an.« Es kribbelte in meinem Bauch. Obwohl ich gar nicht diejenige war, die nach dem Ursprung der Zeitreisenden suchte, so konnte ich jetzt eine Spannung nicht unterdrücken. »Das hier sind sogenannte Kanopen, Gefäße für Organe.«

Damien runzelte die Stirn und sah dann zu der Stelle auf dem Gemälde. Er betrachtete die Gefäße, die mit den Köpfen verschiedener ägyptischer Gottheiten geschmückt waren.

»Amset, Hapi, Duamutef, Kebechsenuef«, zählte ich auf. »Für Magen, Leber, Lunge und den Darm. Und dort hinten, das sind Totenmasken.« Jetzt war ich voll in meinem Element. Die ägyptische Geschichte hatte mich schon immer fasziniert, ganz besonders die Zeit der Pharaonen.

Damien wirkte beeindruckt. »Wow. Du kennst dich gut aus. Seid ihr schon mal so weit zurück in die Vergangenheit gereist?«

Ich schüttelte den Kopf. »In den meisten Fällen haben wir nach Schmuckstücken oder Gemälden gesucht, die nicht älter als 200 Jahre waren. Und auf diese Zeit war meine Ausbildung auch fokussiert. Nein, das ist eher ein privates Hobby von mir, seit ich eine Dokumentation gesehen habe. Ich finde die Religion der alten Ägypter einfach faszinierend, und die Werke, die ihre Baumeister vollbracht haben, sind beeindruckend.«

Damien nickte zustimmend. »Aber Napoleon war Franzose. Ich meine, ich weiß, dass es eine Phase in Europa gab, in der es sehr angesagt war, ägyptische Kunstschätze zu besitzen. Aber das war meiner Meinung nach eher Anfang des 19. Jahrhunderts. Und diese Männer sehen aus, als würden sie ins Ende des 18. Jahrhunderts gehören.«

Ich war ganz seiner Meinung. »Napoleon hat den sogenannten Orientfeldzug angeführt. Wir sollten ...«

Jemand näherte sich vom anderen Ende des Gangs. Er hatte eine Laterne dabei, die seinen Weg weit im Voraus erhellte. Wir hatten uns gerade umgedreht, da erreichte uns bereits der Lichtkegel.

Es war ein junger Diener in groben Stiefeln. Vermutlich war er draußen auf dem Hof gewesen und hatte nach den Pferden gesehen. Das würde zumindest seine Lampe erklären.

»Sie sind das, Sir«, sagte er. »Haben Sie sich verlaufen?«, sprach er Damien an.

Dieser nickte schnell. »In der Tat, mein Guter. In der Tat. Ein Gang sieht hier aus wie der andere. Ich wollte meiner Schwester nur mein Zimmer zeigen. Und jetzt stehen wir plötzlich hier. Ich gebe es nicht gern zu, dass ich mich verlaufen habe, aber ich glaube, es ist der Fall.« Er lachte jovial, und der Mann fiel darin ein, während er mich scheu musterte.

»Dann bringe ich Sie und die Miss besser schnell wieder in die Haupthalle.«

»Ich danke dir.«

Der Diener ging voraus, aber wir ließen uns absichtlich etwas zurückfallen.

»Das Gemälde läuft uns nicht weg. Sehen wir nach, wie weit Edward mit dem Alkohol ist«, wisperte Damien mir zu. »Hoffentlich hat er sich nicht an die Vorgabe seiner Tochter gehalten.«

»Das hoffe ich auch. Einmal leichtes Spiel zu haben,

wäre zur Abwechslung ganz angenehm«, erwidert ich leise, obwohl ich immer noch ganz in Gedanken war an das, was wir gerade entdeckt hatten. Was hatte Napoleon mit Zahnrädern zu tun? Und waren es magische Zahnräder oder nur eine Modeerscheinung der Zeit? Was für eine Entdeckung!

*

Natürlich hatten wir kein leichtes Spiel. Edward hatte sich dem Wunsch seiner Tochter gefügt und war mehr oder weniger wieder stocknüchtern. Er hatte ein paar andere Gutsbesitzer getroffen und fachsimpelte mit ihnen über die Prognose von Wetterbedingungen mittels eines Bauernkalenders.

Fanny und ihre Freundinnen waren so aufdringlich, dass Damien ihnen den versprochenen Tanz nicht abschlagen konnte.

Cassandra stand neben Jane und versuchte, sie zum Gehen zu überreden. Ihre Mutter sei müde, der Weg bis zum Cottage sei lang und überhaupt sei es jetzt mal genug mit dem Getanze.

Jane wirkte unglücklich, während Tom mit seinem Bruder Henry zusammenstand und sich unwohl zu fühlen schien.

Ich gesellte mich zu Jane und schaffte es, dass Cassandra sich wieder zu Mrs Austen setzte, die mittlerweile trotz der Musik in einem Sessel eingenickt war. Wenn schon unsere Chancen schwanden, das Zahnrad heute zu stehlen, dann wollte ich wenigstens Jane zu einer möglichst langen Zeit mit ihrem Tom verhelfen.

»Viele Paare haben das Haus verlassen, um im Garten spazieren zu gehen. Wäre das nicht etwas für dich und Tom?«

Jane verschränkte verlegen die Finger ineinander. »Er hat mich nicht gefragt. Cassandra und er haben ein paar Worte gewechselt, und sie hat nicht damit hinterm Berg gehalten, dass er für sie hier nicht willkommen ist. Weder bei uns noch auf dem Anwesen. Sie war sehr schroff zu ihm.«

Irgendwie konnte ich mir nicht vorstellen, dass sich ein Mann wie Tom, der im Verlauf seiner Karriere mal eine Position als Richter am Obersten Gerichtshof von England einnehmen würde, von ein wenig Stimmungsmache beeinflussen ließ. Vermutlich hielt er jetzt nur aus Höflichkeit Distanz.

Als Henry mich entdeckte, kam er zu uns herüber, und er brachte glücklicherweise seinen Bruder mit.

»Ich habe gerade zu Jane gesagt, dass ich glaube, dass das Wetter ausgezeichnet ist für einen Spaziergang. Und sie hat mir versichert, wie sehr sie diesen Garten liebt«, erzählte ich mit einem unschuldigen Lächeln. Jane war eine gestandene Frau und die Gesellschaft würde nicht erwarten, dass sie von einer Anstandsdame begleitet wurde.

Wie ich beabsichtigt hatte, ergriff Tom die Chance beim Schopf. »Sollen wir uns ein wenig draußen erfrischen, liebe Jane?«

Jane lächelte mich dankbar an, bevor sie nickte. »Das wäre sehr schön, Tom.«

Als die beiden davonspazierten, neigte Henry sich zu mir.

»Kuppelei ist strafbar.« Er lächelte spitzbübisch und er

stand eindeutig etwas zu nah bei mir. Als ich leise lachte und den Kopf schüttelte, fügte er noch hinzu: »Ich nehme nicht an, dass wir beide ihnen folgen sollten?«

Wieder schüttelte ich den Kopf. »Gönnen wir ihnen ein wenig Zeit für sich.«

Henry betrachtete mich und plötzlich war das Spitzbübische verschwunden. »Ich weiß, es geht mich nichts an. Und es steht mir auch nicht zu, über meinen Bruder zu sprechen. Aber ich glaube, dass Miss Jane die eine große Liebe in seinem Leben war. Ich war noch ein kleiner Junge, als er in meinem Alter war, und habe nichts davon mitbekommen.« Er lachte und strich sich das Haar aus der Stirn. »Und vermutlich hätte es mich auch nicht interessiert. Aber jetzt bin ich älter und ich kenne die Geschichten, und nun sehe ich, wie er sie ansieht.« Henry klang wie ganz in Gedanken versunken. »Ich habe das Glück, dass meine Eltern mittlerweile zu genug Wohlstand gekommen sind, dass ich keine reiche Ehefrau heiraten muss. Aber als Tom so alt war wie ich, war dies nicht der Fall. Er brauchte eine Frau mit Geld, und unsere Eltern haben keinen Hehl daraus gemacht, dass er keine andere Wahl hat. Er hätte nicht mal sein Studium zu Ende führen können ohne dieses Geld.«

»Das Leben verlangt manchmal große Opfer von uns.« Meine Stimme klang trauriger als beabsichtigt.

Henry beugte sich ein kleines Stückchen zu mir. Mittlerweile war es im Ballsaal so voll und die Stimmung so ausgelassen, dass niemand darauf achtete, dass Henry sich mal wieder nicht an die Etikette hielt.

»Sie sind doch eine kluge junge Frau, Isabel. Ist Ihr Bruder tatsächlich ein kleiner Dummkopf, der seinen Eltern nur erzählt hat, dass er in Oxford studiert? Verprasst er das Geld vielleicht ganz woanders?«

»Was mein Bruder treibt, geht mich nichts an«, erwiderte ich kühl und ließ den *Dummkopf* unkommentiert, weil ich nicht wusste, welche Geschichte Damien aufrechterhalten wollte.

»Entschuldigung.« Henry wich ein Stück zurück. »Das war indiskret von mir.«

Aber er hatte es immerhin versucht.

Henry spürte wohl, dass er zu weit gegangen war, denn er sah sich suchend um. »Trinken wir noch einen Schluck, zur Versöhnung. Das Fest ist auf seinem Höhepunkt, und eigentlich müssten wir jetzt gehen. Aber ich will meinem Bruder nicht die Zeit mit Miss Jane nehmen. Also, wie wäre es? Sollen wir noch mal das Tanzbein schwingen, nachdem wir uns etwas erfrischt haben?«

Zum Glück blieb mir eine Antwort erspart, denn Fanny und ihre beiden Freundinnen hatten Damien endlich aus ihren Klauen entlassen. Er wirkte etwas erhitzt, aber nicht zu erschöpft für den kampfeslustigen Blick, den er jetzt Henry schenkte, als er sich neben uns stellte.

»Noch da, Lefroy? Sie wirken nicht, als hätten Sie Spaß am Tanzen. Deshalb war ich mir sicher, Sie würden früh gehen.«

Henry lächelte knapp. »Ich warte lediglich darauf, dass die richtigen Damen mit mir tanzen möchten.« Und mit diesen Worten legte er meine Hand auf seinen Unterarm.

An Damiens Kiefer zuckte ein Muskel.

Henry lächelte süß, sah aber nicht mich an. »Wollen wir, Miss Isabel?«

Sanft, aber energisch löste ich meine Hand von seinem

Unterarm. »Es tut mir leid, ich habe für heute wirklich genug getanzt. Aber Miss Fanny und ihre Freundinnen haben noch sehr viel Lust dazu, wie ich hörte.« Ich hob den Arm und rief: »Juhu, Fanny!«

Wie auf Bestellung kam sie herangehüpft, ihre zwei Freundinnen im Schlepptau.

»Mr Henry Lefroy wollte mich zu einem Tanz führen, aber ich bin schon etwas erschöpft. Ich möchte ihn nicht enttäuschen und vielleicht hat eine von euch Lust, mit ihm zu tanzen?«

Henrys Miene verrutschte für den Bruchteil einer Sekunde. Das war leider so geschickt eingefädelt, dass er sich nicht entziehen konnte. Und schon im nächsten Moment führte er Fanny auf die Tanzfläche, nicht ohne vorher das Versprechen abzugeben, auch mit den anderen beiden zu tanzen.

Damien warf mir einen anerkennenden Blick zu. »Um es mal mit den Worten dieser Zeit auszudrücken«, raunte er, als er sich nah zu meinem Ohr beugte. »Du teuflisches Weibsbild.«

Ich lachte. »Was bin ich bloß für ein raffinierter Fuchs.«

Damien sah mich an und grinste. »Und ich bin übrigens auch ein raffinierter Fuchs, denn mir ist etwas eingefallen.« Er warf einen Blick auf die zwei Freundinnen von Fanny, die zwar direkt vor uns standen, sich aber kichernd über Henry und Fanny unterhielten.

»Edwards Adoptivvater besitzt doch kistenweise uralte Bücher, die er diesem verarmten Adligen abgekauft hat. Er hat vorhin davon erzählt, erinnerst du dich? Das Lesezeichen mit dem Zahnrad gehörte auch dazu. Ich habe mal einen Blick in die Bücher geworfen und in einigen von ihnen geht es unter anderem auch um Ägypten. Vielleicht finden wir dort einen Hinweis, wie das mit den Franzosen, den Zahnrädern und den ägyptischen Artefakten zusammenhängt.«

»Wirklich?«, flüsterte ich zurück, und schon wieder war Neugier in mir erwacht. Was für ein Rätsel! Und ich liebte die Rätsel der Vergangenheit. »Wir müssen uns diese Bücher ansehen.«

»Machen wir es so«, wisperte Damien verschwörerisch. »Ich starte jetzt einen Versuch, Edward seine Taschenuhr zu stehlen. Er ist so in diese Diskussion mit den Männern vertieft und er nimmt mich nicht als Gefahr wahr. Wenn das nicht klappt, gehen wir zurück in die Bibliothek und wühlen uns durch die Bücher. Sollte er später noch etwas trinken, kann ich versuchen, in sein Zimmer zu gelangen, während er schläft.« Er lächelte mich an. »Das klappt schon. Jetzt wissen wir, wo das Zahnrad ist, der Rest wird ein Kinderspiel.«

Ich war nicht so optimistisch, aber ich nickte. »In Ordnung.«

Schon lief Damien los, und ich beobachtete ihn. Er tat so, als würde er Edward anrempeln, der ihm zulächelte und scheinbar nichts bemerkte. Dennoch sah ich, wie seine Hand sofort zu der Uhrenkette glitt.

Das hatte nicht geklappt. Damien zog ein Gesicht, als er zu mir zurückkam. »Er scheint sehr an der Uhr zu hängen. Er hat nicht nach dem Zahnrad getastet, aber sobald ich ihn gestreift habe, hat er nachgesehen, ob der Uhr nichts passiert ist. Soweit ich es erkennen kann, ist es eine völlig normale Taschenuhr. Normale Größe, normale

Bauweise. Die von meinem Vater ist größer, weil die Zahnräder auch größer sind als für eine normale Taschenuhr. Vielleicht ist es ein Erbstück, das ihm wichtig ist.«

Ich teilte seinen Eindruck. Das Metall der Uhr in dem Hologramm hatte ganz anders ausgesehen. »Dann gehen wir doch noch mal zurück in die Bibliothek. Nutzen wir die Zeit, während alle beschäftigt sind.«

Damien nickte, und schon machten wir uns auf den Weg. Wir waren gerade am Ausgang des Ballsaals, als Cassandra mich abfing.

»Das ist schon das zweite Mal, dass du mit deinem Bruder den Ballsaal verlässt. Das letzte Mal wart ihr lange weg, was schon unhöflich genug war. Aber jetzt bitte ich dich, hierzubleiben. Wir möchten bald aufbrechen. Mutter schläft schon seit einer Weile und mir tut der Rücken weh vom Sitzen. Wo ist Jane?«

Normalerweise hätte ich mich über den Ton, in dem sie mit mir sprach, aufgeregt. Doch ich war Gast in ihrem Haus und ich musste freundlich bleiben.

»Jane ist mit Tom Lefroy im Garten spazieren.«

»Was für eine Unverschämtheit«, zischte Cassandra. »Dieser Mann macht es immer noch schlimmer. Wie tief soll sie denn noch fallen? Ein verheirateter Mann und eine ledige Frau allein im Dunkeln. Das Gerede wird jahrelang nicht mehr aufhören.« Sie drehte sich abrupt um. »Mutter!« Ihre Stimme klang schrill durch das Gemurmel im Ballsaal. Ich fand, dass sie maßlos übertrieb. So streng waren die Konventionen nun auch nicht mehr in dieser Zeit. Ich folgte ihrem Blick und sah, wie Mrs Austen in dem Sessel aufschreckte.

»Mutter, wir gehen. Jetzt sofort. Im Garten müssen wir

noch Jane einsammeln.« Sie sah zu mir. »So etwas Unerhörtes. Die Zeit für den Aufbruch ist schon längst überschritten. Ich kann nicht dulden, was hier geschieht. Isabel, bitte verabschiede dich von deinem Bruder.«

Ihr Todesblick schwenkte zu Damien. »Ich wünsche dir eine gute Nacht, Colin.«

»Ich bringe die Damen noch bis zu ihrer Haustür«, bot Damien an, und ich hörte in seiner Stimme, wie verärgert er war. Mittlerweile hatte eine verschlafen wirkende Mrs Austen zu uns aufgeschlossen. »Ich glaube, es ist wirklich schon sehr spät«, sagte sie und unterdrückte ein Gähnen.

Ich wollte noch vorschlagen, uns bei Edward zu verabschieden, weil ich mich gern noch mal für den Ball bedanken wollte, doch Cassandra drängte uns vorwärts.

In der Halle mussten wir auf unsere Umhänge und Mäntel warten. Cassandra nutzte die Zeit, um aus der Haustür zu gehen und mit schriller Stimme nach ihrer Schwester zu rufen.

Jane schwankte zwischen Glück und Schuldbewusstsein, als sie neben ihrer Schwester in der Eingangshalle erschien. Tom Lefroy wirkte gefasst, aber auch er schien diesen Abend noch nicht enden lassen zu wollen.

Aber gegen unseren Feldwebel Cassandra waren wir alle machtlos. Sowohl Damien als auch Tom boten erneut an, uns auf unserem Weg zum Haus zu begleiten.

Cassandra entließ Tom mit ein paar kühlen Worten, während sie zu meiner Überraschung Damien zugestand, uns den Weg hinab zum Cottage zu begleiten.

Das Mondlicht war so hell, dass wir die angebotene Lampe eines Dieners nicht brauchten.

Jane wirkte schweigsam und in Gedanken versunken,

weshalb ich mich dankbar bei Damien unterhakte, während Cassandra ihre Mutter stützte und dabei unablässig über uns aller Benehmen schimpfte.

»Die arme Martha wird sich schon fragen, wo wir bleiben«, sagte sie in diesem Moment.

Damien und ich ließen uns noch weiter zurückfallen.

»Ich werde einen Vorwand finden, dass du morgen zum Anwesen kommen musst. Du weißt mehr über Ägypten als ich, und für dich ergeben die Bücher wahrscheinlich Sinn«, flüsterte Damien. »Sollte ich Edward heute Nacht noch das Zahnrad stehlen können, dann schaue ich persönlich beim Cottage vorbei. Ansonsten schicke ich einen Diener.«

»Alles klar.«

Damien wurde noch langsamer und betrachtete die vor uns gehende Jane und dann Cassandra samt ihrer Mutter. Als niemand uns beachtete, beugte er sich zu mir und hauchte mir einen Kuss auf die Lippen. »Wir schaffen das«, wisperte er nah an meinem Mund. Noch mal berührten sich unsere Lippen.

Wir lösten uns voneinander just in dem Moment, in dem Cassandra herumschwang.

»Jetzt trödelt nicht auch noch, ihr beiden. Wirklich. Was soll denn das?«

Damien verdrehte die Augen. »Nicht ihre Brüder hätten zur Navy gehen sollen, sondern sie. Ich wette, ganze Flotten wären vor ihren Kommandos erstarrt.«

Ich kicherte, dann wurde ich ernst. »Bitte pass auf dich auf. Edward kann sich gut verstellen, glaube ich. Er gibt manchmal den Gutgläubigen, aber wir dürfen ihn nicht unterschätzen. Wenn er dich beim Diebstahl des Zahnrads erwischt …«

»Das wird er nicht.« Damiens Blick wurde eindringlich. »Mach dir keine Sorgen.«

Ich wollte glauben, dass wir ab jetzt ein leichtes Spiel hatten. Wir hatten das Zahnrad gefunden, wir waren unserem Ziel ganz nah. Vielleicht würden wir sogar noch etwas zur Geschichte der Zeitreisenden in Erfahrung bringen.

Doch diese Stimme in meinem Kopf, die das Gegenteil behauptete, wollte einfach nicht still sein.

Kapitel 22
Lilly

Melancholische Klaviermusik weckte mich. Ich richtete mich im Bett auf und blinzelte, obwohl die Sonne durch die Leinengardinen abgeschirmt wurde. Als ich mich an den gestrigen Abend erinnerte, durchflutete mich Aufregung. Wir hatten das Zahnrad gefunden. Und für Damien gab es eine interessante Spur zur Geschichte der Zeitreisenden. Doch natürlich hatte das Zahnrad Priorität. Wir sollten jetzt all unsere Energie darauf konzentrieren, es Edward zu stehlen.

Ich strich mir durch die Haare und dachte an unseren Kuss. Es war atemberaubend gewesen. Die Dunkelheit, das Mondlicht, das durch das Fenster fiel. Die leise Musik aus dem Ballsaal. Und dann Damien, der mein Herz zum Rasen brachte.

Es klopfte, und Dana steckte ihren Kopf zur Tür herein. »Guten Morgen, Miss. Ich sehe, das Klavierspiel hat Sie geweckt. Da kann ja wirklich keiner weiterschlafen, obwohl es sehr schön ist. Soll ich Ihnen schon Ihren Tee bringen?«

»Gern, Dana, vielen Dank«, murmelte ich. Ich war eigentlich nicht der Typ, der im Bett aß oder trank. Dennoch gefiel mir die Tradition der englischen Oberschicht, im Bett erst einen Tee zu trinken und dann erst zum Frühstücken zu gehen.

*

In der Küche erwartete mich das übliche Stimmengewirr. Martha Lloyd sprach mit Mrs Howard über neue Töpfe, die angeschafft werden sollten.

Mrs Austen saß über einer Scheibe Weißbrot und wirkte noch etwas müde. Cassandra war schon wieder in Hochform und kommandierte Dana und Frances herum. Jane, die für die Organisation des Frühstücks zuständig war, wirkte blass und müde.

Ich wünschte allen einen guten Morgen, und Jane drückte meine Schulter, als ich mich setzte und sie mir zwei Scheiben frisches Brot auf den Teller schob. Sie saß wie immer neben mir, aber ihr Strahlen schien heute von Traurigkeit überdeckt zu werden.

Tom und Henry Lefroy würden heute Mittag abreisen. Ich war mir nicht sicher, ob Henry mich noch mal sehen würde, obwohl er es gestern angedeutet hatte. Die Zeit war gezählt, und Tom hatte hier die älteren Rechte. Und ich war ebenso dafür, den beiden noch etwas gemeinsame Zeit zu verschaffen.

Jane rührte müde in ihrem Tee, dann schlang sie die Arme um ihren Körper, als fröstelte es sie.

Ich beugte mich zu ihr. »Ist dir nicht wohl, liebe Jane? Kann ich irgendetwas für dich tun?«

Sie seufzte leise. »Mir ist nur etwas kalt. Ich sollte mir mein Schultertuch aus dem Wohnzimmer holen.«

»Das kann ich doch machen.« Schon war ich aufgesprungen. Sie wirkte so erschöpft, dass ich ihr diesen Gang abnehmen wollte.

»Ich danke dir.« Lächelnd sah sie zu mir hoch. Sie tat mir leid. Diese zweite Begegnung mit Tom würde ihr vermutlich noch mehr Schmerz bereiten als die erste in jungen Jahren. Ich mochte Cassandra nicht besonders, aber ich verstand, warum sie sich Tom gegenüber so abweisend benahm. Sie wollte ihre Schwester schützen, weil sie sie liebte. Und das ließ die sonst so kühle Frau in einem ganz anderen Licht erscheinen.

Im Wohnzimmer hing das Schultertuch über dem schmalen Stuhl, der vor dem runden Tisch stand. Es war der Tisch, an dem Jane ihre Manuskripte verfasste und überarbeitete.

Meine Schritte wurden langsamer, als ich mich dem Möbelstück näherte. Voller Ehrfurcht drehte ich mich so, dass ich einen Blick auf die eng beschriebenen Zeilen auf den Papieren werfen konnte. Mein Herz begann schneller zu klopfen.

Es waren Textpassagen aus *Stolz und Vorurteil.* Ich wusste, dass Jane bereits mit 21 Jahren einen ersten Entwurf dieses Romans verfasst hatte. 1797 hatte ihr Vater es einem Verleger angeboten, doch es wurde abgelehnt. Daraufhin begann Jane, es im Jahr 1809 erneut zu überarbeiten, und dieses Mal fand es einen Verlag.

Ich betrachtete in diesem Moment also die Zeilen, die später in ihrem Buch veröffentlicht werden würden. Ich hob die Hand, um sie zu berühren, doch dann ließ ich sie schnell wieder sinken.

Es war surreal. In dieser kleinen Ecke waren diese großartigen Werke entstanden. An diesem winzigen Tisch und diesem unbequemen Stuhl. Es war ein bescheidener Arbeitsplatz, unauffällig und so, dass Besucher nicht gestört werden würden. Es spiegelte Janes Wesen perfekt wider. Sie machte kein Aufheben um sich, sie war da, aber sie verlangte nicht nach Aufmerksamkeit. Sie war eine stille Beobachterin, genau wie dieser kleine Tisch in der Ecke ganz am äußeren Ende des Raums.

Ich griff nach dem Schultertuch, das über der Lehne des Stuhls hing. Jane würde sich wundern, warum ich so lange brauchte, und ich wollte nicht, dass sie mir folgte.

Ich warf einen letzten Blick auf die Zeilen, dann wandte ich mich ab. Innerlich jedoch jubilierte ich. Ich hatte das Originalmanuskript von *Stolz und Vorurteil* gesehen. Ich frühstückte mit seiner Verfasserin. Ich schlief in ihrem Gästezimmer.

Es war wie ein Traum, der Wirklichkeit geworden war.

*

Der Abschied der Lefroy-Männer kam schneller als gedacht.

Es war nur Tom, der uns einen Besuch abstattete. Henry ließ sich entschuldigen, denn unglücklicherweise hatte eins ihrer Pferde auf dem Weg aus den Stallungen ein Hufeisen verloren, und er war nun bei einem Schmied, um es ersetzen zu lassen.

Die Geschichte war gut, aber eigentlich glaubte ich sie

nicht. In Wirklichkeit war ich mir sicher, dass Tom noch etwas Zeit mit Jane verbringen wollte, und Henry hatte ihm den Vortritt gelassen. Mir war es ganz recht, dass er mich nicht mehr besuchte. Ich mochte ihn, aber erstens würde auch ich bald verschwinden und zweitens gönnte ich Jane mehr Zeit mit Tom.

Die beiden waren wieder in den Garten gegangen, was ich gut verstehen konnte, denn hier im Haus gab es kaum Privatsphäre. Das war zwar draußen auch nicht unbedingt der Fall, aber dort konnte man sich wenigstens halbwegs privat unterhalten.

Ich wollte natürlich nicht lauschen und noch weniger wollte ich sie erneut beobachten, dennoch konnte ich nicht widerstehen, als Cassandra mich bat, nach Frances in der Spülküche zu suchen.

Kaum war Frances auf dem Weg zu ihrer Herrin, stellte ich mich wieder seitlich des schmalen Fensters, das zum Garten hinausging. Tom und Jane unterhielten sich und spazierten dabei umher. Jane hatte sich bei Tom untergehakt, und er hatte seine freie Hand auf ihre gelegt. Jane lächelte, dennoch sah ich immer noch die Traurigkeit in ihrem Blick. Auch Tom wirkte niedergeschlagen, er hatte Ränder unter den Augen und war blasser als sonst.

Jetzt blieben sie stehen, und Tom fasste Jane an beiden Händen. Ich war mir sicher, sie würden sich küssen. Aber das wäre skandalös, und vermutlich würde sich keiner von beiden damit wohlfühlen. Dann ließ Tom Janes Hände los und zog sie an sich. Einen Moment lang wirkte sie wie erstarrt, dann schlang sie ihre Hände um seine Mitte. Tom legte eine Hand auf ihren Rücken, die andere schloss er in diesem Moment sanft um ihren Hinterkopf. Ich sah den

Schmerz in seinem Gesicht. Die Art, wie er die Augenbrauen runzelte, wie er ganz fest die Augen zukniff, wie er die Lippen krampfhaft zusammenpresste und wie seine Mundwinkel sich nach hinten zogen.

Die Emotionen, die sich auf seinem Gesicht widerspiegelten, sprachen eine deutliche Sprache.

Er liebte sie. Er liebte sie immer noch von ganzem Herzen. Und es zerriss ihn innerlich, sie jetzt erneut zurückzulassen.

Janes Schultern begannen zu beben. Sie weinte.

Tom brauchte einen Moment, um seine Gesichtszüge zu entspannen. Ich sah, dass er sich besonders bemühte, ihr ein optimistisches Lächeln zu schenken. Dann legte er eine Hand an ihre Wange und anhand der Bewegung seines Daumens vermutete ich, dass er ihr eine Träne unter dem Auge fortwischte. In seinem Blick lag so viel Zuneigung, dass selbst ich eine Gänsehaut bekam.

Die beiden hätten nie voneinander getrennt werden dürfen. Tom hätte sich gegen seine Eltern stellen und die Liebe seines Lebens heiraten sollen. Geld hin oder her, irgendwie hätten sie es doch geschafft. Ich war mir sicher, er wusste es und er machte sich schreckliche Vorwürfe.

Er sagte etwas zu ihr, und sie nickte.

Vielleicht verabredeten sie, dass sie in Kontakt bleiben würden. Vielleicht hatten sie einander etwas versprochen.

Ich wusste es nicht, ich wusste nur, dass Jane nicht mehr viel Zeit blieb. Noch ahnte sie nichts von ihrer Krankheit, die sie viel zu früh aus dem Leben reißen würde. Vielleicht hatten sie in diesem Moment eine Zukunft geplant. Vielleicht wollte Tom seine Familie verlassen, sobald seine Kinder alt genug für ein Leben auf eigenen Füßen waren. Vielleicht hatten sie auch eine andere Lösung gefunden. Doch das Schicksal würde ihnen erneut einen Strich durch die Rechnung machen.

Der Stich in meinem Herzen war so heftig, dass ich zusammenzuckte. Thomas Lefroy und Jane Austen liebten einander, und doch hatte sie das Schicksal immer voneinander ferngehalten.

Weiter hinten im Haus hörte ich jetzt die dunkle Stimme eines Mannes. War es Damien?

Mit einem schlechten Gewissen wandte ich mich vom Fenster ab. Ich hatte die beiden schon wieder beobachtet. Ich sollte mich wirklich schämen. Jetzt hatten sie nur noch wenige Minuten bis zum Aufbruch.

Ich verließ die Spülküche und passierte Hinter- und Vorderküche, bis ich den Flur erreichte. Und dort stand Henry. Als er mich erblickte, wurde sein Lächeln breiter.

»Miss Leigh!«, rief er. »Wie schön, dass wir uns noch sehen.«

Cassandra warf mir hinter Henrys Rücken einen strengen Blick zu, bevor sie ihn mit sanfter Gewalt in den Gelben Salon komplimentierte und dann Frances losschickte, um ihre Schwester aus dem Garten zu holen.

Doch Henry nahm gar nicht erst Platz. Stattdessen verbeugte er sich vor mir, während ich knickste. »Ich hoffe, es ist nicht zu unverschämt, wenn ich Sie um Ihre Adresse bitte. Es wäre mir eine Freude, Ihnen schreiben zu dürfen.«

Cassandra hob die Brauen, denn für diese Zeit war das eine ziemlich deutliche Art, mit der ein Mann Interesse an einer Frau bekundete.

Nachdem ich verhältnismäßig viel Zeit mit ihm verbracht hatte, wir uns unterhalten und ich mit ihm getanzt hatte, konnte ich das unmöglich ablehnen. Cassandra bedeutete mir wortlos, dass ich den Sekretär in dem kleinen Büro benutzen durfte.

Jetzt hatte ich schon wieder ein schlechtes Gewissen.

Henry lächelte, als ich ihm den Bogen mit dem Papier reichte. »Ich danke Ihnen, Miss Isabel. Und gestehe, dass ich Ihre Gegenwart sehr genossen habe.«

Schon wieder hob Cassandra die Brauen. Doch da betraten Jane und Tom das Zimmer. Man sah deutlich, dass Jane geweint hatte. Ihre Augen waren immer noch feucht und gerötet. Tom wirkte betroffen und traurig zugleich.

Henry, der ja um die Gefühle seines Bruders für Jane wusste, ging zu ihm und klopfte ihm auf die Schulter. »Wir müssen jetzt aufbrechen, alter Knabe.«

Tom nickte knapp. Dann verbeugte er sich vor uns. »Die Damen. Es war mir eine Freude, Sie alle gesehen zu haben.«

Dann verbeugte sich auch Henry. »Ich möchte mich den Worten meines Bruders anschließen. Und bitte bestellen Sie Mr Austen Knight noch mal herzlichen Dank für den schönen Ball.«

Wir wünschten ihnen eine gute Reise, dann begleiteten wir sie zur Tür.

Vor dem Haus stand ein hübscher Landauer mit zwei weißen Pferden davor. Hinten war Gepäck befestigt worden. Jetzt war der Moment des Abschieds gekommen.

Tom sah ein letztes Mal zu Jane, während die Pferde langsam lostrotteten.

Dann verschwanden sie langsam aus unserem Blickfeld.

»Ich werde mich ein wenig auf mein Zimmer zurückziehen.« Janes Stimme klang brüchig.

Ich drehte mich zu ihr. »Kann ich irgendetwas für dich tun?«

Sie schüttelte den Kopf, dann glitt ihr Blick an mir vorbei in das Wohnzimmer. »Nein, danke, das ist lieb. Aber ich habe heute Nacht schlecht geschlafen und vielleicht werde ich noch etwas ruhen.« Ihren Worten zum Trotz ging sie zunächst ins Wohnzimmer, raffte die Papiere zusammen und drückte sie an sich. Zusammen mit dem Manuskript von *Stolz und Vorurteil* schlich sie dann an uns vorbei durch den Flur und hinauf in die erste Etage.

Cassandra schenkte mir einen Blick, als wäre ich daran schuld, dass die Lefroy-Männer uns einen Besuch abgestattet hatten. »Was hatte ich dir gesagt?«

»Du hattest mit allem recht, liebe Cassandra.«

Jetzt wirkte sie sehr zufrieden. »Dann werde ich mal sehen, was heute für das Mittagessen geplant ist.«

Ich hingegen blieb im Flur stehen und konnte ein ungutes Gefühl im Magen nicht verdrängen. Damien hatte sich melden wollen oder zumindest einen Brief durch einen Diener schicken lassen. Es war zwar erst Mittag, dennoch war ich ungeduldig. Vielleicht konnte er meine Hilfe gebrauchen.

Und sollte es einer Schwester nicht immer möglich sein, ihren Bruder zu sehen? Offiziell waren wir Geschwister, konnten also unbeaufsichtigt Umgang miteinander pflegen, ohne dass es zu Gerede kommen würde. Eine bessere Ausgangslage für unsere gemeinsame Jagd nach dem Zahnrad gab es gar nicht.

Und Edward schien mich zu mögen. Er würde mich

garantiert nicht wegschicken. Also beschloss ich, so zu tun, als hätte ich mein Schultertuch auf dem Ball vergessen. Irgendjemand vergaß doch immer etwas auf einem Ball und wenn es dort tatsächlich ein vergessenes Schultertuch gab, dann umso besser.

Da ich Cassandra in der Küche vermutete, machte ich mich auf den Weg dorthin.

In der Vorderküche diskutierten Martha Lloyd und die Köchin Mrs Howard mal wieder die Grundlagen der englischen Küche, was bis hinaus auf den Flur schallte.

»Aber wenn ich Ihnen doch sage …«, begann Martha Lloyd gerade, doch die resolute Mrs Howard unterbrach sie.

»Ein Pudding besteht aus Brot, Gemüse und Fleisch, vermengt mit feingehacktem Rindsfett, das in einem mit Butter bestrichenen leinenen Tuch in Salzwasser gargekocht und mit Wein- oder Brandysauce serviert wird.«

»Ein Pudding kann aber auch eine Süßspeise sein. Und wenn Sie bitte versuchen würden, dieses Rezept …«

»Papperlapapp«, wiegelte Mrs Howard ab. »Wir sind ein traditioneller Haushalt. Wo kommt das nun wieder her? Ist das ein französisches Rezept? Oder gar ein deutsches? In meiner Küche verschwende ich keinen Zucker. Ich haushalte sehr gut.«

»Niemand hat gesagt, dass Sie schlecht haushalten, Mrs Howard«, insistierte Martha Lloyd. »Ich würde das Rezept ja selbst ausprobieren …«

»Und meine Töpfe ruinieren, so wie jedes Mal mit Ihren Marmeladen?« Mrs Howard war eindeutig keine gewöhnliche Angestellte. Denn die hätte man für solcherlei Widerworte schon längst vor die Tür gesetzt.

»Ich schätze Ihre Erfahrung«, sagte Martha Lloyd. »Und auch, dass Sie etwas eigen sind mit Ihrem Kochgeschirr. Das eigentlich nicht Ihres ist, sondern zu unserem Haushalt gehört. Und dieses Rezept ist wirklich …«

Martha Lloyd brach ab, und beide Frauen drehten die Köpfe, als ich die Küche betrat. Cassandra lehnte mit einer Tasse Tee in der Hand nahe dem großen Fenster und schien das Schauspiel amüsiert zu beobachten.

»Entschuldigen Sie die Unterbrechung«, sagte ich. »Ich wollte nur Bescheid sagen, dass ich kurz hinauf zum Anwesen spaziere. Ich habe gestern mein Schultertuch vergessen und wollte es holen.«

»Ich glaube, ich begleite dich.« Cassandra seufzte genervt und stellte ihren Tee auf dem noch nicht abgeräumten Frühstückstisch ab. »Ein Gang an der frischen Luft wird mir guttun.«

Verflixt. Cassandra als misstrauischen Anstandswauwau konnte ich so gar nicht gebrauchen. Schließlich wollte ich länger in Chawton House bleiben und nicht direkt wieder umdrehen, sollte es kein Schultertuch geben.

»Bitte mache dir keine Mühe«, sagte ich schnell. »Außerdem hat Edward gestern angeboten, mir die Bibliothek zu zeigen.« Das war ein Bluff, aber hoffentlich würde er Cassandra von ihrer Idee abbringen. Sie hatte die Bibliothek sicherlich schon mehrfach besucht.

Hoffentlich wollte sie nicht ausgerechnet heute ein Buch ausleihen.

Cassandra seufzte erneut, wirkte dann aber nicht mehr so interessiert. »Nun gut. Dann geh.«

Ich war entlassen und atmete auf. Ich ging die Treppe

hinauf in mein Zimmer und prüfte, dass der Kamm mit dem Zahnrad fest in meiner Frisur steckte.

Als ich mein Zimmer wieder verließ, blieb ich abrupt stehen. Die Tür zum Zimmer der Schwestern war geschlossen. Dennoch hörte ich das leise Weinen.

Erst überlegte ich zu klopfen, doch dann ließ ich es.

Sie würde jetzt allein sein wollen. Ich starrte die geschlossene Tür an, während ihr herzzerreißendes Schluchzen lauter wurde. Janes Herz war zum zweiten Mal gebrochen worden.

Kapitel 23
Damien

Das weiche Maul des Pferdes schmiegte sich in meine Handfläche.

»Ich habe leider wieder nichts für dich.« Ich strich dem Fuchs über die samtweichen Nüstern.

»Bluebell ist etwas verfressen«, sagte Edward, der gerade den bereits gesattelten Rappen aus der Box gegenüber führte.

»Bluebell wie Glockenblume?«, fragte ich lächelnd.

»Fanny hat ihr diesen Namen gegeben«, sagte Edward und es klang fast wie eine Entschuldigung.

Ich strich dem Pferd erneut über den Kopf. »Aber er passt gut zu dir. Du bist hübsch wie eine Blume.«

Hinter mir hörte ich Edward lachen. »Du hast eindeutig ein Händchen für Tiere, mein Lieber. Normalerweise ist sie nicht so zutraulich und schnappt auch gerne mal.«

Das konnte ich nun nicht bestätigen. Bluebell schmiegte ihren Kopf in meine Armbeuge. Überhaupt war ich glücklich, noch mal im Stall zu sein. Ich hatte schon nach Gunpowder gesehen, und seine Gelenke waren sehr schön abgeschwollen. Den kleinen Katzen ging es ebenfalls gut. Tiere hoben meine Laune sofort, und die friedliche Atmosphäre hier bestärkte mich in meinem Optimismus, das Zahnrad heute noch an mich bringen zu können. Sogar in meinen Gedanken vermied ich es, das Wort stehlen zu benutzen. Edward hing an dem Zahnrad, und auch wenn es für ihn nur ein Schmuckstück war, so widerstrebte es mir doch, es ihm wegzunehmen.

»Vielleicht hat Bluebell einfach nur einen guten Tag«, erwiderte ich betont bescheiden und drehte mich von dem Fuchs weg. Seit heute Morgen war ich Edward dicht auf den Fersen geblieben, immer auf der Suche nach einer Gelegenheit, das Zahnrad an mich zu bringen. Mein Blick glitt kurz zu der Tasche seiner Weste. Er trug natürlich eine andere Weste als auf dem Ball, doch auch diese besaß die winzige Tasche, die mit einem Knopf geschlossen wurde. Zu dumm, dass es im Regency absolut verpönt war, jemanden spontan zu umarmen. Das hätte vieles leichter gemacht.

Edward war fest entschlossen, zu einem der Pächter zu reiten, um dort irgendwelche Probleme zu klären. Er hatte die Energie eines Kleinkinds. Selbst ich, der eigentlich gut in Form war, fühlte mich heute nach dem Ball und den Ereignissen der Nacht erschöpft.

Edward hingegen sprühte vor Energie und guter Laune. Und er hatte ziemlich viel getrunken, ganz im Gegensatz zu mir.

Ich hätte gern mit den Zähnen geknirscht, stattdessen wandte ich mich endgültig von Bluebell ab und schenkte Edward ein Lächeln. Ich wagte einen letzten Versuch, ihn zum Bleiben zu bewegen.

»Ich hätte Lust, ein wenig jagen zu gehen.« Das war eine riesengroße Lüge, denn ich konnte mir beim besten Willen nicht vorstellen, auf ein Tier zu schießen. Aber Edward selbst hatte mal erzählt, dass er kein guter Schütze war und bei der Jagd passierten regelmäßig Unfälle. Wenn ich so tat, als wäre ich vom Pferd gefallen, würde er sich sicherlich über mich beugen und dann hatte ich eine Gelegenheit, nach dem Zahnrad zu greifen.

»Lass uns das auf morgen verschieben, mein Lieber.« Edward klopfte seinem Rappen den Hals. »Das ist ein dringlicher Termin. Der kann nicht warten, und er verlangt mir einiges an Diplomatie ab. Es geht um Zahlen und Erträge. Nichts, was einen jungen Mann wie dich interessiert.«

»Bist du denn gar nicht müde nach dem Ball?«

Edward lachte und jetzt klopfte er mir auf die Schulter. »Der schnelle Ritt übers Land wird mir guttun. Wie sagt man so schön: Mens sana in corpore sano.«

Schon wieder Latein. Innerlich stöhnte ich auf. »Ganz recht«, erwiderte ich, doch mein Lachen klang falsch.

Edward legte den Kopf schief. »Du verstehst tatsächlich kein Latein.«

Lügen war zwecklos, denn als Nächstes würde er mich fragen, was er gesagt hatte, und dann würde es nur noch peinlicher.

»Ich habe überhaupt kein Talent für Sprachen«, sagte ich und meine Zerknirschung war nicht gespielt. Schließlich war es die Wahrheit. »Ich gebe mir Mühe und lerne, aber wenn ich es nicht jeden Tag auffrische, habe ich innerhalb von zwei Wochen alles vergessen.«

Und weil dies die Wahrheit war, klangen meine Worte absolut überzeugend.

Edward hatte mich beim Sprechen gemustert, zu meiner Erleichterung nickte er jetzt. »Du hast die Aufnahmeprüfung in Oxford bestanden, das allein zählt. Alles andere wird sich schon finden, mein Junge.« Erneut klopfte er mir auf die Schulter. »Du bist ein Ehrenmann, weil du mir von dieser Schwäche erzählt hast und sie nicht versteckst. Das ist mehr wert als irgendwelche weisen Worte auf Latein.«

Ich war unendlich erleichtert. »Vielen Dank, Edward. Deine Worte ehren mich sehr.«

»Ich bin am frühen Abend wieder da«, sagte Edward und gemeinsam verließen wir die Stallgasse. »Vielleicht können wir dann noch etwas unternehmen. Aber der Unterricht der Jungen endet in einer Stunde und sie würden sich sicherlich freuen, Zeit mit dir zu verbringen.«

Ich wollte etwas erwidern, doch gerade, als wir auf den Hof traten, kam ein Diener aus dem Hinterausgang des Herrenhauses. »Miss Isabel ist eingetroffen. Sie fragte nach einem Schultertuch, das sie gestern Abend hier vergessen hat. Möchten die Herren sie begrüßen?«

Edward schwang sich auf sein Pferd. »Ich bin schon spät dran, deshalb lasse ich mich entschuldigen.« Und wie um mir zu beweisen, dass ich dieses verflixte Zahnrad niemals bekommen würde, öffnete er den Knopf an der Tasche seiner Weste, zog die Taschenuhr hervor und schnippte sie auf. »Verflixt. Ich muss mich beeilen.«

Ich hingegen betrachtete nur das Zahnrad, dessen Metall im Sonnenschein aufblitzte.

»Aber, Colin, du möchtest deine Schwester bestimmt

begrüßen.« Edwards Worte rissen mich aus meinem Starren.

Ich schwang zu dem Diener herum. »Natürlich. Ich freue mich, sie zu sehen.«

»Ich verabschiede mich.« Edward hob noch einmal die Hand, dann jagte er auf dem Rappen davon.

Ich hingegen folgte dem Diener durch ein Gewirr von Gängen bis hinauf in die Eingangshalle.

Als ich Lilly sah, beschleunigte sich mein Puls. Sie sah wunderschön aus in dem violettfarbenen Tageskleid. Ich hätte sie so gern an mich gezogen und geküsst.

Dennoch verbeugte ich mich, während sie einen Knicks machte.

»Guten Morgen, liebe Schwester. Ich hörte, du vermisst dein Schultertuch.« Ich betrachtete sie mit einem Blick, der nicht viel mit geschwisterlicher Liebe zu tun hatte. Zum Glück hatte der Diener sich diskret abgewandt.

»Ja, ich hoffe, es wurde gefunden. Du weißt, dass es das Tuch ist, das Mutter mir überlassen hat. Ich hänge sehr daran.«

Jetzt sprang der Diener wieder ein. »Möchten die Herrschaften ihre Konversation im Morgensalon fortführen? Dort ist noch eingedeckt für ein verspätetes Frühstück. Miss Fanny ist noch nicht heruntergekommen, und deshalb halten wir alles warm.«

Lilly lächelte den Diener strahlend an. »Das ist ganz reizend, vielen Dank, aber ich hatte bereits ein ausgiebiges Frühstück. Colin, du hast mir doch versprochen, mir Edwards Bibliothek zu zeigen. Nach deinen Erzählungen von gestern Nacht bin ich sehr neugierig. Ist Edward denn gar nicht hier?«

»Er ist zu einem geschäftlichen Termin aufgebrochen und wird erst heute Nachmittag zurückerwartet«, erwiderte ich und beantwortete damit ihre stumme Frage, ob wir gemeinsam versuchen sollten, an das Zahnrad zu kommen.

»Ich verstehe.« Sie wirkte etwas enttäuscht.

Ich wandte schnell meinen Blick zu dem Diener. »Wir würden uns dann in die Bibliothek zurückziehen. Sollte das Schultertuch auftauchen, bringen Sie es doch bitte dorthin.«

*

In der Bibliothek angekommen stürzten wir uns sofort auf die Kisten. Ich hatte in weiser Voraussicht die Tür hinter uns geschlossen, damit wir nicht überrascht wurden. Die Dienerschaft würde ganz gewiss klopfen, und ich nahm an, dass Edwards Kinder gut genug erzogen waren, um auch nicht einfach so in einen Raum hereinzuplatzen.

»Nein.« Lillys Augen wurden immer größer, als sie die Titel betrachtete, die ich aus den Kisten holte. »Das sind einige Bände der *Beschreibung Ägyptens.*«

»Bitte was?« Ich setzte mich neben sie auf den Holzboden und betrachtete eins der dicken, in Leder gebundenen Bücher.

Erstaunlich mühelos hielt sie mir einen Band vor die Nase.

»*Description de l'Égypte.* Napoleon nahm auf seinem Ägypten-Feldzug eine Delegation von Wissenschaftlern, Ingenieuren und Künstlern mit. Sogar an Übersetzer hatte er gedacht. Nach der Rückkehr der französischen Wissenschaftler beauftragte der Innenminister eine Kommission mit der Veröffentlichung des gesammelten Materials. Das Gesamtwerk umfasst zehn Tafelbände, einen Atlasband und zehn Textbände. Die Illustrationen sind von herausragender Qualität und umfassen eine präzise Bestandsaufnahme Ägyptens zur Jahrhundertwende.«

Ich sah sie bewundernd an. »Man könnte fast meinen, du hast ein Lexikon verschluckt.« Und ich war definitiv ein Freak, weil ich das unfassbar sexy fand.

Lilly winkte ab. »Mein Vater weiß noch viel mehr darüber. Er hat mich schon für Ägypten begeistert, als ich noch klein war. Seitdem habe ich viel darüber gelesen. Und dieses Gesamtwerk ist wirklich ein Füllhorn an Informationen. Ich habe noch nie ein Original in der Hand gehabt.« Fasziniert drehte sie den dicken Wälzer in ihren Händen, bevor sie ihn ehrfürchtig aufschlug. »Wahnsinn.«

Ich wollte sie in Ruhe in dem Werk stöbern lassen, also beugte ich mich wieder hinab in die Truhe. Da waren noch mehr Bände dieser Ägypten-Enzyklopädie. Dann ein schmaleres Buch, dessen Einband nicht dazu passte. Vielleicht war es der Skizzenblock eines Künstlers?

Ich blätterte durch die Abbildungen von Grabbeigaben und Pyramiden. Dann blieb mein Blick an einer Zeichnung hängen. Ich erkannte ein paar der Männer von dem Gemälde im Flur wieder. Sie saßen in geselliger Runde, aber dieses Mal fehlte Napoleon. Es sah aus wie eine Vorabskizze für ein Gemälde, das noch gemalt werden sollte. Wieder trugen die Männer ihre Taschenuhren, aber dieses Mal fehlten die Zahnräder. Und ich war mir sicher, der

Künstler hätte sie in seine Skizze aufgenommen. Die Zeichnung trug das Datum 17. Juli 1798.

»Wann hat Napoleon begonnen, Ägypten zu erobern?«

Lilly hob den Kopf. »Am 1. Juli 1798 landete Napoleon mit seiner Orientarmee irgendwo westlich von Alexandria. Wieso?«

Ich hielt ihr die Zeichnung hin. »Diese Zeichnung ist vom 17. Juli. Einige Männer aus der Gruppe sind dieselben wie auf dem Bild im Flur. Schau dir ihre Taschenuhren an. Kein Zahnrad.«

Lilly runzelte die Stirn. »Das heißt, sie hatten sie zu diesem Zeitpunkt noch nicht.« Sie legte den Kopf schief. »Wir haben also Napoleon, der mit einer Armee und einem Trupp von Wissenschaftlern nach Ägypten zieht, um es zu unterwerfen. Napoleon wollte die Vormachtstellung der Briten als Kolonialmacht schwächen. Aber er hatte keine Ahnung von dem Land, und für die Wissenschaftler muss es ein absoluter Traum gewesen sein, diese neue Kultur zu erkunden. Es ist überliefert, dass auch Napoleon ganz fasziniert war von all dem, was ihn dort umgab, besonders den Pyramiden und ihren Grabkammern.« Sie klappte das Buch auf ihrem Schoß vorsichtig zu. »Auf dem Gemälde, das im Flur hängt, sind die Männer mit Grabbeigaben aus einer Pyramide dargestellt. Das bedeutet, zu diesem Zeitpunkt hatten sie schon Kenntnis von den Schätzen.« Sie sah mich an. »Wir müssen noch mal zurück in diesen Gang. Ich muss versuchen herauszufinden, um welches Grab es sich handelt.«

Ich sah sie ungläubig an. »Das willst du anhand der Grabbeigaben herausfinden?«

Sie zuckte die Schultern. »Welche Chance haben wir

denn sonst? Schließlich gibt es nicht nur in den Pyramiden Grabkammern. Hochrangige Beamte wurden zum Beispiel auch unter den Tempeln in Grabkammern begraben.«

Ich legte das Buch zur Seite und richtete mich auf. »Gut, dann sehen wir uns das Bild noch mal an.«

Ich wollte ihr aufhelfen, doch sie sprang flink wie ein Wiesel auf die Füße. Sie eilte zu dem Sekretär, der am anderen Ende der Bibliothek unter einem der hohen Fenster stand. »Ich nehme Papier und etwas zum Schreiben mit. Ich werde ein paar Skizzen machen. Vielleicht können wir zurück in der Gegenwart herausfinden, um welches Grab es sich handelt.«

Wir hatten Glück, denn wir fanden das Gemälde auf Anhieb wieder.

Lilly machte eine Zeichnung davon und versuchte, so viele Details wie möglich einzufangen. Sie malte sogar die Hieroglyphen ab, die sich auf einigen Artefakten befanden.

»Mein Dad kann uns bestimmt mehr darüber sagen, aber auch ich kann ein wenig Hieroglyphen lesen«, sagte Lilly, als wir zurück in der Bibliothek waren, damit sie die verbliebenen Bögen Papier und den Füllfederhalter samt Tintenfass zurück auf den Schreibtisch legen konnte. Ich war am Eingang stehengeblieben und hatte mich gegen die geschlossene Tür gelehnt.

Kritisch betrachtete ich die Bögen, die Lilly mir in die Hand gedrückt hatte. Sie hatte die Hieroglyphen sogar vergrößert dargestellt, damit es nicht zu Verwechslungen kommen konnte.

»Wenn die Männer die Zahnräder also erst nach dem Besuch der Grabkammer bekommen haben, bedeutet das dann, dass diese sich in der Grabkammer befunden haben? Oder besser gesagt: Denkst du, dass die alten Ägypter zeitreisen konnten?«, dachte ich laut. »Irgendwie ergibt das keinen Sinn. Denn die ersten Taschenuhren gab es erst um 1500. Für die Zeit rund um Napoleon, also gut 200 Jahre später, passt das. Aber 4000 vor Christus? Es gab das Rad, aber doch nicht das Zahnrad.«

»Das habe ich mich auch schon gefragt.« Lilly raschelte mit dem Papier auf dem Sekretär. »Aber das werden wir herausfinden.« Sie wandte sich von dem Schreibtisch ab.

»Ich habe eine Idee«, sagte Lilly dann beim Näherkommen. »Ich könnte eine Ohnmacht vortäuschen.«

Ich stutzte. »Wie bitte?«

»Wenn Edward zurückkommt. Dann täusche ich eine Ohnmacht vor und lasse mich auf den Boden sinken. Er wird mir garantiert zu Hilfe eilen. Und er muss sich dann über mich beugen. Ehrlich gesagt sagt mir diese Alternative mehr zu als die Idee, dass du dich von einem galoppierenden Pferd fallen lässt, um einen Jagdunfall vorzutäuschen.«

»Schaffst du das denn?«, platzte es aus mir heraus, und im nächsten Moment waren mir meine Worte peinlich. Sie war genauso gut ausgebildet wie ich. Um genau zu sein, war sie noch besser ausgebildet als ich. Denn ich hätte die ganzen Zusammenhänge mit Ägypten garantiert nicht durchschaut.

Doch sie schien nicht beleidigt. Stattdessen zwinkerte sie mir zu. »Lass mich nur machen. Dann bekommen wir heute Abend noch das Zahnrad, haben die Unterlagen zu dem Ägypten-Problem und können noch heute abreisen.« Ihr Blick wurde ernst. »Es hat mir so gut gefallen bei Jane.

Ich wusste natürlich, dass wir wieder gehen müssen, aber jetzt bin ich doch traurig.«

Ich strich ihr über die Wange. »Ich habe gesehen, wie gut ihr euch versteht. Sie scheint wirklich eine sympathische Frau zu sein.«

Lilly nickte, dann schien sie den Gedanken energisch beiseitezuschieben. »Wir brauchen einen ungestörten Platz zum Reisen. Sollen wir zurück in die Laube bei der Kirche gehen?«

Ich schüttelte den Kopf. Wenn Edward das Fehlen des Zahnrads sehr schnell bemerkte, konnte es gut sein, dass er Diener in alle Richtungen die Straßen hinabschicken würde, um uns zu suchen.

»Treffen wir uns in dieser Hütte im Wald, von der Edward gesprochen hat. Es ist wohl eine einfache Holzhütte, in der ein Wildhüter früher seinen Kram aufbewahrt hat. Seit seinem Tod haben sie keinen neuen eingestellt, und die Hütte verfällt langsam.«

Lilly nickte. »In Ordnung.« Sie nahm mir die Bögen Papier ab, faltete sie klein und schob sie dann in den Beutel, der an ihrem Handgelenk hing.

»Ich gehe zurück zum Cottage. Schicke doch einen Diener mit einer Nachricht, wenn Edward zurück ist. Dann finde ich noch einen Vorwand, um noch mal hierher zu kommen. In der Zwischenzeit werde ich schon unauffällig meine Sachen packen.«

Ich nickte zustimmend. »Das werde ich auch tun. Solltest du Edward das Zahnrad stehlen können, müssen wir sofort aufbrechen. Er hat diese Taschenuhr ständig in der Hand, und ich denke, dass das Fehlen sehr schnell auffallen wird.«

Lilly nickte. »Gut, dann werde ich jetzt …«

Es klopfte an der Tür der Bibliothek, und wir wichen von der Tür zurück. Ein Diener steckte seinen Kopf hinein.

»Miss Lilly, ich muss Ihnen zu Ihrem Bedauern mitteilen, dass wir kein Schultertuch gefunden haben.« Er wirkte tatsächlich etwas enttäuscht. »Eigentlich geht in diesem Haushalt nichts verloren, aber vielleicht hat eine der anderen Damen es aus Versehen mitgenommen. Ich gehe davon aus, dass sich dieser Irrtum irgendwann aufklären wird. Außerdem ist es mir sehr unangenehm, dass ich Sie nun bitten muss, die Bibliothek zu verlassen. Wir hatten einige Renovierungsarbeiten und der Handwerker ist noch mal da, um sein Werk zu kontrollieren. Aber Master Edward und Master George würden sich über ein Kartenspiel mit ihnen beiden freuen.«

Lilly strahlte. »Eine wunderbare Idee.«

Ich war erleichtert. Eigentlich hätten wir uns für Lilly einen weiteren Grund zum Bleiben ausdenken müssen. Aber manchmal half einem der Zufall.

Kapitel 24
Lilly

Zu unserer Überraschung trafen wir Edward in der großen Eingangshalle. Er wirkte frustriert und nickte nur kurz in meine Richtung. »Guten Morgen, Isabel.«

Ich machte einen Knicks. »Guten Morgen, lieber Edward.«

Damien musterte ihn. »Du bist schon wieder zurück? Was ist geschehen?«

»Mein Pferd lahmt.« Edward ließ sich von einem Diener seinen Hut abnehmen. »Ich bin nicht weit gekommen.« Er lächelte zwar, aber es wirkte einfach nur höflich. Dann drehte er sich zu dem davoneilenden Diener um. »Stevens, lassen Sie den Tierarzt kommen.«

»Das tut mir sehr leid. Handelt es sich um einen wichtigen Termin?« Unauffällig sah ich in Richtung seiner Weste. Und wie auf Kommando griff Edward nach dem Knopf, öffnete die Tasche und zog die Taschenuhr hervor. »Es geht nicht um Leben und Tod. Ich werde morgen hinreiten.«

Ich musste schnell handeln, solange er die Taschenuhr

immer noch in der Hand hielt. Am anderen Ende der Kette war sie an einem Knopfloch der Weste befestigt. Er könnte sie also sogar fallen lassen, ohne dass sie auf den Boden purzelte.

Wenn ich jetzt in Ohnmacht fiel, würde er garantiert beide Hände benutzen, um mir beizustehen.

Zum Glück stand ich noch nah neben Damien. Blitzschnell stupste ich ihn an, dann machte ich zwei Schritte nach vorn, als wollte ich Edward eine Hand auf den Arm legen.

»Das tut mir so …« Ich verdrehte die Augen und sank mit einem theatralischen Seufzer in mich zusammen.

Es klappte wie am Schnürchen. Sofort war Edward über mir. »Um Himmels willen, Isabel.« Ich spürte beide Hände an meinen Schultern.

Ich ließ die Augenlider flattern, während ich blind nach der Taschenuhr tastete. Er hatte sich so weit über mich gebeugt, dass die Uhr auf meinem Bauch gelandet war. Ich stöhnte und tastete nach der Uhrenkette.

»Mir war so schwindelig.« Ich simulierte ein Zittern.

»Wir müssen sie hochheben!«, rief Edward. »Colin, hilf mir. Wir bringen sie in den Morgensalon.«

Das durfte nicht passieren. Edward musste mich allein auf die Füße ziehen. Nur so hatte ich beide Hände, um das Bindeglied, das Zahnrad und Uhrenkette verband, aufzubiegen. Ich wurde nervös, war unvorsichtig und die Taschenuhr rutschte von meinem Bauch neben mir auf den Boden. Es gab ein Geräusch, das ich mit einem erneuten Stöhnen zu verdecken suchte.

»Hilf mir bitte auf«, wisperte ich. »Es geht schon.«

»Isabel!«, protestierte Edward.

»Nein, bitte. Es geht schon.« Ich drehte mich etwas und wie automatisch wich er mit mir nach hinten.

Dann griff er mir unter die Achseln, um mich hochzuheben. Das war mein Moment. Ich ließ mich scheinbar schlaff hängen, doch meine Hände funktionierten wie im Schlaf. Ich spürte die Zacken des Zahnrads, nestelte an dem kleinen runden Verbindungsglied und fand die Stelle, die ich aufbiegen konnte.

Der Moment war gekommen, um mich an etwas festzuhalten. Sonst würde es unrealistisch wirken.

Die Zacken des Zahnrads machten es schwer, das Rad aus dem Verbindungsglied zu lösen. Immer wieder blieb ich hängen. Ich hatte noch genau eine halbe Sekunde, bevor Edward etwas bemerken würde.

Im allerletzten Moment konnte ich es lösen. Eine Hand schlang ich haltsuchend um Edwards Mitte, die andere schob ich in die Tasche meines Rocks.

Damien war zur Stelle und stützte mich am Rücken. »Geht es dir gut?«

»Ich habe wohl zu wenig gefrühstückt.« Ich ließ Edward los und ließ mir von Damien meinen kleinen Beutel reichen. Dabei bedeutete ich ihm wortlos, dass ich das Zahnrad hatte.

»Möchtest du dich hinsetzen?« Edward wirkte ehrlich besorgt. Er bemerkte zwar seine herunterbaumelnde Taschenuhr, doch sein Blick ruhte auf mir, während er sie mit einer routinierten Geste in die Tasche seiner Weste steckte und dann den Knopf schloss.

»Nein, das ist nicht nötig«, erwiderte ich schnell und fixierte ihn, damit er ja den Blick nicht von mir abwandte.

»Einen Tee? Etwas Gebäck?« Edward kümmerte sich

wirklich rührend, und sofort hatte ich ein schlechtes Gewissen.

»Nein, danke«, erwiderte ich lächelnd. »Aber ich werde zurück zum Cottage gehen und mir ein leichteres Kleid anziehen. Es ist heute schon wieder wärmer als gedacht, und vermutlich ist die Hitze schuld.«

Edward wirkte peinlich berührt bei so einem privaten Thema. Er presste die Lippen zusammen und nickte dann. »In Ordnung. Colin, möchtest du deine Schwester begleiten?« Es klang nicht wie eine Frage, sondern wie eine Aufforderung.

Das musste ich unbedingt verhindern. Damien musste in meiner Abwesenheit seine Reisetasche packen. Genau wie ich jetzt im Cottage alles für unsere Abreise vorbereiten und mich dann auf den Weg zu der Jagdhütte machen würde.

»Damien hat erzählt, ihr wolltet jagen gehen. Mir geht es gut, lieber Onkel. Ich will euren Plänen nicht im Weg stehen, jetzt, da du unfreiwillig zu etwas Zeit gekommen bist. Ich werde mich umziehen, und dann fühle ich mich besser.« Weil ich bemerkt hatte, wie unangenehm ihm dieses Thema war, kam ich direkt darauf zurück. Ich zupfte am Oberteil meines Kleids. »Der Stoff ist wirklich zu dick.«

Edward reagierte genau so, wie ich es geplant hatte. »Jaja«, sagte er hektisch. »Sehr schön. Wenn es dir gut geht, freue ich mich. Dann lass mich meine Reitkleidung gegen etwas Leichteres tauschen, Colin, und wir treffen uns in einer halben Stunde bei den Stallungen.«

Damien nickte. »Sehr gern.«

Eine halbe Stunde. Das war nicht viel Zeit. Wieder

schoss ich Damien einen Blick zu. Edward war sicher pünktlich, und vor allem würde er dank dieser Verabredung jetzt seine Taschenuhr immerzu im Blick haben.

Edward schnipste, und von irgendwoher kam ein Diener. »Jones, Sie begleiten Miss Isabel zum Cottage. Ich möchte sichergehen, dass sie gut ankommt.«

Da es sich bei meinem Begleiter nicht um Damien handelte, hatte ich nichts dagegen.

Ich hatte das Zahnrad! Aufregung machte sich in meinem Bauch breit. Wir waren erfolgreich gewesen. Unsere Abreise stand unmittelbar bevor. Schon bald würde ich Dad wiedersehen. Ich hoffte so sehr, dass es ihm gut ging.

*

Im Cottage lauschte ich an Janes Tür, doch ich hörte keine Geräusche mehr. In meinem Zimmer packte ich schnell meine Habseligkeiten zusammen und schob die Reisetasche dann unter das Bett. Ich würde nicht gehen, ohne mich von Jane zu verabschieden.

Ich ging über den Flur und klopfte an ihre Tür. »Jane, darf ich stören?«

Ich bekam keine Antwort. Weil ich mir Sorgen machte, warf ich einen Blick in das Zimmer. Ihr Bett war zerwühlt, doch sie war nicht da.

Cassandra, die im Gelben Salon über einer Stickarbeit saß, schickte mich in den Stall. Ich passierte die Küchen, in denen Mrs Howard bereits das Mittagessen kochte und Martha Lloyd ein Fruchtmus durch ein Sieb presste. Ihr Arbeitsplatz sah aus wie ein Schlachtfeld.

Ich überquerte den Hof, hörte Dana im Waschhaus

fürchterlich schief singen und betrat dann den Stall. Jane hatte Peters Kopf an sich gezogen und sprach leise mit ihm, während sie seine struppige Mähne kraulte.

Es machte mich traurig, sie so zu sehen. Wir hatten nur wenige Tage hier verbracht, aber auch sie war genau wie Adèle auf der Titanic zu einer Freundin für mich geworden.

Ich wollte nicht, dass es ihr schlecht ging.

»Jane.« Ich öffnete die Box, ging hinein und legte ihr dann sanft eine Hand an den Rücken. Ich wollte mich so gern richtig von ihr verabschieden. Wollte ihr sagen, was für große Erfolge sie feiern würde. Dass sie auch über 200 Jahre später noch geliebt und verehrt werden würde. Und dass sie für so viele Frauen ein Vorbild sein würde.

Jane drehte sich zu mir, kraulte Peter aber weiter. »Er fehlt mir.«

Ihr Gesicht war nass von Tränen. Ich pfiff auf sämtliche Konventionen und zog sie an mich. »Er liebt dich. Und er wird dich immer lieben.«

Jane begann zu schluchzen. Ich streichelte ihren Rücken. Peter drückte sein weiches Maul gegen meinen Arm, als wollte auch er ihr beistehen.

»Ihr hattet eine wunderschöne Zeit«, wisperte ich. »Ich verstehe, dass du jetzt traurig über seine Abreise bist. Aber richte deine Gedanken auf die guten Erinnerungen. Auf die schönen Stunden, die ihr miteinander verbracht habt, als er jung war. Denk daran, dass er einen Umweg gemacht hat, um dich zu sehen. Denk an alles, was ihr hier erlebt habt. Und denk an das, was vielleicht noch kommt. Ich weiß genau, dass du immer in seinen Gedanken bist. Und dass du ihm genauso fehlst wie er dir.«

»Er hat gesagt, er schreibt mir.« Ihre Stimme war leise und kraftlos. »Aber ich weiß nicht, ob ich das kann.«

»Du musst jetzt noch gar nichts entscheiden.« Ich hielt sie im Arm und hoffte, ihr etwas von meiner Kraft abgeben zu können. »Jetzt darfst du traurig sein.« Ich wich etwas zurück und strich ihr dann sanft über die Wange. »Lasse die Traurigkeit zu. Fühle sie, lasse sie geschehen. Sieh die Traurigkeit wie einen Sturm an, der jetzt über dich hinwegfegt. Wenn du dich mit ihm biegst, dann wirst du nicht brechen. Biege dich mit dem Sturm, wehre dich nicht gegen ihn – irgendwann geht er vorüber.«

Jane lächelte, obwohl ihr immer noch Tränen über die Wange rannen. »Das hast du schön gesagt, liebe Isabel. Du kannst dir nicht vorstellen, wie sehr ich mich freue, dass wir uns kennengelernt haben. Wenn es dir möglich ist, dann freue ich mich, wenn wir uns auch nach eurem Aufenthalt hier nicht aus den Augen verlieren.«

»Ich werde dich niemals aus den Augen verlieren«, flüsterte ich. Und das war die Wahrheit. Ihre Bücher hatten mich ein Leben lang begleitet. Und sie würden es für den Rest meines Lebens, genau wie diese unschätzbaren Erinnerungen an die Zeit mit ihr.

»Entschuldige«, sagte Jane dann und rieb sich energisch über das Gesicht. »Ich sollte mich nicht so gehenlassen. Ich bin die Ältere.«

Mein Magen krampfte sich zusammen. Der Moment des Abschieds war gekommen. Ich musste jetzt gehen. Uns lief die Zeit davon, und ich konnte nicht riskieren, dass Edward uns vor der Zeit fand.

»Ich lasse dich noch ein wenig mit Peter allein«, sagte ich also. »Er scheint gut darin zu sein, dich zu trösten.«

Jane lachte traurig auf und strich dem Esel über eines seiner großen Ohren. »Er ist ein guter Zuhörer.«

Ich lächelte sie ein letztes Mal an. »Wenn du traurig bist, dann denk daran, dass nicht allen von uns so eine große Liebe vergönnt ist. Das zwischen Tom und dir ist etwas ganz Besonderes. Halte dich daran fest, wenn die Traurigkeit zurückkehrt.«

Weil ich jetzt doch Tränen in den Augen hatte, wandte ich mich schnell ab. Aber ich spürte ihren Blick auf meinen Rücken den ganzen Weg den Stall hinaus und über den Hof.

*

Meine Traurigkeit verflog nicht, auch als ich mich jetzt aus dem Haus schlich. Da ich wusste, wo die allermeisten Bewohner waren, musste ich mich nur um Frances und Mrs Austen sorgen, die ich beide auf meinem Rundgang nicht entdeckt hatte.

Ich hatte geplant, meine Tasche aus dem schmalen Fenster der Spülküche fallen zu lassen. Sie würde dann in dem Blumenbeet im seitlichen Garten landen. Dann würde ich vorn aus der Haustür herausgehen, den Garten durch das Törchen betreten und meine Tasche dort abholen, bevor ich mich Richtung Anwesen aufmachte. Über den Hof konnte ich nicht hinaus, denn dort würde Jane mich sehen. Ich musste also notgedrungen die vordere Tür nehmen.

Da aber Cassandra im Gelben Salon saß und mich unweigerlich bemerken würde, hatte ich mir überlegt, ihr zu sagen, dass ich bei meiner Rückkehr einen Kamm auf der Straße verloren hatte und jetzt nach ihm suchen wollte.

Hoffentlich schluckte sie den Köder. Und hoffentlich war sie nicht gelangweilt von ihrer Handarbeit und bot an, mir suchen zu helfen.

Mir klopfte das Herz bis zum Hals, als ich mit der Reisetasche die quietschende Treppe vom ersten Stock hinunter in den Flur ging. Ich hatte die letzte Stufe gerade erreicht, da hörte ich Schritte.

Ich warf die Reisetasche unter die Treppe und versuchte, das polternde Geräusch mit einem Husten zu kaschieren.

Cassandra stand im Türrahmen des Gelben Salons und musterte mich misstrauisch. »Du schleichst im Haus herum, meine Liebe. Such dir eine Aufgabe. Du kannst mir gern mit meiner Arbeit helfen. Frauenhände sollten immer beschäftigt sein.« Sie musterte mich, und ihr Blick verriet, dass ich ihren Ansprüchen nicht genügte.

In meinen Kopf ratterte es wie wild. Was sollte ich jetzt tun? Ich musste erst meine Tasche in den Vorgarten werfen, sonst ergäbe es keinen Sinn, vor die Haustür zu treten. Aber wie entkam ich ihren Klauen?

»Ich wollte Martha in der Küche helfen. Ich interessiere mich auch für das Kochen.«

Cassandras Braue wanderte so steil nach oben, dass ich damit rechnete, dass sie im nächsten Moment ihren Haaransatz berühren würde. »Kochen? Du?«

Natürlich hatte sie recht. Ich hatte bis jetzt noch kein einziges Wort dazu verloren.

»Ich möchte etwas darüber lernen. Ihre Rezepte faszinieren mich.«

Cassandra runzelte die Stirn. »Ist das so.« Ihre Äußerung klang nicht mal wie eine Frage.

»Ja«, erwiderte ich fest.

»Frage sie, ob sie Gesellschaft möchte.« Cassandra klang so barsch wie immer. »Sie ist etwas eigen, und ich möchte nicht, dass sie sich verpflichtet fühlt, dir etwas beizubringen.«

Na, herzlichen Dank. Ich machte einen anmutigen Knicks. »Das werde ich.«

Cassandra rauschte zurück in den Gelben Salon, und ich atmete auf.

Ich wartete noch einen Moment, bis ich meine Reisetasche unter der Treppe hervorkramte. Ich schaffte es ohne weitere Hindernisse bis in die Spülküche, öffnete das schmale seitliche Fenster und achtete gleichzeitig darauf, dass Jane mich durch das größere Fenster, das auf den Hof zeigte, nicht sehen konnte. Die Tasche wurde durch diverse Bodendecker in ihrem Fall ausgebremst, und es gab kaum ein Geräusch. Das erste Hindernis hatte ich überwunden.

Jetzt musste ich ein zweites Mal an Cassandra vorbei. Innerlich verdrehte ich die Augen. Hoffentlich klappte alles.

Ich machte extra Krach auf dem Flur, und sie sah mir schon entgegen, als ich in den Gelben Salon sah.

Ich tat besonders verwirrt. »Stell dir vor, mir ist gerade aufgefallen, dass ich einen Kamm verloren habe. Er muss irgendwo auf der Straße liegen. Ich habe mich nach meinen Stiefeln gebückt, weil sich ein Senkel gelöst hatte. Da muss er mir aus dem Haar gerutscht sein. Ich brauche ihn unbedingt wieder, er ist einer meiner liebsten.«

»Natürlich, geh schon.« Cassandra machte eine Handbewegung, um meinen lästigen Redefluss zu unterbrechen. »Du wirst ihn bestimmt finden.«

Was in ihrer Sprache so viel bedeutete wie: Hör auf zu reden und geh.

Ich wandte mich ab und schlüpfte zur Haustür hinaus. Langsam öffnete ich das Türchen zum Garten. Zum Glück saß Cassandra auf der Couch und wandte mir so den Rücken zu. Durch das große Panoramafenster hätte sie mich sonst unweigerlich entdeckt. Meine langen Röcke waren hinderlich, doch ich schaffte es, die Tasche aus dem Blumenbeet zu klauben.

Dann verließ ich das Grundstück schnell und bog in den Weg ein, der zum Anwesen führte. Nachdem ich ein gutes Stück gelaufen war, drehte ich mich noch mal zum Cottage um. Es war so ein hübsches Haus mit so einem schönen Garten und ganz gewiss ein zauberhafter Ort zum Leben. Es freute mich, dass Jane in ihren letzten Jahren noch so ein schönes Zuhause gehabt hatte.

Wehmut überkam mich, denn jetzt hatte ich mich wirklich verabschiedet. Entschlossen wandte ich mich um und ging weiter.

Kurz darauf bog ich vom Weg in Richtung Anwesen ab und ging querfeldein auf das Wäldchen zu. Es lag näher zur Straße als das Anwesen, weshalb der Weg nicht so lang war.

Die Jagdhütte entdeckte ich sofort. Sie wirkte schon etwas verfallen, aber die blau gestrichenen Fensterrahmen leuchteten durch die gedeckten Farben des Waldes.

Ich sah mich ein letztes Mal um, dann klopfte ich an die Tür, deren Holz unten bereits etwas morsch geworden war. Damien öffnete mir. Ich betrat die Hütte und kaum, dass er die Tür hinter mir geschlossen hatte, zog er mich in seine Arme. Ich presste mich an ihn, und als wir uns wieder voneinander lösten, fanden sich unsere Lippen wie von selbst. Der Kuss war kurz, aber intensiv. Und er drückte all das aus, was wir füreinander empfanden. Wir waren zusammen, wir gehörten zueinander, und gemeinsam hatten wir diese Aufgabe bewältigt.

Nachdem wir uns voneinander gelöst hatten, sah ich mich in der Hütte um. Da lagen rostige Tierfallen, ein paar Ketten und ein Holzstuhl mit einem verfaulten Sitzpolster stand schief in einer Ecke. Das hier war kein schöner Ort zum Verweilen. Ich entdeckte Damiens Reisetasche. Als ich ihn wieder ansah, wusste ich, dass er dasselbe dachte. *Verschwinden wir von hier.*

»Hat alles gut geklappt?«

Ich nickte. »Cassandra hätte mich fast mit der Reisetasche auf der Treppe erwischt, aber es ist alles gutgegangen.«

Damien hielt immer noch meine Hand. »Ein Glück. Dann los.«

Ich zog den Kamm aus meinem Haar und löste das Zahnrad aus dem Geheimfach. Schon spürte ich die Magie, die über meine Haut jagte.

Nicht mehr lange und wir wären wieder zu Hause.

Nicht mehr lange und …

Die Tür ging auf. Damien und ich schwangen herum.

»Einen wunderschönen guten Tag, liebe Zeitreisende.«

Alles in mir wurde ganz still, dann zerbrach etwas mit einem leisen Klirren. Wir sahen in das grinsende Gesicht von Grayson Belmont.

TEIL 3

Es endet.

Kapitel 25
Lilly

Grayson Belmont zog eine Pistole, während Damien und ich immer noch wie erstarrt waren. Er hingegen hatte immer noch dieses widerliche Grinsen auf dem Gesicht, und jetzt drehte er sich um und winkte jemanden von draußen zu sich.

»Nur herein in die gute Stube.«

»Dad!«, entfuhr es mir, als mein Vater die Hütte betrat. Er sah so schuldbewusst aus, dass sich mein Herz zusammenkrampfte. So wie es aussah, missbrauchte Grayson Belmont ihn erneut als Druckmittel.

»Da hatte ich also mal wieder recht …« Grayson Belmont hob die rechte Hand, in der er eine kleine Fernbedienung hielt. »Es ist übrigens auch schön, euch zu sehen, Kinder. Vielen Dank für das herzliche Willkommen.« Die Ironie in seiner Stimme war Ekel erregend und weckte in mir den Wunsch, ihn zu schlagen. Zusammen mit der Sorge um meinen Vater entstand eine Wut in meinem Bauch, die schwer zu kontrollieren war. Ein Zittern fuhr mir durch den Körper, so angespannt war ich.

Weder Damien noch ich antworteten auf seine Begrüßung. Also drehte er die Fernbedienung in seiner Hand hin und her, um unsere Aufmerksamkeit auf sie zu lenken.

»Drücke ich diesen Knopf, wird Ihrem Vater ein Gift injiziert.« Er zwinkerte mir zu. »Sie wissen ja, Lilly. Sein schwaches Herz.« Er klopfte meinem Vater mit der freien Hand grob auf die Brust.

Erst da bemerkte ich, dass beide Männer die Kleidung dieser Zeit trugen. Einfache Hemden und grobe Wollhosen. Dazu klobige Schuhe und ein dünnes Tuch aus Baumwolle um den Hals. Sie sahen aus wie Arbeiter.

Was hatte das zu bedeuten?

»Was soll das, Vater?«, zischte Damien im gleichen Moment. »Wir haben das Zahnrad, so wie du es wolltest.«

Grayson Belmont lachte auf. »Euch kann man auch keinen Moment allein lassen.« Jetzt wurde sein Blick ernst. »Du hast eine Kamera in einem meiner Konferenzräume manipuliert. Hältst du mich eigentlich für komplett dumm?« Er legte die freie Hand ans Kinn. »Tja, ich bin also irgendwann darauf gekommen, dass ihr mich erneut hintergehen wollt. Zum Glück war die Kamera so ausgerichtet, dass ich einen Teil des Bildschirms sehen und zumindest Bruchstücke eurer Unterhaltung rekonstruieren konnte.«

Neben mir keuchte Damien leise. Und ich war ebenso überrascht. Wie paranoid konnte jemand sein?

Grayson Belmont erzählte fröhlich weiter. Seine Stimme klang so heiter, als säßen wir bei Kaffee und Kuchen zusammen und als würde er eine lustige Anekdote aus seinem letzten Urlaub erzählen. »Und dann habe ich mir gedacht, dass ihr auch hier nicht das macht, was ich will.

Aber zum Glück hat ein Handwerker ja überall Zugang.« Er grinste. »Erst habe ich als Diener getarnt ein paar Möbel sabotiert, dann habe ich sie als Handwerker getarnt wieder ausgebessert und dabei meine Technik angebracht.« Er griff in eine seiner Hosentaschen und holte etwas heraus, das nicht größer war als ein Hosenknopf. »Man kann sie als Schrauben tarnen, dann sieht sie auch das fleißigste Hausmädchen nicht.« Er ließ das Ding zurück in seine Tasche fallen. »Jedenfalls nach dieser Sache mit der Kamera im Konferenzsaal konnte ich euch nicht allein lassen. Also habe ich das Büro des Hausherrn, dein Zimmer und die Bibliothek überwacht. Ist zwar immer etwas mühsam, zum Anwesen zu kommen, um den Mikrochip zu entnehmen, aber so etwas wie ein Internet gibt es ja leider noch nicht. Doch die Mühe hat sich gelohnt. Es war höchst interessant, was meine Kameras aufgezeichnet haben.« Sein Blick glitt zu mir. »Und Sie helfen meinem Sohn auch noch bei seinen Plänen, Lilly. Ich bin ein klein wenig enttäuscht von Ihnen.«

Ich überging seine letzte Äußerung. »Das heißt, Sie waren die ganze Zeit hier? Genau wie wir?«

Er schüttelte den Kopf. »Erst als ich die manipulierte Kamera in meinem Konferenzraum bemerkt habe. Da wusste ich, dass ich euch überwachen muss. Wir haben uns ein Zimmer in einem Gasthof in Alton geteilt, und Ihr Vater musste meinen Gehilfen spielen.«

»Wie bitte?« Ich sah zu meinem Vater. Wir hätten uns treffen können. Er war die ganze Zeit so nah gewesen? Wie komplett verrückt musste man sein, so etwas zu wagen?

»Tja, und dann habe ich heute Mittag die Mikrochips

gewechselt und siehe da. Der Zufall hilft den Tüchtigen! Ihr seid schon fast auf dem Rückweg und trefft euch dafür in dieser Hütte. Also musste ich nur noch warten, bis ihr hier eintrefft.«

Wie schaffte es dieser Mann, dass er alle Menschen wie Marionetten benutzte? Ich fixierte ihn, und mein Blick war voller Hass. Wenn er nicht meinen Vater bedrohen würde, hätte ich mich längst auf ihn gestürzt.

Grayson Belmont schnipste mit der freien Hand. »Das Zahnrad, wenn ich bitten darf.«

Ich knirschte mit den Zähnen, doch dann griff ich in die Tasche meines Rocks und wollte es ihm anreichen. Und auch er zog etwas aus seiner Tasche. Ich erkannte den Gegenstand sofort wieder. Und an der Art, wie Damien scharf Luft holte, wusste ich, dass ich recht hatte.

Das war die Taschenuhr, die ich auf dem Video gesehen hatte. Jene Taschenuhr, die sich als Animation in Grayson Belmonts Büro gedreht hatte.

Sie hatte also tatsächlich etwas mit dem Zeitreisen zu tun, genau wie Damien es vermutet hatte. Jetzt bog ihr Eigentümer den Hinterdeckel hoch und entblößte die vielen Zahnräder im Inneren.

»Setzen Sie es einfach irgendwo ein«, befahl er mit barscher Stimme. »Na, los doch.«

Ich gehorchte. Das Zahnrad fügte sich nahtlos ein. Ich hatte sogar den Eindruck, dass die anderen Zahnräder sich bewegten und ihre Größe änderten, damit alles zusammenpasste. Wie surreal war das denn?

Dann erklang ein Klicken aus der Taschenuhr. Grayson Belmont nickte zustimmend. »Sehr schön.«

»Daher wusstest du es also«, erklang Damiens tonlose Stimme.

»Dass du mir bei deiner Rückkehr aus New York ein falsches Zahnrad untergejubelt hast?« Grayson Belmont lächelte schief. »Richtig. Die Uhr klickt, wenn das Zahnrad zu ihr passt. Das kleine Ding ist auch noch ein Lügendetektor.«

Ich betrachtete die Uhr immer noch fasziniert. Wofür war sie gut? Was für Kräfte besaß sie? Warum hatte Grayson Belmont allen Zeitreise-Familien ihre Zahnräder gestohlen und sie in dieses kleine Wunderwerk der Technik eingebaut?

Zu meiner Überraschung schob Grayson Belmont jetzt sein eigenes Zahnrad hinten in die Uhr. Dann schnipste er mit dem Finger. »Das deGray-Zahnrad, schnell.«

Jetzt verstand ich gar nichts mehr.

»Los!« Er wedelte drohend mit der Fernbedienung.

Ich reichte ihm das Zahnrad, das ich bisher versteckt in der anderen Hand gehalten hatte. »Was haben Sie vor?«

Er antwortete mir nicht. Stattdessen schubste er meinen Vater zu uns. Ich musste Dad stützen und stellte mich dann schützend vor ihn.

»Er will uns hier zurücklassen.« Damien klang ganz ruhig. »Nicht wahr, Vater? Das ist der Plan.«

Grayson Belmont fühlte sich so sicher, dass er die Fernbedienung in seine Tasche steckte. Dann schob er unser Zahnrad in die Taschenuhr. Dabei ruhte sein Blick auf seinem Sohn. »Du hast mich nur enttäuscht. Du bist zu einer Gefahr geworden. Und jetzt schalte ich alle aus, die hiervon wissen.« Er hob die Uhr, in der im selben Moment alle Zahnräder zu rattern begannen.

»Adieu.« Er schnippte den Hinterdeckel der Uhr zu.

Ich bekam nicht mit, wie Damien sich auf seinen Vater stürzte. Es ging alles viel zu schnell. Er verpasste ihm einen groben Faustschlag gegen das Kinn, und Grayson Belmonts Kopf flog nach hinten. Mit der anderen Hand entriss Damien ihm die Uhr.

Damiens Vater ging zu Boden. Es war ein einziger brutaler rechter Haken gewesen, der Grayson Belmont sofort in eine Ohnmacht schickte.

Damien keuchte und er sah den seltsamen Strudel nicht, der sich hinter ihm aufgebaut hatte. So einen Zeitreisen-Strudel hatte ich noch nie gesehen. Pechschwarz und völlig lautlos. Nichts bewegte sich in seiner Umgebung. Er war einfach nur da.

Damien machte einen Schritt nach hinten, bevor ich schreien konnte.

»Pass auf!«, rief ich und stürzte zu ihm.

Im nächsten Moment packte uns der Strudel und riss uns mit sich.

*

Wir landeten auf dem Times Square in New York. Damien stützte mich, weil ich den Halt verloren hatte. »Geht es?«

Ich nickte.

Die Häuser wirkten verfallen, auch wenn die großen Bildschirme neu und modern aussahen. Elektroautos surrten lautlos an uns vorbei. Doch wie normalerweise zu jeder Zeit üblich, gab es keinerlei Touristen hier. Niemand hielt eine Kamera, niemand machte Aufnahmen mit seinem

Handy. Die Menschen eilten an uns vorbei und sahen uns nicht an. Und das, obwohl wir mitten zwischen ihnen aufgetaucht waren. Niemand nahm von uns Notiz. Als wäre es völlig normal.

Instinktiv schob ich meine Hand in Damiens. Er blickte verwirrt auf die Taschenuhr in seiner freien Hand, dann sah er nach oben. Ich folgte seinem Blick. Überall waren Kameras angebracht. Drohnen schwebten im niedrigen Flug über den Menschen, aber auch diese schienen sich nicht an uns zu stören.

Im nächsten Moment änderten die Werbetafeln alle gleichzeitig ihre Ansage. »Eine Mitteilung von dem ehrenwerten Großen Anführer Belmont, Herrscher der Erde und Oberster des Weisen Rats«, erklang eine weibliche Stimme. Zu meinem Entsetzen beobachtete ich, wie Grayson Belmont auf den Leinwänden erschien, darunter war das Datum eingeblendet. 5. Juli 2045.

Was war das hier? Eine Halluzination? Ein Trugbild?

Damien und ich sahen uns an. Er war ganz blass geworden.

»Sag mir, dass das hier nur ein Traum ist«, flüsterte er.

»Ich weiß es nicht«, wisperte ich.

Wir konnten nicht in die Zukunft reisen. Es war unmöglich. Nur Zeit, die bereits vergangen war, die mit Leben erfüllt worden war, konnte mit dem Zahnrad besucht werden.

Das hier konnte nicht sein.

Oder doch?

Befanden wir uns wirklich in der Zukunft?

Gemeinsam sahen wir wieder auf den Bildschirm. Grayson Belmont war deutlich älter geworden, aber an seiner spöttischen Art zu sprechen hatte sich nichts geändert. »Liebe Mitbürger, ich kann mit Freuden berichten, dass wir auch das letzte Nest der Rebellen ausgeräuchert haben. Ab jetzt steht unserer großartigen weltumspannenden Nation nichts mehr im Wege. Gemeinsam können wir …«

»Mein Gott«, stieß Damien hervor. »Was hat er …« Die Taschenuhr klickte leise.

»Vorsicht«, sagte er noch alarmiert. »Ich glaube …« Im nächsten Moment war der Strudel wieder da und riss uns mit sich.

*

Damien und ich taumelten, als unsere Füße wieder festen Boden berührten.

Ich erkannte die Hütte, und dort war mein Vater. Erleichterung durchflutete mich. Es ging ihm gut.

Aber was zur Hölle war das gerade gewesen?

Grayson Belmont lag noch bewusstlos dort, wo Damien ihn niedergestreckt hatte. Seine Brust hob und senkte sich in einem flachen Rhythmus. Ich ließ Damiens Hand los und stürzte zu meinem Vater. »Dad! Alles okay?«

Mein Vater war kreidebleich geworden. »Wo wart ihr? Dieser schwarze Strudel hat euch innerhalb von Sekunden verschluckt.«

Damien schnippte die Taschenuhr auf und nahm unsere Zahnräder heraus, als wolle er eine Waffe entschärfen. Er reichte mir unseres herüber, und als ich ihn ansah, bemerkte ich, dass auch ihm der Schreck ins Gesicht geschrieben stand.

Aber jetzt hatten wir Gewissheit. Damien hatte sich

nicht geirrt. So lächerlich das mit den Weltherrschaftsplänen seines Vaters geklungen hatte, es würde Realität werden.

»Mit dieser Uhr kann man in die Zukunft reisen.« Ich deutete auf die Taschenuhr, die Damien immer noch in der Hand hielt. Ich konnte immer noch nicht fassen, was wir gesehen hatte. Den Anblick dieser grauen Zukunft voller Spionage würde ich lange nicht aus dem Kopf bekommen. »Wir waren in der Zukunft, Dad. Es ist genauso, wie Damien gesagt hat, diese Uhr birgt eine böse Macht. Sein Vater ist in der Zukunft irgendeine Art totalitärer Herrscher geworden. Die Welt wird von ihm überwacht. Er besitzt die völlige Kontrolle.«

»Verschwinden wir von hier.« Damien klang völlig ruhig.

»In Ordnung.« Ich wandte mich wieder zu meinem Vater. »Wo ist das Ding, das dich töten kann?«

Mein Vater wirkte immer noch sprachlos über diese Neuigkeiten, schob aber den Ärmel seines Hemdes hoch, bis man den Oberarm sehen konnte. Dort war etwas unter einem winzigen Pflaster versteckt.

»Kann ich es einfach abreißen?«, fragte ich hektisch.

Er nickte. »Das Gift wird nur injiziert, wenn er den Knopf drückt.«

Ich betete, dass Dad sich nicht irrte. Vorsichtig löste ich das Pflaster, dann zog ich an dem winzigen Behälter. Ein Tropfen Blut quoll hervor, als ich die Nadel aus seiner Haut zog.

»Ihr wart also wirklich in der Zukunft?« Mein Vater schien es noch nicht ganz glauben zu können. Er krempelte sich das Hemd wieder herunter und sah uns skeptisch an.

»Waren wir, Sir.« Damien ging zu der Fernbedienung, die seinem Vater aus der Tasche gefallen war, und zertrat sie mit seinem Stiefel.

Ich hatte eine Idee. »Wenn wir deinen Vater zurücklassen, dann wird das alles nicht passieren. Er wird niemandem etwas stehlen noch sich zum totalitären Herrscher aufschwingen können.«

Damien schüttelte den Kopf. »Wir können ihn nicht hierlassen.«

»Warum denn nicht? Er hat kein Zahnrad. Wie soll er zurückreisen?«

»Frankreich ist nicht weit genug entfernt.« Damien sah mich eindringlich an.

»Wieso Frankreich?«

»Unsere Vorfahren kommen aus Frankreich, das hatte ich dir doch schon erzählt. In dem Moment, in dem ich hier das Zahnrad meiner Familie in der Hand halte, existiert das Zahnrad auch bei meinen Vorfahren in Frankreich. Es ist sein Zwilling, genau die gleiche Genetik, wenn du es so ausdrücken willst. Es ist genauso funktionsfähig wie dieses hier.« Damien sah zwischen Dad und mir hin und her. »Mein Vater wird einen Weg finden. Er reist immer mit genug Gold, um alles zu kaufen, was er will. Eine Reise nach Frankreich ist ein Kinderspiel für ihn. Und dort wird er sämtliche Spione auf unsere Vorfahren ansetzen. Er wird dieses Zahnrad bekommen und früher oder später wird er zurück in die Gegenwart reisen.«

»Aber wenn er deinen Vorfahren in der Vergangenheit das Zahnrad nimmt, werdet ihr es in eurer Zeit gar nicht haben können«, warf mein Vater ein. »Er hätte damit die Zukunft geändert, denn deine Vorfahren hätten es nicht an euch vererben können, wenn es ihnen gestohlen wurde. Verstehst du? Und das will dein Vater garantiert nicht. Er braucht das Zahnrad ja für seine Pläne. Wäre es verlorengegangen und er hätte es in der Vergangenheit wieder aufgespürt, wäre das etwas anderes. Denn dann hätte es nicht das Leben oder die Handlungen von jemandem geändert. In der Vergangenheit können das Originalzahnrad und der Zwilling, das Duplikat, das durch das Zeitreisen entsteht, nebeneinander existieren. Lilly ist auf die Titanic gereist und gleichzeitig existierte ein Zahnrad gleicher DNA im Besitz unserer Vorfahren zu dieser Zeit. Wäre sie in der Gefängniszelle gestorben, würde das Zahnrad mit ihr auf dem Grund des Meeres liegen, aber unsere Vorfahren besäßen ihres immer noch, weil das Zahnrad ja nach wie vor existiert, es wird ja nicht zerstört. Dieser Verlust würde sich erst in der Gegenwart zeigen, weil ich allein zurückgeblieben wäre. Bringt dein Vater aber ein Zahnrad, das eigentlich in die Vergangenheit gehört, in die Gegenwart, ändert er den Verlauf der Geschichte.«

Damien nickte hastig. »Gut, dann übersehen wir etwas. Dad wird niemals aufhören, und er hat immer ein Auffangnetz, wenn er etwas wagt. Er ist das Risiko eingegangen und ist mit unserem Zahnrad gereist. Das würde er niemals ohne Absicherung machen. Und gerade weil hier irgendetwas nicht stimmt, bin ich der Überzeugung, dass mein Vater immer noch gefährlich ist. Er kennt die Namen derer, deren Zahnräder er gestohlen hat. Vielleicht will er eins dieser Zahnräder hier in der Vergangenheit an sich bringen und jemanden zwingen, ihn damit zu transportieren.« Damien drehte sich zu mir. »Du hast gesehen, was die Zukunft bringt. Wir müssen die Zukunft ändern, jetzt sofort. Das ist unsere einzige Chance.«

»Du willst also, dass wir jetzt weiter nach Ägypten reisen, um deine Spur zu überprüfen?«

Damien deutete auf sich. »Meine Vorfahren sind Franzosen und konnten zeitreisen. Und wir haben hier ein Gemälde von Napoleon entdeckt, der auch Franzose war und dessen Begleiter ebenfalls Zahnräder dabeihatten. Ich hätte das sofort durchschauen müssen.« Er strich sich nervös durchs Haar. »Wir müssen sofort handeln.«

Ein ungutes Gefühl machte sich in meiner Magengegend breit. Wie sollte das funktionieren? Wir waren nicht vorbereitet. Hatten keine Geschichte, keinen Hintergrund und auch sonst kaum relevante Infos.

»Gut, ich helfe dir. Aber nur unter der Bedingung, dass er hier bleibt. In der Gegenwart ist er eine größere Gefahr für uns. Was, wenn schon wieder so ein Killerkommando unser Haus stürmt? Nein danke. Mag ja sein, dass er einen Plan B hat und nach Frankreich reist. Jetzt bleibt er hier oder Dad und ich können dir nicht helfen.«

Damien runzelte die Brauen, dann nickte er. »In Ordnung.«

Dad hob die Hand. »Ich unterbreche euch nur ungern, aber könnt ihr mich bitte einweihen?« Mein Vater warf einen schnellen Blick auf den immer noch bewusstlosen Grayson Belmont, dann drehte er sich wieder zu uns. »Was habe ich da gehört? Ägypten?«

Damien hatte den Blick meines Vaters bemerkt. Er ging zu einem Stapel ordentlich aufgerollter Seile und begann dann, seinem Vater die Hände zu fesseln. Ich kramte meine Skizzen hervor und gab sie ihm. So schnell wie möglich weihte ich Dad in unseren Fund ein, während er die Papiere betrachtete.

Kaum hatte ich geendet, ließ er die Zeichnungen sinken. »Auf einigen der Artefakte befindet sich der sogenannte Kleine Falke, das Zeichen von Kleopatra.«

»*Die* Kleopatra?«, fragte Damien ungläubig. »Aber ihr Grab gilt als verschollen, oder?«

»Richtig.« Dad betrachtete die Zeichnung erneut. »Mittlerweile nimmt man an, dass ihre Grabstätte bereits kurz nach ihrem Tod von einem Rivalen zerstört wurde. Das hier aber ändert die Geschichte komplett.«

»Aber mehr weißt du nicht darüber?«, drängte ich, während ich die Papiere wieder in meine Reisetasche stopfte. Uns lief die Zeit davon. Grayson Belmont würde aufwachen, und Edward Austen Knight hatte ganz sicher auch schon das Fehlen seines Zahnrads bemerkt.

»Ich kann dir nicht sagen, was das Auftauchen der Zahnräder mit dem Grab von Kleopatra zu tun hat. Ich weiß, dass Murad Bey, der zu dieser Zeit Statthalter in Ägypten war, versucht hat, die Franzosen unter Napoleon, die einfach in sein Land einmarschiert waren, zu bestechen. Er bot ihnen viel Geld, damit sie wieder aus seinem Reich verschwanden, und er lud sie sogar in seinen Palast ein. Es gibt Gerüchte, dass Bey Napoleon zugesagt hat, eine der bedeutenden Grabkammern zu besichtigen. Vielleicht war es die Grabkammer von Kleopatra, und die Männer haben die Zahnräder dort gefunden. Vielleicht haben sie sie aber auch bloß auf einem Markt gekauft und sie sind nichts weiter als Schmuck ohne jegliche Magie.

Oder jemand hat sie ihnen geschenkt. Hier kommen wir nicht weiter.« Dad sah mich entschuldigend an.

Grayson Belmont stöhnte, aber er schlug die Augen nicht auf.

Damien stand über seinem Vater und betrachtete ihn voller Abscheu. »Du hast so viel Leid verursacht. Du hast Ruby und mir wehgetan. Ich hoffe und bete, dass dein Plan heute und hier endet. Ich hoffe und bete, dass du schachmatt bist. Denn ich will dich nie wiedersehen. Du wirst Ruby keinen Schaden mehr zufügen können. Du wirst mich nie wieder quälen und für deine Pläne einspannen.« Er beugte sich näher zu dem bewusstlosen Mann. »Ich würde dich töten, aber dann wäre ich wie du und so ein Mann will ich nicht sein.«

Grayson Belmont stöhnte erneut, und dann regte er sich.

»Wir müssen verschwinden! Jetzt!«, rief ich. Ich gab Dad unser Zahnrad. »Reise du allein, und Damien und ich nehmen das Zahnrad seiner Familie. Wir treffen uns in der Kleiderkammer.«

Ich zog Damien von seinem Vater weg. »Los, Beeilung. Zahnrad, Reisetasche. Beeil dich doch.« Schnell nahm ich meine eigene Tasche vom Boden hoch.

Damien reagierte zum Glück, und im nächsten Moment waren wir startklar.

Die Wirbel bauten sich gleichzeitig auf.

Durch die verschwommenen Farben sah ich noch, wie Grayson Belmont plötzlich aufsprang. Er versuchte, sich in den Wirbel von Dad zu stürzen und nach seiner Hand zu greifen.

Meine Sicht verschwamm. Ich musste ihm helfen!

Grayson Belmont durfte auf gar keinen Fall mit uns zurück in die Gegenwart reisen.

»Dad!«, rief ich verzweifelt, während Damiens Griff um meine Hand fester wurde.

Dann riss uns die Magie erneut mit sich.

Kapitel 26
Damien

Wir landeten in der Kleiderkammer der Familie deGray.

Sofort ließ Lilly meine Hand los und sah sich hastig um.

Auch ich war sofort in Alarmbereitschaft. Hatte mein Vater es geschafft? War er mit uns gereist?

Doch ich atmete auf. Keine Spur von ihm. Wir hatten ihn tatsächlich in der Vergangenheit zurückgelassen. Dennoch war ich nervös. Erst wenn ich eine Möglichkeit fand, meiner Familie das Zeitreisen für immer zu nehmen, wäre die Welt vor ihm sicher. Das hier war nur eine vorübergehende Lösung.

Wieder mal hatten wir das Stundenglas gedreht. Wieder mal war er uns dicht auf den Fersen, das fühlte ich.

Lilly sah nach ihrem Vater. Doch dem schien es gut zu gehen.

»Geht es dir gut, Dad?« Sie strich ihm über die Schulter. »Was hat er dir angetan? Hat er dich gut behandelt? Tut dir etwas weh? Soll ich dich zum Arzt fahren? Ins Krankenhaus?«

Ihr Vater winkte ab. Er nahm ihre Hand und drückte sie. »Mir geht es gut. Er hat mich den Umständen entsprechend gut behandelt. Mir fehlt nichts.«

»Wissen Sie etwas über die Taschenuhr?«, platzte es aus mir heraus. »Hat er Ihnen irgendetwas darüber erzählt?«

Thaddeus deGray schüttelte den Kopf. »Ich war in meinem Zimmer eingesperrt, so wie jeden Tag, nachdem ihr in die Vergangenheit gereist seid. Irgendwann holten mich die Wachleute, man befahl mir, mich umzuziehen, und dann erwartete mich Grayson Belmont mit unserem Gepäck. Er wies mich lediglich an, mich als sein Assistent auszugeben. Wir wohnten in einem Gasthaus in Alton, aber auch dort musste ich immer auf dem Zimmer bleiben. Von daher weiß ich leider gar nichts.«

»Verstehe«, erwiderte ich. »Vielen Dank, Sir.«

Meine Gedanken wanderten wie automatisch zu dem vorhin Geschehenen zurück. Mein Vater war also tatsächlich der Handwerker gewesen, von dem die Dienstmädchen in der Bibliothek gesprochen hatten. Ein Frösteln durchlief mich. Er war die ganze Zeit so nah gewesen. Hatte mich und Lilly beobachtet. Und dann die Neuigkeit rund um die Taschenuhr. Eine verdammte Zeitmaschine … Ich konnte es immer noch nicht fassen. Mein Vater hatte eine Zeitmaschine gebaut. Wie hatte er davon erfahren? Und woher wusste er, dass die Zahnräder der Zeitreisenden dafür nötig waren? Mit ihrer Macht würde er die Technik der Zukunft ausspionieren und sich so an die Spitze der Menschheit setzen. Was für eine furchtbare Zukunftsaussicht!

Mein Vater hatte so viele Geheimnisse vor mir gehabt.

Und jetzt hatte ich ihn in der Vergangenheit zurückgelassen.

Und ich hatte meinen Vater geschlagen, auch das war eine Premiere. Aber nach dem, was ich in der Zukunft gesehen hatte, hatte er es mehr als verdient. Er war schon immer größenwahnsinnig gewesen, aber dass er tatsächlich die ganze Welt unterjochen wollte, das hatte ich nicht geahnt.

»Nein, Dad, wir sollten sofort anfangen«, hörte ich Lilly in diesem Moment sagen. Sie klang verärgert.

»Du solltest dir wenigstens die Zeit zum Umziehen nehmen«, warf ihr Vater ein.

Lilly sah zwar uneinsichtig aus, doch sie protestierte nicht. »Gut, dann bin ich mal eben oben, gehe duschen und werfe mich in zeitgemäße Klamotten.«

Ich vermutete, dass sie einen leichten Schock hatte. All das, was geschehen war, war heftig gewesen. Manche Leute reagierten darauf mit Nervosität und Unruhe.

Sie rauschte an uns vorbei, und ich sah ihr nach.

Mr deGray kam zu mir und musterte mich. »Ich nehme an, Sie brauchen auch ein paar passende Kleidungsstücke, Damien. Ich ziehe mich um und gehe dann kurz über die Straße in diesen Laden für junge Leute.« Er musterte mich von oben bis unten. »Shirtgröße M, Schuhgröße 44, und ich vermute, Sie benötigen bei den Jeans mindestens Länge 34?«

Ich war beeindruckt von seiner Einschätzung. »Richtig, Sir. Weite 32, bitte. Ich danke Ihnen.«

Er winkte ab. »Soll ich Sie in das Gästezimmer bringen? Wenn Sie möchten, können Sie aber auch so lange hier unten bleiben und sich schon etwas mit der Bibliothek vertraut machen. Wir haben zwei Arbeitsplätze mit PCs, aber auch noch zwei große Tische, die wir zusammenschieben können. Dort können wir dann gemeinsam sitzen und Bücher wälzen. Vielleicht können Sie das schon mal vorbereiten.«

Ich nickte. »Das übernehme ich sehr gern.«

»Ich bringe auch Wasser und ein paar Snacks mit nach unten.«

»Das ist nett, vielen Dank, Sir.«

Mr deGray wollte an mir vorbeigehen, dann hielt er inne. »Du kannst mich Tad nennen. Ich heiße eigentlich Thaddeus.«

Ich freute mich über diesen Vertrauensbeweis. »Vielen Dank … Tad.«

Er lächelte schief. »Dann bis gleich, Damien.«

*

Die Bibliothek der deGrays war wirklich beeindruckend. Es gab sogar ein ganzes Regal, das nur Aufzeichnungen über Ägypten beinhaltete.

Lilly stellte die Kekse, die Chips und die Kanne mit dem starken schwarzen Kaffee auf die zwei zusammengezogenen Tische und verteilte Bleistifte und Notizpapier.

»Wir sollten zuerst zusammentragen, was wir schon Wissen, und Damien, du solltest meinem Vater erzählen, was dein Plan ist«, schlug sie vor. Sie hatte ihr Regency-Kleid gegen eine weite Jeans und einen Oversize-Pullover getauscht. Und sie hatte erfolglos versucht, die winzigen Löckchen aus ihrem Haar herauszukämmen, was irgendwie süß aussah. Überhaupt hatten ihr die Regency-Kleider mit ihren hellen Farben und fließenden Stoffen sehr gut gestanden. Ich musste unwillkürlich lächeln, als ich daran dachte. Verflixt, mich hatte es echt erwischt, wenn ich es trotz all der Katastrophen der letzten Tage noch schaffte, verliebten Gedanken an Lilly nachzuhängen.

»Eine gute Idee.« Tad, der mittlerweile auch wieder Alltagskleidung trug, lehnte sich in seinem Stuhl zurück und verschränkte die Arme über seinem Bauch.

Lilly deutete auf mich. »Fang du doch an.«

Ich räusperte mich, darum bemüht, meine Gedanken auf unsere aktuellen Probleme zu lenken.

»Ich bin dem Ursprung des Zeitreisens auf der Spur. Dort will ich meiner Familie diese magische Kraft nehmen. Und wie gesagt, ich glaube, dass mein Vater nur aufgehalten werden kann, wenn ich meiner Familie diese Kraft nehme. Aktuell ist er immer noch eine Bedrohung, selbst in der Vergangenheit.« Ich sah zu Lilly. »Das Gemälde mit den Zahnrädern ist ein Hinweis. Vielleicht befindet sich sogar einer meiner Vorfahren darauf. Wenn ich ihn identifizieren kann, kann ich verhindern, dass er das Zahnrad bekommt. Und ich glaube, dass wir in Ägypten die Lösung des Rätsels finden können.«

Tad nickte langsam. »Auch meine Familie hat natürlich schon versucht herauszufinden, wann und woher unsere Kräfte kommen. Einen so konkreten Hinweis auf Kleopatras Grabschätze im Zusammenhang mit Napoleon haben wir noch nicht gefunden, was wirklich aufregend ist. Fakt ist, Napoleon wollte Ägypten einnehmen, um die koloniale Vormachtstellung der Engländer zu schwächen. Interessant ist, dass er auch Wissenschaftler und Forscher mitnahm. Er wollte das Land also nicht nur überrennen, er wollte es kennenlernen. Und da war es nicht dumm, dass der Emir, oder besser gesagt der Regent namens Murad Bey, ihn mit dem Vorschlag köderte, ihm eine der beeindruckenden Grabkammern zu zeigen, wenn er das Land wieder verlässt. Wir wissen ganz sicher, dass er erfolglos versucht hat, Napoleon mit Geld zu bestechen. Dieser hat ihm erst vorgegaukelt, sich ködern zu lassen, und ihn dann aus seinem eigenen Palast vertrieben. Die Wissenschaftler und Forscher haben sicherlich so einige Objekte aus den Pyramiden, Tempeln und Grabkammern entwendet, um sie zu untersuchen und in Frankreichs Museen auszustellen. So könnten die Zahnräder der Zeitreisenden in den Besitz seiner Gefolgsleute gekommen sein und sich auch auf dem Gemälde wiederfinden«, fasste er zusammen.

Das war alles interessant und es klang logisch, aber ich konnte mir immer noch nicht vorstellen, dass sie in der Grabkammer von Kleopatra auf Zahnräder gestoßen waren.

»Gibt es denn überhaupt irgendwelche Hinweise, woher die Zahnräder ursprünglich kommen?«

Tad schüttelte den Kopf. »Nicht unter unseren Prämissen. Meine Familie war der Meinung, dass wir die Einzigen sind, die über solche Kräfte verfügen. Und niemand ist auf einen Zusammenhang mit Napoleon gekommen. Das Metall unseres Zahnrads konnte nie identifiziert und zugeordnet werden. Ich selbst habe es in einem Labor untersuchen lassen und dort wurde ich dann gefragt, ob ich einen Meteoriten gefunden hätte. Es hat mich sehr viel Geld gekostet, dass die Leute dort es nicht der NASA gemeldet haben. Bei unserem Zahnrad gibt es Hinweise, dass das Metall bearbeitet wurde. Bei der Betrachtung unter dem Rasterelektronenmikroskop zeigen sich deutliche Spuren, die darauf hinweisen, dass das Metall ursprünglich eine andere Form besessen hat.«

»Dann könnte es doch sein, dass dieses Metall in Ägypten gefunden wurde«, sagte ich und richtete mich in meinem Stuhl auf. »Es wurde dort gefunden und später dann bearbeitet.«

Tad zuckte wieder die Schultern. »Auf diesem Gemälde sind laut deiner Zeichnung drei Zahnräder dargestellt. Das ist schon auffällig, zumal es auch kein modisches Accessoire zu dieser Zeit war. Es ist also eher unwahrscheinlich, dass die Männer es irgendwo gekauft haben. In Ägypten gab es zu dieser Zeit unzählige Märkte, die alle möglichen Kuriositäten angeboten haben. Aber das ist einfach zu speziell.«

»Und was ist das für ein Metall? Es sieht nochmal anders aus als die Zahnräder.« Ich holte die Taschenuhr hervor und schob sie in die Mitte des Raums. Tad griff danach und drehte sie im Licht. »Richtig, das ist noch mal ein anderes Material.« Er kniff die Augen zu Schlitzen. »Faszinierend. Dieser Schimmer auf dem Gold. Wie ein Hauch Perlmutt.« Er klappte sie auf und betrachtete das Innere. »Es ist keine Legierung. Es scheint einfach von innen heraus zu schimmern.«

»Das ist in der Tat faszinierend, Dad, aber lass uns jetzt beim Thema Zahnräder bleiben. Wer hatte die Ehre, auf so einem Gemälde mit Napoleon dargestellt zu werden?«, wollte Lilly jetzt wissen. »Er würde sich doch nicht mit irgendwelchen dahergelaufenen Männern abbilden lassen.«

»Nein, auf gar keinen Fall«, erwiderte Tad und schob mir die Taschenuhr wieder zu. »Dazu war er viel zu sehr auf den richtigen Umgang bedacht. Seine Außenwirkung war ihm wichtig, und er war extrem eitel. Auf diesem Feldzug ging es ihm darum, mehr Macht zu gewinnen und gleichzeitig mit seinen vermeintlichen Entdeckungen für Kunst und Forschung in die Geschichte einzugehen.«

»Wir können also davon ausgehen, dass es sich bei diesen Leuten um besondere Menschen handelte, die gleichzeitig seine Vertrauten waren.« Lilly lehnte sich nach vorn und klopfte mit einem Bleistift auf die Tischplatte. »Wenn er ein Angeber war, dann hat er sich nur mit den mächtigsten oder klügsten Leuten abbilden lassen. Über die müsste doch eigentlich etwas herauszufinden sein. Wenn sie eine so spezielle Truppe waren, meine ich. Vielleicht berichtet einer von ihnen über die Sache mit dem Zahnrad.«

Tad nickte seiner Tochter anerkennend zu. »Napoleon hatte Ingenieure, Mathematiker, Architekten, Naturwissenschaftler und viele weitere Fachleute in seiner Truppe dabei. Bekannte Namen sind hier der Maler Dominique Vivant Denon oder der Chemiker Nicolas-Jacques Conté. Er hatte links eine Augenklappe, seit ihm bei Versuchen mit Gasgemischen sein Labor explodiert ist. Dann noch der junge Zoologie-Professor Etienne Geoffroy Saint-Hilaire, gerade mal 26 Jahre alt, aber ein genialer Kopf. Oder der Mathematiker Gaspard Monge, der das Direktorium des Ägyptischen Instituts übernahm. Außerdem Studenten der École Polytechnique. Es ist sogar überliefert, dass Napoleon an Dolmetscher und Landvermesser gedacht hat. Einige dieser Wissenschaftler, ungefähr zehn, wurden auf der Reise seine Freunde. Sie wurden seine Vertrauten, der sogenannte *engste Kreis.* Es ist also eine sehr kluge

Idee, mehr über diese Männer herauszufinden, kleine Wühlmaus.« Im nächsten Moment hustete er verlegen und sah dann zu mir. »So nennen wir sie manchmal. Ich meine, meine Frau und ich haben sie so genannt …«

Ich musste lächeln. »Das ist ein süßer Name.« Mein Blick glitt zu Lilly. »Und er passt zu ihr.«

Sie verdrehte lächelnd die Augen.

Ich hingegen konnte meinen Blick nicht von ihr abwenden.

Irgendwann, Lilly. Irgendwann werden wir genug Zeit für uns haben. Nur für uns. Und ich werde es lieben, auch wenn ich die ganze Nacht lang nur neben dir liege, um gemeinsam in die Sterne zu sehen. Irgendwann.

Im nächsten Moment sprang Lilly auf. Sie deutete mit dem Bleistift auf ihren Vater. »Dad, du suchst in unserem Bestand, ob wir irgendwelche persönlichen Aufzeichnungen von Leuten haben, die auf diesem Feldzug dabei waren. Suche nach Hinweisen, die uns bestätigen, dass diese Leute zusammen mit Napoleon irgendeine Grabkammer besichtigt haben.« Dann deutete sie mit dem Bleistift auf mich. »Wir beide gehen zu den PCs. Wir kämmen das Netz von oben bis unten durch. Wir müssen herausfinden, wer diese Leute waren und warum sie die Zahnräder als Schmuck trugen.«

Ich nickte und erhob mich. »Alles klar, Wühlmaus.«

Lilly warf ihren Bleistift nach mir.

Kapitel 27
Damien

»Okay, was haben wir?« Lilly streckte sich in ihrem Stuhl. »Tragen wir Informationen zusammen, okay? Ich fange an.« Sie drehte sich zu uns um. »Von den Wissenschaftlern, von denen du vorhin erzählt hast, Dad, sind viele Informationen vorhanden. Allerdings geht es hier hauptsächlich um ihre Fachliteratur, um Zahlen und Fakten. Es gibt Scans eines Tagebuchs von Dominique Vivant, aber es ist so stark beschädigt, dass die allermeisten Passagen nicht mehr lesbar sind. Ich habe aber Bilder der Männer auftreiben können. Wir sollten sie also ohne Probleme erkennen. Ich drucke sie euch gleich aus, damit ihr informiert seid.« Jetzt wurde ihr Blick ernst. »Gehen wir davon aus, dass der Ursprung des Zeitreisens in dieser Zeit begann, mit diesen Männern begann, dann habe ich schlechte Neuigkeiten. Wenn wir richtigliegen, dann sind diese Männer unsere Vorfahren. Ich konnte aber weder jemanden mit dem Namen ›Belmont‹ noch mit Namen ›deGray‹ finden. Nicht alle Wissenschaftler, die Napoleon begleitet haben, sind dokumentiert, so viel ist sicher. Außerdem wissen wir nicht, ob tatsächlich nur Männer dieser Gruppe zu seinem *engsten Kreis* gehörten. Vielleicht waren auch Generäle dabei oder Männer in anderen Positionen, von denen einfach nichts mehr überliefert ist. Unsere Namen zu finden hätte diese Suche vereinfacht.« Sie zuckte die Schultern und wirkte resigniert. »Aber ich habe sie leider nicht entdeckt.«

Ich konnte nicht verhindern, dass mich ihre Worte deprimierten.

»Es gibt viele Gründe, warum Menschen ihren Namen ändern«, sagte Tad von seinem Platz an dem großen Tisch aus. »Strafverfolgung, persönliche Gründe, der Umzug in ein anderes Land. Manchmal sind sie auch nicht bedeutend genug, um in der Geschichte unserer Welt einen Platz zu finden. Es muss nicht zwangsläufig heißen, dass an eurer Theorie nichts dran ist.«

Ob ich mich irrte? Waren wir komplett auf der falschen Fährte?

Zwei Stunden waren seit Beginn unserer Recherche vergangen.

Es hatte mir in den Fingern gejuckt, im Büro meines Vaters anzurufen. Vielleicht könnte ich es schaffen, dass Sebastian mir die Nummer gab, unter der mein Vater Ruby erreicht hatte. Ich musste einfach wissen, wie es ihr ging. Ich machte mir so große Sorgen um sie. Doch dann hatte ich mich dagegen entschieden. Vermutlich litt ich bereits an Verfolgungswahn, und deshalb war es mir zu riskant, irgendjemandem aus dem Umkreis meines Vaters mitzuteilen, dass wir es zurück in die Gegenwart geschafft hatten. Ich wusste nicht, wer eingeweiht war. Mittlerweile traute ich niemanden mehr. Also hatte ich mich dagegen entschieden, obwohl mein Herz sich vor Schmerz zusammengekrampft hatte. Wir drei waren alle so beschäftigt gewesen, dass das einzige Geräusch in der Stille mein Knuspern gewesen war, als ich innerhalb von fünf Minuten eine ganze Tüte Chips gefuttert hatte. Aber ich mochte die Ruhe, die hier herrschte. Ganz anders als mein Vater war Tad geduldig und schien in sich zu ruhen. Er strahlte etwas Gemütliches aus, das mir sehr gefiel. Und ich war beeindruckt, wie viel er wusste. Mein Vater hatte jede Kleinigkeit nachgucken müssen. Tad hatte alle Daten und Zahlen im Kopf.

»Ich habe auch was.« Ich schob meinen Stuhl zurück, sah zu Lilly und deutete dann auf den Bildschirm vor mir. Nachdem ich mich gefühlt ewig durch die schlechten Scans der Universitätsbibliothek von Paris gewühlt hatte, sah es jetzt so aus, als hätte ich etwas gefunden. Lilly war schon neben mir, Tad hatte den Tisch verlassen und stellte sich hinter mich.

»Das hier ist das gut erhaltene Tagebuch von jemandem, der bei Napoleons Orientfeldzug dabei war«, erklärte ich. Ich war erleichtert, dass mein Französisch doch so gut war, dass ich halbwegs verstand, worum es ging.

Lilly und ihr Vater schienen in den allermeisten Weltsprachen keine Probleme zu haben. Und da sie noch dazu Experten auf dem Gebiet ägyptische Geschichte zu sein schienen, wollte ich mich nicht noch mehr blamieren.

Ich deutete auf das eng beschriebene Blatt Papier. »Der Mann ist Geschichtsprofessor und berichtet, dass Napoleon einen *engsten Kreis* besaß. Und er gibt die ganze Zeit damit an, dass er zu diesem Kreis gehörte …«

Lilly kicherte und stupste mir gegen die Schulter.

Ich grinste und fuhr fort. »Jedenfalls spricht er hier von

einer Einladung bei einem Regenten namens Murad Bey. Eine ausgewählte Gästeschar war erst bei ihm zu einem Fest im Palast in Kairo und dann hat es für einige wenige inklusive Napoleon noch eine Führung gegeben.« Ich deutete mit der Spitze meines Kulis auf die vergilbte Seite, die der Computerbildschirm zeigte.

Dann klickte ich ein paar Seiten weiter vor. »Und hier beschreibt er ellenlang die Artefakte, die sie aus der Grabkammer einer Pyramide geborgen haben. Sie wollten sie in Sicherheit bringen, bevor der Krieg ausbricht.« Ich drehte mich halb zu Tad um. »Das bedeutet ja wohl, dass sie schon in der Grabkammer von Kleopatra waren. Jedenfalls spricht er hier von einem speziellen Geschenk, das Napoleon seinen Vertrauten gemacht hat. Und dann gibt er weiter damit an und irgendwann bricht das Tagebuch ab.«

»»Wir müssen also davon ausgehen, dass es tatsächlich Kleopatras Grab war, das Napoleon mit seinen Leuten besichtigt hat.« Tad hielt ein paar Zeichnungen in die Höhe, deren Hieroglyphen genauso aussahen wie die auf den Artefakten auf dem Gemälde, das wir im Anwesen von Edward gesehen hatten. »Schließlich findet sich überall dort ihr Zeichen.« Er wandte sich an mich. »Von welchem Datum sprechen wir hier?«

Ich ging noch mal auf das erste Bild. »Die Einladung fand vermutlich am 10. Juli statt. Der nächste Eintrag ist vom 14. Juli, da hatte er das Geschenk schon bekommen.«

Ich drehte mich um, sodass ich sie beide ansehen konnte. »Entweder hat Napoleon ihnen etwas aus dieser Grabkammer geschenkt oder er hat es irgendwo anders besorgt. Ich fürchte, wir kommen so nicht weiter. Wir müssen uns irgendwie in diese Delegation einschleichen. Ich habe zwar keine Ahnung, welche Rollen wir spielen sollen, und außerdem kann ich mir nicht vorstellen, dass er Frauen in seiner Truppe hatte. Wie sollen wir dann Lillys Anwesenheit erklären? Oder soll ich allein reisen?«

Lilly schüttelte heftig den Kopf. »Du hast doch gar keine Ahnung von Ägypten.«

»Vielen Dank, Wühlmaus.«

Sie knuffte mich erneut in die Schulter.

»Es sind auch Frauen mit der Armee nach Ägypten gekommen. Näherinnen, Ehefrauen von Offizieren oder Wäscherinnen. Doch um eine dieser Rollen überzeugend spielen zu können, ist Lillys Französisch leider nicht gut genug.« Tad lächelte Lilly entschuldigend zu, dann runzelte er die Stirn. »Aber zurück zu unserem eigentlichen Problem. Ihr könnt euch nicht einfach einer kleinen Gruppe von Leuten anschließen, die Napoleon persönlich zu seinem *engsten Kreis* auserwählt hat. Er war misstrauisch und er hat sehr darauf geachtet, mit wem er sich umgeben hat. Ehe ihr darauf setzt, mit dieser Gruppe in die Pyramide zu gelangen, solltet ihr versuchen herausfinden, wer Damiens Vorfahre war. Wenn ihr verhindert, dass er in den Besitz des Zahnrads gelangt, ändert ihr die Geschichte von Damiens Familie. Sie könnten dann niemals durch die Zeit reisen. Dafür müsstet ihr allerdings eine Rolle spielen, in der ihr überzeugt. Die Menschen dort müssen euch als einen von ihnen ansehen, sonst wird das nichts.«

Er presste die Lippen zusammen. »Die Briten hatten eine Delegation im Land. Schließlich versuchten auch sie, sich mit den ägyptischen Herrschern gut zu stellen, um sich ihre Handelsrouten zu sichern. Es gab zu dieser Zeit einen britischen Kulturattaché in Kairo, der sich um die

Beziehungen kümmern sollte, aber die Diplomatie, wie wir sie heute kennen, steckte noch in den Kinderschuhen. Diplomaten reisten natürlich mit Frau und Kindern in dieses Land. Ihr könntet getarnt als ein junges Ehepaar in so eine Rolle schlüpfen, dann würden wir das Problem mit der französischen Sprache übergehen können. Wir müssten herausfinden, wer zu genau dieser Zeit in Kairo stationiert war, um euch halbwegs gefahrlos dorthin zu schicken.«

»Die Idee mit dem Diplomaten klingt gut, suchst du uns da weitere Informationen heraus, Tad?« Ich sah ihn lächelnd an.

Er nickte. »Da findet sich bestimmt etwas.«

Wir hatten gerade alle wieder Platz genommen, als er ein überraschtes Geräusch von sich gab.

»Was ist, Dad?« Lilly klang besorgt.

Tad sah zu uns herüber und wirkte völlig perplex. »Napoleon hat Taschenuhren gebaut.«

Er musste sich einen Scherz erlauben.

»Ich habe hier den Bericht eines Bediensteten, als Napoleon schon auf die Insel Elba verbannt worden war.« Er war immer noch fassungslos. »Im Exil hatte er eine Menge Zeit, und so widmete er sich offenbar wieder diesem Hobby. Hier steht es schwarz auf weiß. Er konnte Taschenuhren bauen. Und der Mann schreibt, dass Napoleon Dutzende Zeichnungen von Zahnrädern angefertigt hat.«

»Das Zahnrad war also fast so was wie sein persönliches Wappen?«, fragte ich.

»Na ja, außer dass kaum jemand von dieser Leidenschaft wusste. Dieser Mann muss ihm offenbar nahegestanden und ihn gut gekannt haben, wenn er sich freiwillig mit ihm ins Exil begeben hat. Ich glaube jedenfalls, diese Information ist glaubhaft.«

Ich sah kurz zu Lilly, die die Augen zusammengekniffen hatte. »Wenn eine Uhr so was wie sein persönliches Maskottchen war, dann kann es gut sein, dass er seinen Vertrauten genau solche Gegenstände schenkt. Um sie als Teil seiner Truppe zu kennzeichnen.« Sie richtete sich in ihrem Stuhl auf. »Was, wenn sie in der Grabkammer irgendetwas gefunden haben, was aber im alltäglichen Gebrauch unpraktisch war oder leicht verloren ging? Und Napoleon hat es dann zu Zahnrädern umarbeiten lassen. Zu etwas, das man überall als Schmuck anbringen kann.«

Tad hatte erst langsam genickt, dann wurde sein Nicken immer schneller. »Das könnte sein.«

»Ob er sich das Gehäuse einer Taschenuhr hat anfertigen lassen und seinen Freunden die Zahnräder? So als Zeichen, dass er zwar der Boss ist, aber ohne sie nicht funktioniert? Das wäre doch ein sehr starkes Bild und ein schmeichelndes Kompliment an die Menschen, denen er vertraut hat«, überlegte Lilly laut.

»Das ist natürlich möglich.« Tad kratzte sich am Kinn. »So eine große Geste würde gut zu ihm passen.«

»Aber konnte er dann mit der Taschenuhr reisen?« Lilly hatte die Brauen gerunzelt. »So wie es aussieht, ist es doch ein ganz anderes Material als die Zahnräder. Und besaß er dann auch die Muttermale? Besaßen die anderen Muttermale? Und was war zuerst da?«

»Es gibt Fragen, die wir einfach nicht beantworten können.« Tad schenkte seiner Tochter einen liebevollen Blick. »Noch nicht.«

Ich hatte Lilly Gedankengängen gebannt gelauscht. All

ihre Überlegungen waren logisch und ziemlich clever. Ich fragte mich, warum ich noch nicht darauf gekommen war. Es war doch so offensichtlich. War Napoleon auch ein Zeitreisender gewesen? »Und was machen wir jetzt?«, wollte ich wissen.

»Am besten reist ihr als britische Diplomaten«, schlug Tad vor. »Obwohl, ihr seid noch zu jung für so eine bedeutende Position. Vielleicht als Assistent des Attachés und seine Frau?«

Lilly unterdrückte ein Lächeln, doch es entging mir nicht. »Was sagst du dazu, liebe Ehefrau?« Ich grinste sie an. Der Spruch musste jetzt sein.

Sie wurde tatsächlich etwas rot. »Ich bin dafür.«

»Und was machen wir, wenn wir Damiens Vorfahren nicht finden?«, wollte Lilly jetzt wissen. Sie sah zu mir. »Gehen wir dann in die Pyramide und suchen nach Antworten?

Ich sah fragend zu Tad. Ich vertraute seiner Einschätzung und wollte seine Meinung dazu wissen.

»Ich würde sagen, macht das. Auch wenn Grabkammern immer Gefahren bargen.« Er sah uns vielsagend an. »Ich vermute ja schon lange, dass unser Muttermal nicht zuerst da war. Zuerst gab es die Zahnräder, und dann kamen die Muttermale. Sie sind wie Kontaktpunkte, die das Metall in unserem Körper schafft, um mit uns zu kommunizieren. Allerdings müssen wir die Voraussetzung dafür mitbringen. Meine Frau hat diese Muttermale nie entwickelt.« Er verschränkte die Arme vor der Brust. »Glaubt ihr, dass in dieser Pyramide etwas geschehen ist, das die Männer verändert hat? Jedenfalls so sehr, dass das Metall seine Macht auf sie ausüben konnte? Das wäre eine Theorie, warum zum Beispiel in unserer Familie nie ein angeheirateter Ehepartner die Muttermale entwickelt hat.«

Ungewollt bekam ich eine Gänsehaut. »Du meinst, sie haben das Metall berührt und es hat sich irgendwie mit ihnen verbunden?«

Tad zuckte die Schultern. »Das könnte sein.«

Ich konnte es nicht glauben. Hatte es sich so zugetragen? Magisches Metall, das sich bei einer ersten Berührung für immer verband? So stark, dass sein Einfluss auf die nächste Generation weitervererbt wurde?

Tad sah zwischen mir und Lilly hin und her.

»Ich werde euch das vor eurer Abreise noch ein paarmal sagen, bitte nehmt es mir nicht übel. Diese Mission wird gefährlich. Wir haben zu wenig Details und ihr habt Rollen, auf die ihr euch nur unzureichend vorbereiten könnt. Natürlich wurde das Land zu dieser Zeit bereits besucht. Engländer, Franzosen, Deutsche. Betuchte Leute sind schon immer gereist. Dennoch birgt schon allein der Besuch der Grabkammer Gefahren. Ich werde heraussuchen, wer zu dieser Zeit als britischer Diplomat in Ägypten stationiert war. Ich versuche, so viel wie möglich über Kleopatras Grab herauszufinden. Was nicht einfach wird, da es in der moderneren Archäologie als verschollen gilt.«

Er sah zu Damien. »Was hast du vor, wenn du deinen Vorfahren auf der Feier identifiziert hast?«

»Ich locke ihn unter einem Vorwand in eine dunkle Ecke des Palasts und schlage ihn k. o. Dann fesseln wir ihn, schmuggeln ihn durch einen Hintereingang raus, bestechen einen Kutschfahrer und halten ihn so lange gefangen, bis der *enge Kreis* die Pyramide besichtigt hat.«

Tad räusperte sich. »Nun, das klingt doch nach einem

Plan. Sollte das nicht klappen, dann findet heraus, wo Kleopatras Pyramide steht, und fangt ihn ab, wenn die Gruppe sie besuchen will.«

Ich nickte und Lilly fiel darin ein.

Tad seufzte. »Ich hoffe, es wird alles so unkompliziert, wie es sich anhört.« Er klang müde.

Lilly sah erst mich an und dann ihren Vater. Sie wirkte so Ernst, wie ich sie noch nie zuvor gesehen hatte. »Wir sollten vorsorgen, Dad. Wir spielen hier mit der Zukunft. Wenn etwas schiefgeht, wenn wir mehr als nur den Zeitstrahl der Familie Belmont ändern, dann sollten wir vorbereitet sein.«

Tad sah sie an. Er war plötzlich ganz weiß geworden.

»Ja«, sagte er dann langsam. »Du hast natürlich Recht, mein liebes Kind. Wir wissen zu wenig über das Zeitreisen und eine Ungewissheit bleibt immer. Was schlägst du vor?«

»Nimm ein Video mit deinem Handy auf. Erzähle alles, was unsere Familie ausmacht. Erzähle alles über das Zeitreisen und über Grayson Belmont, Damien und Ruby und seine Pläne für unsere Welt. Stell dir vor, du müsstest jemandem, der keine Ahnung davon hat, alles ganz genau erklären. Sollte etwas schiefgehen, dann hast du dein eigenes Video, das du dir ansehen kannst. Ich glaube, man vertraut den eigenen Worten immer mehr als denen anderer. Selbst wenn es die eigene Familie ist«, fügte sie noch leise hinzu. »Ich weiß, es ist ein Risiko und normalerweise machen wir so etwas nicht. Aber ich werde das Video auf einem USB-Stick speichern und diesen mitnehmen. Dann kann ich es dir bei meiner Rückkehr zeigen, sollte etwas schiefgehen.«

Ich wollte Lilly versichern, dass dies nicht der Fall war. Dass alles gut gehen würde. Dass wir lediglich meinen Vater ausbremsen würden. Aber ich wusste, dass keins meiner Worte ihr die Sorgen nehmen würde.

Tad nickte. »Das mache ich.« Seine Stimme klang belegt. Etwas hektisch sah er sich dann um. »Gut, dann machen wir mal weiter mit der Spurensuche.«

*

Mitten in der Nacht war ich plötzlich hellwach.

Ich hatte vergessen, mir eine Flasche Wasser mit ans Bett zu nehmen. Mein Gästezimmer befand sich auf der Wohnetage. Bis zur Küche war es nur ein kurzer Weg, und Tad hatte mir angeboten, mich einfach zu bedienen, wenn ich etwas brauchte.

Also schwang ich die Beine über die Bettkante und stand auf. Ich lauschte, ob ich noch jemanden hörte, doch alles war still. Möglichst leise öffnete ich die Tür meines Zimmers und schlich dann nur in Shorts und Shirt über den Flur.

In der Küche traf ich zu meiner Überraschung auf Lilly.

»Ich kann nicht schlafen«, sagte sie zur Begrüßung und lächelte entschuldigend. »Habe ich dich geweckt?«

»Nein, ich kann auch nicht schlafen«, erwiderte ich.

Wortlos reichte sie mir ihr Glas Orangensaft, während sie sich ein neues nahm.

»Danke.« Durch das Küchenfenster fiel nur wenig Licht. Die düstere Atmosphäre passte gut zu unserer Stimmung.

Es war fraglich, ob wir erfolgreich sein würden. Und es

war fraglich, ob wir irgendetwas erreichten. Und wie immer saß uns die Zeit im Nacken.

Mein Vater würde nicht tatenlos in der Vergangenheit herumsitzen und sein Schicksal akzeptieren. Er würde das Zahnrad meiner Vorfahren aufspüren und uns gnadenlos verfolgen.

Ich hoffte so sehr, dass wir es schafften. Es musste einfach klappen!

»Machst du dir Sorgen?« Ich hörte in ihrer Stimme, dass es bei ihr so war.

Also schüttelte ich den Kopf. Denn ich wollte ihr etwas Sicherheit geben und für sie da sein. Ich wollt ihr ein Halt sein, eine Schulter zum Anlehnen. »Wir haben akribisch recherchiert und wir sind beide gut ausgebildet.« Ich lächelte schief. »Zusammen sind wir ein unschlagbares Duo.« Zu meiner Überraschung setzte sie ihr Glas ab und kam zu mir herüber.

Sie sah süß aus in dem kurzärmligen Schlafanzug mit den kleinen Streublümchen. Dazu trug sie Pantoffeln, deren rosa Filz schon leicht ausgeblichen war.

In mir erwachte der unstillbare Wunsch, sie an mich zu ziehen, meine Hände in ihrem Haar zu vergraben und ihren wunderbaren Duft einzuatmen.

Lilly blieb dicht vor mir stehen. Mit einem zarten Lächeln griff sie in den Stoff meines T-Shirts und zog mich zu sich herunter.

Sie küsste mich, erst zart, dann öffnete sie den Mund und vertiefte den Kuss. Als wir uns voneinander lösten, war mir schwindelig vor Lust.

»Ich will heute nicht allein sein«, flüsterte sie. »Komm

mit hoch.« Und mit diesen Worten nahm sie meine Hand und zog mich hinter sich her.

Kapitel 28
Lilly

Als wir ganz oben in meiner Etage ankamen, war ich nicht mehr so mutig. Ich ließ Damiens Hand los und ging zu einem der großen Fenster, deren Vorhänge ich noch nicht geschlossen hatte. Mein Herz raste.

Damien war hier, ich hatte ihn zu mir eingeladen. Mein Kopf projizierte all meine Fantasien in Endlosschleife vor mein inneres Auge. Damien und ich auf meinem Bett, er über mir, ich über ihm und …

»Glaubst du, wir kriegen das alles hin?«, flüsterte ich.

Ich hörte seine Schritte, dann stand er ganz dicht hinter mir. »Wir schaffen das«, erklang seine Stimme an meinem Ohr. »Wir verhindern, dass meine Familie zeitreisen kann, und dann haben wir meinen Vater für immer gerettet.«

Er strich mit beiden Händen meine nackten Arme hinab. Das Gefühl seiner Fingerspitzen auf meiner Haut, diese unendlich zarte Berührung, ließ mich erzittern.

Vorsichtig drehte er mich zu sich um. Sein Blick wanderte über mein Gesicht.

»Wir können stolz auf uns sein«, sagte er. »Aber ich bin

besonders stolz auf dich. Darauf, wie mutig und selbstlos du bist. Du bist nicht nur von außen wunderschön, sondern auch von innen, Lilly. Du hast ein gutes Herz, und Mut und Loyalität sind für dich nicht einfach nur Worte.«

Ich konnte nichts erwidern, denn mein Hals war vor Rührung wie zugeschnürt. Ich lächelte, und er lächelte zurück. Das Adrenalin in meinem Blut wallte wieder auf und verwandelte sich in Leidenschaft.

Ich ging auf die Zehenspitzen, schlang meine Arme um Damiens Hals und küsste ihn. Ich eroberte seinen Mund und presste meinen Körper eng an seinen. Damien stöhnte auf.

Ich zog ihn mit mir zum Bett und gab ihm einen Schubs, sodass er auf die Matratze sank.

Schon war ich über ihm. Er lag mit weit ausgebreiteten Armen da, und seine Augen glänzten fiebrig.

»Lilly …« Seine Stimme klang dunkel vor Lust.

Ich zerrte an seinem Shirt, bis er sich aufrichtete und es sich über den Kopf zog. Mein Blick fiel auf die Narben, die mir schon damals während seines Boxkampfes in Southhampton aufgefallen waren. Vorsichtig fuhr ich eine der silbrigen Linien mit dem Finger nach.

»Nicht …«, erwiderte Damien rau. »Sie sind so hässlich.«

Ich schüttelte den Kopf. »Sie sind ein Teil von dir. Sie erzählen deine Geschichte.«

Damien schnaubte. Plötzlich blitzte Verbitterung in seinen Augen auf. »Willst du wissen, woher ich sie habe? Mein Vater hat mich früher geschlagen. Er hat mich absichtlich …« Er brach ab, gab sich dann aber einen Ruck. »Er hat mir absichtlich wehgetan. So, dass es Spuren gibt, dass Narben bleiben würden.« Er strich über eine besonders große. »Sie sind also nicht meine Geschichte. Sie sind die Geschichte meines Vaters. Seine Zeichen, seine Spuren. Und deshalb hasse ich sie.«

Alles in mir zog sich schmerzhaft zusammen. Ich hielt Grayson Belmont schon lange für einen widerwärtigen Menschen. Aber dass er so ein Monster war? Einmal mehr erfüllte es mich mit Genugtuung, dass wir ihn im Regency zurückgelassen hatten.

»Das tut mir so unendlich leid«, flüsterte ich mit belegter Stimme. »Ich kann mir nicht vorstellen, wie …«

»Ich will jetzt nicht darüber reden.« Er zog mich näher zu sich. »Ich bekomme meine Rache. Ihm das Zeitreisen zu nehmen, die Zukunft als Herrscher der Welt, das ist mehr, als mir je erträumt habe. Und sollte ich ihn jemals wiedersehen, werde ich jedes Mal vor Vergnügen breit grinsen. Aber jetzt gerade will ich nur eins …« Er kam meinen Lippen ganz nah. »Ich will dich küssen, ich will dir ganz nah sein, ich will dich die ganze Nacht nicht loslassen.«

Unsere Lippen verschmolzen zu einem leidenschaftlichen Kuss. Meine Zunge umspielte die seine. Damien stöhnte in meinen Mund, und ich spürte, wie er wieder hart wurde. Ich bewegte mich rhythmisch, rieb mich an ihm und steigerte so unser beider Lust.

Dann drückte ich ihn zurück auf die Matratze. Langsam beugte ich mich über ihn. Ich hauchte einen Kuss auf eine der Narben. Dann auf eine weitere. Und dann küsste ich jeden Zentimeter seines nackten Oberkörpers.

Damien krallte seine Hände in die Bettdecke, die Lippen leicht geöffnet, und er seufzte heiser auf.

Seine Erregung machte mich noch mutiger. Ich richtete mich auf, zog mein Schlafanzugoberteil aus und warf es neben das Bett.

Damien holte deutlich hörbar Luft, und sein Blick ruhte auf meinem Busen, der nur noch von einem Bustier bedeckt wurde. Er wollte etwas sagen, doch dann biss er sich einfach nur auf die Unterlippe.

Ich ließ mich wieder nach vorn sinken, und wie automatisch glitt Damiens Hand über meinen nackten Rücken. Ich küsste ihn, und als ich ganz auf ihm lag, war es ein berauschendes Gefühl, so viel seiner nackten Haut an meiner zu spüren.

Wieder fanden sich unsere Lippen, und wieder erwachte der Wunsch in mir, mehr von ihm zu spüren. Unsere Zungen berührten sich sanft, und das Verlangen tief in mir brach sich rücksichtslos Bahn.

Damien drehte uns so, dass nun er oben lag. Wieder küssten wir uns, und ich vergrub meine Finger in seinen weichen Haaren.

Dann küsste Damien meine Wange und meinen Hals hinab, bis zum Ausschnitt meines Bustiers. Meine Haut kribbelte überall da, wo er sie mit seinen Lippen berührte. Meine Brüste spannten, und meine Brustwarzen drückten gegen den enganliegenden Stoff.

Ich stöhnte leise, als Damien mit seiner Zunge die Rundung meines Busens erreichte. Ich wollte mehr von ihm. Ich wollte, dass dieses Gefühl nie endete. Dann spürte ich seine Finger am Rand des Bustiers.

»Hör nicht auf …« Meine Stimme klang atemlos. »Bitte hör nicht auf.«

Langsam zog Damien den Stoff etwas herunter. Ich

hielt vor lauter Erregung den Atem an. Als sich sein Mund um meine Brustwarze schloss, holte ich tief Luft und versank noch tiefer in den Kissen. Das Gefühl war so unglaublich intensiv und aufregend.

Damien küsste meinen Busen und schob immer weiter den Stoff zur Seite, um noch mehr Haut zu erreichen. Irgendwann hielt ich es nicht mehr aus und zerrte an dem Bustier, bis ich es über meinen Kopf hinwegreißen konnte.

Damien hielt mich fest, und wir schmiegten unsere Körper aneinander. Er hatte den Kopf in meiner Halsbeuge vergraben, und ich hörte, wie er angespannt atmete.

Als er sich weiter auf mir bewegte, schlugen die Flammen in meinem Inneren noch höher. Ich reckte mich ihm entgegen und passte mich dem Rhythmus seiner Bewegungen an. Obwohl er seine Shorts und ich noch Slip und Schlafhose trug, fühlte sich alles so unglaublich intensiv an.

Damiens Lippen berührten mein Ohrläppchen, dann strich er mit seiner Zunge ganz langsam meinen Hals hinunter. Wieder bewegte er sein Becken, und wieder kam ich ihm wie automatisch entgegen.

Hitze erfüllte mich und fuhr mir zwischen die Beine, als er sich ein weiteres Mal gegen meine Mitte presste.

»Ich will dich«, flüsterte ich. »Jetzt, sofort.«

Damien sah mich unverwandt an.

»Jetzt«, sagte ich wieder.

»Hast du …« Er brach ab und küsste mich erneut. »Hast du ein Kondom?«

»Habe ich«, murmelte ich.

Ich rollte zur Seite und holte ein Kondom aus der Schublade meines Nachttischs. Dann drehte ich mich zurück auf den Rücken, und Damien küsste mich, bevor er mir meinen Slip herunterzog.

Er betrachtete mich im Schein des Mondes, der durch die hohen Fenster fiel. Sein Blick voller Hunger und Zuneigung zugleich.

Er strich mit dem Zeigefinger von meinem Schlüsselbein zwischen meinen Brüsten hindurch bis hinab zu meinem Bauchnabel. »Du bist so wunderschön.«

Ich streckte ihm die Arme entgegen. »Komm her …«

Er entledigte sich seiner Shorts und zog sich das Kondom über.

Ich schloss kurz die Augen, um noch einmal in mich hineinzuhorchen. Ja, das Gefühl war immer noch übermächtig. Ich wollte ihn, und ich wollte ihn jetzt.

Dann war er auf mir.

Ich bog mich ihm entgegen, während wir uns leidenschaftlich küssten, und irgendwie passierte alles wie von selbst. Wir bewegten uns, als würden unsere Körper perfekt zueinanderpassen. Es war aufregend und unglaublich schön zugleich. Ein Wiegen, ein Verschmelzen, sanft und leidenschaftlich.

Ich ließ mich fallen in dieses magische Gefühl mit ihm und versank in einem Strudel aus Hingabe und Zärtlichkeit.

*

»Ja, das sieht gut aus.« Mein Vater betrachtete uns beide, aber ich merkte ihm an, wie sehr es an ihm nagte, dass er nicht hatte herausfinden können, wo genau sich Kleopatras Grab befunden hatte. Wir tippten auf das Tal der Könige, weil es nahe bei Luxor lag. Was aber auch nicht sicher war, waren die Pharaonen dort doch in Felsengräbern und nicht in Pyramiden bestattet worden. Allerdings wurde die Anlage gesäumt von hohen Bergen und der natürlichen Felspyramide el-Qurn, was kein schlechter Ort für eine Pyramide etwas abseits der berühmten Nekropole darstellte. Ich nahm mir vor, direkt bei unserer Ankunft die Einheimischen zu fragen, wo sie sich befand.

Ich sah zu Damien, und wie automatisch wurden meine Wangen warm. Er reagierte mit einem Lächeln, das verschwörerisch und herausfordernd zugleich war. Schnell senkte ich den Blick.

Wenn mein Vater uns etwas anmerkte, dann ließ er es nicht durchblicken.

Auch wenn dann nicht mehr viele Stunden der Nacht übrig gewesen waren, hatten Damien und ich uns danach aneinandergekuschelt und noch leise in der Dunkelheit unterhalten. Ich hatte ihm von meiner Mutter erzählt. Und auch davon, dass mir Dads Spielsucht große Sorgen machte. Damien hatte mir von seiner Kindheit erzählt und von seiner Schwester Ruby. Als ein Werkzeug großgezogen zu werden, musste furchtbar sein. Und um Ruby machte ich mir mittlerweile auch große Sorgen. Würden wir sie rechtzeitig retten können? Eine andere Alternative wollte ich mir gar nicht erst vorstellen.

Ich zupfte prüfend an meiner Haube mit der vorn breiter werdenden Krempe. Sie würde mich gut gegen die grelle Sonne in Luxor schützen. Schließlich reisten wir im Hochsommer an und die Temperaturen würden weit über 30 Grad liegen.

Der Stil meines Kleids ähnelte dem, was ich bei Jane

Austen getragen hatte, es war lediglich an die hohen Temperaturen angepasst.

Der Stoff von Oberkleid und Unterkleid war dünner. Meine Schuhe waren aus zartem Leder mit dünnen Sohlen. Und ich war zusätzlich zu meiner Haube noch mit einem Sonnenschirm ausgestattet, der meine blanken Arme schützen würde.

In meiner Reisetasche hatte ich ausreichend Wechselkleider, ein Abendkleid für den Ball, passenden Schmuck sowie rustikale Tropenkleidung für Damen und ein Paar feste Schuhe, sollten wir die Pyramide betreten müssen. Als Versteck für mein Zahnrad hatte ich wieder einen Schmuckkamm für die Haare ausgewählt. Jede Frau trug zu dieser Zeit solchen Schmuck, und niemand würde ihm Beachtung schenken.

Auch Damien hatte sich an unserem Fundus bedient und wirkte nun wie ein gutgestellter junger Mann, der Assistent des Kulturattachés, der mit seiner jungen Frau seinen Vorgesetzten bei einem Termin vertrat. Denn das war die Geschichte, die mein Vater für uns recherchiert hatte. Laut unserer Quellen war Sir Theodore Smythe-Woodward zu dieser Zeit Kulturattaché in Ägypten gewesen. Er hatte einen jungen Assistenten namens Jonathan Adaire-Sterling beschäftigt, der erst vor einem halben Jahr mit seiner frisch Angetrauten namens Dorothy nach Ägypten gezogen war. Laut der Quellen hatte Sir Theodore sich zum Zeitpunkt der Einladung das West-Nil-Fieber eingefangen, während sein junger Assistent in den Norden des Landes gereist war, um bei einem Mamluken-Aufstand zu vermitteln. Blieb nur zu hoffen, dass niemand aus Kairo zu der Einladung von Murad Bey angereist war, der den Assistenten des Diplomaten kannte.

Ich betrachtete den schmalen Ring mit dem Rubin, der sich um meinen Ringfinger schmiegte. Zu unserem Glück war es zu dieser Zeit üblich, dass Paare so früh heirateten. Dad hatte uns in einer Nachtschicht eine Heiratsurkunde gefälscht, die wir im Gepäck haben würden, sollte das Hotel uns danach fragen. Kuppelei war nämlich strafbar. Außerdem führten wir eine Bescheinigung mit, die uns als diplomatisches Personal Seiner Majestät auswies.

Ich hatte Dads Video auf einem USB-Stick dabei. Außerdem hatte Damien die Taschenuhr seines Vaters eingepackt. Da wir nur das Mindeste recherchiert hatten, reisten wir mit beiden Zahnrädern, damit jeder von uns die Möglichkeit hatte, in die Gegenwart zurückzukehren, sollten wir aus welchen Gründen auch immer getrennt werden.

In Luxor gab es nur ein einziges Hotel, das *Orient Grand*. Es war die Anlaufstelle für alle gut situierten Reisenden gewesen.

Mein Vater baute sich vor uns auf. »Mehr als drei Tage solltet ihr nicht brauchen. Esst nichts bei irgendwelchen fliegenden Händlern. Trinkt nur das Wasser, das ihr im Hotel bekommt. Wenn ihr länger unterwegs seid, nehmt euch von dort etwas mit.« Er sah zu Damien. »Ich nehme an, du bist gegen alle gängigen Tropenkrankheiten geimpft?«

Er nickte. »Das bin ich, Sir … Ich meine, Tad«, korrigierte er sich hastig, was mich zum Grinsen brachte.

Dad fuhr unbeirrt fort. »Geht nicht raus, wenn es dunkel ist. Schließt eure Tür ab. Wenn ihr ein komisches

Bauchgefühl habt, hört darauf und verschwindet. Das Bauchgefühl ist oft schneller als der Kopf.« Er kam zu uns herüber und nahm unsere beiden Hände. »Bitte passt auf euch auf.«

Damien nickte, ich umarmte Dad ein letztes Mal. Jetzt würden wir also nach Luxor reisen. Ich legte das Zahnrad an die richtige Stelle, dann nahm ich Damiens Hand. Wir hatten bereits Datum und Uhrzeit ausgemacht.

10. Juli 1798, zur Mittagszeit hinter den Gärten des Palastes von Murad Bey. Dahinter lag ein Stück Wüste, aber wenn wir an der Mauer entlanggingen, würden wir direkt nach Luxor hineinlaufen können. Und das Hotel war nicht weit entfernt.

Aufregung durchflutete mich.

Wenn wir erfolgreich waren, veränderten wir dort die Zukunft einer Familie. Noch hatte ich das alles gar nicht wirklich verinnerlicht. Noch war ich mir nicht sicher, ob wir so eine mächtige Magie einfach austricksen konnten.

Machten wir einen Fehler? Würden wir all das später bereuen? Angst wallte in mir auf. Sollte ich das hier abbrechen?

Ich spürte, wie die Magie sich um mich herum aufbaute.

Ihr Wirbel zerrte an den Kleidern und ließ die kleinen Kosmetiktiegel klappern. Meine Welt verschwamm zu einem Strudel aus Farben. Gerade eben hatte ich meinen Vater noch sehen können, jetzt war er verschwunden.

Schneller und schneller drehte die Magie sich, ich hielt Damiens Hand ganz fest und dachte an das, was wir erreichen würden. Wir würden eine schreckliche Zukunft verhindern.

Wir würden die Welt retten.
Oder?

Kapitel 29
Lilly

Wir landeten wie geplant an der Mauer des Palasts von Murad Bey.

Vor uns erstreckte sich eine Wüstenlandschaft, deren endlose Weite mit dem Horizont zu verschmelzen schien. Mir drehte es den Magen um und ich übergab mich in den Sand.

Warum musste das Reisen in die Vergangenheit eigentlich immer so viel dramatischer sein als die Rückreise?

Mir war schlecht und schwindelig. In weiser Voraussicht hatte ich ein Taschentuch in die Taschen meines Kleids geschoben und wischte mir jetzt den Mund ab.

Neben mir hatte Damien sich an die Steinmauer gelehnt. Er hielt sich den Bauch und atmete tief ein und aus. Seine Reisetasche lag neben ihm im Sand.

Ich rieb mir über die Stirn, um das Flirren vor den Augen loszuwerden. Es half nicht wirklich. Noch mal rebellierte mein Magen, doch dieses Mal musste ich mich nicht übergeben.

Schnell verstaute ich das Zahnrad in dem Kamm und

steckte ihn ins Haar zurück. Die Sonne brannte so unbarmherzig vom Himmel, dass ich mich trotz der Haube dazu entschloss, meinen Sonnenschirm sofort zu öffnen.

Plötzlich erklangen aufgeregte Rufe. Trotz meiner Kopfschmerzen hob ich den Kopf und blickte in die Richtung. Zwei Wachen hatten uns entdeckt und kamen auf uns zu. Zum Glück war der Palast riesig und die Mauer sehr lang, weshalb wir einen guten Vorsprung besaßen.

Auch Damien hatte sie gehört. »Kannst du laufen? Oder besser gesagt, rennen?«

Ich nickte nur, während er sich unsere beiden Reisetaschen schnappte.

Mit meinen langen Röcken war es gar nicht so einfach zu rennen. Und dann auch noch im Sand!

Die Männer holten auf.

»Schnell!«, rief Damien.

Ich keuchte, passte kurz nicht auf und stolperte über meine Röcke. Der Länge nach fiel ich hin. Ich schrie auf und versuchte verzweifelt, wieder auf die Füße zu kommen. Aber ich hatte Sand in den Augen und mich völlig in diesen verflixten Röcken verheddert.

Damien musste die Reisetaschen fallengelassen haben, denn er packte mich unter beiden Armbeugen und zog mich zurück auf die Füße.

»Reib nicht in den Augen herum. Kannst du irgendetwas sehen? Genug, um zu laufen?«

Ich blinzelte, obwohl meine Augen unglaublich wehtaten. Dann nickte ich. Was gab es für eine Alternative?

»Wenn du es nicht schaffst, dann reisen wir jetzt zurück.« Damien klang hektisch. »Wir brechen hier ab. Das ist kein Problem.«

»Nein«, erwiderte ich schnell. »Lass uns weiterrennen.«

Damien hob beide Reisetaschen mit einer Hand hoch, reichte mir den Sonnenschirm und nahm dann meine Hand. »Dann los.«

Wir rannten weiter, und die Luft war von der Hitze so stickig, dass sie wie Feuer in meinen Lungen brannte. Außerdem hatte ich mir leicht die Schulter geprellt und meine Augen tränten wie verrückt, um die Sandkörner rauszuspülen.

Endlich konnten wir die Mauer umrunden und sahen in der Entfernung die Ausläufer von Luxor. Aber ob ich diese Strecke noch schaffen würde? Ich hatte das Gefühl, meine Augen würden minütlich anschwellen.

»Wir schaffen das.« Damien drückte meine Hand. Irgendwo auf dem Gelände des Palastes erklang eine Fanfare. Es hörte sich an wie ein Alarmsignal.

»Warum baut er den Palast hier in Luxor, wenn niemand sich auf dem Gelände drumherum aufhalten darf?«

Damien lachte trocken auf. »Weil er es kann.«

Ich keuchte und zwang mich, einen Fuß vor den anderen zu setzen. Es schien eine Ewigkeit zu dauern, bis wir die angrenzende Straße erreicht hatten.

Es war wirklich unglaublich. Der Palast lag am Rande von Luxor, als handle es sich um eine ganz normale luxuriöse Wohnanlage.

Wir bogen nach rechts ab, um nicht noch das Tor passieren zu müssen. Unsere Verfolger hatten uns laufen lassen, weil wir dem Palast jetzt nicht mehr verboten nah waren.

Wir waren nur gute zweihundert Meter gegangen, als sich das Stadtbild änderte. Jetzt waren es ganz normale

Wohnhäuser, die die Straßen säumten. Händler präsentierten ihre Waren am Straßenrand. Kinder spielten mit abgemagerten Straßenhunden, und der Duft von exotischen Gewürzen lag in der Luft.

Die Touristen waren leicht zu erkennen. Die Ägypter bevorzugten einen farbenfrohen Stil, während die meisten Besucher in den dezenten Farben des Empirestils gekleidet waren. Man grüßte sich, wenn man sich auf dem Gehweg begegnete. Die meisten musterten uns überrascht, vermutlich, weil wir sehr derangiert aussahen.

Ein Händler bot uns aufgeschnittene Mangos an, die wir dankend ablehnten. Ich hätte die Früchte gern probiert und wir hatten auch Geld dabei, aber ich erinnerte mich an die Worte meines Vaters.

Damien führte mich in das kühle Geschäft eines der vielen Geldwechsler. Dort tauschte er das Gold, das er von seinem Vater für unsere Reise nach England erhalten hatte, in ein dickes Bündel Scheine. Vermutlich galten wir nun als reich. Ich jedenfalls hatte noch nie so viel Geld gesehen.

»Das Hotel sollte nur zwei Straßen weiter sein.« Damien führte mich aus dem Laden. »Es kann nicht mehr weit sein. Gleich hast du's geschafft.« Sanft strich er mir über die Wange, und ein paar Sandkörner rieselten in den Ausschnitt meines Kleides. Ich musste aussehen wie der Schrecken aus der Wüste.

Von irgendwoher erklang Musik, die das Gemurmel in den dicht gedrängten Straßen übertönte, als wir weitergingen. Eigentlich war es wunderschön hier. Aber meine Augen schmerzten, und ich sah immer noch schlecht. Ich betete, dass es in dem Hotel wenigstens einen Spiegel gab.

Und ich brauchte ganz dringend sauberes Wasser, um mein Gesicht zu waschen.

»Da ist es!«, rief Damien. Ich hätte vor Freude fast geseufzt. Damien führte mich über die Straße auf ein weiß getünchtes Gebäude zu. Touristen tummelten sich davor, und Händler hatten strategisch günstig Position bezogen, um Landesspezialitäten anzubieten. Ich bekam nicht viel mit und ließ mich stattdessen von Damien ins Innere geleiten.

An der Rezeption war zum Glück nichts los.

»Sie wünschen?« Der gutaussehende Ägypter mit dem dicken Gästebuch in der Hand musterte uns misstrauisch. Kein Wunder, wir sahen nicht aus wie ein junges Paar auf Hochzeitsreise, das gerade eben einem Nil-Dampfschiff entstiegen war und dann die Droschke zum Hotel genommen hatte.

»Wir hätten gern ein Zimmer.« Damien hatte das beeindruckende Bündel Geldscheine gezückt, das mit einer silbernen Klemme zusammengehalten wurde. Das Metall klickte leise auf dem dunklen Holz der Rezeptionstheke, als Damien scheinbar ungeduldig mit ihr darauf klopfte. »Für drei Nächte. Wir sind das Ehepaar Adaire-Sterling.«

Wäre ich nicht so absolut fertig gewesen, ich hätte innerlich gekichert. Doch jetzt reagierte ich wie auf Autopilot und hielt meine Hand so, dass der Mann hinter der Theke meinen Ehering sehen konnte.

Er warf nur einen kurzen Blick darauf, viel länger verweilte sein Blick jedoch auf meinem Gesicht. »Geht es Ihnen gut, Mrs Adaire-Sterling?«

Ich nickte. »Vielen Dank. Auf dem Weg hierher kam eine Windböe auf, die etwas Sand aus der Wüste mit sich getragen hat. Ich bin zum ersten Mal im Ausland und habe nicht damit gerechnet. Jetzt schmerzen meine Augen wirklich sehr.«

»Hm«, machte er zuerst. Dann besann er sich wohl, dass wir zahlende Kunden waren. »Ich werde sehen, was ich für Sie tun kann.« Sein Englisch war makellos und sein britischer Akzent besser als meiner.

Er blätterte in einem dicken Buch von rechts nach links und dann noch mal hin und her. »Ich habe noch ein Zimmer der Kategorie zwei und ein Zimmer der Kategorie vier. Was bevorzugen Sie?«

»Was ist der Unterschied, guter Mann?«, wollte Damien jetzt wissen.

Der Ägypter musterte uns, als wolle er einschätzen, welche Kategorie wir uns leisten konnten. »Die Kategorie zwei ist ein Standardzimmer. Sie haben einen Schlafraum mit angrenzendem Bad, das Zimmer geht zur Straße hinaus. Das Zimmer der Kategorie vier gehört zu unseren teuersten Räumen. Es geht nicht nur zum Innenhof hinaus, Sie haben auch einen eigenen winzigen Garten, in dem Sie von dem Trubel Luxors entspannen können. Ihnen steht auf Wunsch ein Butler zur Verfügung. Außerdem beinhaltet die Kategorie vier nicht nur ein Schlafzimmer und ein Badezimmer mit Badewanne, sondern auch einen Salon und ein Ankleidezimmer.« Er seufzte leise. »Aber wie ich bei Ihrer Ankunft beobachten konnte, reisen Sie nicht mit sehr viel Gepäck. Oder erwarten Sie noch eine Lieferung vom Schiff?«

»Wir nehmen die Kategorie vier«, erwiderte Damien, ohne auf die Frage des Mannes einzugehen.

Der Ägypter hob die Brauen, erwiderte aber nichts.

Dann blätterte er erneut in seinem Buch. »Sie sind verheiratet?«

»Ich fürchte, wir reden aneinander vorbei«, erwiderte Damien und seine Stimme hatte jede Freundlichkeit verloren. »Das hatte ich vorhin bereits erwähnt. Wir würden jetzt gern auf unser Zimmer gehen, um uns etwas frisch zu machen und uns auszuruhen. Ich wäre Ihnen dankbar, wenn wir das Ganze etwas beschleunigen könnten.«

Der Mann und er duellierten sich mit Blicken, bevor der Rezeptionist Damien schließlich einen Bogen Papier auf die Theke legte. »Füllen Sie das bitte aus, Mr Adaire-Sterling.«

»Benötigen Sie unsere Heiratsurkunde?«, fragte ich, weil ich es schon immer nicht gut aushalten konnte, wenn sich die Stimmung so verschlechterte.

Der Mann lächelte knapp. »Das ist nicht nötig, Mrs Adaire-Sterling. Danke, dass Sie es anbieten.« Er warf kurz einen Blick zu Damien, der noch den Bogen ausfüllte, dann schnippte er mit dem Finger.

»Page. Geleite diese Herrschaften zu Zimmer 19.«

Der Page hielt lediglich unseren Schlüssel in der Hand und ging voraus, während ihm ein Junge von ungefähr dreizehn Jahren folgte, der unser Gepäck trug.

Der Mann schloss das Zimmer mit der Nummer 19 auf und ließ uns eintreten. Der Salon, den wir nun betraten, war eine perfekte Mischung aus europäischem und arabischem Stil. Die Möbel waren aus dunklem Holz, bezogen mit Kissen aus leuchtend bunten Stoffen. Lampen aus rotem und orangefarbenem Glas hingen von den Decken. Kristallgläser standen neben Flaschen teuren Weins auf einem Beistelltisch, daneben eine reich verschnörkelte Öllampe mit Hieroglyphen.

Auf dem großen runden Tisch in der Mitte stand eine Schale mit Feigen, Datteln und Granatäpfeln. Der Mann zeigte uns das Badezimmer, das eine Badewanne besaß, die auf goldenen Löwenfüßen stand. Das Schlafzimmer hatte ein riesiges Doppelbett, das mit vielen bunten Kissen bedeckt war. Das Ankleidezimmer war klein, aber gut durchdacht eingerichtet. Und dann der Garten. Man konnte ihn vom Salon aus betreten, und es war ein herrliches kleines Stückchen Erde. Leuchtend grünes Gras, ein kleiner Springbrunnen, Gartenmöbel aus Teakholz – kleine Singvögel erfrischten sich an einer Vogeltränke aus Marmor. Es wirkte wie ein winziges Paradies.

Ich wünschte wirklich, ich würde besser sehen.

Im Schlafzimmer hatte ich einen Schminktisch samt Spiegel entdeckt und setzte all meine Hoffnungen darauf. Neben dem Wein hatten Flaschen mit Wasser gestanden und sobald das Personal sich verabschiedet hätten, würde ich mich als Erstes meinen Augen widmen. Zwar brannten sie nicht mehr so schlimm, aber wenn ich blinzelte, fühlte ich immer noch winzige Sandkörner.

»Ich hoffe, es ist alles zu Ihrer Zufriedenheit?«, fragte der Mann, und auch sein Englisch war so geschliffen wie das des Rezeptionisten.

»Es ist alles ganz hervorragend, vielen Dank.« Damien drückte dem Mann einen Geldschein in die Hand. Als er auch dem Jungen etwas geben wollte, winkte der Mann ab. »Das ist nicht nötig.« Dann glitt sein Blick zu dem Jungen. »Sieh die Herrschaften nicht an. Was soll das?«

Damien runzelte die Stirn. »Bitte unterlassen Sie das.

Der Junge hat nichts getan.« Er reichte dem Jungen den Geldschein. »Danke für das Tragen unseres Gepäcks.«

Der Junge senkte den Kopf und murmelte etwas.

Der Page wirkte nicht erfreut und wollte sich endgültig abwenden.

Doch Damien hielt den Mann auf.

»Guter Mann, wir möchten das Tal der Könige besichtigen. Meine Frau interessiert sich sehr für das Grab von Kleopatra. Bitte vereinbaren Sie für uns einen Besichtigungstermin.«

Der Mann hielt inne, bevor er sich erneut zu uns drehte. »Ich fürchte, Sir, das ist nicht möglich. Sie müssen falsch informiert sein. Hier gibt es kein Grab von Kleopatra. Dennoch vereinbare ich gern einen Termin für eine Führung durch das Tal der Könige.« Dann verbeugte er sich und verschwand mit dem Jungen aus unserer Suite.

*

»Vielleicht haben wir einen Fehler gemacht.«

»Unsinn.« Damien lief aufgebracht hin und her. Ich hatte mir eine Schale mit Wasser geholt und saß vor dem Schminktisch, um meine Augen zu säubern. Zum Glück gab es im Bad jede Menge weiche Tücher.

»Vermutlich sprechen sie nicht darüber, um bestimmte besonders wertvolle Gräber zu schützen.« Das Mittagessen, das wir auf unser Zimmer bestellt hatten und das wirklich köstlich roch, rührte er nicht an.

»Du meinst, sie zeigen den Touristen nur ein paar der Gräber und die anderen halten sie vor den lästigen Touristen verborgen?«

»Ja.« Damien war abrupt stehengeblieben. »Und genau deshalb zeigt es auch Murad Bey dem selbstherrlichen Napoleon. Einem wie ihm konnte man ja keine Massenattraktion präsentieren.«

Das Argument war nicht schlecht

Es klopfte und Damien ging zur Tür.

Ich drehte mich um und konnte quer durch das Zimmer den Jungen, der unser Gepäck getragen hatte, in der Tür stehen sehen.

Er wedelte mit einem Blatt Papier. »Darf ich drinnen sprechen?«

»Natürlich.« Damien ließ ihn herein.

Der Junge lächelte mich an, als er näherkam. »Sie möchten wissen, wo Kleopatra ist?« Sein Akzent war stärker und sein Englisch nicht so perfekt, dennoch war er gut zu verstehen.

»Das ist richtig.« Ich lächelte ihn an.

Er streckte mir das Papier hin, und ich nahm es. Als ich es aufklappte, erblickte ich eine Zeichnung des Tals der Könige. Über einem Bauwerk nahe den Felsengräbern in Form eines Dreiecks prangte ein Kreuz.

»Dort.« Der Junge zeigte auf das Kreuz.

»Aber diese Pyramide existiert dort nicht«, erwiderte ich sanft. »Hast du dich getäuscht?«

Der Junge schüttelte den Kopf und wirkte sehr entschlossen. »Dort ist Kleopatra.«

Ich warf einen Blick zu Damien, der den Jungen nachdenklich musterte. »Bist du dir sicher?«

Wieder nickte der Junge.

»Hast du das gemalt?«, wollte ich wissen.

Wieder ein Nicken.

»Und du hast diese Pyramide schon mal gesehen, warst also dort?«

»Ja, das habe ich.« Jetzt wirkte der Junge fast verzweifelt. »Dort ist Kleopatra. Und Sie haben doch gesagt, Sie möchte Kleopatra sehen.« Sein Blick ruhte auf meinem weißblonden Haar. »Ich dachte, Sie freuen sich.«

Wo waren nur meine Manieren? »Ich freue mich sehr darüber, vielen Dank.«

»Noch eine letzte Frage, wenn du erlaubst.« Damien, der neben meinem Hocker Stellung bezogen hatte, deutete auf das Kreuz. »Warst du in der Pyramide? Hast du die Kammer gesehen?«

»Das ist verboten.« Jetzt flüsterte der Junge. »Nur die Herrscher dürfen sie betreten.«

»Vielen Dank.« Damien streckte dem Jungen einen Geldschein hin. »Du hast uns sehr geholfen.«

Der Junge ließ den Schein schnell verschwinden.

»Wie heißt du?«, fragte er noch, doch der Junge verbeugte sich nur und war im nächsten Moment aus dem Zimmer geeilt.

Ich betrachtete die Zeichnung in meinen Händen. »Was meinst du? Geheime Info oder eine Falle?«

Damien guckte finster. »Das werden wir bald herausfinden.«

Kapitel 30
Lilly

Vor den Palasttoren war richtig viel los. Der Kutscher hatte Probleme, einen Halteplatz für unsere Droschke zu finden.

Wir hatten uns nach dem Essen ausgeruht, weil wir in der letzten Nacht wenig Schlaf bekommen hatten. Wir mussten auf der Feier im Palast aufmerksam sein und durften uns keinen Fehler erlauben. Einerseits durften wir nicht auffliegen und andererseits durfte es niemand bemerken, wenn wir Damiens Vorfahren entführten. Das alles erforderte vollste Konzentration. Wir waren noch mal unsere Pläne durchgegangen, unsere Geschichte und die prominenten Gäste, die uns auf dieser Feier erwarten würden.

Dann war es Zeit gewesen, sich zurechtzumachen. Ich hatte viel zu lange im Badezimmer gebraucht, denn die wunderbaren Seifen, Öle und Düfte dort hatten es zu einem Vergnügen gemacht. Der Abend kündigte sich bereits an und die Sonne stand tief am Himmel, doch es war noch nicht dunkel.

Nachdem wir ausgestiegen waren, reihten wir uns in die Schlange der Wartenden ein.

»Ist ja fast wie bei einem angesagten Club«, raunte Damien mir zu. Ich kicherte und schlug spielerisch nach ihm mit meinem seidenen Pompadour.

Aber er hatte recht. Nicht nur Franzosen, auch wohlhabende Ägypter schienen auf der Gästeliste zu stehen. Ich entdeckte auch ein paar Uniformen des englischen Militärs. Kurz wallte Nervosität in mir auf. Gerade bei unseren vermeintlichen Landsleuten mussten wir besonders auf der Hut sein. Sir Theodore Smythe-Woodward war in der feinen Gesellschaft hier in Ägypten kein Unbekannter und sollte einer der Militärs ihm und seinem Assistenten mal begegnet sein, würde unser Schwindel auffliegen.

Am Tor wurden wir von einem ganz in Schwarz gekleideten Ägypter in gleich zwei Sprachen begrüßt: Französisch und Englisch.

»Dorothy und Jonathan Adaire-Sterling«, stellte Damien uns vor. »Assistent des Kulturattachés Seiner Majestät samt Ehefrau.« Er zeigte das Ausweis-Dokument vor, das mein Vater gefälscht hatte.

Der Mann warf nur einen kurzen Blick darauf, dann nickte er uns zu.

Die Tore des Palastes wurden uns von zwei Wachen mit beeindruckend großen Krummsäbeln geöffnet. Der Weg ins Innere führte uns durch einen Garten, dessen Luft erfüllt war von dem Duft von Orangenblüten. Obwohl es noch hell war, säumten Fackeln unseren Weg.

Wir betraten eine große Vorhalle, die ganz in Marmor gehalten war. In goldenen Volieren schwirrten kleine bunte Vögel umher. Sie erinnerten mich an Fanny und ihre

Vogelparade und unwillkürlich musste ich schmunzeln. Zwar hatte ich Jane Austen noch etwas mehr in mein Herz geschlossen, aber sie würde ich auch niemals vergessen.

Ein Diener bot uns gekühlten Tee an, dessen helle Farbe und zarter Rosenduft sehr verführerisch war.

Ich lächelte Damien an und gemeinsam betraten wir den angrenzenden Saal. Ich nippte an meinem Tee, während ich mich unauffällig umsah. Sofort entdeckte ich einige Uniformen des englischen Militärs. Nervosität machte sich in mir breit. Wir würden wirklich vorsichtig sein müssen.

Unauffällig deutete Damien in die Mitte des Saals, wo sich Menschen versammelt hatten. Neugierig gingen wir näher und jetzt erkannte ich, wer das Zentrum der Aufmerksamkeit war. Der aktuelle Herrscher unterhielt sich mit dem, der gerne der neue Herrscher werden wollte. Murad Bey und Napoleon standen zusammen und würde ihr Gespräch nicht künstlich verlangsamt durch die Übersetzer, die eine Konversation überhaupt möglich machten, hätte man es für ein lockeres Plaudern unter Freunden halten können.

Murad Bey war ein kräftig gebauter Mann, dessen Kleidung mit vielen goldenen Ornamenten geschmückt war. Der Blick aus seinen klugen dunklen Augen verriet, dass er solcherlei diplomatische Tänze bereits gewohnt war. Sein höfliches Lächeln verrutschte nicht.

Und da war Napoleon. Er wirkte jung für seine 29 Jahre. Und klein war er auch nicht unbedingt. Er sah anders aus als auf den Gemälden. Sie hatten seine Energie nicht einfangen können. Alles an ihm strahlte eine rohe Kraft und unbändigen Tatendrang aus. Das Weiß in seiner Uniform strahlte gegen die bunten Farben seines Gegenübers an. Das dunkle Blau der Jacke passte gut zu seiner hellen Haut.

Sie waren das Zentrum der Aufmerksamkeit und auch Damien und ich waren wie magisch von ihnen angezogen. Ich stand hier in unmittelbarer Nähe von Napoleon. Inmitten eines wunderschönen Palasts, der aussah wie aus Tausendundeiner Nacht. Ich war schon ein paar Mal durch die Zeit gereist, aber ich hatte mich noch nie an so faszinierende Orte wie die Titanic oder eine Party zu Ehren von Napoleon begeben. Schon wieder wirkte alles wie in einem Traum. Ich lauschte den Männern und wie automatisch übersetzte ich die französischen Worte in meinem Kopf.

Napoleon sprach gerade über die Schönheit des Landes, was seinem Gegenüber sichtlich schmeichelte. Dennoch konnte dieser das Lauernde in seinem Blick nicht komplett verbergen. Niemand, der einfach nur mal die Pyramiden sehen wollte, reiste mit einer Armee von 38.000 Soldaten an. Aber ich spürte, dass Murad Bey immer noch optimistisch war, dem verwöhnten Eroberer so viel an Schätzen und Kostbarkeiten anbieten zu können, dass dieser von seinem Land ablassen würde.

Ich wusste es leider besser.

»Dreh dich jetzt nicht um«, raunte Damien mir zu. »Sieh zu mir. Senke den Kopf.«

Was passierte denn jetzt? Waren wir in Gefahr?

Ich reagierte sofort. Ich tat so, als würde ich meine Stirn an Damiens Brust lehnen. Auch er neigte den Kopf, sodass man ihm nicht frontal ins Gesicht sehen konnte.

»Okay, er ist weg«, raunte Damien mir zu. »Irgendein

britischer General. Er hat mir so einen komischen Blick zugeworfen. Hoffen wir mal, dass er nicht doch noch zurückkommt, um einen Landsmann zu begrüßen.«

Die beiden Staatsmänner trennten sich, um sich anderen Gästen zuzuwenden. Ich reckte den Kopf und sah mich um. Und sah direkt in die großen Augen von Etienne Geoffroy Saint-Hilaire, dem berühmten Zoologen. Er lächelte und neigte grüßend den Kopf. Ich fand es wirklich beeindruckend, dass er mit seinen 26 Jahren bereits Professor war. Ich nahm seine Freundlichkeit zum Anlass, mich bei Damien unterzuhaken und zu ihm zu gehen. Er wirkte so freundlich und offen, ganz gewiss würde er meine Fragen beantworten.

»Guten Abend«, sagte er auf Französisch und wieder nickte er uns beiden zu. »Eine reizende Veranstaltung, nicht wahr?«

»Ganz reizend«, erwiderte ich und sofort horchte er auf. »Sie beide sind Engländer?«

Ich nickte und tat so, als würde ich mich etwas schämen. »Mein Französisch ist nicht das Beste.«

»Es ist ganz ausgezeichnet«, erwiderte er und baute sein strahlendes Lächeln noch aus. »Ganz ausgezeichnet, wirklich.«

Ich musste erneut lächeln. Er war groß und schlaksig, mit blondem, leicht gewelltem Haar und Händen, die zu groß für seine schmale Statur wirkten. »Ich weiß, wer Sie sind, Monsieur Saint-Hilaire, deshalb möchte ich uns vorstellen, wenn Sie gestatten«, begann ich. »Leider ist mein Ehemann des Französischen nicht so mächtig. Wir sind Dorothy und Jonathan Adaire-Sterling. Mein Ehemann ist der Assistent des Kulturattachés Seiner Majestät. Wir wohnen jetzt seit einem halben Jahr in Kairo.«

»Und wie gefällt Ihnen Ägypten?« Etienne Geoffroy Saint-Hilaire wechselte nahtlos ins Englisch. Er sah zu Damien. »Ist es nicht ein faszinierendes Land? Und dann erst diese Tierwelt. Riesige Vögel, die nicht fliegen können. Insekten, so groß wie mein Handteller.« Er lachte auf und ich sah die Begeisterung in seinen Augen. »Schlangen, deren Gift in wenigen Minuten tötet. Absolut großartig.«

Innerlich schmunzelte ich. Etienne Geoffroy Saint-Hilaire war vielleicht noch sehr jung, aber er benahm sich schon wie ein typischer Professor, der völlig begeistert war von seinem Fachgebiet.

Damien, der jetzt auch endlich wieder mitreden konnte, nickte erleichtert. »Es gefällt mir hier außerordentlich gut, Sir.«

Ich stupste ihn unauffällig mit dem Fuß an, in der Hoffnung, er würde den Wink verstehen. Er sollte den Wissenschaftler nach seinem Vorfahren fragen. Zum Glück verstand er. Er tat so, als wäre ihm die nachfolgende Frage etwas unangenehm. »Die Frau meines Bruders kommt aus Frankreich. Ihr Nachname ist Belmont. Sie hat schon lange keinen Kontakt mehr zu ihrem Bruder, aber sie glaubt, dass er im Gefolge von Monsieur Bonaparte nach Ägypten gereist ist. Ist Ihnen dieser Name zufällig geläufig?«

»Belmont?« Etienne Geoffroy Saint-Hilaire zog die Stirn kraus. »Also ich habe den Namen nie gehört.« Er sah sich suchend um. »He, Conté, alter Freund. Schenke mir einen Moment deiner Zeit, wenn es recht ist.«

Auch diesen Mann erkannte ich von einem Bild wieder. Es war der Chemiker Nicolas-Jacques Conté. Der Mann, der eine Augenklappe trug, weil sein Labor explodiert war. Er war ungefähr so groß wie ich, mit schwarzem Haar, das sich in kleinen Löckchen eng um seinen Kopf schmiegte. Sein Kinn war spitz und der Blick aus seinem rechten Auge wirkte kühl. Er hatte gerade mit einem blonden Mann gesprochen, der mit dem Rücken zu uns stand. Und nun schickte ihn Nicolas-Jacques Conté mit ein paar knappen Worten fort. Vielleicht war er sein Assistent? Der Mann eilte mit gesenktem Kopf in die entgegengesetzte Richtung davon. Als Nicolas-Jacques Conté jetzt auf uns zukam, vermittelte er uns den Eindruck, als hätte er keine Lust auf dieses Gespräch.

Er verbeugte sich kurz in unsere Richtung, dann sah er zu Etienne Geoffroy Saint-Hilaire. »Was gibt es, Saint-Hilaire?«

»Der Assistent des Kulturattachés möchte wissen, ob wir einen Belmont in der Truppe haben.« Etienne Geoffroy Saint-Hilaire sprach aus Höflichkeit Englisch.

Der Chemiker musterte uns erneut und wieder nicht besonders freundlich. »Wir reisen mit einer Armee, da werden die Herrschaften entschuldigen, wenn einem nicht jeder Name geläufig ist.« Er sprach auf Französisch, und das sehr schnell. Ich hatte Mühe, ihm zu folgen.

Etienne Geoffroy Saint-Hilaire ließ sich seine gute Laune nicht verderben. »Dann bist du entlassen, mein Guter, hab vielen Dank.« Schon wieder reckte er den Kopf. Mit seiner beeindruckenden Körpergröße konnte er die Gästeschar gut überblicken. »Wo steckt Gaspard Monge denn, der hat doch …« Er brach ab. »Ah, Moment. Da ist noch jemand, der ein ausgezeichnetes Gedächtnis hat. Perceval!«, rief er dann. »Er ist ein guter Freund von mir, wir kennen uns von der Universität«, fügte er an uns gewandt hinzu, während sich ein Mann mit freundlichem runden Gesicht auf uns zubewegte. »Ein wahres Genie, wenn es um Sprachen geht. Der Mann hat ein Gedächtnis größer, als die Bibliothek von Alexandria war.«

Er wartete ab, ob ich den Witz verstand, und strahlte dann über das ganze Gesicht, als ich lachte.

Der Mann hatte uns erreicht. Er war etwa Mitte dreißig und hatte bereits einen kleinen Bauchansatz. Sein dunkles Haar war ordentlich gescheitelt.

Etienne Geoffroy Saint-Hilaire klopfte ihm auf die Schulter. »Dieser Mann ist ein Experte, wenn es um alte Sprachen geht. Es gibt keinen noch so lange vergessenen Dialekt, den er nicht beherrscht. Darf ich vorstellen: Mein guter Freund Perceval deGrey.«

Kapitel 31
Lilly

Damien neben mir zuckte zusammen. Ich hingegen war wie versteinert. *Das war gerade wirklich passiert, oder? Der Mann hatte diesen Nachnamen genannt, oder? Meinen Nachnamen.* Ich starrte ihn an, während Etienne Geoffroy Saint-Hilaire uns unserem Gegenüber vorstellte.

»Vielen Dank für diese freundliche Vorstellung, Etienne, und es freut mich, Ihre Bekanntschaft zu machen, meine Herrschaften«, sagte Perceval deGrey in einem fast akzentfreien Englisch.

Damien reagierte als Erster. Er neigte den Kopf. »Es freut mich ebenfalls, Monsieur deGrey.« Er war so geistesgegenwärtig und stolperte scheinbar über den Namen.

Sofort sprang Perceval deGrey darauf an. »Man schreibt es deGrey«, sagte er und buchstabierte den Namen. Jetzt wurde klar, dass er ihn mit einem E statt wie wir mit einem A schrieb. Aber die Ähnlichkeit war zu frappierend, als dass sie in dieser Situation keine Bedeutung hätte.

»Mein Vater war Belgier«, erzählte Perceval deGrey fröhlich weiter. »Wuchs im Grenzgebiet von Frankreich auf. Meine Mutter war Französin und sie lebten nach der Hochzeit auf dem Anwesen meiner Eltern in der Provence. Viele Leute fragen mich nach diesem Nachnamen. Aber es gefällt mir, dass er ein wenig ungewöhnlich ist.«

»Mir gefällt er sehr gut«, erwiderte ich und schaffte es tatsächlich, dass meine höfliche Miene nicht verrutschte. Zu gerne hätte ich vor Freude laut aufgelacht und wäre ihm dann um den Hals gefallen. Vor mir stand mein Vorfahre! Ich war mir plötzlich ganz sicher. Nicht nur der Name, ich sah auch etwas von meinem Vater in ihm. Das runde Gesicht, die Begeisterung, die in seiner Stimme mitschwang, ja, sogar der kleine Bauchansatz. Ich stand meinem Vorfahren gegenüber. Jenem Mann, der das Zeitreisen in meine Familie gebracht hatte. Wie gerne hätte ich offen mit ihm darüber gesprochen. Wie gerne hätte ich ihn ausgefragt. Er war mir sofort so sympathisch, aber auf eine andere Art als der charmante Etienne Geoffroy Saint-Hilaire. Perceval deGrey trug etwas Vertrautes in sich. Es war schwer zu beschreiben, aber es war nicht zu ignorieren.

»Sag mal, alter Knabe, kennst du einen Belmont? Reist wohl in unserer Truppe«, richtete Etienne Geoffroy Saint-Hilaire jetzt das Wort an ihn.

Perceval deGrey schüttelte den Kopf. »Den Namen habe ich noch nie gehört. Gehört er zu den Wissenschaftlern?«

Ich zuckte hilflos die Schultern.

Wieder schüttelte er den Kopf. »Nein, ich bin mir ganz sicher. Diesen Namen habe ich hier noch nicht gehört. Natürlich kann es sein, dass der Gesuchte ein Soldat ist. Bei 38.000 Mann ist es unmöglich, jeden Namen zu kennen.«

Da er Englisch sprach, verstand auch Damien ihn problemlos. Ich konnte seine Enttäuschung körperlich spüren. Was sollten wir jetzt machen? Damien war sich sicher, dass sein Vater uns auf den Fersen war. Uns lief also mal wieder die Zeit davon. Wie sollten wir jetzt weiterkommen?

»Trotzdem vielen Dank, meine Herren«, sagte Damien jetzt. »Ich werde mich noch weiter umhören. Haben Sie schon etwas von diesem faszinierenden Land gesehen?«

»Noch nicht so viel, wie ich gerne würde«, erwiderte Etienne Geoffroy Saint-Hilaire. »Aber der Emir hat uns in Aussicht gestellt, uns Kleopatras Pyramide zu zeigen.« Er boxte den gut einen Kopf kleineren Perceval deGrey spielerisch vor die Schulter. »Das lassen wir uns nicht entgehen. Hoffen wir mal, dass Conté nicht wieder so schlechte Laune hat.«

Sie gehörten alle dazu, wurde mir jetzt klar. Die Männer, mit denen Etienne Geoffroy Saint-Hilaire so ungezwungen umging, kannten sich alle gut. Vermutlich, weil sie viel Zeit in einem kleinen Kreis verbrachten. Weil sie Freunde geworden waren. Sie alle kreisten um Napoleon Bonaparte wie Planeten um die Sonne. Und sie würden es sein, die zusammen mit ihm die Pyramide von Kleopatra besichtigen würden. Sie würden zu Zeitreisenden werden. Weil irgendetwas in der Pyramide sie für immer verändern würde.

Ein Schauer der Aufregung jagte meine Wirbelsäule hinab. Wir waren der Lösung des Rätsels so nah. Wenn wir doch nur herausfinden könnten, wer von ihnen Damiens Vorfahre war …

Etienne Geoffroy Saint-Hilaire hob grüßend die Hand,

als er hinter unserem Rücken jemanden entdeckte. »Sieh mal, da ist Pierre. Anscheinend ist sein verstauchter Knöchel kein Grund, diese Feier ausfallen zu lassen«, sagte er zu Perceval deGrey. Und dann an uns gewandt. »Entschuldigen Sie bitte, wir müssen einen Kollegen begrüßen. Es war mir eine Freude und viel Erfolg für Ihre Suche.«

Perceval deGrey verbeugte sich vor uns. »Es war mir eine Ehre.«

Auch wir verabschiedeten uns, während mein Blick immer noch auf meinem Vorfahren lag. Er sollte noch nicht gehen. Ich wollte mich noch etwas mit ihm unterhalten.

Aber andererseits hatten wir einen Grund, warum wir hier waren. Ich durfte nicht egoistisch sein. Aber mein Lächeln verblasste nur langsam, während ich ihm nachsah.

»Das war ja mal eine Überraschung«, wisperte Damien, kaum dass die beiden außer Hörweite waren. »Er sieht ein wenig aus wie dein Vater.«

»Oder?« Ich drehte mich begeistert zu ihm. »Wenn man es erst einmal weiß, kann man es nicht mehr übersehen.«

»Du warst wie versteinert, als er seinen Namen nannte.« Damien strich mir kurz über die Wange. »Für einen Moment habe ich geglaubt, du wirst ohnmächtig.«

»Es war ja auch ein ziemlicher Schock«, gab ich zu.

Damien lächelte mich immer noch liebevoll an. »Das glaube ich dir sofort. Aber es war doch auch schön, oder?«

Ich nickte, obwohl ich schwer schlucken musste. »Ich hätte gerne noch länger mit ihm gesprochen. Wenn ich das Dad erzähle. Das ist alles so surreal.«

Damiens Lächeln verschwand nur langsam. Dann

seufzte er. »Jetzt müssen wir nur noch meinen Ahnen auftreiben.«

Ich drückte seinen Arm. »Wir schaffen das schon. Und wenn nicht, dann hilft uns der Zufall.«

*

Leider half uns nichts und niemand. Wir tranken noch mehr Tee und standen uns am Rande des großen Saals die Beine in den Bauch. Damien behielt die beiden Staatsmänner im Auge. Sobald sie sich erneut unterhielten, wollten wir unbedingt lauschen. Ich hingegen beobachtete, wie sich die Männer, die ich für Napoleons *engsten Kreis* hielt, ungezwungen miteinander unterhielten. Sogar der mürrische Nicolas-Jacques Conté lachte.

Wieder manifestierte sich dieser eine Gedanke in meinem Kopf. Diese Männer waren die ersten Zeitreisenden.

Plötzlich stupste Damien mich an. Es ging weiter. Murad Bey und Napoleon hatten gerade eine Unterhaltung begonnen. »Komm, wir lauschen.«

Nach einer Weile hörte ich nur noch mit halbem Ohr zu. Sie tauschten hauptsächlich Höflichkeiten aus. Stattdessen behielt ich unsere vermeintlichen Landsleute im Auge. Doch wir hatten Glück. Niemand schenkte uns mehr als einen zweiten Blick.

Plötzlich stupste Damien mich an. »Hör du mal genau hin, ich glaube, es geht um Pyramiden.«

Ich zog Damien ein wenig mit mir, um noch näher an die beiden Männer heranzurücken. Uns trennten immer noch vier Reihen von neugierigen Zuhörern, aber es funktionierte.

»Mein Herr sagt, dass es nichts Schöneres gibn als den Sonnenaufgang über den Pyramiden.«

Napoleon nickte zustimmend. »Eine faszinierende Vorstellung. Feiern wir die Nacht durch und sobald die Sonne aufgeht, begeben wir uns zu der Pyramide von Kleopatra. Ich bin gespannt, was ihr Innerstes birgt.«

Damien hatte offenbar auch genug verstanden, denn wir wechselten einen beunruhigten Blick. Sie wollten die Pyramide schon im Morgengrauen besichtigen?

Damien führte mich wieder zum Rand des Ballsaals, wo wir ungestört reden konnten. »Hast du das gehört?«, zischte er mir zu. »Das sind nur noch ein paar Stunden. Und von einem Vorfahren gibt es keine Spur. Was sollen wir tun?«

Ich seufzte. »Das kann ich dir auch nicht sagen.«

Damien trat nervös von einem Fuß auf den anderen. »Ich habe eine Idee. Lass uns in der Grabkammer nachsehen, was die Männer dort erwartet. Dann sind wir schon mal schlauer. Und wenn Napoleon mit seinem *engsten Kreis* bei der Pyramide auftaucht, dann können wir es weiter eingrenzen. Wir tun so, als würden wir einen späten oder, besser gesagt, sehr frühen Spaziergang machen. Wir verwickeln die Leute in ein Gespräch. Und wenn wir herausgefunden haben, wer der Belmont-Vorfahre ist, dann improvisieren wir. Entweder locken wir ihn unter einem Vorwand weg von der Gruppe. Oder wir überwältigen ihn in der Pyramide in einer stillen Ecke. Wir müssen jetzt einfach spontan sein. Und zuerst sehen wir uns mal an, was in der Grabkammer so los ist. Was sagst du dazu?«

Ehrlich gesagt, ich war etwas überfordert. »Du willst jetzt in die Grabkammer? Jetzt?«

Damien zuckte die Schultern. »Warum denn nicht? Machen wir uns erst schlau und dann improvisieren wir«, wiederholte er.

Und genau das war es, was mir Sorgen machte. Zu improvisieren sollte die allerletzte Möglichkeit sein.

Damien beugte sich ein Stückchen zu mir. »Wir müssen handeln. Denke an meinen Vater. Denk daran, wie er uns immer ein Stückchen voraus war.«

Ich gab mich geschlagen, obwohl ich ein ungutes Gefühl im Bauch hatte. »In Ordnung. Dann verschwinden wir von dieser Party, ziehen uns um und fahren dann zur Pyramide von Kleopatra.«

Kapitel 32
Damien

»Wer von uns hatte noch mal die Idee, nachts in der Wüste herumzukriechen?«, ächzte Lilly.

»Der, der weiß, dass es knapp dreißig giftige Skorpionarten in Ägypten gibt.« Ich grinste in die Dunkelheit. »Habe ich dir übrigens gesagt, dass du auch als verwegene Ägyptenforscherin wunderschön aussiehst?«

Wir hatten uns nach der Einladung im Palast hastig umgezogen, die kalten Reste unseres Mittagessens verschlungen und waren zu dem berühmten Tal der Könige aufgebrochen. Das zu unserer großen Überraschung auch nachts noch sehr gut bewacht wurde. Um den vielen Patrouillen nicht ins Auge zu fallen, hatten wir uns hauptsächlich kriechend vorwärtsbewegt. Die langen Fackeln, die ich auf dem Weg hierher noch gekauft und mir nun zwecks Transports auf den Rücken geschnallt hatte, machten ein Fortkommen auch nicht unbedingt leichter.

»Hast du nicht«, erwiderte sie, aber ich hörte das Lächeln in ihrer Stimme. »Aber solange die verwegene Ägyptenforscherin und ihr Assistent heute Nacht nicht in einer Pyramide sterben, bin ich auch zufrieden.«

»Ich darf dein Assistent sein?«, neckte ich sie. »Ich fühle mich geehrt.«

Sie stupste mich kurz mit der Schulter an. »Du und kein anderer.« Plötzlich hielt sie inne. »Kannst du mich mal kneifen?«

Ich starrte in die gleiche Richtung wie sie. An den Ausläufern des El-Qurn tauchten die Umrisse einer kleinen Pyramide aus der Dunkelheit auf. »Eigentlich wollte ich dich gerade dasselbe fragen.«

Wir hatten uns zwar im Hotel die Karte eingeprägt, die der Junge für uns gezeichnet hatte, aber so wirklich daran geglaubt hatte keiner von uns.

Ich betrachtete das Bauwerk. »Was ist mit ihr passiert? Wieso gibt es keine Spuren von ihr? Heutzutage wird doch jeder Fitzel ausgegraben, und hiervon gibt es keinerlei Berichte? Wie kann eine ganze Pyramide spurlos von der Landkarte verschwinden?«

Lilly drehte sich zu mir. »Sehe ich aus wie ein Orakel?«

Wir krabbelten weiter. Obwohl es mitten in der Nacht war, standen vor dem Eingang der Pyramide sechs Wachen.

»Es befinden sich viel mehr Wachen vor dieser Pyramide als vor den anderen Gräbern. Es könnte sich also tatsächlich um Kleopatras Pyramide handeln. Vielleicht bereiten sie bereits den Besuch von Napoleon vor.«

Ich betete, dass Thaddeus recht behielt und es einen verborgenen Eingang gab. Denn im Moment hatte ich keine Idee, wie wir an diesen Männern vorbeikommen sollten.

Wir beobachteten die Pyramide einige Zeit lang und wenigstens mit etwas hatten wir Glück: Es sah nicht so aus, als ob sich im Inneren der Pyramide weitere Wachen oder Bedienstete befanden. Wenn es Vorbereitungen gegeben hatte, waren diese bereits beendet.

»Und wie wollen wir diesen versteckten Zugang finden?«, wisperte ich.

»Der Stein, der den Zugang bildet, ist markiert.«

Innerlich seufzte ich. »Wir müssen also jetzt die ganze Pyramide absuchen in der Hoffnung, in völliger Dunkelheit irgendein winziges Zeichen zu finden?«

»Genau.«

Was für grandiose Aussichten. Aber Lilly schien optimistisch, und ich wollte sie nicht weiter runterziehen.

Außerdem kam jetzt der kritische Punkt. Wir hatten unsere Tarnung hinter der Pyramide bereits verlassen und jetzt würden wir dem Lichtkreis der äußeren Fackel gefährlich nahekommen.

Ich warf Lilly einen letzten Blick zu. Sie nickte, dann kroch sie voraus. Unsere Kleidung machte Geräusche auf dem Sand, aber ich hoffte, dass die Wachen, die sich lautstark unterhielten, nichts davon mitbekamen.

Wir waren gerade auf Höhe des Lichtkegels angekommen, da erstarben die Gespräche.

Ein Mann hatte die Hand gehoben, und die anderen lauschten so wie er in die Dunkelheit. Wenn sie den Ausgang verlassen und ganz bis zur Seite gingen, würden sie uns in den Ausläufern des Lichtkreises entdecken.

Lilly machte sich so flach wie möglich, legte sogar die Wange an den blanken Sand. Ich hörte sie kurz und stoßweise atmen. Die beigefarbene Kleidung, die wir trugen, verschmolz zwar optisch mit dem Sand, aber mein Haar war dunkel, ebenso wie die Fackeln und unsere Schuhe.

Einen ewigen Moment lang hielt ich die Luft an. Die Schritte kamen näher.

Verdammt.

Gleich würde Geschrei ausbrechen.

Ich drehte den Kopf, um mein Gesicht in die Richtung zu wenden. Es war heller und würde weniger Aufmerksamkeit erregen als mein dunkles Haar.

Doch zu meiner Erleichterung hatte die Wache wieder umgedreht.

Vor mir hörte ich Lilly erleichtert ausatmen. Sie drehte sich kurz zu mir um, und ich sah sie im fahlen Mondlicht lächeln. Ich erwiderte ihr Lächeln, dann folgte ich ihr weiter in Richtung der Pyramide.

Doch die Ernüchterung folgte auf dem Fuß. Wir untersuchten alle drei Seiten der Pyramide, aber nirgendwo befand sich ein Zeichen im Stein.

Lilly war zwar der festen Überzeugung, dass man, wenn man den besagten Stein fand, nur dagegendrücken musste, damit sich der Zugang zur Grabkammer öffnete, aber ich war skeptisch. Waren die alten Baumeister wirklich so genial gewesen? Und hatte man automatisch in jeder Pyramide so einen Zugang eingebaut? Es gab doch sicherlich damals kein Handbuch. Ich hatte meine Zweifel für mich behalten, denn ich wollte nicht ihr Fachwissen infrage stellen.

Jetzt aber war ich mir nicht mehr so sicher, ob diese Expedition so einfach werden würde, wie Lilly es sich ausgemalt hatte.

Denn es gab definitiv kein Zeichen. Nirgendwo.

Lilly wirkte frustriert. Wir waren zur Rückseite der Pyramide gekrabbelt und lehnten uns jetzt mit dem Rücken gegen den uralten Stein. Lilly sah hinauf zu den Sternen. Es war eine klare Nacht, und Tausende Lichtpunkte leuchteten am schwarzen Firmament. Es hätte wunderschön und romantisch sein können. Hätten wir nicht unbedingt ins Innere dieser verdammten Pyramide gelangen müssen.

Ich nahm ihre Hand. »Dann starten wir eben einen nächsten Versuch. Wir reisen zurück und suchen so lange an dieser dämlichen Pyramide herum, bis wir dieses Zeichen finden.«

Sie drehte den Kopf zu mir und sah mich eindringlich an. »Versteh doch. Es gibt kein Zeichen.«

Ich seufzte. »Bist du dir wirklich ganz sicher?«

Sie nickte. »Ganz sicher. Ich meine, hier ist es dunkel, aber der Mond und die Sterne spenden genug Licht, um den hellen Sandstein hervorragend sehen zu können.«

Punkt für sie.

»Ein in den Stein gemeißeltes Zeichen hätte ich nicht übersehen. Es ist so platziert, dass es ein Hinweis ist. Es soll gesehen werden.«

»Gibt es eine andere Lösung?« Sie wirkte so verzweifelt, dass ich meinen Arm um sie legte.

»Ja, die gibt es. Es besteht die Möglichkeit, dass der offizielle Eingang tatsächlich der Eingang ist, es aber dann im Tunnel selbst eine geheime Abzweigung gibt. Der offizielle Tunnel führt irgendwann ins Leere. Wenn man aber den Stein findet, der den Zugang zu dem geheimen Tunnel öffnet, dann findet man auch die Grabkammer.«

Ich holte Luft und atmete dann lange und seufzend aus.

»Sag mir nicht, dass es das bedeutet, was ich denke, dass es bedeutet.«

Sie schnaubte. »Doch.«

Ich ließ meinen Kopf auf ihre Schulter sinken.

Verdammt. Wir würden irgendwie an diesen Wachen vorbeikommen müssen.

Kapitel 33
Lilly

»Wir werden nicht drum herumkommen, einen nach dem anderen auszuschalten.«

Entsetzt sah ich Damien an. »Du willst sie k. o. schlagen?«

Er zuckte die Schultern. »Na ja, nicht so richtig. Nur so ein bisschen.«

»Ein bisschen?« Wollte ich wissen, was genau ein bisschen hieß?

»Dass sie eben bewusstlos sind«, ergänzte er noch.

»Das nenne ich aber auf gar keinen Fall nur ein bisschen«, erwiderte ich entsetzt. »Das nenne ich ein bisschen zu viel.«

Damien seufzte. »Was sollen wir dann tun? Wir können sie ja schlecht anquatschen und fragen, ob sie sich mit uns zwei Minuten über den Klimawandel unterhalten wollen.«

Ich knuffte ihn in die Seite. »Jetzt hör schon auf.«

»Ja, aber ganz ernsthaft.« Er hob seinen Kopf von meiner Schulter, um mich anzusehen. »Wir sind mitten in der

Wüste und alles, was wir dabeihaben, sind zwei Fackeln. Und die brauchen wir noch.«

»Wieso haben wir nicht daran gedacht?« Ich ärgerte mich. Das kam davon, wenn man schlecht vorbereitet war. »Wir brauchen irgendetwas, das ihre Aufmerksamkeit fesselt.«

»So etwas wie ein Feuerwerk?«

»Genau.«

»Ich bin dafür, sie k. o. zu schlagen.« Damien zog seinen Arm von meiner Schulter weg und ließ seine Knöchel knacken. »Bis sie aufwachen, sind wir schon längst in der Pyramide verschwunden.«

»Ja, aber dann wissen sie, dass wir da drinnen sind. Ich wollte eigentlich gern ungesehen in die Pyramide kommen.« Denn wenn man in einem gefährlichen Terrain etwas nicht brauchte, dann waren es Verfolger. Schließlich waren wir es, die vorausgingen, und wir brauchten all unsere Sinne, um irgendwelche Fallen auszuschalten.

Das Wort *Feuerwerk* hallte in meinem Kopf wider. Hatten wir irgendetwas bei uns, das brennen würde? Also, außer unseren Klamotten und unseren Haaren?

Die Fackeln fielen aus. Auch unsere Schuhe konnten wir schlecht anzünden. Alles andere würde nicht lang genug brennen, um Aufmerksamkeit zu erregen.

Plötzlich hatte ich eine Idee. Ich tastete nach meinen Kämmen im Haar. Der, der das Zahnrad versteckte, war aus Holz. Aber die beiden anderen waren nur Holznachbildungen. Sie waren mit Perlen geschmückt, aber auch die waren nur aus Plastik. Plastik, das mit Luft gefüllt war. Wenn ich den Kamm anzündete und das Feuer irgendwann die Perlenverzierung erreichte, dann würde durch die

Hitze die Luft im Innern so warm werden, dass sie die äußere Hülle sprengen würde.

Es würde viele kleine Explosionen geben, vielleicht nicht sehr laut und nicht sehr auffällig, aber sicherlich seltsam genug, um das Interesse der Männer zu wecken. Bis sie den Kamm erreicht hatten, würde er zu einem einzigen Klumpen verschmolzen sein. Es könnte dann genauso gut ein vom Himmel gefallener Stern sein oder Ähnliches.

Jedenfalls würde die Spur nicht sofort in die Pyramide führen. Und das war alles, was wir brauchten.

Ich kramte in meiner Hosentasche. Dann hielt ich Damien ein schmales Briefchen Streichhölzer unter die Nase.

»Du hast Streichhölzer dabei?«

»Na klar«, sagte ich. »Ich wusste doch nicht, ob wir es irgendwo schaffen würden, die Fackeln anzuzünden.«

»Aber die Dinger wurden irgendwann im 19. Jahrhundert erfunden.«

Jetzt war ich es, die die Schultern zuckte. »Sie waren noch in der Reisetasche. Dad hat ein paar Sachen, die er grundsätzlich mitnimmt, aus Sicherheitsgründen. Und er ist der Meinung, man sollte immer in der Lage sein, Feuer zu machen. Also, das ist meine Idee: Ich werde meinen Kamm anzünden und ihn ein Stückchen abseits des Eingangs hoch in die Luft werfen. Wenn ich Glück habe, gibt es ein paar kleine Knallgeräusche, wenn das Feuer die Perlen erreicht. Das sollte die Männer ablenken und neugierig genug machen, dass sie ihren Posten für einen Moment verlassen.«

»Du bist verrückt.« Damien sah mich an, und selbst in der Dunkelheit sah ich, wie seine Augen glänzten. »Ich kenne niemanden, der auf so eine Idee kommen würde.«

Es klang bewundernd, und wie automatisch lächelte ich. »Vielen Dank.« Schnell löste ich den größten der Kämme aus meinem Haar und prüfte nochmals, dass es nicht der mit dem Zahnrad war.

»Kann ich dir helfen?«

Ich schüttelte den Kopf. Ich riss ein Streichholz ab und entzündete es an der Rückseite des Briefchens. Dann hielt ich es an eine der Zinken des Kamms. Sofort begann das Plastik langsam zu schmelzen, und eine kleine Flamme loderte auf. »Komm mit.«

Wir kamen auf die Füße und schlichen an der Seite der Pyramide entlang bis kurz vor die Ecke.

»Ich kann weiter werfen als du«, wisperte Damien. »Sie sollten sich ein gutes Stück entfernen, damit wir genug Zeit haben, den Eingang zu erreichen.«

»Okay.«

Er klemmte sich die Fackeln unter den Arm und holte aus.

Der Kamm flog wie ein winziger Feuerball hoch durch die Luft. Doch erst als er hinab in den Sand geplumpst war und kleine Knallgeräusche von sich gab, wandten die Männer den Kopf herum. Sie begannen zu murmeln, hatten aber wohl keine Idee, um was es sich handeln könnte. Alle drei gingen auf das seltsame Geräusch zu.

Das war unsere Chance.

Wir hielten uns so nah wie es ging an der Pyramide. Dennoch standen wir mitten im Schein der Fackel. Wenn sich jetzt nur einer von ihnen umdrehen würde, wären wir geliefert.

Doch die Männer schienen ganz fasziniert von dem

seltsamen Gegenstand, der scheinbar vom Himmel gefallen war.

Es gab noch ein winziges Geräusch, als eine weitere Perle platzte, und die Männer wichen mit aufgeregtem Murmeln zurück.

Und dann hatten wir den Eingang erreicht. Der Stein, der ihn verschlossen hatte, war seitlich in den Gang geschoben worden. Über dem Eingang hatte jemand eine Art Stoffplane angebracht, die den Blick ins Innere verhinderte. Wir schlüpften hindurch und atmeten einen Moment lang durch.

Wir hatten es geschafft.

»Gut gemacht«, flüsterte Damien mir zu.

»Danke.« Ich sah mich um. Der Gang war breiter, als ich es erwartet hatte. Nur wenig Licht drang hinein. Aber noch waren wir zu nah, um die Fackeln anzumachen. Wir würden uns an der Wand entlangtasten müssen, um weiter in die Pyramide hineinzugelangen. Der Weg war abschüssig, und schon bald würden wir weit genug entfernt sein, dass unser Lichtschein nicht mehr auffallen würde.

»Halte dich nah an der Wand«, flüsterte ich. »Wir gehen ein Stück hinein, bis es sicher ist. Und pass auf, der Weg ist abschüssig. Beuge die Knie ein wenig. Auf dem Stein liegt Sand und der kann manchmal rutschig sein.«

»Okay, danke«, wisperte Damien.

Ich legte meine Hände an den kühlen Stein der Wand und tastete mich vorwärts. Es roch leicht muffig. Ob es an dem Gestein lag oder an der mangelnden Luftzirkulation? Ich wusste es nicht.

Dann war ich mir sicher, dass wir weit genug entfernt waren. Ich zog meine Streichhölzer hervor und zündete eines an. Damien hielt mir die Fackeln hin, und endlich hatten wir genug Licht, um uns umzusehen.

Die Wände waren über und über mit Bildern bemalt. Eines war schöner und farbenfroher als das andere. Sie zeigten das Alltagsleben der Ägypter. Bauern, die ihre Felder pflügten, große Ochsen, die irgendwelche Karren zogen, Frauen beim Backen, Kinder, die am Nil spielten. Es waren friedliche Szenen, und sie passten gut an diesen Ort. Dann stieß ich auf eine Darstellung von Kleopatra.

Wortlos deutete ich darauf. Damien lächelte mich erleichtert an. »Wir sind also in der richtigen Pyramide.«

»Davon können wir jetzt ausgehen.« Ich drehte mich einmal um mich selbst. »Allerdings bin ich mir nach wie vor sicher, dass dies nicht der direkte Weg zur Grabkammer ist. So etwas kam in keiner Pyramide vor. Zumindest berichtet kein erhaltenes Dokument darüber. Der offizielle Eingang führt nie direkt zur Grabkammer. Es ist ein ungeschriebenes Gesetz.«

»Aber wir wissen nicht, wo der zweite Eingang liegt. Und wir können nicht warten, bis Murad Bey ihn mit der Delegation benutzt. Willst du wieder nach diesem Zeichen von gerade suchen?«

Ich nickte. »Es gab immer Hinweise, um den Weg doch noch zu finden. Aber derjenige musste sich wie gesagt gut auskennen, die Person, die hier begraben liegt, gut gekannt haben. Andersherum ist es wiederum ein Zeichen, dass wir auf dem richtigen Weg sind, wenn wir auf Fallen stoßen. Also sieh dich bitte vor.«

Damien zog ein Gesicht. »Warum gefällt mir das nicht?«

»Ich gehe voraus«, sagte ich. »Mir fällt am ehesten auf, wenn etwas nicht so ist, wie es eigentlich sein soll.«

Damien deutete auf die bunt bemalten Wände. »Wie willst du zwischen all diesen Bildern ein bestimmtes Zeichen finden?«

»Das hier sind alles nur Bilder. Sie sind aufgemalt. Aber das Zeichen ist in den Stein eingemeißelt. Drückt man dagegen, löst man den Mechanismus aus, der den Stein zur Seite weichen lässt und den Weg zur Grabkammer freigibt.«

»Das weißt du aber nicht nur aus einem Indiana-Jones-Film?«

Ich wusste, dass er einen Scherz machte und nicht mein Wissen anzweifelte. »Nein, aber aus Tomb Raider.«

Wir lachten beide leise, und dann ging ich voraus.

Der Weg schien scheinbar ewig in die Tiefe zu führen. Wir passierten Meter um Meter entlang an bunt bemalten Wänden. Doch nirgendwo warf ein Reliefschatten auf dem Stein. Nirgendwo fand ich das Zeichen. Und je tiefer wir in das Erdreich vordrangen, desto muffiger wurde die Luft.

An einigen Stellen sahen wir im Sand Fußabdrücke von Menschen. Es waren Spuren der Arbeiter, die vor Tausenden von Jahren diese Pyramide gebaut hatten. Dieses Bauwerk, das so lange in einem Dornröschenschlaf geschlummert hatte, wieder zu betreten, war ein surreales Gefühl. Würden wir seine Königin finden? Tief unter der Erde in einer prunkvoll ausgestatteten Grabkammer, seit Jahrhunderten ungestört?

Eine Gänsehaut lief mir die Arme entlang, obwohl es

nicht wirklich kalt war. Würden wir die Königin ungestraft stören dürfen?

Und dann nahm ich etwas aus dem Augenwinkel wahr. Wie ferngesteuert hatte ich die Wände betrachtet, die wir passiert hatten. Hatte auf Vertiefungen, Kerben und Schatten geachtet. Aber nach so vielen Metern war es schon fast zur Routine geworden. Doch jetzt hatten meine Sinne Alarm geschlagen.

Zielstrebig ging ich darauf zu. Vorsichtig leuchtete ich mit meiner Fackel näher heran.

Es war das Abbild eines Falken, das mit zierlichen Meißeln in den Stein geschnitzt worden war.

»Das ist es«, wisperte ich.

»Ein Vogel?« Damien war neben mir stehengeblieben. »Ich dachte eher, wir würden die Hieroglyphen ihres Namens finden.«

»Das wäre viel zu auffällig. Aber Kleopatra besaß ein Haustier, das sie sehr geliebt hat.« Ich wandte meinen Blick von dem Bild ab und sah Damien an. »Einen zahmen Falken.«

Er nickte und betrachtete fast ehrfürchtig das winzige Bild.

»Wir sind richtig.« Meine eigene Stimme klang rau in meinen Ohren. »Das ist der wahre Weg zu ihrer Grabkammer.« Ich sah erneut zu Damien. »Ab jetzt wird es gefährlich. Achte auf jeden deiner Schritte.«

Er nickte, obwohl sein angespannter Gesichtsausdruck verriet, dass er nicht so cool war, wie er tat.

Langsam streckte ich die Hand aus. Ich legte meine Handfläche flach auf den Stein, sodass der Vogel von meiner Hand verdeckt wurde.

Es brauchte nur ganz wenig Druck, und der Stein glitt nach hinten. Dann verschwand er in der Wand zur Linken. Vor uns erstreckte sich ein Gang, der in pechschwarzer Dunkelheit endete.

Mein Herz begann schneller zu klopfen. Ab jetzt brauchte ich alle meine Sinne in Höchstform.

Sie würden ihre Königin beschützen, und das über den Tod hinaus.

Ich hätte es besser wissen sollen, aber ich war so glücklich, dass wir den Zugang gefunden hatten, dass ich zwei Schritte in den Gang machte, ohne nach unten zu sehen. Der zweite Stein löste sich unter der Berührung meines rechten Fußes und stürzte nach unten in eine bodenlose Leere. Ich verlor das Gleichgewicht und schrie auf, während ich mit den Armen ruderte und es gerade noch schaffte, mich nach hinten fallen zu lassen. Doch das Gewicht meiner Beine zog mich nach vorn und hinein in das Loch. Ich fühlte den Fall, alles schien in Zeitlupe zu geschehen und dennoch gleichzeitig so schnell, dass ich keinen klaren Gedanken fassen konnte. Ich spürte es kühl aus dem Loch emporsteigen, einen seltsam feuchten Duft, der sich ausbreitete, und nur ein einziger Gedanke beherrschte mein ganzes Bewusstsein: Jetzt würde ich sterben.

Im nächsten Moment packten mich von hinten zwei Hände an den Handgelenken. Die Wucht, als der Griff meinen Fall ausbremste, war so heftig, dass meine Schultergelenke eine Welle des Schmerzes durch meinen gesamten Körper schickten. Ich schrie erneut auf oder ich schrie immer noch, ich wusste es nicht. Meine Fackel fiel hinab in die Dunkelheit und sie fiel und fiel und fiel …

Hinter mir hörte ich Damien keuchen. Er zog mich

hoch, während meine Beine immer noch hilflos in der Luft strampelten.

»Beweg dich nicht.« Seine Stimme klang wie ein Befehl, und sofort hörte ich auf. »Ich lass dich nicht los.«

Ganz langsam wurde ich aus dem Loch gezogen. Meine Schultergelenke brannten wie Feuer, weil sie so überstreckt worden waren. Dann lag ich auf dem Rücken auf dem kühlen Stein, und Damien war über mir. Er umfasste mein Gesicht mit beiden Händen. Seine Fackel lag im Sand, aber sie brannte noch, also konnte ich sein Gesicht sehen. Seine Mimik zeigte den blanken Horror.

»Geht es dir gut? Lilly! Geht's dir gut? Hast du dir wehgetan?«

Ich schüttelte den Kopf, unwillkürlich kamen mir die Tränen.

Er beugte sich über mich und zog mich ein bisschen hoch, dann schloss er mich ganz fest in seine Arme. »In einem Moment warst du da, und im anderen Moment warst du plötzlich weg.« Seine Stimme zitterte. »Auf einmal war dieses Loch im Boden. Und du …« Er presste sein Gesicht an meines, und ich spürte die Feuchtigkeit auf seinen Wangen.

»Es tut mir leid.« Meine Stimme zitterte.

Damien lachte und weinte gleichzeitig. »Du musst dich doch nicht entschuldigen.«

»Danke.« Ich wollte noch mehr sagen, aber mir versagte die Stimme. Ich wollte mich bei ihm bedanken, dass er mir das Leben gerettet hatte.

»Und bedanken musst du dich auch nicht.« Er wich zurück und strich mir über die Haare. Ich bemerkte die Schürfwunde an seinem Kinn. Er musste sich flach auf den Boden geworfen haben, um mich in letzter Sekunde zu fassen zu bekommen. So wie man jemanden rettet, der im Eis eingebrochen ist. Ich konnte es immer noch nicht fassen, wie nah ich dem Tod gewesen war.

Damien half mir, mich aufzusetzen. Ich machte ein paar Kreise mit den Schultern, die höllisch wehtaten. »Ich habe meine Fackel verloren.«

»Die Fackel ist mir scheißegal.« Damien streichelte beruhigend meinen Rücken. »Tun dir deine Schultern weh?«

Ich nickte und schniefte. »Sie brennen total. Wahrscheinlich sind einfach nur die Bänder überdehnt.«

»Daran wirst du auf jeden Fall noch ein paar Tage Freude haben.« Er lächelte schief. »Sollen wir verschwinden? Hier ist nur Stein, kein Metall. Wir können jederzeit abhauen.« Er sah sich um. »Lass mich nur kurz gucken, ob ich nichts verloren habe.« Dann griff er in seine Tasche und holte die Taschenuhr hervor, die seinem Vater gehörte. In der anderen Hosentasche bewahrte er das Zahnrad auf, für das mein Vater ihm eine kleine Schnupftabakdose zur Aufbewahrung gegeben hatte. Er nickte mir zu. »Alles da. Bei dir auch?«

Ich prüfte, ob ich noch mein Zahnrad und den USB-Stick hatte. »Alles noch da.«

»Gut. Dann brechen wir hier ab und verschwinden?«

Einen Moment lang dachte ich wirklich darüber nach. Es könnte so einfach sein. Nach Hause reisen, Kraft tanken, bessere Pläne schmieden. Aber irgendetwas in mir sträubte sich dagegen. Ich war nicht der Typ, der aufgab. Ich wollte nicht nach Hause, ich wollte keine Wunden lecken. Ich wollte weiterkämpfen.

Also schüttelte ich den Kopf. »Lass uns weitergehen.«

Damien sah mich an. Er schien sich vergewissern zu wollen, dass ich zurechnungsfähig war.

»Mir geht es gut«, sagte ich leise. »Es war nur ein ziemlicher Schock. Und meine Schultern …« Ich beendete den Satz nicht, sondern verzog nur schmerzverzerrt das Gesicht. »Und es ärgert mich, dass die Fackel weg ist.«

»Aber wir haben doch noch meine.« Damien schien kein Problem zu sehen. »Benutzen wir sie zusammen. Oder du nimmst sie, und ich gehe hinter dir her. Ihr Licht reicht für uns beide.«

Ich nickte. »Mir ist es lieber, wenn du hinter mir läufst.«

»Ich weiß«, sagte Damien. »Du möchtest unbedingt zuerst sterben. Aber tut mir leid, so läuft das jetzt nicht mehr. Wir gehen nebeneinanderher oder gar nicht.«

»Aber gerade hast du doch noch …«, wandte ich ein.

»Und jetzt habe ich anders entschieden.« Er hob die Fackel hoch. »Ich habe die Fackel, ich mache die Regeln.«

Er sah so entschlossen aus, dass ich nicht weiter mit ihm diskutieren wollte. »Gut, gehen wir zusammen weiter.«

Damien deutete vor uns. »Und was machen wir mit dem Loch im Boden?«

Kapitel 34
Lilly

»Wir müssen springen.«

Damien lachte trocken auf. »Ganz bestimmt nicht.«

»Am Rand ist zu wenig Platz.« Ich deutete mit der Fackel zu beiden Seiten. So groß war die Steinplatte nun auch wieder nicht gewesen. »Das schaffen wir.«

Damien schüttelte den Kopf. »Woraus bestehen deine Nerven? Aus Drahtseilen? Du willst ernsthaft über dieses klaffende Loch im Boden hüpfen?«

Ich sah ihn an. »Ja, genau das habe ich vor.«

»Finde ich nicht gut«, murmelte Damien. »Finde ich echt nicht gut. Ich weiß nicht, ob ich es schaffe, dich ein zweites Mal festzuhalten.«

»Das brauchst du nicht.« Ich drückte ihm die Fackel in die Hand. »Ich springe bei drei. Okay? Eins, zwei …«

Und dann brach der Rest des Bodens unter uns weg. Wir schrien gleichzeitig auf. Der Luftzug zerrte an meinen Haaren und Kleidern, als wir ungebremst in die Tiefe fielen. Damiens ließ die Fackel los, und sie jagte wie ein fallender Stern gen Abgrund.

Doch schon in der nächsten Sekunde war alles vorbei. Ich landete halb auf Damien und schnappte nach Luft. Es roch nach Erde, aber in der allumfassenden Dunkelheit konnte ich nichts erkennen. Die Fackel war auf ihrem Weg nach unten erloschen. Ich hustete, weil die Luft staubig war.

»Bist du verletzt?« Damien richtete sich mit mir auf und tastete über meinen Körper, als wolle er sichergehen, dass mir kein Arm fehlte.

»Mir geht es gut, danke.« Wir waren ungewöhnlich weich gelandet. Jedenfalls viel zu weich für den Stein, den ich erwartet hatte und aus dem die gesamte Pyramide geschaffen worden war. »Bei dir alles okay?« Ich versuchte, Damiens Umrisse zu erkennen, aber es war so unfassbar dunkel.

Er stöhnte. »Geht schon.«

Ich tastete nach dem Kamm in meinem Haar. Zum Glück befand er sich immer noch an der richtigen Stelle. Erleichterung durchflutete mich. Wenigstens würden wir diese eine Möglichkeit zur Flucht haben, sollte Damien sein Zahnrad verloren haben. Auch der USB-Stick befand sich noch in meiner Tasche.

Damien richtete sich auf, und ich hörte Stoff rascheln. »Zahnrad und Taschenuhr noch da«, verkündete er.

Im nächsten Moment erklang ein Knistern. Ich hob den Kopf. Hoch über uns war ein Funke in der Dunkelheit aufgeflammt. Und dann raste eine Spur aus Feuer von dort aus auf uns zu. Ich schrie schon wieder auf.

Damien war meinem Blick gefolgt. »Schnell!« Er schob sich über den Boden nach hinten und zog mich mit sich. Dann griffen unsere Hände ins Leere. Damien kippte nach hinten. Ich fühlte, wie er mit den Armen ruderte, und sofort kam ich ihm zu Hilfe. Mit unseren vereinten Kräften konnte er sein Gleichgewicht halten. Ich keuchte vor Schock und Anstrengung. Es hätte nicht viel gefehlt und er wäre nach hintenübergekippt. Wo befanden wir uns hier? Die Erde, das scheinbare Nichts um uns herum, die Feuerspur … Angst schnürte mir die Kehle zu, während ich wieder den Kopf in den Nacken legte.

Wie der feurige Schweif eines Kometen jagte eine Spur aus Flammen nach unten. »Sieh mal!« Ich deutete nach oben. Jetzt, da das Feuer die allumfassende Dunkelheit bekämpfte, konnten wir mehr von unserer Umgebung ausmachen.

»Wow«, hörte ich Damien neben mir raunen. Gemeinsam sahen wir an der massiven Steinwand hinauf, die vor uns aufragte. In sie hinein war eine Rinne geschlagen worden, die sich im Zickzackmuster nach unten wand. Darin musste sich ein brennbares Pulver oder Öl befinden, das sich jetzt entzündete. Erleichtert, dass das Feuer nicht direkt auf uns zuraste, sah ich mich weiter um. Jetzt war es hell genug, um zu erkennen, wo wir uns befanden. Wir saßen auf einem schmalen Plateau, das aus der Felswand herausragte. Damien ließ etwas von dem dunklen Material auf dem Boden durch seine Finger rinnen. »Was ist das?«

»Das Plateau ist ein paar Zentimeter ausgehöhlt worden und vermutlich mit Binsen oder getrocknetem Schilfgras ausgelegt gewesen, um den Fall zu dämpfen. Die Gräser sind mittlerweile zu Erde und Staub zerfallen«, erwiderte ich, während ich mich vorsichtig zum Rand lehnte. Unter uns lag noch alles in Dunkelheit verborgen, aber gegenüber machte ich ebenfalls eine Steinmauer aus. Wir befanden uns also immer noch in einem Gang.

Damien schnaubte. »Sie haben es also extra gepolstert, anstatt unerwünschte Eindringlinge an dem Felsen zerschellen zu lassen? Warum? Damit ihr Tod länger dauert, weil sie verdursten, statt zu verbluten?«

»Vermutlich«, erwiderte ich, war aber abgelenkt von dem Feuer, das sich uns nun in der Rinne näherte. Ich krabbelte etwas mehr zur Wand. Vorsichtig berührte ich das, was sich in der Rinne befand. Zu meiner Überraschung klebte es leicht.

»Das ist Harz.« Ich drehte mich triumphierend zu Damien um. »Wie unglaublich clever. Pulver könnte sich verflüchtigen, Öl würde der Schwerkraft folgen. Aber Harz bleibt trotz des Gefälles der Rinne an Ort und Stelle.« Ich roch an meinem klebrigen Finger und der rauchig-süßliche Geruch ließ mich zustimmend nicken. »Das muss das Harz der Süßen Myrrhe sein. In der Antike war es überall in Afrika weit verbreitet und wurde in Ägypten auch zur Einbalsamierung verwendet.«

Zu meiner Überraschung lachte Damien leise. »Du wärst gerade zweimal fast gestorben, wir sind auf einem winzigen Felsvorsprung in einer Pyramide gefangen, und du kannst dich für so was begeistern.« Er beugte sich zu mir und hauchte mir einen schnellen Kuss auf die Wange. »Du bist einmalig und dafür li…« Er brach abrupt ab. Sein Gesicht verriet die eigene Überraschung. Ich war mindestens genauso baff. *Hätte er gerade fast »und dafür liebe ich dich« gesagt?*

Damien sah mich immer noch mit geweiteten Augen an.

Hätte er gerade fast »und dafür liebe ich dich« gesagt?
Hätte er gerade fast »und dafür liebe ich dich« gesagt?
Hätte er gerade fast …

Die Frage hallte in einer Endlosschleife in mir nach, obwohl wir weitaus dringendere Probleme hatten.

Damien blinzelte. In einem Moment sah er so aus, als wolle er unbedingt etwas sagen, im nächsten Moment wirkte er überzeugt, schon genug gesagt zu haben.

Um der peinlichen Stille zu entkommen, rutschte ich über die Erde wieder näher zum Rand. Wir hatten jetzt ganz andere Probleme. Die Feuerspur war weiter im Zickzack in die Tiefe gerast, und jetzt konnte ich bis zum Boden sehen. Direkt unter unserem Plateau waren Speere in den Bodenplatten eingelassen, deren metallene Spitzen wie Kampfansagen nach oben ragten. Damien folgte mir.

Meine Stimme klang immer noch belegt. »Wir können unmöglich springen. Mal abgesehen davon, dass es ungefähr fünfzehn Meter bis nach unten sind, ist der Boden mit Speeren gepflastert, deren Spitzen direkt in unsere Richtung zeigen. Wir würden aufgespießt werden wie Partygürkchen.«

Damien schnaubte und es klang frustriert. »Wenn es nur nicht so hoch wäre. Vielleicht könnten wir weit genug springen, um rechts oder links neben den Speeren zu landen.«

Ich nickte zustimmend. Das Hochgefühl seiner Fast-Liebeserklärung war verraucht. Wir saßen hier fest und das bedeutete, wir mussten zurück in die Gegenwart reisen und es dann noch mal probieren. Und diese Niederlage ärgerte mich. »Wir müssen einen zweiten Versuch starten. Jetzt, da wir wissen, dass der Boden an dieser Stelle im

Gang einbricht, können wir zu Hause versuchen herauszufinden, ob und wo es einen Mechanismus gibt, der diese Falle auslöst und wie wir ihn …«

An der gegenüberliegenden Wand zischte es laut. Damien und ich erstarrten, dann drehten wir uns gleichzeitig zum Rand des Plateaus. Die Feuerspur war zwischen den Speeren am Boden hindurchgekrochen und nun entflammte sie das Harz auf der gegenüberliegenden Wand. In ihrem orangegelben Licht wurde eine überdimensional große Zeichnung sichtbar. Atemlos sah ich dabei zu, wie das Feuer in zwei Zickzacklinien in die Höhe jagte und die Farben der Wandmalerei in seiner Mitte erstrahlen ließ. Sie war in zwei gleich große Abschnitte eingeteilt. Unten befanden sich mehrere Reihen mit Schrift, darüber ein Bild der Göttin Isis mit ihrem Sohn auf dem Schoß und rechts daneben ein Pharao, der ihr ein Geschenk darbot. Überdacht wurde alles von dem Abbild eines riesigen Skarabäus, der seine Flügel wie ein Dach über der Szene ausgebreitet hatte. Zuletzt wurde eine weitere Reihe Schrift sichtbar, deutlich kleiner und weniger gut sichtbar.

»Das kenne ich doch …«, flüsterte ich. »Es ist eine Stele, die heute im Louvre ausgestellt wird. Sie zeigt Kleopatra.«

Damien warf mir einen Seitenblick zu und ich spürte seine Skepsis. »Aber hier ist ein männlicher Pharao dargestellt, oder?«

Ich nickte. »Sie ließ sich manchmal so darstellen.« Ich drehte mich zu ihm. Er hatte immer noch die Stirn gerunzelt. »Lies die Inschrift ganz unten. Dort steht es doch.«

Damien seufzte. »Du weißt doch, Sprachen und ich … Was ist das überhaupt?«

»Altgriechisch.«

Wieder sah er mich skeptisch an.

Ich musste lächeln. Hier machte sich der viele Sprach- und Geschichtsunterricht, den ich von meinen Eltern und Großeltern erhalten hatte, wirklich bezahlt. »Kleopatra entstammte der makedonisch-griechischen Dynastie der Ptolemäer, war also eigentlich Griechin. Deshalb ist das hier Altgriechisch, die zu ihrer Zeit herrschende Amtssprache.«

Damien schüttelte den Kopf. »Die gesamte Pyramide ist mit Hieroglyphen gepflastert, und hier steht etwas in Altgriechisch? Warum?«

»Es war die Sprache der Gelehrten zu dieser Zeit.« Ich legte den Kopf schief, während ich die Wandmalerei erneut betrachtete. Wie sollte uns dieses Bild helfen, von dem Plateau zu entkommen? »Für die göttliche Königin Kleopatra wurde im ersten Regierungsjahr am ersten Tag des Monats Epiphi dieses Heiligtum von Isis erbaut, dessen Direktor und Angestellter Onnophris war«, las ich den Text vor. Dann deutete ich auf das Bild. »Onnophris war der oberste Priester des Tempels und somit ein Gelehrter. Es war ein Vertrauter von Kleopatra. Die eigentliche Stele befand sich vor dem Tempel. Er hatte sie dort aufstellen lassen ihr zu Ehren, aber auch, um der Welt zu zeigen, dass er Kleopatra kannte.« Ich wedelte mit der Hand. »So wie Leute heutzutage damit angeben, einen Filmstar zu kennen oder eine andere Berühmtheit.« Mein Blick glitt hinauf zu der blassen Schrift, die aussah, als sei sie absichtlich so blass dargestellt. »Der Mund ist die Tür des Bösen.«

Jetzt richtete Damien sich neben mir auf. »Das ist ein

ägyptisches Sprichwort. Es bedeutet, dass man seine Worte mit Bedacht wählen soll, da sie große Macht und Wirkung auf andere haben können.«

In meinem Kopf jagten die Gedanken wild umeinander. Das Sprichwort gehörte offiziell nicht zu der Stele. Dennoch war ich mir sicher, dass Kleopatra, die kluge Strategin, es genau so im Falle ihres Todes bestimmt hatte. Was wollte sie uns damit sagen? Große Macht und Wirkung auf andere … In Kleopatras Leben war es immer nur um Macht gegangen. Zu oft hatte man versucht, die junge selbstbewusste Regentin zu einer Spielfigur von Interessen anderer zu machen.

Ein Funkregen sprang zischend in die Luft, als sich die zwei Feuerspuren in der Mitte über der Wandmalerei trafen. Im nächsten Moment lief ein Zittern durch die Pyramide. Unser Plateau wackelte leicht.

Damien wirkte besorgt. »Das reicht. Wir kommen hier nicht weiter. Verschwinden wir und versuchen es erneut.« Er hatte die Stirn finster gerunzelt und sah mich entschlossen an. »Das Zahnrad erst im Fallen zu aktivieren ist zu kurzfristig und dieses Plateau scheint mir nicht so stabil, wie es aussieht. Außerdem haben wir keinen Hinweis, wie …«

Zuerst erklang nur ein Knirschen, dann schoben sich mit einem ohrenbetäubenden Geräusch rechts von uns Treppenstufen aus der Mauer. Ich schrie auf und Damien zog mich schützend in seine Arme. Ich war nicht ängstlich, hatte mich eher vor dem Geräusch erschrocken, dennoch tat seine Berührung gut. Dann war es schon wieder still. Damien half mir auf die Füße und vorsichtig gingen wir etwas näher.

Die obersten zwei Stufen befanden sich fast auf Höhe unseres Plateaus. Sie wirkten massiv und waren breit genug, um Damien und mich zu tragen. Die anderen Stufen führten paarweise über die Spitzen der Speere hinweg bis hinab zu der Stelle, an der der Boden einfach nur mit Steinplatten ausgelegt war.

»Und es geht doch weiter.« Damien klang zufrieden. »Sehen wir zu, dass wir die Grabkammer finden.«

Doch ich war skeptisch. Sollte es so einfach sein? Ich betrachtete die Treppenstufe, die uns am nächsten war, und erstarrte. In meinem Kopf sprangen alle Alarmsirenen an. War das eine Inschrift in dem Stein? Schnell kam ich näher. »Theodotus«, las ich lautlos vor. Ein, zwei Buchstaben waren durch etwas Sand verdeckt, dennoch hatte mein Kopf diesen Namen vervollständigt.

Theodotus war der Rhetoriklehrer von Kleopatras jüngerem Bruder gewesen. Zusammen mit zwei anderen Männern war er der Vormund des erst zehnjährigen Pharaos gewesen, der zusammen mit seiner Schwester nach dem Tod des Vaters Ägypten regieren sollte. Der einflussreiche Höfling hatte dafür gesorgt, dass Kleopatra kurz nach ihrem Amtsantritt aus Ägypten vertrieben worden war.

Der Mund ist die Tür des Bösen. Das Sprichwort hallte in meinem Kopf wider. *Die Macht der Worte. Höfische Intrigen. Gerüchte …*

Es war eine Falle. »Warte!« Panisch wollte ich nach Damiens Arm greifen, doch es war zu spät. Er hatte soeben einen Schritt nach vorne gemacht. Die Treppenstufe zerbröselte in der nächsten Sekunde unter seinem Gewicht. Ich sah ihn fallen, und ein schriller Schrei entwich meiner Kehle. Um Himmels willen! Er würde direkt auf den tödlichen Speerspitzen landen.

Ich ließ mich auf die Knie fallen und doch graute es mir davor, nach unten zu sehen. Dann entdeckte ich seine Finger. Er hatte sie um den Rand des Plateaus geklammert. Im nächsten Moment tauchte sein Kopf auf. »Noch da.« Damien hatte Staub im Haar und einen Kratzer im Gesicht, dennoch schaffte er es, ein schiefes Lächeln auf seine Züge zu zaubern.

Mir war nicht nach Witzen zumute. »Schaffst du das?« Ich war so erleichtert, dass mir Tränen in die Augen stiegen. Die Pyramide machte es uns echt nicht leicht, und meine Angst, Damien zu verlieren, war einfach zu groß.

»Geht schon.« Er ächzte, aber er zog sich weiter nach oben.

Ich wich nach hinten aus, um ihm Platz zu machen. Schon im nächsten Moment war er wieder bei mir. Er zog mich an sich und ich spürte, dass er zitterte, als er tief Luft holte.

»Wir müssen vorsichtiger sein.« Ich wollte nicht so anklagend klingen, aber jetzt war es zu spät.

Damien wich zurück und strich mir sanft über die Wange. »Tut mir leid. Ich bin so ein Idiot. Nach dem, was oben passiert ist, hätte ich es besser wissen müssen.«

Ich nickte nur, weil ich immer noch diese Bilder im Kopf hatte. Damien, der ungebremst fiel. Damien, der blutend zwischen den Speeren lag.

Er neigte den Kopf, machte seine Absicht deutlich, aber er verharrte kurz vor meinen Lippen. Ich kam ihm entgegen und unsere Lippen berührten sich zu einem zarten Kuss. Trotz des Schocks stiegen Schmetterlinge in meinem Bauch auf. »Ich will dich nicht verlieren. Ich kann dich nicht verlieren.«

Noch mal küsste er mich sanft. »Ich werde vorsichtiger sein. *Wir* werden vorsichtiger sein. Ich will dich nämlich auch nicht verlieren.« Dann wich er zurück und sah mich ernst an. »Du hast gesagt, es wäre eine Falle. Was heißt das?«

»Ich habe eine Idee.« Ich zog ihn mit mir hoch. Gemeinsam betrachteten wir die Stufe, die sich fast auf gleicher Höhe befand. »Berenike«, las ich vor, dann drehte ich mich triumphierend zu Damien. »Es sind Namen von Menschen, die Kleopatra kannte. Das Gemälde der Stele, das Zitat und die Namen auf den Treppenstufen hängen zusammen, denke ich. Theodotus stand auf der Stufe, die in sich zusammengefallen ist. Der Mann war ein Gegner von Kleopatra. Er wollte ihren kleinen Bruder an die Macht bringen, ihn zu seiner Marionette machen und gegen Kleopatra ausspielen. Berenike war ihre ältere Schwester, und die beiden Frauen haben sich gut verstanden. Wenn ich richtigliege, können wir die Treppenstufe mit ihrem Namen gefahrlos benutzen. «

Damien pfiff anerkennend durch die Zähne. »Ich verstehe. Es geht um die Macht der Worte, genau wie es an der Wand steht.« Er blickte nach unten. »Wir müssen uns also immer zwischen zwei Stufen entscheiden. Wer war Freund, wer war Feind?«

»Das vermute ich.«

Wir seufzten beide und einen Moment lang betrachteten wir die Stufe mit dem Namen von Kleopatras Schwester.

»Wir könnten auch einfach blitzschnell nach unten rennen. Und die letzten Stufen sind sowieso sinnfrei, da könnten wir seitlich runterspringen, weil dort keine Speere mehr sind.«

Ich zog eine Braue hoch und sah ihn an. »Was hattest du gerade noch übers Vorsichtigsein gesagt?«

Damien grinste, dann deutete er auf die Stufen. »Das sind höchstens acht Stufen über den Speeren und danach ist es schon so niedrig, dass wir gefahrlos springen können.«

Ich schüttelte nur den Kopf.

»Sollen wir uns also auf diese Stufe wagen?«

Mir klopfte das Herz bis zum Hals. Ich horchte in mich hinein. Ja, ich war mir sicher.

Im nächsten Moment hatte Damien einen großen Schritt auf die Stufe mit der Inschrift »Berenike« gemacht.

Eine Schockwelle lief durch meinen Körper. Doch nichts geschah. Die Stufe blieb stabil. Trotzdem motzte ich ihn an. »Damien! Was soll das? Ich hatte gedacht, wir würden den Schritt zu zweit wagen.«

Er winkte lässig ab. »Lieber krepiere ich in diesem Ding als du.«

»Hör sofort auf, so etwas zu sagen.« Wieso sagte er so etwas Schreckliches? Wir waren heute schon in genug brenzlige Situationen geraten.

Ich betrachtete die nächsten beiden Stufen, die leicht nach unten versetzt zu unserer Rechten lagen. »Achillas«, las ich vor. »Er war der Feldherr der ägyptischen Armee. Er hatte sich mit Theodotus verbündet, um Kleopatra zu stürzen.« Der zweite Name war etwas von Sand bedeckt.

Und dann wackelte plötzlich auch die Berenike-Stufe. Ein Knirschen erklang.

»Sie bricht zusammen.« Damien sah mich alarmiert an. »Offenbar haben wir hier nicht ewig Zeit zu überlegen.« Er deutete zwischen den Stufen unter uns hin und her. Doch dann atmete ich auf, als ich den Namen entziffern konnte. »Onnophris. Der Priester war definitiv ein Freund.« Ich nahm Damiens Hand und gemeinsam machten wir einen Schritt auf diese Stufe. Sie trug uns.

Wir betrachteten die zwei Stufen, die wir nun zur Auswahl hatten. »Ptolemaios und Lepidus«, las ich laut vor.

»Der Bruder wie auch der Vater hießen Ptolemaios, oder?« Damien sah mich fragend an. »Welcher ist hier gemeint?«

»Das weiß ich nicht.« Und wer war dieser Lepidus?

Die Frage stand auch in Damiens Augen. »Irgendwo habe ich den Namen schon mal gelesen, aber …« Er schüttelte den Kopf. »Ich komme nicht drauf.«

»Ich auch nicht.« Ich überlegte fieberhaft.

»Nehmen wir Ptolemaios.«

Ich war nicht überzeugt. »Ihr Vater war ein Vorbild, ihr Bruder aber ihr Feind. Die Geschwister haben sich mit Armeen bekämpft.«

»Aber der andere könnte wer weiß wer sein.«

Genau das war das Problem. Die Stufe begann zu bröckeln. Kleopatra ließ hier zusätzlich Druck erzeugen. Man sollte die offensichtliche Wahl treffen. Ein bekannter Name gegen einen unbekannten. Familie gegen einen Fremden.

»Wir müssen eine Entscheidung treffen, jetzt.«

»Dieser Lepidus war ein Freund von Marcus Antonius«, spulte ich mein Wissen herunter. »Gemeinsam haben sie nach den Attentätern von Caesar gesucht.«

»Und Caesar war ein Geliebter von Kleopatra, also war dieser Mann ein Freund.« Damien nahm meine Hand und wir machten einen Schritt auf die Stufe. Keine Sekunde zu spät, denn die Onnophris-Stufe zerbröselte unter unseren Sohlen.

»Ein Glück, dass du so ein wandelndes Lexikon bist«, sagte Damien, als wir wieder sicher standen.

»Na ja, wenn man keine Freunde oder Hobbys hat …«

Damien lachte und knuffte mich liebevoll in die Seite. »Schon klar …«

Die nächste Stufe war leicht. »Caesar.«

»Also das weiß selbst ich«, brummte Damien. »Große Liebe bis zu seinem Tod.«

»Und dann hätten wir noch Potheinos.«

»Der Name sagt mir etwas.« Damien nickte gedankenverloren. »Er war der Erzieher von Kleopatras Bruder Ptolemaios. Er war Teil derer, die Kleopatra aus Ägypten vertrieben.«

Ich war seiner Meinung. Gemeinsam gingen wir die Stufe hinab.

Der Boden war schon sehr viel näher, und das Feld mit den Speeren hatten wir fast überwunden.

Ich reckte den Hals. »Der nächste Schriftzug ist zu stark von Staub bedeckt. Ich kann ihn nicht lesen.« Und wo sollten wir hier einen Besen auftreiben?

Damien knöpfte sein Hemd auf. Bevor ich nachfragen konnte, hatte er es sich ausgezogen, nach vorne gebeugt und schaffte es, mit einer wedelnden Bewegung des Stoffs den Staub von der zweiten Stufe zu fegen.

»Genial!« Ich strahlte ihn an. Ich beugte mich vor. »Das muss Arsinoe heißen. Sie war die jüngere Schwester von

Kleopatra und hat sich auf die Seite ihrer Gegner gestellt. Sie ist für diesen Verrat von Marcus Antonius hingerichtet worden.«

Damien zog ein Gesicht. »Das war aber nicht sehr familiär von ihr.«

Der Schriftzug auf der anderen Stufe war kaum zu entziffern.

»Das sieht irgendwie ähnlich aus.«

»Stimmt, das erste ist ein A und dann …« Ich kniff die Augen zusammen. »Ist das ein s am Ende?« Plötzlich wusste ich es. »Apollodorus!« Das war ein Diener Kleopatras. »Er war es, der sie in einen Teppich gewickelt in die Gemächer Caesars gebracht hat, als er zu Gast in Alexandria war. Er war ihr Freund.«

»Super.« Damien und ich stellten uns auf die Stufe mit seinem Namen.

»Bassus und Varro«, las ich vor. Ich hatte nicht die leiseste Ahnung.

Damien erkannte die Ratlosigkeit in meinem Blick. »Wir können springen. Wir sind an den Speeren fast vorbei, und es sind geschätzt noch drei Meter bis zum Boden.«

»Das ist zu hoch. Wir werden uns etwas brechen.«

»Für so was habe ich jahrelang trainiert.« Er band sich das Hemd um die Hüften. »Vertrau mir.« Und im nächsten Moment war er gesprungen.

»Damien!« Meine Stimme hallte schrill durch den hohen Gang. Himmel, er würde sterben. Dieses Mal hatten wir kein Glück.

Damien verfehlte die Speere nur knapp, landete aber elegant wie ein Superheld. Sand stob um ihn auf, als er in einer geschmeidigen Bewegung aus der Hocke hochkam und sich gleichzeitig zu mir umdrehte. Wow. Muskeln. Sehr viele Muskeln.

Damiens Grinsen hatte jetzt etwas Verwegenes, während er mit nacktem Oberkörper in einem umherwirbelnden Nebel aus Sand stand.

»Ich hasse dich!«, rief ich, erleichtert und empört zugleich. »Damit kann ich umgehen.« Er lachte, während er einige Speere aus dem Boden riss und sie zur Seite warf. »Jetzt du. Ich fange dich auf, Prinzessin.«

Das Gestein unter mir bröckelte. Ich hatte keine Wahl. Damien hatte alle Speere, die sich direkt unter mir befanden, aus dem Boden gezogen.

Ein großer Riss lief durch meine Stufe. *Ach, verdammt.* Ich sprang.

Ich rekapitulierte das, was ich gelernt hatte. Nicht verkrampfen, das Gewicht abfedern, zur Not die Wucht des Aufpralls mit einer Rolle zur Seite abschwächen. Ich machte mich für die Landung auf den Steinplatten bereit.

Und fiel sanft in starke Arme.

Damien wackelte mit den Brauen, als ich ihn verblüfft ansah. »Na, wer fällt denn da vom Himmel?«

Sehr witzig. Ich hatte die Aufforderung, in seine Arme zu hüpfen, für einen weiteren Spruch gehalten. Einen Menschen aus drei Metern Fall aufzufangen, erforderte eine Menge Kraft.

Hatte ich den Verstand verloren, dass ich das in so einer Situation total heiß fand? Ja, definitiv.

»Danke«, hauchte ich.

Sein Blick verdunkelte sich. »Was bekomme ich dafür?« Sein Blick fiel auf meinen Mund.

»Genau das, was du gerade denkst.«

Er lächelte schon wieder so verwegen wie ein Grabräuber, dann küsste er mich.

Gerade als seine Lippen sich von meinen lösten, fielen mir seine Worte wieder ein. »Aber ich bin kein Prinzesschen, das einen edlen Ritter braucht.«

Damien ließ mich herunter. Er strich mir eine verirrte Strähne hinters Ohr. »Aber ich wäre so wahnsinnig gern dein edler Ritter.« Er neigte sich zu mir, und wieder mal war ich mir seiner körperlichen Präsenz nur zu sehr bewusst.

»Ich will alles Böse von dir fernhalten. Ich will dich beschützen. Ich weiß, du brauchst mich eigentlich nicht für diese Rolle. Aber ich will all das für dich sein und sei es auch nur für die eine Sekunde in deinem Leben, in der du dich dafür entscheidest, auch mal schwach zu sein.« Er entließ die Strähne aus seinen Fingern. »Denn das sind wir. Die Königin und ihr Ritter. Ich bin immer einen halben Schritt hinter dir für den Moment, in dem du mich brauchst.«

Ich war sprachlos. So eine wunderschöne Liebeserklärung, die klang, als käme sie aus seinem tiefsten Inneren. Ich musste schlucken.

»Sag nichts«, flüsterte er. »Alles, was du fühlst, steht auf deinem Gesicht geschrieben.« Damien wich zurück und schlüpfte zurück in sein Hemd.

»Ich …« Ich war so ein Trottel. Warum fiel mir nicht etwas ebenso Poetisches ein? »Es hat noch nie jemand etwas so Schönes zu mir gesagt«, erwiderte ich unbeholfen.

Damien hatte alle Knöpfe bezwungen. »Das gefällt

mir«, erwiderte er leichthin. »Wir werden noch viele erste Male erleben, glaub mir. Ich bin gut in so was.«

Ich lachte verlegen und stupste ihn in die Seite.

Damien legte den Kopf schief und sah mich an. »Was meinst du? Sollen wir uns mal ansehen, welche Fallen die Grabkammer für uns bereithält?«

Kapitel 35
Damien

Auf dem Weg zur Grabkammer versuchte die Pyramide zum Glück nicht noch mal, uns zu töten.

Lilly hatte uns beide gerettet. Ich war so unglaublich stolz auf sie. Sie machte so wenig Aufhebens um sich, aber sie war der unglaublichste Mensch, den ich je getroffen hatte.

Und meine Gefühle für sie wurden von Tag zu Tag stärker. Ich hatte noch nie über Liebe nachgedacht, noch nie überlegt, wie sich eine wirklich innige Beziehung zwischen zwei Partnern anfühlte.

Aber das, was ich für Lilly fühlte, kam dem, was ich darüber wusste, verdammt nahe. Wir hatten unsere Hände ineinander verschränkt, und ich streichelte mit dem Daumen über ihre zarte Haut.

Auch jetzt hatte sie keine Angst. Sie ging mit zielstrebigen Schritten voran, das Kinn trotzig erhoben und den Blick fest auf den vor uns liegenden Gang gerichtet.

Warum ihr Vater sie nie hatte allein reisen lassen, war mir ein Rätsel. Wenn jemand klarkam, dann sie. Wenn jemand einfach nicht aufgab und sich nicht von ausweglosen Situationen abbringen ließ, dann sie. Lilly war die perfekte Zeitreisende.

Sie wurde langsamer, und ich passte mich ihrem Tempo an. Wir hatten die Türschwelle erreicht, und jetzt blieb sie stehen, beugte sich leicht vor und warf einen Blick ins Innere. Ich machte es ihr nach. Die Kammer war ein Meer aus Gold und Edelsteinen. Ich war geblendet von all dieser Pracht und blinzelte.

»Das ist die Vorkammer, eindeutig«, wisperte Lilly.

»Warum flüstern wir?«

»Du hast recht.« Sie strich sich eine Strähne aus der Stirn und sah kurz zu mir hoch. »Ich war vermutlich kurz vor Ehrfurcht erstarrt.«

Ich drückte ihre Hand, bevor sie sich losmachte und in die Kammer ging.

Auch hier waren alle Wände mit Bildern und Hieroglyphen geschmückt. Unzählige Fackeln waren von allein angesprungen und verbreiteten ein angenehmes Licht.

Der Schein der Flammen spiegelte sich in den vielen Ornamenten aus purem Gold. Alle Tongefäße waren damit geschmückt, alle Möbel, die herumstanden, ebenso wie das Geschirr und die Schalen, in denen sich ehemals Speisen befunden hatten.

Ich schrak kurz zurück, als ich in einer Ecke zwei Skelette entdeckte. Die Reste von Kleidern hingen ihnen noch am Leib.

Um ihren Hals lag jeweils ein breiter Goldreif.

»Vermutlich Diener«, sagte Lilly neben mir. »Dieser Raum beinhaltet alles, was die Königin im Jenseits braucht.« Sie deutete auf die gedeckten Tische. »Geschirr,

Möbel, Speisen. Es sollte ihr an nichts fehlen. Und sieh mal dort.« Sie zog mich mit sich. In einer Ecke aufgereiht standen winzige Mumien. Ihre Binden waren mit goldenen Amuletten geschmückt.

»Was zur …«

»Das sind Katzen. Kleopatra wollte im Jenseits auch ein paar Haustiere besitzen. Theoretisch müssten wir auch hier irgendwo ihren Falken finden. Er ist zwar schon vor ihr gestorben, aber es ist überliefert, dass sie ihn aufwendig hat mumifizieren lassen.«

Eigentlich wollte ich nicht noch ein totes Tier in Mullbinden sehen, deshalb folgte ich ihr nicht, als sie sich auf die Suche machte.

Es war erstaunlich, wie gut erhalten die Dinge waren. Ja, dieser Anblick würde Napoleon und sein Gefolge definitiv beeindrucken. Und auch die Sensationsgier der Männer würde befriedigt werden, bedachte man die zwei Skelette in der Ecke. Schaudernd wandte ich den Blick ab.

Stattdessen suchte ich nach Hinweisen zu dem Metall, das das Zeitreisen ermöglichte. Aber hier war alles einfach nur aus Gold. Ein anderes Metall entdeckte ich nicht.

Ich schob einen schmalen Beistelltisch zur Seite, um mich näher vor ein Bild an der Wand stellen zu können, das meine Aufmerksamkeit erregt hatte.

Dargestellt waren Bauern auf ihren Feldern. Doch am Himmel war etwas, das sie alle betrachteten. Es sah aus wie ein schwarzer Stein, der einen Feuerschweif hinter sich herzog. Ich konnte keine Hieroglyphen lesen, aber die Bilder waren sehr deutlich, als ich ihnen mit den Blicken folgte.

Der Stein landete in der Wüste. Er brannte noch immer. Das nächste Bild zeigte Männer, die um ihn herumstanden. In der Ferne war ein Streitwagen zu sehen.

Als Nächstes stand Kleopatra neben den Männern. Auf dem Bild danach war die Farbe verblasst, und ich konnte nicht wirklich etwas erkennen. Transportierten sie den Stein weg? Waren das Pferde oder einfach nur Rehe auf dem Feld?

»Schau mal hier!«, rief ich und deutete auf die Bilder.

Lilly kam mit schnellen Schritten zu mir herüber. »Findest du nicht auch, dass es plötzlich wärmer geworden ist?« Sie zupfte an ihrem Kragen. »Ich habe das Gefühl, es ist unverhältnismäßig warm.«

»Das sind bestimmt nur die Fackeln«, sagte ich schnell, denn ich wollte unbedingt, dass sie sich ansah, was ich gefunden hatte.

Lilly betrachtete die Bilder. »Da ist etwas vom Himmel gefallen. Vielleicht hatten die Leute, die unser Zahnrad untersucht haben, mit ihrer Frage nach einem Meteoriten doch recht.« Noch mal glitt ihr Blick über die Wandgemälde, dann straffte sie entschlossen die Schultern. »Lass uns den Eingang zur Hauptkammer suchen.«

*

Der Eingang lag versteckt hinter Möbelstücken, die man geschickt übereinandergestapelt hatte, und die Lücken dazwischen mit jeder Menge Laken und Kleidung gestopft hatte. Ich fühlte mich fast wie ein Möbelpacker.

Lilly, die wie immer besser den Überblick behielt als ich, öffnete die Tür betont langsam. Dann wartete sie einen Moment lang ab. Und sie behielt recht mit ihrer Vorsicht.

Nur Sekunden später fielen zwei Speere aus dem oberen Türrahmen. Sie hätten uns von oben bis unten durchbohrt. Ihre Metallspitzen waren so scharf, dass sie ein gutes Stück in den Boden eindrangen.

Ich riss die Augen auf, Adrenalin flutete erneut meinen Körper. Wir wären schon wieder fast gestorben. Verdammt noch mal!

Lilly war ganz ruhig. »Das Holz ist morsch.« Sie betrachtete die Speere, dann trat sie dagegen. Die Spitzen blieben im Boden stecken, doch das Holz brach.

Im nächsten Moment hatte sie einen Schritt in die Kammer gemacht. Auch hier waren Fackeln angesprungen und erleuchteten den Raum.

Ich folgte ihr, stand aber immer noch ein wenig unter Schock, dass selbst so kurz vor dem Ziel noch solche gefährlichen Fallen eingebaut worden waren.

Aber dann war ich abgelenkt von dem beeindruckenden Sarkophag in der Mitte des Raumes. Er war reich verziert mit Intarsien, und Hieroglyphen waren in seinen Stein gehauen. Obwohl es kaum möglich war, fand sich hier noch mehr Gold.

Der Raum war nicht so überladen wie der zuvor, aber auch hier befanden sich Vorräte und Grabbeigaben. Ich entdeckte Tische voller Schmuck, winzige Tontöpfe, die Schminke enthalten hatten, sogar Perücken lagen dort. Die Juwelen funkelten in aller Pracht im Schein der Fackeln. Dieser Raum war wahrhaftig einer Königin würdig.

Hier befanden sich keine Bilder an den Wänden. Stattdessen waren diese mit Ornamenten geschmückt und wirkten in ihrer Schlichtheit elegant und königlich.

»Finden wir hier Hinweise auf das Metall?« Lilly ließ den Blick schweifen. »Ich sehe mir mal den Schmuck an.«

Auch ich sah mich um. Ich hob einige Deckel an, um mich zu vergewissern, dass das Metall nicht dort versteckt war. Schaudernd betrachtete ich die vier Kanopen, die Gefäße für die Organe, die auf einem niedrigen Beistelltisch standen. Aber nirgendwo entdeckte ich ein anderes Metall außer Gold. »Hier ist nichts.«

Lilly hatte gerade eine imposante Kette untersucht und griff nach einer Perücke. Sie war porös, und Staub rieselte auf den Boden, als sie sie vorsichtig anhob.

Sie betrachtete sie einen Moment lang, dann legte sie sie wieder zurück.

Die unzähligen Plättchen des Kopfschmucks, der mit der Perücke untrennbar verbunden war, klirrten leise. Ich hob den Deckel einer Dose an, die komplett aus Lapislazuli gefertigt worden war. Aber auch hier entdeckte ich nur die vertrockneten Reste einer Paste.

»Dann haben wir keine andere Wahl.« Lilly deutete mit dem Kopf in die Mitte des Raumes. Sie seufzte, als gefiele ihr diese Vorstellung nicht.

Lilly ging bis zum Sarkophag und legte dann ehrfürchtig eine Hand an den Stein. »Es tut mir leid, dass wir deine Ruhe stören müssen, verehrte Königin«, flüsterte sie.

Sie sah zu mir. »Hilf mir mal, die Deckelplatte zur Seite zu schieben. Wir brauchen Gewissheit, dass sie es ist.«

Es war erstaunlich leicht, die Platte nach hinten zu schieben. Im Innern sah ich es funkeln.

Anstatt der Totenmaske kam ein weiterer Sarkophag

zum Vorschein. Er bestand aus purem Gold, und das Gesicht der Königin war darauf so realitätsgetreu aufgemalt, dass ich sie sofort erkannte. Es waren jedoch ihre dargestellten Hände, die meine Aufmerksamkeit erregten. Denn in ihnen hielt sie etwas fest, das mit dem Gold des Sarkophags verankert war. Es war ein schwarzer Stein, ehemals rund und jetzt aufgebrochen, sodass sein zerklüftetes Inneres zum Vorschein kam. In der einen Hälfte steckte eine Kugel aus Metall, die ehemals den Kern des Steins gebildet hatte. Sie war von einem Kreis aus Perlen umgeben, die sich fast anmutig an die zerklüftete Oberfläche schmiegten.

Wieder jagte ein Adrenalinstoß durch meinen Körper. »Lilly …«, wisperte ich.

Sie hatte den Stein bereits entdeckt.

»Das ist er«, flüsterte sie. »Das ist der schwarze Meteorit, der auf den Bildern dargestellt ist.«

»Die Taschenuhr.« Lilly deutete auf meine Tasche. »Sehen wir uns die Taschenuhr an.«

Das war eine geniale Idee. Ich zog die Taschenuhr hervor. Ich war mir ganz sicher. Es war das gleiche Material wie der Kern des Meteoriten.

Lilly schien fasziniert, und dennoch hatte sie die Stirn gerunzelt. »Was bedeutet das also? Hat also Napoleon die Perlen zu Zahnrädern umarbeiten lassen und die Kugel zu einer Taschenuhr, nachdem er und seine Leute sie hier unten entdeckt haben?«

»Vermutlich.« Ich wollte eine der Perlen berühren.

»Vorsicht!«, rief Lilly. »Berühre sie nicht mit deiner Haut. Wer weiß, was passiert.«

»Danke«, erwiderte ich. Ich nahm einen langen Stab

von einem Tisch, den ich für Haarschmuck hielt, und stupste die Perle damit an. Sie löste sich und rollte über das zerklüftete Gestein, bis sie nahe einer anderen Perle liegen blieb. In dem dunklen Stein klaffte jetzt ein runder Abdruck. Ich ließ meinen Blick über den Meteoriten gleiten. Dann blieb ich an einer weiteren Vertiefung hängen. »Sag mal, fehlt hier eine Perle oder sieht das nur so aus?«

Durch die Pyramide lief ein Grollen, und Lilly sah mich alarmiert an.

»Was?«

Ich winkte ab. »Nichts. Sehen wir zu, dass wir wieder verschwinden. Warten wir auf die Gruppe rund um Napoleon.«

Wieder erzitterte der Stein rund um uns.

»Das ist nicht gut«, wisperte sie. »Das ist gar nicht gut.«

Dann erstarrte ich. Jetzt wusste ich, was mir komisch vorgekommen war. Mein Vater hatte ganz gezielt nach dem Metall der Taschenuhr gesucht. Er hatte von Anfang an nach den anderen Zahnrädern gesucht.

Ein eisiger Schauer durchlief mich. Das bedeutete, er wusste von der Grabkammer. Er wusste von dem Meteoriten.

Ich wollte Lilly gerade alles erzählen, da erschien ein Schatten im Türrahmen.

Ich hatte mit allem gerechnet, aber nicht damit.

»Hallo, Damien.«

Kapitel 36
Lilly

»Ruby?«

Ich konnte nicht fassen, was ich sah. Ruby, Damiens Schwester und unsere ehemalige Aushilfe, stand zusammen mit Damiens Freund Brantley, den ich am Computerbildschirm gesehen hatte, in der Tür zur Grabkammer. Sie sah schrecklich abgemagert aus. Ihr Blick glitt ins Leere. Sie drehte nicht mal den Kopf, um uns anzusehen.

»Brantley? Ruby?« Damien hatte schockiert die Augen aufgerissen. »Was macht ihr hier? Ruby … wie geht es dir?« Damien wollte auf die beiden zustürzen. In diesem Moment zog Brantley eine Waffe.

»Du bleibst besser, wo du bist.«

»Was?« Damiens Stimme klang völlig tonlos. »Was ist hier los? Wie kommst du überhaupt hierher? Was hat das alles zu bedeuten?«

Schon wieder lief ein Grollen durch den Stein, und mein Bauchgefühl sagte mir, dass wir schleunigst von hier verschwinden sollten.

Damien stand völlig unter Schock. »Ich habe das Zahnrad unserer Familie. Wie könnt ihr …?«

Ich hingegen versuchte, eins und eins zusammenzuzählen. Auch Ruby besaß die Fähigkeit, durch die Zeit zu reisen. Aber wie sollte das möglich sein? Wir besaßen das Zahnrad ihrer Familie, ihr Vater hing in der Vergangenheit fest und machte sich vermutlich jetzt erst auf die Suche nach seinen Vorfahren.

»Zurück zu dem Sarkophag«, sagte Brantley mit fester Stimme. Er wedelte mit dem Revolver.

»Ruby, geht's dir gut?« Damiens Stimme war voller Sorge, während er zurückwich. »Sag doch was.«

Ruby drehte den Kopf in seine Richtung, aber sie sah ihn einfach nur an. Sie war so blass und mager. Es tat mir in der Seele weh, sie so zu sehen.

»Könnt ihr uns bitte mal aufklären?«, verlangte ich. Ich kam überhaupt nicht mehr mit. Brantley hatte uns geholfen, die Videobilder aus dem Büro von Damiens Vater anzusehen. Er war doch auf unserer Seite, oder? Und bei Ruby konnte ich mir nicht vorstellen, dass sie sich gegen ihren Bruder stellte. Er tat schließlich alles für sie. Außerdem wirkte sie nicht so, als könnte sie überhaupt irgendwelche Entscheidungen treffen.

»Dein Vater schickt mich«, erklärte Brantley in Richtung Damien. »Du weißt ja, dass ich seit Jahren schon in deine Schwester verknallt bin. Er hat mich angesprochen, nachdem er mich für ein Praktikum rekrutiert hat. Offenbar hast du ihm erzählt, dass ich auf sie stehe. Oder er hat es selbst herausgefunden.« Brantley zuckte mit den Schultern.

Es schockierte mich, dass er über Ruby sprach, als wäre sie gar nicht da.

»Jedenfalls hat er gesagt, dass er dafür sorgen kann, dass sie sich in mich verliebt. Dass sie meine Freundin wird. Und sie ist alles, was ich will.«

Das Lachen, das jetzt folgte, klang verrückt. Brantley brauchte eindeutig Hilfe.

»Aber dafür musste ich ihm helfen. Er hatte das Zahnrad eurer Vorfahren bereits in der Regency-Zeit von jemandem aufspüren und zu ihm bringen lassen. Aber dann ist er kurz in die Gegenwart zurückgekehrt. Er hat das Zahnrad eurer Vorfahren dort gelassen, um die Zukunft nicht zu ändern. Dann hat er Ruby und mich geholt, und wir zwei sind von England mit dem Zahnrad eurer Vorfahren noch weiter zurück in die Vergangenheit nach Ägypten gereist. Und weil wir einfach noch weiter in der Vergangenheit zurückgereist sind, wurde dadurch auch nicht die Zukunft geändert. Ich bin sein Plan B. Sollte er es nicht schaffen, euch in der Vergangenheit zurückzulassen und nicht zurückkehren, wäre klar, dass er in Schwierigkeiten steckt. Ich sollte mit dem Originalzahnrad zu diesem Datum in die Grabkammer von Kleopatra reisen. Dafür hat er mir alle Dokumente zur Verfügung gestellt. Er wusste, was Napoleon getan hat. Und er wusste genau, dass ihr es herausfinden würdet.«

Er lachte, und wieder klang es so schrecklich verrückt. »Und jetzt bin ich hier, um euch aufzuhalten. Wir werden gemeinsam zurück in die Gegenwart reisen und danach werden wir deinen Vater zurückholen. Er hat mir einen sehr guten Posten in seiner Firma versprochen, wenn ich mich ihm anschließe.«

Er grinste, und es erinnerte mich auf schreckliche Art und Weise an Damiens Vater.

»Ich rette also deinen Vater und bekomme dafür alles, was ich will. Die Frau, den Job, eine Menge Geld. Und du …« Er deutete mit dem Lauf der Waffe auf Damien. « … bist abgemeldet. Dein Vater wird sein Testament ändern, wenn er zurück in der Gegenwart ist. Du wirst enterbt und das Geld, das Ruby zusteht, bekomme ich. Ist doch ein Superdeal?«

»Du hast dich kaufen lassen«, erwiderte Damien erstaunlich ruhig. »Und meine Schwester empfindet nichts für dich. Sie hat dich nicht mal wahrgenommen. Ich habe auf deine Gefühle Rücksicht genommen und dir deshalb immer etwas von ihr erzählt, wenn du danach gefragt hast. Aber sie hat kein Interesse an dir. Noch nie gehabt. Das wird sich auch nicht ändern. Und du kannst sie schlecht ein Leben lang mit Medikamenten vollpumpen.«

Brantley lachte trocken auf. »Warum denn nicht? Das Reisen hat doch auch geklappt. So klar ist sie noch. Dein Vater hatte ein paar nette kleine Pillen im Angebot. Er sagt, er kann sie so manipulieren, dass sie sich unsterblich in mich verliebt.«

»Manipulieren«, erwiderte Damien hitzig. »Genau das ist es, was er tut. Er manipuliert alle. Und der Einzige, der hier vorgeführt wird, bist du. Sobald er zurück in der Gegenwart ist, wird er dafür sorgen, dass du durch einen Unfall oder Ähnliches ums Leben kommst. Er hat schon ganz andere Leute entsorgt, die ihm im Weg standen. Und ganz gewiss wird er dir kein Geld geben, das er behalten könnte. Geh ihm nicht auf den Leim, Brantley. Glaub mir. Ich bin dein Freund. Wir kennen uns seit der Grundschule. Ich würde dich nicht belügen.«

»Ja, das ist so einfach, wenn man mit dem goldenen Löffel im Mund geboren wird.« Brantley winkte ab. »Aber jetzt will ich etwas abhaben vom Kuchen. Ich will die hübsche Frau, den geilen Job und die Kohle. Ich will da oben mitspielen. Und dein Vater ermöglicht es mir.«

Ich hörte ihrem Wortwechsel zu und konnte nicht fassen, was hier vor sich ging. Wie konnte man nur so abgebrüht und gefühlskalt sein?

»Und ich brauche die Taschenuhr«, sagte Brantley in diesem Moment und schnipste mit dem Finger. »Leg sie auf den Boden und schieb sie rüber.

»Du bekommst gar nichts von mir«, erwiderte Damien.

Und Brantley schoss. Er drückte einfach ab. So, als wäre es gar nichts. Ein Lichtschalter, der Knopf an einem Küchengerät.

Zu unserem Glück war er vermutlich kein ausgebildeter Schütze. Denn er verfehlte Damien.

»Die Uhr, und dein Zahnrad aber zügig.«

Damien lenkte ein. Er ging in die Hocke, gab der Uhr einen Schubs, und sie rutschte über den sandigen Boden bis zu Brantley. Dieser bückte sich, ohne uns aus den Augen zu lassen. Ruby beobachtete seine Bewegungen, aber sie wirkte immer noch völlig teilnahmslos.

»Und jetzt bring mir den Meteoriten.« Brantley dirigierte uns mit der Waffe.

Ich gehorchte, denn wir hatten keine andere Wahl. Er hatte bewiesen, dass er nicht zögern würde zu schießen. Und irgendwann würde eine Kugel garantiert ihr Ziel treffen.

Dann bemerkte ich Damiens Blick und folgte ihm. Im Sarkophag lag eine Waffe. Es war ein goldenes Wurfmesser.

»Was brauchst du so lange?«

Damien und ich kommunizierten wortlos mit Blicken. Er nahm das Messer hoch, hielt es ganz niedrig, sodass Brantley es nicht sehen würde, und dann löste er eine weitere Perle von dem Meteoriten, so wie vorhin.

Die Hitze im Raum schien noch mal anzusteigen. Es knirschte nur ganz leise, ein winziges, kaum hörbares Klicken, viel zu leise für das Inferno, das darauf folgte.

Oben an den Wänden, direkt dort, wo sie in die Decke überging, öffneten sich schmale Schlitze. Flüssiges Feuer quoll aus ihnen hervor.

Ich kannte den Geruch. Es war Pech. Brennendes pechschwarzes Pech.

Sofort setzte es die ersten Gegenstände in Brand. Es überzog alles mit einer todbringenden Schicht aus flüssigem Feuer.

Brantley war einen Moment lang abgelenkt, da warf Damien das Messer. Es traf Brantley rechts in die Schulter. Brantley schrie auf und ließ die Waffe fallen. Er stöhnte auf vor Schmerz, fluchte und wollte das Messer herausziehen. Doch da war Damien schon bei ihm. Die beiden gingen zu Boden.

Aber Brantley besaß wohl noch mehr Waffen. Er griff hinter sich und im nächsten Moment hatte er ein Messer gezogen. Die Klinge sirrte durch die Luft. Brantley verfehlte Damien, weil dieser ihm auswich. Doch beim zweiten Versuch erwischte er ihn. Ein langer Schnitt klaffte an Damiens Oberarm.

Ich schrie auf und wollte zu ihm eilen, doch da quoll das brennende Pech aus einer Spalte im Boden. Es war zu breit, um darüber zu springen.

»Ruby!«, rief ich eindringlich. »Hilf deinem Bruder. Ich versuche, einen Weg zu euch zu finden.«

Die Flammen schlugen höher und züngelten an den Möbeln. Nicht mehr lange und wir wären diesem Inferno völlig ausgeliefert.

Aber Ruby rührte sich nicht. Ich konnte nur hilflos beobachten, wie Damien Brantley zwar packte und nach unten drückte, doch dieser hatte immer noch sein Messer.

Ich musste diese verdammte Schusswaffe erreichen. Sie lag einfach da.

»Ruby, wirf mir die Waffe zu.« Es war gefährlich, eine geladene Pistole zu werfen, aber ich hatte keine andere Möglichkeit.

Ruby reagierte nicht.

Damien kämpfte immer noch mit Brantley. Ich schrie auf, als eine weitere Woge Pech aus dem Boden schwappte.

Damien drehte sich zu mir, und Brantley nutzte die Gelegenheit. Er packte seinen Kopf und schlug ihn hart auf den Boden. Dann hielt er das Messer an Damiens Kehle. »Ich bringe dich um!«, schrie er. »Ich bringe dich um und lasse dich hier.« Blut quoll hervor, so sehr drückte er das Messer gegen Damiens Kehle.

»Ruby!«, schrie ich. »Er bringt ihn um. Er wird deinen Bruder töten.«

Was darauf folgte, war einfach grauenvoll. Ruby bewegte sich wie in Trance. Sie hob die Waffe an, und ich dachte, sie würde sie zu mir werfen. Stattdessen passierte alles in einer fließenden Bewegung. Sie richtete sie auf Brantleys Kopf und drückte ab. Der ohrenbetäubende Knall war noch schlimmer als der Anblick. Brantley kippte zur Seite und von Damien herunter.

Ruby stand da, mit der Waffe in der Hand, und wirkte nach wie vor, als wäre sie nicht anwesend. Dann ließ sie die Waffe auf den Boden fallen.

Damien richtete sich auf, sprang auf die Füße und riss seine Schwester an sich. »Lass uns von hier verschwinden!«

Er legte seinen Arm um sie und zog sie mit sich. Im nächsten Moment quoll Pech aus dem Sarkophag empor. Es würde das Metall der Zeitreisenden vernichten. Unsere Zahnräder würden wertlos und wir hier gefangen.

Die Hitze im Raum war mittlerweile unerträglich.

Mit Schrecken beobachtete ich, wie das brennende Pech über die Ränder des Sarkophags floss. Es erreichte den schmaleren im Inneren.

Mittlerweile hatte Damien mich erreicht. Er musste Ruby stützen, denn sie konnte sich kaum auf den Beinen halten.

Eine heftige Erschütterung erfasste die Pyramide, und der Sarkophag brach einfach auseinander.

Die Kammer war jetzt ein brennender Albtraum. Ich riss den Kamm aus meinem Haar und löste das Zahnrad heraus.

Im nächsten Moment schoss die Bodenplatte, auf der ich stand, nach oben und riss mir die Füße weg. Das Zahnrad flog aus meiner Hand und landete im hohen Bogen hinter einem Tisch.

»Ich hole es!«, schrie Damien und ließ Ruby los.

Zentimeter für Zentimeter verschwand der Sarkophag im Pech. Und immer mehr Perlen verschwanden.

Damien kam mit leeren Händen wieder hoch.

Wieder grollte der Boden und noch mehr Pech schwappte aus den Wänden. Die Reste des Sarkophags brachen nach unten weg. Eine einzige Perle wurde nach oben katapultiert. Damien sprang auf und stieß sie in der Luft in meine Richtung. Reflexartig stürzte ich nach vorne, um sie aufzufangen. Meine Haut brannte, dort wo die Perle sie berührte.

Hinter uns gab es ein seltsames Geräusch. Eine Art Zischen, doch ich hörte nicht darauf.

»Passt auf!« Ruby war blitzschnell bei uns. Ich hätte niemals gedacht, dass sie sich so schnell bewegen konnte. »Ihr müsst es schaffen«, sagte sie mit ihrer seltsam tonlosen Art zu sprechen. Sie schubste uns mit aller Kraft an, und wir taumelten zur Seite. Im nächsten Moment brach die Wand auf und eine Woge von flüssigem Feuer schoss hervor. Aber Damien durchschaute ihren Plan, während ich schrie: »Halte sie auf!«

Er riss sie grob am Arm und das Pech schoss an ihr vorbei. Sie hatte sich für uns opfern wollen, aber das konnten wir beide nicht zulassen.

Die Perle in meiner Hand brannte und ich hoffte, nein, ich betete, dass es funktionieren würde.

Ich spürte die Magie, als sie meine Muttermale berührte.

Sie fühlte sich an wie immer. Da war der Wirbel, da waren die verschwimmenden Farben.

Ich presste die Perle an meine Haut, umgriff nur mit

ein paar Fingern Damiens Hand, und mit der freien umschloss ich Rubys.

Dann erfasste uns der Wirbel. Wir würden die Zukunft auf eine gravierende Art und Weise ändern. Wir hatten allen Zeitreisenden die Kraft genommen. Die kleine Perle war nur die einzige ihrer Art. Und sie gehörte zu mir. Schuldgefühle weilten in mir auf. Was hatten wir getan? Wie sehr hatten wir die Zukunft verändert? Würde mein Vater mich noch erkennen? *Wird der Verlust der Zahnräder und der Taschenuhr gravierende Auswirkungen auf die Welt haben?*

Der Wirbel hüllte uns ein, das Feuer loderte ein letztes Mal auf, und als die Grabkammer in sich zusammenbrach, verschwanden wir in einem Strudel aus Feuer und Farben.

*

Ich kam in unserer Kleiderkammer zu mir. Meine Klamotten und meine Haare waren versengt, und meine Schultern taten unglaublich weh. Neben mir schüttelte sich Damien und schien auch erst nicht zu wissen, wo er war. Ruby stöhnte leise.

Noch hatten die Bewegungsmelder uns nicht entdeckt.

Wir hatten die Pyramide zerstört. Es fühlte sich fast an wie eine selbsterfüllende Prophezeiung. Und geblieben war nur dieses winzige Kügelchen Metall. Allen anderen war die Gabe des Zeitreisens durch die zerstörte Pyramide genommen. Es war keine Absicht gewesen und jetzt graute mir vor der Vorstellung, dass ich dafür mit verantwortlich war.

Damien hatte dafür gesorgt, dass ich eine der Kugeln

bekam. Aber was würde das bedeuten? Würde sie wertlos sein ohne die anderen? Und was würde es für meine Familie bedeuten? Was hatte sich durch unser Eingreifen in die Zeit geändert?

Ich krabbelte zu Ruby und Damien, zog sie in meine Arme und Rubys leises Weinen klang erstickt. Damien schluchzte laut auf.

Und so saßen wir in der fahlen Dunkelheit auf dem Boden, zitterten und klammerten uns aneinander, um nicht zu zerbrechen.

Die Deckenleuchter sprangen erst an, als mein Vater die Kleiderkammer betrat. »Lilly. Geht's dir gut?« Dann glitt sein Blick zu Damien und Ruby.

»Und wer sind Sie beide, wenn ich fragen darf?«

Epilog
Lilly

New York, ein dreiviertel Jahr später

»Sie sind wirklich ein Zauberer, Mr deGray.«

Ich schmunzelte, als die begeisterte Stimme von Mrs Walburton aus Dads Büro erklang, und legte das Staubtuch zur Seite, mit dem ich gerade die Theke gewischt hatte.

»Dieser Orden ist ein Familienerbstück. Und dass Sie ihn wirklich gefunden haben! Ich bin entzückt. War es sehr kompliziert?«

»Wir sind nach Italien gereist. Dort fanden wir ihn bei einem Sammler. Zum Glück war er bereit, ihn zu verkaufen. Natürlich auch dank der großzügigen Summe, die Sie uns zur Verfügung gestellt haben«, fügte mein Vater noch hinzu.

Und der Tatsache, dass ich in das Jahr 1940 zurückgereist war, in dem der Orden bei einem Spaziergang im Wald verloren gegangen war.

Mrs Walburton kicherte. »Und ich bin froh, dass ich

mich an den Besten gewandt habe. Ihr Ruf eilt Ihnen weit voraus, Mr deGray.«

Es raschelte, als Geldscheine über den Tresen gereicht wurden. Kurz darauf schwang die Tür des Büros auf.

Mrs Walburton, gehüllt in einen eleganten Wollmantel und eine Wolke Chanel Nr. 5, schwebte an mir vorbei. »Wiedersehen, Schätzchen.« Sie winkte mir zu.

»Auf Wiedersehen, Mrs Walburton.«

Schon war sie verschwunden.

Dad kam aus dem Büro und hielt das Bündel Geldscheine in der Hand. Lächelnd kam er zu mir hinter die Theke. »Lass uns für die Mittagspause eine Stunde zumachen. Es ist doch noch etwas von deinem vegetarischen Auflauf da?«

Ich nickte. »Ist es.«

Dad ging zur Tür und schloss ab. Dann drehte er das Schild um, das anzeigte, das wir geschlossen hatten.

»Das hast du gut gemacht«, sagte er zu mir, als er wieder bei mir war und wir uns zum Gehen wandten. »Die Dame war sehr zufrieden.«

Wir durchquerten das Lager, und ich ließ Revue passieren, was im letzten Dreivierteljahr alles geschehen war.

So viel hatte sich geändert. Wir hatten Ruby eine sehr kompetente Therapeutin hier in New York besorgt. Zusammen mit der Möglichkeit, die Juilliard School wieder zu besuchen, war es ihr von Monat zu Monat besser gegangen. Ihre schlechte körperliche Verfassung hatte sie zwar um ein Jahr zurückgeworfen, aber wir waren trotzdem so stolz auf sie. Ohne den Einfluss ihres Vaters war sie regelrecht aufgeblüht und zum Glück hatten die Medikamente keine bleibenden Schäden bei ihr hinterlassen.

Sie traf Freunde, sie hatte wieder mit dem Lesen begonnen, und sie und Damien standen sich so nah wie nie zuvor. Manchmal half sie sogar im Laden aus. Ich freute mich so sehr für sie.

Ich sah auf meine Handfläche. Die Muttermale der Zeitreisenden hatten sich einander angenähert. Bald würden sie nur noch ein Punkt sein. Die Stelle, an der die Perle aus dem Grab von Kleopatra liegen musste. Mein Körper passte sich dem Metall an. Es war absolut faszinierend, genau wie die Tatsache, dass nur ich mit der Perle reisen konnte. Natürlich konnte ich zwei Menschen mitnehmen. Aber allein reisen, das konnte nur ich. Mein Vater besaß keine Muttermale. Ob ich sie an meine Kinder vererben würde?

Und ich war wieder allein gereist. Damien hatte angeboten, mich zu begleiten, ebenso wie mein Vater. Doch manche Aufträge erledigte ich ganz bewusst allein. Nicht, um mir etwas zu beweisen. Nein, hin und wieder machte es einfach Spaß, mich allein in der Vergangenheit herumzutreiben. Ich war selbstständig geworden.

Dad hatte mich behüten wollen, aber irgendwann hatte ich seine Mauern eingerissen. Und ich hatte mich bewährt.

»Ich werfe nach dem Essen noch mal einen Blick in die Bücher«, sagte ich, als er die Stahltür zum Hausflur aufschloss.

»Natürlich, mein Liebes.«

Auch das hatte sich geändert. Dad hatte sich mehr und mehr aus dem Geschäft zurückgezogen. Und er schien dankbar darüber. Insgeheim glaubte ich, dass ihm die Tatsache, dass wir die Zukunft so gravierend geändert hatten, mehr zu schaffen machte, als er zugab. Er hatte ein paar

Tage gebraucht, um das Video zu begreifen, und noch länger, es zu akzeptieren. Zum Glück hatte sich an meiner Lebenssituation nicht allzu viel geändert. So, wie es sich herausstellte, waren wir deGrays unseren Stärken treu geblieben. Meine Vorfahren inklusive meines Vaters betrieben unser Antiquariat und hatten sich einen Ruf als Kunstdetektive erarbeitet. Unser Archiv bestand weiterhin, nur die ehemalige Kleiderkammer wurde als Abstellraum benutzt. Die früher geheime Etage war jetzt nur errichtet worden, um das Archiv im Falle eines Hausbrands dank der meterdicken Erdschicht und der Stahlplatte trotzdem zu erhalten. Die geheimen Türen im Kamin waren nicht eingebaut worden, jetzt führte eine Treppe im Hausflur einfach bis nach ganz unten.

»Erst essen wir etwas und dann ruhe ich mich aus, kleine Wühlmaus.« Dad gähnte.

»Mach das, Dad.« Ich küsste ihn kurz auf die Wange.

Ich freute mich, dass er weniger Verantwortung tragen musste. Mir machte es Spaß, mich um die Buchhaltung zu kümmern. Ich jonglierte gern mit Zahlen und hatte bereits ein stattliches Polster aus Rücklagen für den Laden ansparen können.

»Wann hast du später deinen Termin?«

Dad war immer aus der Puste, wenn er die Treppen laufen musste. »Um siebzehn Uhr.« Er hustete.

»Ich bestelle dir ein Taxi.«

Er nickte zwar, dennoch wirkte er peinlich berührt. Dad machte eine Gruppentherapie, um gegen seine Spielsucht anzukämpfen. Darauf hatte ich bestanden.

Zuerst hatte ich ihn mehr oder weniger zwingen müssen, aber mittlerweile hatte ich den Eindruck, dass er die

Treffen gern besuchte. Auch wenn es ihm immer noch fürchterlich unangenehm war, darüber zu sprechen.

Oben in der Wohnung ging er schnurstracks zum Kühlschrank. »Machen wir es wie immer?«, fragte er und grinste. »Du wärmst auf, und ich spüle ab?«

Ich lachte. »Abgemacht.«

*

Später, als Dad bei seinem Treffen war und unsere Aushilfe den Laden betreute, ging ich hinauf aufs Dach.

Vor dem kleinen Gewächshaus, das meine Mutter zu einem Atelier umgebaut hatte, stapelten sich Kartons und Müllsäcke.

Im Inneren des kleinen Gewächshauses stand ein einfacher Schreibtisch mit einem Stuhl davor. Darauf lag ein einziges Buch.

Ich hatte begonnen, in das Tagebuch zu schreiben, das meine Eltern mir geschenkt hatten. Ich hatte all die verrückten Reisen aufgeschrieben, um keine zu vergessen. Jeder Trip in die Vergangenheit wurde festgehalten. Es würde meine persönliche Geschichte, meine Biografie werden. Und ich war stolz darauf.

Mein Blick glitt zu den Müllsäcken.

Kurz nach unserer Ankunft in der Gegenwart war mir bewusst geworden, wie sehr ich mich an die Vergangenheit geklammert hatte. Aber das vergilbte Papier in dem Gewächshaus, die abgenutzten Buntstifte, die vertrockneten Farben – das alles war nicht meine Mutter. Und wenn selbst die geänderte Gegenwart sie nicht zurückgebracht hatte, wie sollte ich mich da weiter an diesen Wunschtraum klammern.

Ich liebte sie. Ich würde sie lieben, egal wie alt ich wurde. Sie war in meinen Erinnerungen lebendig. Und das würde sie für immer bleiben. Und je mehr ich dem, was einst ihr gehörte, dem Verfall preisgab, desto trauriger machte es mich. Und das wollte ich nicht.

Und es wäre auch nicht im Sinne meiner Mutter gewesen. Also hatte ich mir vergeben, dass ich in der Nacht ihres Todes nicht bei ihr gewesen war. Ich hatte mich dazu entschlossen, ihre Habseligkeiten durchzusehen. Ihre Skizzenbücher bewahrte ich auf wie einen Schatz. Aber ihre Materialien, die mehr und mehr verfielen, warf ich weg.

Ich erinnerte mich noch an den Tag, als ich die letzte Kiste mit Pastellkreide in einen Müllsack gekippt hatte.

Damien hatte mir geholfen, und ich hatte geweint, als das Gewächshaus plötzlich leer gewesen war.

Ich hatte das Gefühl gehabt, Mom zu verraten. Aber das war nur ein kurzer Moment gewesen.

Ich hatte aufgeräumt. Ich hatte mich von dem Ballast befreit, der mich traurig machte. Und jetzt würde ich ihr Erbe antreten, indem ich ihr Gewächshaus zu meinem machte. Jetzt war es mein Arbeitsplatz. Jetzt schaffte ich meine eigenen Erinnerungen, die vielleicht meine eigene Tochter später einmal genau an diesem Ort hier lesen würde.

Geräusche auf der Feuertreppe ließen mich den Kopf heben. Dann war Damien da. Er hatte noch den Rucksack über der Schulter, den er immer mit zur Universität nahm.

»Hier bist du.« Er lächelte, kam auf mich zu und zog mich in seine Arme.

Ich legte die Wange an seine Brust und atmete seinen Duft ein. Als er sich von mir löste, beugte er sich zu mir und küsste mich zart auf den Mund.

»Ich habe dir eine WhatsApp-Nachricht geschickt. Aber ich glaube wirklich, du kommst nach deinem Vater. Ihr seid beide nicht auf dem Handy zu erreichen.«

Ich lachte verlegen. Vermutlich hatte er damit recht.

»Alles klar?«, fragte er, als sein Blick auf die Kartons fiel. Er wusste, dass mich ihr Anblick immer traurig machte. Aber ich nickte. »Ist okay. Wie war es in der Uni?«

Damien hatte sich seinen großen Traum von einem Studium der Veterinärmedizin erfüllt. Zusammen mit seinem Freund Neil hatte er sich eine Wohnung nur ein paar Straßen weiter gesucht. Wie immer, wenn es Freitag war, wirkte er enttäuscht, zwei ganze Tage lang nicht an die Universität gehen zu können.

»Hab mir ein paar Bücher mitgenommen, die ich unbedingt lesen will«, sagte er und grinste schief. »Und die habe ich gekauft.« Er zog ein Buch aus seinem Rucksack. Es war eine weitere Biographie von Thomas Andrews. Ich musste lächeln. Als ob er nicht schon fünf oder sechs davon besaß. Aber ich wusste, wie sehr er den klugen Schiffskonstrukteur mochte. Und er vermisste ihn, das war mir mittlerweile auch klar. Er hatte in ihm den Vater erlebt, den er nie gehabt hatte.

»Wie schön«, sagte ich mit einem liebevollen Lächeln, als er mir das Buch unter die Nase hielt.

Auch ich hatte mittlerweile mein Studium begonnen. Kunstgeschichte hatte mich schon immer interessiert, und ich ging gern zur Uni.

»Behältst du die Zeit im Blick?«, fragte er dann und steckte das Buch wieder weg.

Ich nickte knapp. Wir hatten einen weiteren Auftrag erhalten.

Wir würden das Wochenende nutzen, um in das Frankreich zur Zeit der Französischen Revolution zu reisen. Dort sollten wir nach einem Amulett suchen. Eine Familie zahlte sehr viel Geld dafür, damit es gefunden wurde

»Ach, verflixt«, sagte ich. »Ich muss Rachel noch eine Geschichte auftischen, dass wir dieses Wochenende zu irgendeinem See fahren.«

Rachel, Savannah, Brenda und ich waren mittlerweile richtig gute Freundinnen geworden. Wir unternahmen oft etwas zusammen, und mein Instagram-Account wuchs stetig.

Ich hatte echte Freundinnen. Und konnte es immer noch nicht recht fassen.

Damien ließ den Rucksack von seiner Schulter sinken und zog mich erneut in seine Arme.

Ich wusste, dass er immer noch nicht über den Tod seines besten Freundes Brantley und all die schrecklichen Geschehnisse hinweg war.

Außerdem waren zwei Rätsel geblieben. Hatte es jemals andere Zeitreisende außer unseren beiden Familien gegeben? Wir hatten keine Aufzeichnungen und Beweise dafür gefunden. Und Grayson Belmont hätte sich nach unserer Änderung der Zeit hier in der Gegenwart befinden sollen. Zwar ohne Muttermale und das Wissen um Zeitreisen – aber er hätte hier und nicht, wie wir vermuteten, im Regency sein müssen.

Ruby vermutete, dass es irgendetwas mit dem Zeitparadoxon zu tun hatte, das durch die Taschenuhr, mit der man in die Zukunft reisen konnte, geändert worden war.

Ich war nicht überzeugt, und auch Damien hatte ihrer Theorie nicht zugestimmt. Doch wir konnten keine bessere Lösung des Problems finden, also beließen wir es dabei. Laut seines Assistenten Sebastian war er etwa zur Zeit seiner Reise ins Regency zu einer Geschäftsreise aufgebrochen und man hatte seitdem nichts mehr von ihm gehört. Seine Firmen führte derweil ein kommissarischer Geschäftsführer.

Ich wusste, woran Damien dachte, also sprach ich es aus. »Sollen wir Brantley vorher noch mal besuchen gehen?«

Damien hatte ein Urnengrab auf dem Friedhof von New York gekauft. Wir hatten eine leere Urne beerdigt. Trotzdem besuchte er diesen Platz regelmäßig. Offiziell galt Brantley als vermisst. Ein junger Mann, der das Haus verlassen und auf dem Weg zu seinem Nebenjob spurlos verschwunden war. Ich wusste, dass es Damien belastete, den Eltern von Brantley nicht die Wahrheit zu sagen. Sie suchten nach ihrem Sohn, bangten, hofften. Obwohl es auch mich belastete, eine trauernde Familie im Unklaren zu lassen, hatten wir gemeinsam entschieden, das Geheimnis des Zeitreisens zu schützen. Brantleys Eltern würden nie erfahren, was ihr Sohn getan und wo er gestorben war.

Über seinen Vater hingegen sprach Damien nie. Es war, als hätte er Grayson Belmont aus seinem Leben radiert. Es gab kein Grab, keine Urne, keine Worte über ihn.

»Das wäre schön.« Damien zog mich noch enger an sich und küsste mich leidenschaftlich. »Danke.«

*

Am frühen Abend befanden wir uns in der Kleiderkammer, die erst wieder eine werden wollte. Ich hatte mit der ehemaligen Theater-Kostümschneiderin, die schon früher so viel für uns gearbeitet hatte, Kontakt aufgenommen. Für jeden neuen Auftrag schneiderte sie uns jetzt die passende Garderobe.

Dad hatte sein Treffen erfolgreich absolviert und schien in Höchstform zu sein. Er tat so, als kämpften wir mal wieder gegen das Ende der Welt, und hatte einen ganz roten Kopf.

Ich hätte ihn gern beruhigt, aber ich wusste, dass es rein gar nichts brachte.

Damien zupfte noch an dem schicken Tuch, das er um seinen Hals gebunden hatte. Ich kämpfte noch mit meiner Frisur.

Mein Vater wuselte um uns herum und war so nervös wie immer, wenn es darum ging, dass *seine Kinder*, wie er uns nannte, auf Zeitreise gingen.

Er behandelte Damien wie ein Familienmitglied, und das gefiel mir sehr gut.

»Und seid bitte vorsichtig«, dozierte er jetzt, während er auf und ab ging. »In dieser Zeit waren Überfälle relativ häufig. Die Straßen waren nicht sicher. Und diese Räuber kannten keine Gnade. Man schnitt einer Frau die Hand ab, nur um an ihre Ringe zu kommen. Und bitte esst nichts bei irgendwelchen Händlern. Haltet euch bedeckt und gebt euch nicht als Adlige zu erkennen. Zu dieser Zeit hatte man keinen leichten Stand, wenn man einen Titel besaß. Diese Leute waren verhasst.«

Ich deutete auf mein schlichtes Kleid. »Wie soll mich so jemand erkennen? Ich sehe aus wie eine Dienstmagd.«

Mein Vater deutete mit dem Finger auf mich. »Und genau so soll es sein.«

Ich lächelte zwar, aber innerlich verdrehte ich die Augen. Er würde nie aufhören, sich Sorgen zu machen.

Wir waren beide erwachsen, aber er behandelte uns immer wieder wie Kinder.

»Hilf mir doch mal mit dem Knoten, Tad«, sprang Damien jetzt ein. »Ich glaube, er sitzt immer noch nicht richtig.«

Dad murmelte irgendetwas von Vorbereitungen, dann stiefelte er zu Damien herüber und machte sich an dessen Halstuch zu schaffen.

Ich drehte mich zu den beiden um. Damien grinste. Er hatte meinen Vater absichtlich abgelenkt, damit ich in Ruhe meine Frisur zu Ende drapieren konnte.

»Habt ihr eure Reisetaschen?«, fragte mein Vater schließlich streng, als er von Damien abgelassen hatte. »Ist alles eingepackt, was ich auf die Liste geschrieben habe?«

Wir nickten brav.

»Sehr schön.« Meinem Vater schien so schnell nichts mehr einzufallen, was er uns sonst noch fragen konnte, deshalb verschränkte er die Arme hinter dem Rücken und patrouillierte an den Kleiderstangen entlang, als wolle er den Bestand kontrollieren.

Damien und ich hingegen stellten uns in der Mitte des Raumes zusammen, unsere Reisetaschen fest umklammert.

Die Perle, die mir das Zeitreisen ermöglichte, schmiegte sich bereits in meine Handfläche. Die andere Hand schob ich in Damiens.

»Passt auf euch auf.« Mein Vater umarmte uns beide ein letztes Mal. »Und keine gewagten Manöver. Wenn es brenzlig ist, dann kommt ihr bitte sofort zurück.«

Wieder nickten wir beide brav.

Dann begann die Magie sich um uns herum aufzubauen. Ich spürte den bekannten Strudel und wie alles um mich herum verschwamm.

Ich sah zu Damien. Er lächelte mich an.

Wir würden uns in ein nächstes Abenteuer wagen.

Und gemeinsam würden wir uns allem entgegenstellen.

Es war, wie er es gesagt hatte. Wir waren ein verdammt gutes Team.

Damien lächelte noch immer, und das Letzte, was ich sah, war, wie seine Lippen ein lautloses *Ich liebe dich* formten.

Dann verschluckte uns der Wirbel aus Farben.

ENDE

Danksagung

Ich sitze gerade an meinem Schreibtisch und will nicht glauben, dass die Geschichte von Damien und Lilly jetzt zu Ende ist. Die beiden haben einen ganz besonderen Platz in meinem Herzen. Und sind sie nicht so ein tolles Team, dass sie noch Dutzende Abenteuer bestehen könnten?

Ich sage niemals nie, aber in diesem Moment flüstere ich es nicht nur, ich wünsche es mir von ganzem Herzen.

Ich erinnere mich noch, als die beiden lediglich eine Idee waren. Ein Kribbeln im Bauch, stapelweise Notizblätter, ein schmales Sachbuch über den Untergang der Titanic. Wie immer habe ich mit dem ONE-Verlag darüber gesprochen, mit Annika Grave und Linde Müller-Siepen. Und ihre Begeisterung war vom ersten Moment an da. Sie haben mich ermutigt, dieses Projekt zu verfolgen, und dafür danke ich euch von tiefstem Herzen. Ihr habt mir Zeit und Raum gegeben, Lilly und Damien zum Leben zu erwecken.

Dank Christiane Schwabbaur war das Lektorat so angenehm und inspirierend.

Meine wunderbare Agentin Franziska Hoffmann von der Meller Literary Agency hat mir währenddessen immer den Rücken gestärkt und all den formellen Kram übernommen. Dafür bin ich dir so dankbar.

Massimo Peter-Bille hat zwei unfassbar schöne Cover

entworfen. Es war Liebe auf den ersten Blick, kein Witz. Tausend Dank dafür.

Andrea Berlauer hat die schönste Release-Party ever organisiert und mich auf die Lesereise begleitet. Andrea, ich sage es immer wieder: Du bist wunderbar! Danke dir für alles.

Und dann kamen die ersten Rezensionen, die ersten Fotos und Reels. Liebe Leser:innen, danke für all die Buchliebe, die Nachrichten, die wunderschönen Beiträge auf Instagram, Facebook, TikTok oder euren Blogs. Ich hatte so oft Tränen in den Augen. Es war so erfüllend zu spüren, wie sehr auch euch die Geschichte berührt. Danke, dass ihr so viel zurückgebt. Ihr macht mich sehr glücklich.

Eure Kira

Anhang

Die Regency-Zeit – reale Orte und Personen

Cassandra Austen (Janes Mutter):
Cassandra Austen, geb. Leigh war eins von vier Kindern von Thomas Leigh und Jane Walker. Zusammen mit ihrem Ehemann Reverend George Austen hatte sie acht Kinder: James, George, Edward, Henry Thomas, Francis, Charles, Cassandra und Jane. Nach dem Tod ihres Mannes lebte sie mit ihren beiden unverheirateten Töchtern Jane und Cassandra zusammen. Später zog auch noch Martha Lloyd bei ihnen ein, als ihr Ehemann James Austen verstarb.

Cassandra Austen, hatte zwei Brüder und eine Schwester. Diese hieß Jane, weshalb ich sie aus Gründen der Verwechslung in Peregrine umgetauft habe.

Jane Austen:
Wir alle kennen und lieben Jane Austen und ihre Werke. Im Jahre 1908 war sie vierunddreißig Jahre alt. Sie war noch unveröffentlicht und lebte zusammen mit ihrer Mutter, ihrer Schwester und Martha Lloyd, einer engen Freundin der Familie, in einem Cottage, das ihr Bruder ihr zur Verfügung gestellt hatte. In diesem Haus würde sie all ihre großen Werke zur Vollendung bringen. Die Frauen verstanden sich gut, und es war Janes Aufgabe, sich um das Frühstück zu kümmern, während Cassandra ihr die meisten Aufgaben des Tages abnahm, damit sie sich dem

Schreiben widmen konnte. Jane blieb nicht mehr viel Zeit, denn bereits acht Jahre später starb sie, vermutlich an Lymphdrüsenkrebs. Jane galt zeitlebens als eine gute Beobachterin, humorvoll und liebenswert. Sie wurde oft im angrenzenden Städtchen Alton gesehen, wie sie den Eselskarren durch die Straßen lenkte, um Einkäufe zu erledigen.

Jane hat nie geheiratet. Es gibt jedoch Briefe, die bezeugen, dass sie sich im Alter von zwanzig Jahren in einen jungen Mann namens Thomas Lefroy verliebte. Die beiden tanzten eine ganze Saison lang zusammen und schrieben sich jeden Tag. Tom war, so wird angenommen, ihre erste und einzige große Liebe. Doch seine Eltern waren gegen die Verbindung, die Austens waren nicht wohlhabend genug, und die Familie hatte Pläne mit ihrem Sohn. Es finden sich keine Hinweise darauf, dass Tom und Jane sich jemals wiedergesehen haben. Ich jedoch habe beschlossen, ihnen noch ein zweites Mal in ihrem Leben ein wenig Herzklopfen zu bescheren.

Cassandra Austen:
Cassandra war Janes ältere Schwester, und sie hat ein Leben lang auf Jane aufgepasst. Mit etwa neunzehn Jahren verlobte sie sich mit Tom Fowle, einem früheren Schüler ihres Vaters, doch dieser starb bei einer Schiffsreise in die Karibik. Cassandra galt als ernst, realistisch, und sie beschützte ihre Schwester, wo sie nur konnte. Cassandra war eine talentierte Künstlerin. Einige ihrer Bilder, die sie mit Wasserfarben malte, sind noch heute erhalten.

Martha Lloyd:
Martha Lloyd zog nach dem Tod ihres Ehemannes James Austen zu den Austen-Frauen. Sie galt als passionierte und experimentierfreudige Köchin. Sie verfasste einige Kochbücher, in de-

nen erklärt wurde, wie man klassische Gerichte wie zum Beispiel Pasteten, Ragouts oder Puddings zubereitete. Einige ihrer Kochbücher sind heute im Cottage ausgestellt.

Edward Austen Knight:

Edward war ein Bruder von Cassandra und Jane. Schon als Kind wurde er von dem wohlhabenden Ehepaar Knight, die Freunde der Austens waren, adoptiert, da diese kinderlos waren und einen Erben suchten. Edward erbte nach dem Tod seines Adoptivvaters unter anderem das Anwesen Chawton House, zu dem auch Chawton Cottage gehörte, das Haus, in dem er seine Schwestern und seine Mutter unterbrachte.

Edward war mit Elizabeth Bridges verheiratet, und gemeinsam hatten sie elf Kinder: Fanny, Edward, George, Henry, William, Elizabeth, Marianne, Charles, Cassandra, Louisa und Brook. Im Jahre 1809 war Fanny sechzehn alt, und ich habe mir vorgestellt, wie gerne sie mit ihren Tanten Jane und Cassandra – und in meiner Geschichte auch mit Lilly – Zeit verbracht hat.

Besonders die gut bestückte Bibliothek in Chawton House war ein Lieblingsort von Jane, weshalb sie ihren Bruder Edward gewiss sehr oft gesehen hat.

Thomas Lefroy:

Thomas »Tom« Langlois Lefroy war ein irischer Politiker und Richter. Er war eines von zwölf Kindern von Oberst Anthony Lefroy von Limerick und Anne Gardiner. Als ältestem Sohn oblag es ihm, die Familie stolz zu machen und das Erbe fortzuführen. Tom lernte Jane als junger Jurastudent um die Weihnachtszeit kennen. Zu dieser Zeit fanden besonders viele Bälle und Veranstaltungen statt. Die beiden entdeckten viele Gemeinsamkeiten, sie tanzten oft zusammen und schrieben sich in ihrer freien Zeit Briefe. Jeder wusste, dass die beiden viel füreinander empfanden, doch seine Familie zwang Tom, sich eine bessere Partie zu suchen. Vier Jahre später heiratete er die wohlhabende Mary Paul. Es wird allgemein vermutet, dass Tom die Vorlage für Mr Darcy war.

Henry Lefroy:
Henry war dreizehn Jahre jünger als sein ältester Bruder Tom. Da Tom genau wie Jane im Jahre 1809 vierunddreißig Jahre alt war, dachte ich mir, dass der einundzwanzig Jahre alte Henry eine passende Partie für Lilly sein könnte. Henry konnte sich erst nicht entscheiden, welchen Beruf er erlernen wollte. Nach einigen Anläufen studierte er Theologie und wurde später der Vikar von Santry.

Chawton Cottage:
In Chawton Cottage wurde Jane samt ihrer Schwester, Mutter und Freundin Martha von ihrem Bruder Edward untergebracht, weil sie hier mietfrei leben konnten. Das Haus ist im Innern genauso aufgebaut, wie ich es beschrieben habe. Auch den Garten zur Linken und den Hof gibt es tatsächlich. Auf Janes Wunsch ließ Edward gleich bei ihrem Einzug das Fenster links von der Haustür zumauern und stattdessen ein großes Panoramafenster zum Garten erschaffen. Dieses Zimmer wurde mit einer fröhlich gelben Tapete tapeziert. Das Speisezimmer gegenüber, dort, wo auch Janes berühmter kleiner runder Tisch steht, an dem sie all ihre Werke verfasst hat, wurde mit einer eleganten grünen Tapete ausgestattet. Noch heute gibt es Fragmente davon, die man bei einem Besuch im Cottage bewundern kann. Die Frauen zogen Gemüse im Garten und backten ihr eigenes Brot. Mit ihrem Eselskarren (ich habe den Esel Peter genannt) fuhren sie oft in

das angrenzende Dorf. Von ihrem Bruder Edward bekamen die Frauen einen kleinen Unterhalt. Aber sie lebten so sparsam, dass es ihnen jeden Monat möglich war, für die Armen zu spenden. Das belegen Haushaltsbücher, die noch heute erhalten sind.

Das weiß gestrichene Cottage steht noch heute an der Ecke, an der die Gosport Road in die Winchester Road mündet. Heutzutage ist es ein Museum, in dem man alles über Jane Austen und ihre Familie erfahren kann.

Die Bücher *Description de l'Égypte:*

Auch diese Bücher, auf die Lilly und Damien in der Bibliothek von Chawton House stoßen, existieren tatsächlich. Es handelt sich hierbei um eine Text- und Bildsammlung, die wesentlich zur Entstehung der Ägyptologie als Wissenschaft beitrug. Das Material für diese Bücher wurde von den Wissenschaftlern gesammelt, die Napoléon Bonaparte auf seinem Feldzug nach Ägypten begleitet hatten. Die Reihe umfasst mehr als dreitausend Abbildungen und zeigt eine vollständige Beschreibung Ägyptens zum Zeitpunkt des Feldzuges – seiner Altertümer, die Tier- und Pflanzenwelt, aber auch das Alltagsleben.

Die Zeit des Orientfeldzugs – reale Orte und Personen

Napoléon Bonaparte:
Napoléon war zu Beginn des Orientfeldzuges neunundzwanzig Jahre alt. Weil er Ägypten zu einer blühenden Kolonie machen wollte, landete er im Sommer 1798 am Nil. Begleitet wurde er nicht nur von 38.000 Soldaten, sondern auch von ungefähr einhundertfünfzig Wissenschaftlern. Auch Frauen, Wäscherinnen, Näherinnen oder Ehefrauen von Offizieren waren mit von der Partie. Napoléon wollte das Land nicht nur erobern (und den Briten wichtige Handelsrouten abjagen) und erforschen, sondern auch moderne politische und wirtschaftliche Strukturen aufbauen.

Er war fasziniert von den Tempelanlagen, den Gräbern und den Mumien samt ihren beeindruckenden Grabbeigaben.

Obwohl der Feldzug scheiterte, brachte er doch einen Erfolg hervor: den von den Wissenschaftlern und Forschern zusammengestellten Sammelband *Description de l'Égypte*, der als Grundlage für die Ägyptologie diente.

Übrigens war Napoléon gar nicht so klein für seine Zeit. Tatsächlich war Napoléons Größe mit 1,68 m eher überdurchschnittlich. 1835 lag die Durchschnittsgröße bei französischen Männern bei nur 1,62 m.

Murad Bey:

Murad Bey Muhammad war ein Emir der Mamluken und ein Regent in Ägypten. Zu Beginn der Ägyptischen Expedition bot Murad Bey den Franzosen unter dem Kommando von Napoléon Bonaparte zunächst Geld an, wenn sie Ägypten verlassen würden. Nach zwei verlorenen Schlachten floh Murad Bey nach Oberägypten und die französischen Wissenschaftler nutzten seinen Palast als Dependance des neu gegründeten *Institut d'Égypte.* Murad Bey unterwarf sich den Franzosen, die ihn als Gouverneur in Oberägypten anerkannten.

Étienne Geoffroy Saint-Hilaire:

Étienne Geoffroy Saint-Hilaire war ein französischer Zoologe. Zum Zeitpunkt des Orientfeldzuges war er gerade mal sechsundzwanzig Jahre alt und bereits Professor. Er war begeistert von der Tierwelt in Ägypten und kam mit Hunderten Blättern Notizen zurück in die Heimat. Durch seine vergleichenden Untersuchungen gab er der modernen Evolutionstheorie entscheidende Anstöße.

Gaspard Monge:

Gaspard Monge war ein französischer Mathematiker, Physiker und Chemiker. Napoléon berief ihn als Mitglied des Ägyptenfeldzuges, wo er die Leitung des *Institut d'Égypte* übernahm. Er forschte aber auch in Ägypten und stellte nach dem Feldzug zum Beispiel eine Theorie der Luftspiegelung vor.

Nicolas-Jacques Conté:

Nicolas-Jacques Conté war ein französischer Chemiker. Bei einem Experiment mit Lack und Gasen kam es zu einer Explosion, die zum Verlust seines linken Auges führte. Er ist auch Erfinder einer hydraulischen Presse und leistete Napoléon auf der ägyptischen Expedition durch Errichtung von Werkstätten für die Armeebedürfnisse wesentliche Dienste.

Das Tal der Könige:

Das Tal der Könige liegt etwa fünf Kilometer nordwestlich von Luxor. Es war ein Bestattungsplatz im Alten Ägypten, in dem bis heute vierundsechzig Gräber gefunden wurden. Unter anderem wurde hier im Jahr 1922 von Howard Carter das weitgehend unversehrte Grab des Tutanchamun entdeckt. Ob sich Kleopatras Grab hier mal befunden hat, ist nicht erwiesen. In meiner Geschichte ist die ehemalige Regentin von Ägypten aber hier bestattet worden.

Kleopatra:

Kleopatra VII. Philopator war eines von fünf Kindern von Ptolemaios XII. Zu ihrer ältesten Schwester Berenike hatte sie ein gutes Verhältnis, genauso wie zu ihrem Vater. Das Verhältnis zu ihrer anderen Schwester Arsinoë gestaltete sich ebenso schwierig wie das zu ihrem Bruder Ptolemaios XIII. Mit ihm zusammen sollte sie nach dem Tod des Vaters über Ägypten herrschen. Doch Kleopatra hielt ihren Bruder für zu jung. Dieser jedoch hatte mächtige Männer hinter sich. Der mächtigste dieser Männer war der Minister und Eunuch Potheinos, dann folgten der Truppenbefehlshaber Achillas und der Rhetoriklehrer des jungen Königs, Theodotos von Chios. Sie schafften es, Kleopatra aus der Stadt zu vertreiben. Doch auch sie suchte sich mächtige

Verbündete. Sie ging zuerst eine Affäre mit Gaius Julias Caesar und nach dessen Tod mit Marcus Antonius ein. Kleopatra war eine skrupellose Strategin, der das Wohl und die Unabhängigkeit ihres Volkes immer am Herzen lagen.

Das Grab von Kleopatra:
Die Grabstätte von Kleopatra wurde trotz intensiver Suche bisher nicht entdeckt, sie gilt als verschollen.

Die Stele des Priesters Onnophris:
Diese Stele existiert so, wie ich sie beschrieben habe, tatsächlich. Sie trägt die Inschrift: Für die göttliche Königin Kleopatra wurde im ersten Regierungsjahr am ersten Tag des Monats Epiphi dieses Heiligtum von Isis erbaut, dessen Direktor und Angestellter Onnophris war.

Die Stele ist im Louvre in Paris ausgestellt, und ihr momentaner Standort ist: Department of Egyptian Antiquities, Sully wing, first floor, room 30, Inventarnummer E 27113

Der Mund ist die Tür des Bösen:
Dieses ägyptische Sprichwort unterstreicht die Macht der Worte und die Wirkung, die sie auf andere haben können. Es dient als Erinnerung daran, unsere Worte mit Bedacht zu wählen, und betont die Verantwortung, die mit der Gabe der Sprache einhergeht.

Inhaltsinformation

(Achtung: Spoiler!)
A Spark of Time – Ein Date mit Mr Darcy enthält Elemente, die unter Umständen triggern können. Explizit beschrieben werden Entführungen, Bedrohung. Erwähnt werden häusliche Gewalt, Spielsucht, Tod, Trauer.

Paris, die Stadt der ... Götter!

Kira Licht
GOLD UND SCHATTEN
Das erste Buch der Götter

544 Seiten
ISBN 978-3-8466-0080-1

Gerade erst nach Paris gezogen, verliebt sich die Diplomatentochter Livia Hals über Kopf in Maél. Der draufgängerische Typ ist ein „Cataphile", deren Welt die Katakomben der Großstadt sind. In der aufregenden und gefährlichen Unterwelt kommen sich die beiden schnell näher, doch Maél geht immer wieder auf Abstand. Was hat er zu verbergen? Und warum, um alles in der Welt, kann Livia seit Neuestem mit Pflanzen kommunizieren? Als es ihr gelingt, die einzelnen Fäden miteinander zu verbinden, kann sie es nicht glauben. Denn dass sie ausgerechnet Maél kennengelernt hat, war alles andere als Zufall

ONE

*Wir waren zu mächtig, um Feinde zu sein.
Wir waren dafür gemacht, Seite an Seite
die Welt aus ihren Angeln zu reißen.*

Kira Licht
KALEIDRA - WER DAS DUNKEL RUFT (BAND 1)
Urban Fantasy über Alchemie, Rätsel - und mit einem großen Schuss Romantik

560 Seiten
ISBN 978-3-8466-0108-2

Wenn die 17-jährige Emilia eines liebt, dann sind es Rätsel. Als sie bei einem Museumsbesuch das sagenumwobene Voynich-Manuskript entziffern kann, spürt sie, dass sie einem unglaublichen Mysterium auf der Spur ist – denn das Dokument gilt als eines der größten, nie entschlüsselten Geheimnisse der Menschheit. Dann trifft sie auf den attraktiven, aber sehr verschlossenen Goldalchemisten Ben, und Emilia erfährt: Sie ist eine Nachfahrin des uralten Silberordens! Schnell gerät sie ins Kreuzfeuer rivalisierender Geheimlogen, und ein Wettlauf gegen die Zeit beginnt ... Der grandiose Auftakt zu einer neuen mitreißenden Urban-Fantasy-Trilogie.

ONE

Traust du dich, die mystische Welt der Noctua zu betreten?

Kira Licht
ICH BIN DEIN SCHICKSAL
Dusk & Dawn 1

544 Seiten
ISBN 978-3-8466-0155-6

Die 17-jährige Erin besitzt die Gabe, Noctua zu sehen. Dämonenartige Wesen, die über Leylinien auf die Erde gelangen, und deren Welt nur durch menschliche Angst existiert. Eines Nachts steht wider Erwarten Callahan vor ihr – Erins erste große Liebe, die vor Jahren ohne ein Wort verschwand. Cal gehört zu den Alpha, dem höchsten Rang der Noctua, und er möchte sie zurückgewinnen. Plötzlich ist Erin mit unerwartet verwirrenden Gefühlen konfrontiert und muss sich außerdem einer Gefahr stellen, bei der sie nicht nur ihren Kopf, sondern auch ihr Herz riskiert …
Der große Auftakt der Dusk & Dawn-Dilogie aus der Feder von Kira Licht

ONE

Du willst immer auf dem neuesten Stand bleiben?
Dann folge one
auf INSTAGRAM und TIKTOK
@one_verlag
#oneverlag
@one_verlag
#oneverlag